AF301026

UNICORNIS

Buch

Eigentlich will Lena mit ihrer besten Freundin nur ein paar entspannte Tage in Italien verbringen. Dann passiert das Unglaubliche: ein Mord in der Ferienanlage, in der die beiden Frauen mit ihren Teenagern untergebracht sind. Doch wer ist der Mörder und hat der attraktive Mann, den Lena am Strand kennengelernt hat, vielleicht doch mehr zu verbergen als sie denkt?

Autorin

Sabrina Hafenscher wurde am 15. Juni 1985 geboren und ist damit ein waschechter, schizophren veranlagter Zwilling. Nachdem es dem klassischen Wiener Grantler noch nicht gelungen ist, sie aus der Hauptstadt zu vertreiben, lebt sie derzeit mit ihrem Sohn, ihrem Freund und ihrem Kater in einem Reihenhaus in Wien. Wenn sie gerade nicht wie aus dem Nichts zu tanzen und zu singen beginnt, dann nutzt sie die Zeit, um Feldforschung für ihre Romane zu betreiben und zu schreiben.

Sabrina Hafenscher

Ich glaub mich knutscht ein Mörder

Roman

tredition

1. Auflage
© 2023 Sabrina Hafenscher
Website: www.sabrinahafenscher.com

Druck und Distribution im Auftrag der Autorin:
tredition GmbH, Heinz-Beusen-Stieg 5, 22926 Ahrensburg,
Deutschland

Verlagslabel: Unicornis
ISBN
Paperback   978-3-347-98209-3
e-Book   978-3-347-98210-9

Kontaktadresse nach EU-Produktsicherheitsverordnung:
sabrina.hafenscher@gmail.com

Für meine Schwester Petra. Sie liebt Krimis jedweder Art und deshalb musste ich einen für sie schreiben.

Kapitel 1

»Oh nein ... ich will nicht aufstehen!«, denke ich mir, als mich der Radiowecker mit dem Song »Sound of Silence« von Disturbed aus meinem wohlverdienten Schlaf reißt. Träge öffne ich meine Augen und stelle fest, dass es um vier Uhr morgens selbst der Sonne zu früh ist, um zu scheinen. Deshalb schließe ich meine Augen wieder, um den Song zu Ende zu hören und mich dabei selbst zu bemitleiden.

Wie verdammt nochmal bin ich auf die Idee gekommen, mich mit meiner besten Freundin einen Tag vor unserem Italien-Urlaub zu betrinken? Der Ausgang dieses Spektakels hätte selbst mir, die nicht unbedingt für ihre Besonnenheit bekannt ist, klar sein müssen. Zu meiner Verteidigung halte ich fest, dass Patrizia und ich ursprünglich vorhatten, lediglich mit einem Aperol Spritz auf unseren heißersehnten Urlaub anzustoßen. Allerdings sind aus dem einen Getränk gefühlte zehn geworden. Bleibt nur zu hoffen, dass Patrizia nüchtern genug ist, um ihren PKW zu lenken.

Stöhnend wälze ich mich auf die unbesetzte Seite meines Doppelbettes, als sich der Verkehrsfunk mit einer Geisterfahrermeldung auf irgendeiner A zu Wort meldet.

Wen interessiert das? Ich will bloß schlafen. Nicht nur, dass mein Kopf hämmert, als wären in seinem Inneren mindestens zehn Handwerker zu Gange, hatte ich auch einen wirklich schönen Traum von ... Ja, wovon eigentlich?

So ein Mist! Wieso verblassen Erinnerungen an angenehme Träume immer dann, wenn man gerade besonders erpicht darauf ist, diese abzurufen?

Geschätzte zehn Minuten lang bemühe ich mich darum, wieder einzuschlafen, um in meinen Traum zurückzukehren. Allerdings gelingt mir mein Vorhaben nicht, weshalb ich mich ächzend auf den Rücken drehe und mein Mobiltelefon zur Hand nehme.

Ja, ich habe mein Handy auf dem Nachtkästchen liegen, aber nicht, wie der Rest der Welt, um keine Social-Media-Nachricht zu verpassen, sondern weil ich zu nächtlichen Panikattacken neige. Das liegt vermutlich daran, dass ich als Krimi-Autorin quasi tagtäglich mit fiktiven Verbrechen konfrontiert bin, die die Befürchtung in mir aufkommen lassen, eines davon könnte sich in der Realität zutragen. Und hey, so unwahrscheinlich ist das nicht. Die Medien sprechen diesbezüglich eine klare Sprache. Es gibt sie da draußen. Die menschlichen Haie und Tiger oder die menschlichen Tigerhaie. Wie auch immer man sie nennen mag, diese Tiere haben auf jeden Fall etwas gemeinsam: Sie lauern in der Tiefe auf ihre Opfer, um sich an ihnen satt zu fressen.

Wenig begeistert öffne ich Facebook, um zu sehen, ob sich etwas spektakulär Neues ereignet hat, und lege mein Smartphone nach ein paar Minuten verschwendeter Zeit ernüchtert zur Seite.

Es wäre mir wahrhaftig lieber, wenn ich an Stelle der Ernüchterung einen Zustand der Nüchternheit erlangen würde, aber ich fürchte, das wird innerhalb der nächsten zehn Minuten nicht passieren. Insofern kann ich auch sofort aufstehen.

Schwerfällig hieve ich meinen vom Alkohol geschundenen Körper aus dem Bett und schlüpfe in meinen Morgenmantel. Unterdessen vernehme ich im unteren Stockwerk die tiefgewordene Stimme meines vierzehnjährigen Sohnes und frage mich, mit wem er spricht. Da ich schon seit vielen Jahren von seinem Vater getrennt lebe, befindet sich außer mir und Fynn keine weitere Person in diesem Haushalt.

Sterbensmüde verlasse ich mein Schlafzimmer im Dachgeschoss und werfe nach einem kurzen Klopfen einen Blick in das Kinderzimmer, wo mir sogleich eine giftgasähnliche Wolke des Gestanks entgegenströmt, sodass ich einen Hustenanfall erleide.

Bist du deppert! Welchen Sinn haben die körpereigenen Hormone eigentlich, wenn sie dafür sorgen, dass Teenager einen derartig grauslichen Körpergeruch verströmen? Ich kann mich nämlich nicht daran erinnern, dass ich mich als pubertäres Mädchen mit meinen Freundinnen über den *guten* Schweißgeruch meiner testosterongesteuerten Altersgenossen ausgetauscht habe. Aber was weiß ich schon. Schließlich bin ich keine Expertin auf dem Gebiet. Womöglich führen die Mädchen heutzutage Dialoge alla:

»Hey, hast du den Fynn heute schon gerochen?«

»Nein, wieso denn?«

»Na der hat ein neues Parfum. Ist jetzt voll in. Frischer Schweiß gepaart mit Käsefuß und ein klein wenig Altschweiß als geheime Zutat. Gibts jetzt in jedem Hollister.«

Mein Sohn nimmt meine Nahtoderfahrung aufgrund seines Körpergeruchs nicht wahr, da er mit Kopfhörern vor seiner Playstation sitzt und wie hypnotisiert in den Fernsehbildschirm starrt.

»Guten Morgen!«, bemühe ich mich darum, mir trotz der Kopfhörer und des hypnotisierten Blicks meines Kindes Gehör zu verschaffen. Mein Vorhaben ist allerdings von wenig Erfolg gekrönt, denn Fynn ignoriert meine Anwesenheit gänzlich und spricht stattdessen mit seinem Online-Spielkameraden im grammatikalisch nicht korrekten germanischen Deutsch: »Was? Ne ... ne ... geht gar nich. Was? Ne ... scheiße, bin müde. Mach ma weiter.«

Genervt stemme ich meine Hände in die Hüften: »Fynn? Hörst du mich?«

Nichts. Keine Reaktion. Mein Sohn befindet sich offenkundig in der *Twilight Zone*.

»Guten Morgen, Fynn!«, bemühe ich mich deshalb ein weiteres Mal darum, mir Gehör zu verschaffen, und fuchtle dabei mit den Armen vor seinem Gesicht herum, sodass ihm nichts anderes übrigbleibt, als meine Anwesenheit in seiner alternativen Realität zu registrieren.

»Warte mal kurz, meine Mom is hier«, erklärt er seinem Freund, drückt danach ein paar Tasten auf dem Controller und legt die Kopfhörer ab, um sich endlich mir zu widmen.

Ich wünschte, er wäre in Mathematik und Deutsch genauso versiert wie im Gamen.

»Ja, Mama!?«

»Guten Morgen Schatz! Sag, hast du schon gefrühstückt?«

»Ne, hab keinen Hunger.«

»Willst du nicht wenigstens einen Kakao trinken?«

»Ne, hab eh Toffifee gegessen und Eistee getrunken.«

Zu meiner Verteidigung halte ich fest, dass mein Kind offenbar die Ernährungsgewohnheiten seines Vaters geerbt hat. Gewiss sind es nicht meine, denn würde ich dieselben Gepflogenheiten teilen, dann würde mein Äußeres einem Walross gleichen. In manchen Bereichen ist das Leben wahrhaftig ungerecht, denn am Körper meines Sohnes macht sich der übermäßige Zuckerkonsum kaum bemerkbar. Hach ... es wäre so schön, wenn ich noch einmal zurück in meine Teeniejahre kehren könnte.

»Wie du meinst«, entgegne ich und füge hinzu: »Ich werd mich mal unter die Dusche schmeißen. Gehst du dich dann nach mir waschen?«

Fynn reißt entsetzt seine schmalen blauen Augen auf: »Aber ich war doch eh vorgestern in der Früh duschen.«

Ja, aber er riecht, als wäre er zuletzt vor einer Woche duschen gewesen. Wieso neigen Teenager bei der Erwähnung von Körperhygiene dazu, so zu tun, als würde ihnen ein Säurebad drohen?

»Du solltest eigentlich jeden Tag duschen gehen, Fynn, oder willst du etwa, dass sich die Mädels am Strand vor dir ekeln?«

Unberührt zuckt mein Kind mit den Schultern: »Im Urlaub bin ich ja eh jeden Tag im Wasser. Da ist das wurscht.«

Danach erklärt er die sich anbahnende Diskussion mit einem Aufsetzen seiner Kopfhörer als beendet und mir bleibt nichts anderes übrig, als mich geschlagen zu geben.

Wie ferngesteuert lasse ich die stinkenden Gefilde meines Sohnes hinter mir, um mich ins Badezimmer im Erdgeschoß zu begeben. Doch bevor es mir möglich ist, mich zu waschen, stolpere ich in der Duschkabine über unsere französische Bulldogge Leonardo, die mir einen strafenden Blick zuwirft, jedoch keinerlei Anstalten macht, ihren Schlafplatz zu verlassen. Stattdessen lässt Leonardo seinen Kopf wieder seelenruhig auf den Fliesenboden sinken.

»Boah, Leo. Jetzt komm schon. Geh raus! Ich will duschen«, treibe ich das träge Tier an, doch dieses zuckt bloß ungeniert mit seinem linken Ohr und schließt dann demonstrativ seine großen Glubschaugen.

Ich bin ein tierliebender Mensch, aber in diesem Augenblick würde ich mein Haustier am liebsten mit einer Rakete zum Mond befördern.

Vorsichtig stupse ich unseren Hund mit meiner Fußspitze an, um ihn zum Verlassen der Duschkabine zu bewegen, aber nichts da. Er stellt sich weiterhin taub. Deshalb bücke ich mich genervt und hebe mein Haustier hoch, um es aus dem Badezimmer zu verfrachten.

Bist du deppert! Hat Leo etwa zugenommen? Ich glaube, ich habe mir soeben den Rücken verrissen. Ab jetzt werden die Portionen meines Vierbeiners strickt rationiert, um keinen Bandscheibenvorfall oder eine Gebärmuttersenkung zu riskieren.

Als ich Leo vor der Badezimmertür absetze, wirft er mir einen beleidigten Blick zu, ehe er in Richtung Küche davontrottet. Indessen schlurfe ich wieder zurück ins Badezimmer, um mein Vorhaben endlich in die Tat umzusetzen. Danach erprobe ich meine Überredungskünste ein weiteres Mal an meinem Sohn. Leider scheitern diese an seiner beträchtlichen Standhaftigkeit.

»Ich dusch dann später!«, ruft mir Fynn über den Lärm der Playstation hinweg zu.

Alles klar. Ich werde Patrizia dazu auffordern, die Fenster im Auto zu öffnen, damit wir ob des Gestanks meines Sohnes keine Erstickungsanfälle erleiden. Es wäre doch schade, wenn wir unseren wohlverdienten Urlaub nicht antreten könnten, weil wir bei der Anreise versterben. Immerhin freuen Patrizia und ich uns schon auf den Italientrip, seit wir vor einem dreiviertel Jahr gemeinsam in meiner Küche unseren Urlaub gebucht und wohlgemerkt auch unsere Liegen reserviert haben. Jep, die Zeiten, in denen man sich am Strand bei dreißig Grad im Schatten mit einem Handtuch bewaffnet um eine Liege duellieren musste, sind vorbei. Es lebe das Internet!

Ich schlurfe in die Küche, um den kurz vor dem Hungertod stehenden Leonardo zu füttern und mich selbst mit einer lebensrettenden Tasse Kaffee zu versorgen, mit der ich den Weg ins Schlafzimmer antrete. Indessen denke ich fieberhaft darüber nach, was ich noch alles einpacken muss. Ja, ich habe es bisher verabsäumt, meinen Koffer zu packen, weil ich nicht zu der besonders durchorganisierten und planvollen Sorte Mensch gehöre, sondern eher der Gattung Homo Chaos zuzuordnen bin, die alles auf den letzten Drücker zu erledigen pflegt. Unter diesen Voraussetzungen ist es erstaunlich, dass ich beim Planen der Morde für meine Romane auf keine Schwierigkeiten stoße. Womöglich bin ich der geborene Killer und sollte mein Geld eher mit Auftragsmorden, denn mit schreiben verdienen.

»Mama!«, werde ich in meinem Gedankengang von Fynn unterbrochen, der sich mir urplötzlich in den Weg stellt wie eine eiserne Statue und mich vor Schreck zusammenzucken lässt.

»Manno, Fynn. War das jetzt notwendig? Was gibt es denn so Wichtiges?«

»Hast du meine Sachen schon eingepackt?«

»Äh ... nein, ich dachte du hast das schon gemacht.«

»Nein, wieso sollte ich das machen?«

»Weil es deine Sachen sind, Kind. Sehe ich etwa aus wie deine Bedienstete?«

»Boah, alles muss ich selbst machen«, murrt Fynn und knallt kurz darauf seinen *Avengers*-Trolley auf sein Bett, um danach seinen Kleiderschrank zu öffnen. Indessen erklimme ich die Treppe ins Dachgeschoss, um mich an das Packen meines Koffers zu machen. Es dauert keine Viertelstunde bis mein Sohn unangekündigt im Schlafzimmer erscheint, um mir besorgt mitzuteilen: »Mama, ich hab keinen Platz mehr in meinem Koffer, aber ich hab noch nicht alles eingepackt. Kannst du noch ein paar Sachen von mir in deinem Koffer verstauen?«

Verwundert hake ich nach: »Wie kann es sein, dass du keinen Platz mehr hast? Dein Trolley ist genauso groß wie meiner und wenn selbst ich genügend Stauraum habe ...« Das wurde noch nicht erwiesen, weil ich bisher keine Gelegenheit hatte, einen Schließversuch zu unternehmen. »... dann musst du erst recht genügend Platz haben.«

»Pf, du kannst ja gern mitkommen und dich selbst davon überzeugen«, schlägt mir mein Kind genervt vor und zieht dann von dannen. Ich folge ihm widerwillig und stelle nach einem Blick in seinen Trolley fest: »Fynn, da ist ja nur elektronisches Zeugs drinnen! Du hast kaum Kleidung eingepackt.«

Aber was weiß ich schon von den aktuellen Trends. Womöglich wickeln sich Jugendliche neuerdings am Strand in Kabel ein, um sich von der Konsumgesellschaft abzuheben und ein Statement für den Naturschutz und Recycling zu setzen.

»Doch ich hab eh G'wand eingepackt«, erklärt mir mein Sohn mit in die Hüfte gestemmter Hand und beugt sich dann über sein offenstehendes Gepäckstück, um unter dem Kabelsalat ein paar Unterhosen und T-Shirts sowie Badehosen freizuschaufeln. »Was kann ich denn dafür, dass du mir nur so einen kleinen Koffer gekauft hast.«

»Fynn, das ist ein X-Large-Trolley.«

»Er ist trotzdem zu klein für mich.«

Ich verdrehe die Augen, unterlasse es allerdings, mich auf eine weitere Diskussion einzulassen, und schnappe mir stattdessen den Kleiderstapel, der auf Fynns Bett liegt, um diesen zu meinen Habseligkeiten zu stopfen. Ich bin soeben dabei, das Gepäckstück zu verschließen, als ein Klingeln an der Eingangstür ertönt.

In Walking-Teen-Geschwindigkeit steigt mein Sohn die Treppen hinunter, um meiner Freundin Patrizia und ihrer Tochter die Tür zu öffnen. Kurz darauf ertönt die fröhliche Stimme Patrizias: »Hallo ihr zwei Hübschen! Seid ihr ausgeschlafen und fit für den Urlaub eures Lebens?«

»Oh mein Gott! Kannst du nicht leiser reden? Mein Schädel dröhnt«, begrüße ich sie wenig charmant und bemühe mich darum, mein Gepäckstück über die Treppen ins Untergeschoss zu befördern.

»Sorry, aber ich freu mich einfach schon so darauf, mal wieder einen Urlaub ohne den Simon zu verbringen«, entschuldigt sich meine beste Freundin und fällt mir dann freudestrahlend um den Hals, um auf meiner Wange einen Abdruck ihres dunklen Lippenstifts zu hinterlassen.

Simon ist Patrizias Mann und die beiden unternehmen kaum etwas ohneeinander. Ich gebe es nur ungern zu, aber sie stellen für mich den Inbegriff eines perfekten

Paares dar und führen mir meine Einsamkeit damit immer wieder schmerzlich vor Augen.

Patrizias Tochter Anja bringt angesichts des gemeinsamen Urlaubes nicht annähernd dieselbe Euphorie auf, wie ihre Mutter. »Geh Mama, der Papa ist doch eh voll cool«, gibt die Vierzehnjährige mit einem Augenrollen von sich, ohne dabei von ihrem Handydisplay hochzusehen, woran vor allem Leonardo Anstoß nimmt, der mit ungeduldigem Blick vor der Teenagerin sitzen bleibt und schwanzwedelnd auf eine Streicheleinheit wartet.

»Aber dein Papa ist nicht annähernd so cool wie ich. Ich mein, wann haben wir beide das letzte Mal einen Urlaub allein gemacht? Das ist schon Ewigkeiten her«, zeigt sich meine beste Freundin von der Aussage ihrer Tochter gänzlich unberührt und legt dabei den Arm um Anjas Schulter, um das hochgewachsene schlanke Mädchen zu seinem Missfallen an sich zu drücken.

Mein Patenkind streckt minderbegeistert den Daumen nach oben und wirft seiner Mutter bloß einen kurzen Seitenblick zu: »Jep, das liegt vor allem daran, dass der letzte Urlaub pandemiebedingt bereits eine Ewigkeit her ist.«

»Ach jetzt sei doch ein bisschen optimistisch, Anja«, wendet Patzi ein und erntet damit einen vernichtenden Blick von ihrer Tochter.

»Das ist bei der Vorstellung, ganze zehn Tage mit seiner Mutter im Ausland abhängen zu müssen, wo es keinerlei Fluchtmöglichkeit gibt, wirklich schwer.«

Ich zwinkere meinem Patenkind zu: »Keine Sorge. Ich werde deine Mama einfach jeden Abend mit reichlich Cocktails abfüllen. Dann hast du den Rest des Urlaubs deine selige Ruhe.«

Anja sieht von ihrem Smartphone auf und entblößt bei einem breiten Grinsen ihre Zahnspange: »Was für ein perfider Plan, Tante Magdi.«

»Hast du denn überhaupt kein schlechtes Gewissen?«, fragt mich Patzi indessen und rammt mir dabei ihren Ellbogen in die Rippen, woraufhin ich unberührt mit den Schultern zucke.

»Nein, eigentlich nicht. Immerhin hast du mich einmal auf einem Festival allein vor den Toiletten stehengelassen, um einem Mann hinterherzulaufen und auch wenn aus diesem dann später dein Ehemann geworden ist, muss mein Rachebedürfnis gestillt werden.«

»Indem du zulässt, dass meine minderjährige Tochter von einem italienischen Schönling bezirzt und geschwängert wird?«, hakt meine Freundin nach.

»Keine Sorge, Mama. Meine Zukunftspläne sehen eh nicht vor, dass ich heirate und mich fortpflanze. Meine Seele gehört der Wissenschaft.«

»Kann ich irgendwie verstehen. Kinder werden definitiv überbewertet, vor allem seitdem man Kinderarbeit verboten hat«, füge ich hinzu.

Empört wirft Fynn ein: »Aber du hast doch immer gesagt, dass ich ein Geschenk Gottes bin, Mama!«

»Na dann hat Gott aber echt einen seltsamen Sinn für Humor«, entgegnet Anja trocken.

»Bei mir hatte er wenigstens Sinn für Humor. Der ist ihm bei dir offensichtlich gänzlich abhandengekommen«, kontert mein Sprössling mit vor der Brust verschränkten Armen.

»Yeah, frei nach dem Motto: Aus Spaß wurde Ernst. Ernst ist jetzt drei Jahre alt«, werfe ich unbedacht ein und ernte dabei von den beiden Teenagern gleichermaßen ein Augenrollen.

Wenigstens etwas, worin sie sich einig sind.

»Boah, du bist so peinlich, Mom«, erklärt Fynn, woraufhin sich meine Freundin schulterzuckend an mich wendet: »Warum sollte es dir auch besser ergehen als mir.«

»Deine wäscht sich wenigstens und du musst keinen Erstickungstod befürchten, wenn du das Refugium deines Kindes betrittst.«

»Jep, dafür ist die Anja quasi die Königin der passiven Aggression. Jedes Mal, wenn sie ein Funken Kritik zu streifen droht, verschwindet sie wutentbrannt in ihrem Zimmer und straft mich mit Schweigen. Bei ihrem Vater ist sie nicht so zickig.«

»Erstens bin ich nicht zickig, sondern lediglich emotionselastisch und zweitens ist der Papa einfach cooler als du«, wendet Anja ungeniert ein.

Patrizia beugt sich zu mir hinüber und flüstert mir zu: »Der Meinung ist sie nur deshalb, weil sie ihren Vater im Gegensatz zu mir manipulieren kann. Ich bin nämlich viel zu schlau und durchschaue ihre Spielchen.«

»Weil du in deiner Jugend um so vieles besser warst. Ich kann mich noch gut an die zahlreichen Beschwerden von deinem Bruder erinnern, weil dir dein Papa wieder mal etwas erlaubt hat, was er nie durfte.«

»Das hatte doch rein gar nichts mit Manipulation zu tun. Schließlich ist mein Bruder der Ältere. Die müssen immer zurückstecken«, verteidigt sich Patzi und wirft dann einen Blick auf ihre Armbanduhr. »Wir sollten übrigens dann bald los.«

»Wie ihr befehlt, Meisterin«, antworte ich und klatsche dabei in Aufbruchstimmung in die Hände. »Fynn, holst du bitte deinen Koffer?«

»Boah; immer muss ich irgendetwas machen. Zimmer aufräumen, duschen, Zähne putzen ... Das ist so anstrengend«, motzt mein wenig motivierter Sprössling und erklimmt dabei die Stufen, um in seinem Zimmer zu verschwinden.

»Ja, wirklich, das Leben als Teenager ist unglaublich hart«, stelle ich trocken fest und ernte dabei ein Lachen von Patzi.

Zehn Minuten später verlassen wir mit Leonardo an der Leine und den Gepäckstücken im Schlepptau unser Haus, um nach dem Verladen der Koffer mit großen Erwartungen in den langersehnten Urlaub aufzubrechen.

Kapitel 2

Mama, ich muss Lulu!«, erklingt Fynns Stimme auf der Rückbank des Volvos, den Patrizia von ihrem Ehemann ausgeliehen hat.

»Wieso bist du zu Hause nicht noch aufs Klo gegangen«, stellt Anja eine berechtigte Frage und sieht dabei von ihrem Smartphone auf.

Mein Sohn zeigt sich wenig beeindruckt von dem genervten Unterton in der Stimme seiner Sitznachbarin und entgegnet mit provokant vorgerecktem Kinn: »Weil ich da noch nicht aufs Klo musste.«

Ehe mein Patenkind etwas erwidern kann, mische ich mich in das Gespräch ein: »Der Fynn muss immer dann besonders dringend auf die Toilette, wenn keine zur Verfügung steht, weißt du.«

Ich unterlasse es tunlichst, darauf hinzuweisen, dass sich meine Kolibri-Blase eine Viertelstunde vor Fynns zu Wort gemeldet hat und allmählich Alarmstufe rot schlägt. Die Welt braucht schließlich nur einen Sündenbock.

»Boah Mom, du tust immer so, als wäre ich noch ein kleines Kind. Kannst du mich bitte einmal wie einen Erwachsenen behandeln«, erwidert mein Sprössling genervt.

»Das würde ich gerne tun, wenn du schon ein Erwachsener wärst.«

Anja lacht laut auf: »Ha ha ... und vor allem, wenn du dich wie ein Erwachsener benehmen würdest. Aber was erwartet man sich von Jungs? Ihr liegt in der Entwicklung halt um mindestens drei Jahre hinter uns.«

»Geh Mausilein, das kann man doch nicht so pauschal sagen«, ermahnt Patzi ihre Tochter.

»Wieso nicht? Es ist doch mittlerweile wissenschaftlich erwiesen, dass Jungs entwicklungsbehindert sind«, kontert Anja mit vor Schalk glänzenden Augen, woraufhin meine Freundin scharf die Luft einzieht und dabei das Lenkrad um wenige Millimeter verreißt, die aber ausreichen, um den PKW-Lenker auf der Nebenspur zu einer uncharmanten Geste zu verleiten.

»Anja, man darf doch nicht ›behindert‹ sagen.«

»Na dann halt entwicklungsgehemmt. Ist das jetzt besser? Fühlst du dich mit diesem Wort wohler?«

Das wohlproportionierte Gesicht meiner Freundin entspannt sich unwillkürlich. »Ja, schon besser. Es wär übrigens auch voll supi, wenn du in etwas freundlicherem Tonfall mit mir kommunizieren könntest.«

Stöhnen auf der Rückbank und kurz darauf die flehentliche Stimme meines Sohnes. »Können wir dann bitte wo stehenbleiben, Tante Patzi?«

»Stehenzubleiben würde implizieren, dass wir fahren. Aber wie du vielleicht bemerkt hast, stehen wir mitten in einem Stau. Wobei die Betonung auf stehen liegt«, entgegnet Anja genervt.

»Hat dir schon mal jemand gesagt, dass deine Klugscheißerei echt anstrengend ist?«, kontert Fynn.

»Meine Klugscheißerei wird nur von solchen Menschen als nervig empfunden, die zu dämlich sind, um selbst klugzuscheißern.«

»Geh Mausilein, du musst dich doch nicht bei allen Menschen unbeliebt machen«, ruft meine beste Freundin ihre Tochter zur Raison und wendet sich dann meinem Sohn zu, indem sie sich umdreht, sodass ich hastig nach dem Lenkrad greife und mich darum bemühe, das Auto in der Spur zu halten. Gott sei Dank stellt das bei dem kriechenden Tempo keine Herausforderung dar.

»Wir sind bald bei der Raststation Wörthersee und dann machen wir eine längere Pause, okay!?«

»Danke dir, Tante Patzi.«

»Geh bitte, kannst du beim nächsten Mal nicht einfach eine leere Flasche zum Pinkeln mitnehmen?«, schlägt Anja vor. »Ich meine, wenn das so weitergeht, dann kommen wir in drei Jahren noch nicht in Italien an und dieser unsägliche Urlaub nimmt überhaupt kein Ende.«

»Wieso bist du denn derartig angepisst, weil ich nach dreieinhalb Stunden Fahrtzeit mal aufs Klo muss?«, fragt Fynn seine Sitznachbarin, doch an Anjas Stelle antwortet Patzi.

»Sie ist nicht genervt, weil du aufs Klo musst, sondern weil sie mit mir auf Urlaub fahren muss.«

»Tja, ist ja auch nicht großartig verwunderlich, dass man keine Lust hat, sich den ganzen Tag Gespräche über Make Up und Männer anzuhören. Natürlich würd ich stattdessen lieber mit meinen Freundinnen abhängen.«

»Und ich dachte, dass man irgendwann nicht mehr an Fantasiefreunde glaubt«, erwidert mein Sohn schelmisch grinsend, woraufhin Anja empört die Arme vor der Brust verschränkt.

»Zu deiner Information: Ich brauche keine Fantasiefreunde, weil ich nämlich echte Freunde hab.«

Fynn kichert: »Jep, in deiner Fantasie hast du echte Freundinnen.«

Ehe ein Streit zwischen den Teenagern entbrennt, mische ich mich ein: »Ich muss schon sagen, dass ich ein klein wenig enttäuscht von dir bin, Anja. Deine Mutter und ich reden nämlich auch über andere Dinge als über Make Up und Männer.«

»Ha ha ... ja, genau, über die Art der Tampons, die sie sich kaufen.«

Empört drehe ich mich um: »Willst du nicht wieder deine Kopfhörer aufsetzen, Fynn?«

»Endlich spricht mal jemand aus, was ich mir schon die ganze Zeit denke«, fügt Anja applaudierend hinzu.

Mein Sohn stöhnt genervt auf: »Mom, jetzt sei doch nicht so uncool.«

»Wenn ich dir so zuhöre, schwöre ich der Männerwelt mein ganzes Leben lang ab«, stellt mein Patenkind entschlossen fest.

Fynn holt soeben Luft, um seiner Sitznachbarin eine bissige Bemerkung entgegenzuschleudern, kommt jedoch nicht mehr dazu, weil er von Patrizia unterbrochen wird: »Ich glaub wir haben es gleich geschafft meine Lieben.«

Mit dem Kinn deutet meine beste Freundin auf eine sich nähernde Raststation und lenkt dann das Auto in einem Kamikaze-Manöver quer über die Nebenspur auf die Abfahrt zu. Der auf diese Weise geschnittene Lenker eines *BMWs* stimmt daraufhin ein wütendes Hupkonzert an.

»So ein blödes Arschloch!«, flucht Patrizia, während sie ihren PKW auf den Parkplatz rollen lässt. »Ich mein, so dramatisch war das nun auch wieder nicht.«

Ich zucke unbeholfen mit den Schultern, weil ich mir nicht sicher bin, ob ich ihr die Wahrheit zumuten kann, entschließe mich dann aber dafür: »Na ja, er hätte in dich hineinkrachen können.«

»Aber geh. Ich hatte die Situation voll im Griff. Da war noch nie was.«

Ich bezweifle zwar, dass sie die Situation voll im Griff hatte, unterlasse es allerdings, sie darauf hinzuweisen.

Während Patrizia das Auto einparkt, gleitet mein Blick auf ein paar LKW-Fahrer, die lachend und rauchend vor ihren Lastkraftwagen stehen und dabei stolz ihre nackten riesigen Bierbäuche präsentieren.

»Dieses Selbstbewusstsein hätte ich auch gern«, halte ich trocken fest, woraufhin meine Freundin mit den Schultern zuckt.

»Ich schätze das liegt an den männlichen Genen oder so. Die fühlen sich, selbst wenn sie vollkommen unattraktiv sind, noch schön.«

»Im Gegensatz zu uns Frauen. Wir leiden ja beinahe alle an einer körperdysmorphen Störung und haben deshalb permanent etwas an uns auszusetzen«, stimme ich Patrizia zu.

Mein Sohn lacht laut auf: »Oh ja, das kannst du laut sagen. Du fragst mich ständig, ob du eh nicht zu fett bist oder zu alt aussiehst.«

Patzi grinst: »Fynn, danke für diese wertvolle Information aus dem Nähkästchen.« Danach wendet sie sich an mich: »Und wenn ich noch einmal hör, dass du dich für zu fett hältst, knall ich dir glaub ich eine. Ich mein, was soll ich bitte sagen, wenn du dich als zu fett empfindest?«

Verständnislos starre ich meine beste Freundin an, die soeben den Motor abstellt.

»Du siehst doch eh klasse aus. Was hast du denn für ein Problem mit dir?«

»Ihr seid sowas von nervig mit diesem ständigen Gerede über euer Gewicht und Aussehen«, erklärt Anja augenrollend. »Frauen beschweren sich quasi permanent darüber, dass Männer sie auf ihr Äußeres reduzieren, aber soll ich euch was sagen?«

»Nein, eigentlich musst du uns nichts sagen, aber darauf nimmst du ohnehin keine Rücksicht, also schieß los!«, entgegnet Fynn genervt und fügt dann hinzu: »Aber beeil dich bitte. Ich muss nämlich wirklich schon dringend pinkeln.«

Mein Patenkind ignoriert den Einwand ihres Altersgenossen zur Gänze und führt weiter aus: »Wir Frauen sind es selbst. Ich meine, wir reduzieren uns selbst auf unser Äußeres. Mama, du siehst super aus und der Papa hat auch noch nie etwas Gegenteiliges gesagt und trotzdem empfindest du dich als zu fett und du Tante Magdi siehst auch klasse aus und hast bestimmt noch von keinem Mann etwas Gegenteiliges gehört.«

»Mir ist das eigentlich wurscht«, klärt uns mein Sohn über sein Desinteresse auf und öffnet dann entschlossen die Autotür, um als Erster auszusteigen. »Ich muss aufs Klo. Ihr könnt euch in der Zwischenzeit weiter über euren Emanzenkram unterhalten. Solange du das nur bei der nächsten Sprechstunde in der Schule weglässt.«

»Was denn? Ich kann doch nichts dafür, dass deine Deutschprofessorin eine konservative blöde Kuh ist, die Mütter am liebsten ausschließlich vor den Herd stellen würde«, verteidige ich mich, woraufhin sich mein Sohn noch einmal in das Auto beugt und mir über die Schulter streicht.

»Schon gut, Mom. Du solltest dich nicht so aufregen. Denk an deinen Blutdruck.«

Ich komme nicht mehr dazu, etwas zu erwidern, da sich Fynn sogleich auf den Weg zur Toilette begibt.

» Männer«, höre ich Anja sagen, ehe sie aussteigt und ein Selfie von sich vor der Autobahn schießt, sodass mir nichts anderes übrigbleibt, als Patzi einen ratlosen Blick zuzuwerfen, der so viel sagt, wie: Was macht sie da bloß? Und weil Patrizia und ich seit unserer Volksschulzeit befreundet sind, versteht sie mich wortlos und antwortet mir: »Das ist eine Art Kunstprojekt, bei der sie sich an verschiedenen Orten fotografiert. Ich glaube, es geht darum, die Hässlichkeit der Welt der Schönheit gegenüberzustellen oder so.«

»Ah ja, dann sollte sie vielleicht auch ein Foto von den LKW-Fahrern machen«, erkläre ich trocken und deute auf einen der beleibteren Männer, der sich soeben nach einem Kaffeebecher auf dem Asphalt bückt und dabei sein Bauarbeiterdekolletee gekonnt in Szene setzt.

»Ahhhhhh ... ich brauche Alkohol. Dringend. Sonst verkrafte ich das alles nicht«, stellt Patzi fest, als sie nach mir den Volvo verlässt und hinter sich die Autotür zuknallt.

»Mama, du klingst schon wie die reinste Alkibraut«, stellt Anja mit einem Augenrollen fest und verwickelt ihre Mutter mit ihrer Bemerkung in eine Diskussion über normalen und übertriebenen Alkoholkonsum, die in einer Begriffserklärung des Spiegeltrinkens mündet. Indessen steuere ich mit Leo an der Leine entschlossen auf die Raststätte zu, um meine Blase zu entleeren.

Kapitel 3

Nachdem ich den Toilettengang ohne grobe Zwischenfälle überstanden habe, stehe ich nun mit einem Tablett in den Händen bei der Essensausgabe an und warte … und warte … und warte … und warte … Indessen dringt der Geruch von paniertem Schnitzel und heißem Fett in meine Nase.

Manno, mein Magen fühlt sich allmählich so an, als wäre er von einem Maschinengewehr durchlöchert worden.

»Mama, ich hab Hunger«, spricht mir mein Kind aus der Seele.

»Pff … Männer, echt«, gibt Anja, die hinter Fynn in Aufstellung gegangen ist, von sich. »Ihr glaubt selbst als Halberwachsene noch, dass die einzige Verpflichtung eurer Muttis darin besteht, sich um eure Grundbedürfnisse zu kümmern. Wie kann man nur so unselbstständig sein? Ich möcht ja nicht wissen, was du in der Steinzeit gemacht hättest? Stell dir mal vor, du müsstest jetzt ein Mammut erlegen. Dann würde dein Mittagessen noch länger brauchen, bis es in deinem Magen landet.«

Ich kann mir ein Lachen nicht verkneifen: »Ich glaub der Fynn wär in der Steinzeit verhungert. Zum einen, weil er keine Beeren oder sonstigen Früchte zu sich nimmt, die nicht aus Zucker und Gelatine bestehen und in eine Fruchtform gegossen wurden und zum anderen, weil er viel zu wehleidig ist, um jagen zu gehen. Wahrscheinlich würde sich Fynn über die mangelnde Sensibilität des Mammuts beschweren, wenn dieses ihn im Überlebenskampf schubst.«

»Ha ha ha Mom, wirklich sehr komisch. Aber falls du es genau wissen willst: Ich hätte das ganz einfach so gemacht, wie die Löwen. Ich hätte die Weibchen jagen lassen.«

So als wolle ihn unser Vierbeiner bestätigen, bellt Leonardo laut auf und veranlasst die Frau vor mir zu einem Nasenrümpfen.

»Siehst du, das ist wieder mal so typisch Mann. Immer lasst ihr uns die Care-Arbeit übernehmen. Aber falls es dir entgangen sein sollte, Fynn, wir leben nicht mehr in der Steinzeit«, entgegnet Anja.

»Ja, Gott sei Dank. Da würden nämlich eure Damenrasierer nicht ausreichen, um eure Haarpracht zu bändigen«, kontert mein Kind selbstbewusst, woraufhin ich ihm eine Kopfnuss verpasse.

Indessen wendet sich Patrizia mit blassem Gesicht und abgeschirmter Nase an mich: »Ich glaub, ich halte diesen Geruch nicht mehr aus. Mir wird schlecht.«

»Vielleicht hättest du gestern doch nicht so viel trinken sollen, Mama.«

»Geh bitte. Ich hab diesen Kantinengeruch noch nie so gut vertragen. Das weißt du doch«, verteidigt sich Patzi vor ihrer Tochter und fragt mich schließlich: »Kannst du mir vielleicht einen Wurstsalat und einen Kornspitz mitnehmen? Ah ja, und als Nachspeise einen Kaiserschmarrn.«

Ich grinse: »Kommt noch irgendwer zum Mittagessen, von dem ich nichts weiß?«

Für einen Augenblick hält Patrizia geschockt inne: »Nein, wie kommst du denn auf die Idee?«

»Na weil die Menge an Essen für zwei Personen ausreichen würde«, erkläre ich augenzwinkernd.

Meine Freundin zuckt entschuldigend mit den Schultern: »Du weißt doch, dass ich total unleidlich werde, wenn ich nicht regelmäßig etwas zu essen bekomme. Deshalb muss ich mir halt einfach ein Depot anlegen.«

»Tja, das erklärt, warum ich die Weihnachtskekse immer vor dir verstecken muss«, wendet Anja ein.

»Geh Mausilein, du musst doch nicht alle meine Geheimnisse verraten.«

»Das tu ich eh nicht. Ich glaube, das würde auch niemand der hier Anwesenden verkraften beziehungsweise könnte es zu schweren Traumata führen, wenn sie alles wüssten.«

In diesem Moment wird Patzis Gesicht einen Ton blasser – falls das überhaupt möglich ist – und sie hält sich würgend die Hand vor den Mund.

»Okay, ich ... puh ... ich glaube ich geh mal auf die Toilette und such uns dann einen Platz.«

Ehe sie den Satz zu Ende gesprochen hat, ist sie eine Staubwolke und lässt mich mit den beiden Teenies und dem Hund zurück.

»Ich glaub, deine Mama hat gestern doch ein bissi zu viel getrunken«, halte ich fest, während mein Blick noch immer starr auf die langsam in der Ferne verschwindende Rückansicht meiner besten Freundin gerichtet ist.

»Keine Ahnung wie du auf die Idee kommst, Tante Magdi.«

Wir kommen nicht mehr dazu, das Thema näher zu erläutern, da unsere gesamte Aufmerksamkeit von der Frau vor Fynn und mir in Anspruch genommen wird, die hilflos vor elektronischen Speisetafel steht und den pickeligen Angestellten fragt: »Haben sie vielleicht auch etwas Vegetarisches in ihrem Menüplan? Aber nichts mit Käse. Von dem bekomme ich immer so furchtbare Blähungen.«

Wie spannend. Vielleicht kann sie das noch plastischer schildern, damit man sich ihren Verdauungstrakt besser vorzustellen vermag.

Der Angestellte zuckt hilflos mit den Schultern: »Na ja wir hätten Gemüse-Lasagne.«

»Hm ...« Während die Fremde überlegt, sieht sie die Fotos auf dem Menüplan durch und entdeckt offenbar die angesprochene Speise, um festzuhalten: »Aber die ist mit Sauce, oder?«

Ja, offenkundig ist das Teil mit Sauce, denn auf dem Foto ist Sauce abgebildet.

»Ja«, antwortet der Angestellte geduldig.

»Hm ... nein, dann nehm ich die lieber nicht. Da ist ja so oft Gluten drinnen und das vertrag ich so schlecht.«

Eine erdrückende Stille breitet sich aus, als die Frau angestrengt überlegt, was sie zu sich nehmen kann.

»Also ... nun ja ... gibt es noch etwas anderes Vegetarisches?«

»Nur gebackenen Emmentaler oder Kässpätzle«, schlägt der Angestellte vor.

»Das ist blöd. Nun ja, dann nehm ich einfach einen gemischten Salat. Aber bitte ohne Dressing.«

»Glaubst du, sie verträgt das Besteck?«, flüstere ich Fynn zu, der daraufhin grinst.

Nachdem die unentschlossene Frau ihren Salat entgegengenommen hat und weitergezogen ist, gelingt es auch mir und den beiden Teenagern, unsere Bestellungen aufzugeben, wobei ich bei meinem Sohn einen viertägigen Marsch ohne Essen vermute. Andernfalls lässt sich seine Order, die aus einem Riesen-Wiener-Schnitzel mit Pommes frites, einer Sachertorte und einem Schoko-Muffin besteht, kaum erklären.

Die Euphorie über die geglückte Bestellung und Entgegennahme der Speisen hält allerdings nicht lange an, denn an der Kasse bildet sich bereits der nächste Stau. Verursacht wird dieser von einer älteren Dame in einem grauen Trachtenkostüm, die ihre Speisen nicht nur mit ihrem gesamten Kleingeld bezahlt, sondern der Kassiererin nebenbei ihre Lebensgeschichte erzählt.

Boah, ich hab Hunger! Kann die Frau ihre Memoiren nicht einfach in einer Autobiografie festhalten, mit der dann Schüler einer Oberstufenklasse zwangsbeglückt werden? Wen interessieren schon die Namen ihrer zwölf Katzen und deren Lieblingsschlafplätze?

»Mama?«, werde ich von meinem Sprössling in meinen Gedanken unterbrochen. »Kann ich Eistee?«

»Was? Jemanden an den Kopf werfen, inhalieren, schnupfen, spritzen?«, entgegne ich, woraufhin Anja kichert.

Fynn verdreht indessen genervt die Augen: »Na haben. Kann ich einen Eistee haben?«

»Dann sag das doch genauso.«

Er stöhnt auf: »Ja, eh.«

»Na nimm dir halt einen«, erteile ich meinem Sohn die Erlaubnis.

Gedankenversunken sehe ich Fynn dabei zu, wie er ein leeres Glas befüllt und auf dem Tablett abstellt. Plötzlich werde ich unsanft angerempelt. Empört sehe ich mich nach der Quelle der Störung um und stelle fest, dass es sich dabei um einen älteren Mann mit Pferdeschwanz und Hawaiihemd handelt, der sich an mir und den Teenagern vorbeidrängt, um sich in der Schlange vor mir einzureihen.

»Was für ein Arschloch!«, spricht mir Anja mit wütend zusammengekniffenen Augen aus der Seele. »Ich meine, wofür hält der sich eigentlich?«

»Du verstehst das einfach nicht, Anja. Der Mann stirbt wahrscheinlich jeden Moment einen qualvollen Hungertod, wenn er sein Gulasch nicht verzehren kann. Es ist quasi ein medizinischer Notfall.«

Anja und Fynn kichern und lenken damit die Aufmerksamkeit einer dürren rothaarigen Frau auf sich, die sich neben dem unsympathischen Fremden eingefunden hat und uns einen entschuldigenden Blick zuwirft. Als ihr mutmaßlicher Ehegatte diesen registriert, beruhigt er sie mit den Worten: »Geh, tua da nix ån, Schatzl. Wir håbn doch eh scho lång gnua gwårt.«

Gewalt ist keine Lösung, Magdalena! Gewalt ist keine Lösung!

💀 💀 💀

Eine unendliche Viertelstunde später, sind wir mit dem Begleichen der Rechnung an der Reihe und kurz danach, suche ich das Restaurant mit dem unruhig an der Leine zerrenden Leonardo nach meiner besten Freundin ab, kann Patzi aber nirgendwo ausfindig machen.

»Mama? Die neue Staffel von *The Boys* ist wirklich cool gewesen, gell?«, bombardiert mich mein Sohnemann indessen mit einer vollkommen unpassenden Frage.

»Fynn, das ist jetzt wirklich der gänzlich schlechteste Moment, um soetwas zu besprechen. Siehst du nicht, dass ich gestresst bin?«

»Nie kann man mit dir reden«, motzt mein Kind.

Doch, eigentlich gibt es unzählige Momente, in denen ich mich über Fynns aufmerksame Gesellschaft wirklich freuen würde. Wenn mein Hund allerdings gerade dabei ist, sich mit der Leine zu strangulieren und ich ihn von seinem ungewollten Suizid nicht abhalten kann, weil ich damit beschäftigt bin, nach meiner verschollenen Freundin zu suchen, will ich mich nicht über die neue Staffel von *The Boys* unterhalten.

»Da ist die Mama«, dringt Anjas Stimme zu mir durch und meine Augen folgen ihrem Zeigefinger, der auf einen Tisch am Fenster deutet. Mittlerweile wirkt die Gesichtsfarbe meiner Freundin deutlich gesünder als vor ihrem plötzlichen Aufbruch. Aufgeregt winkt uns Patrizia zu.

»Hey, da seid ihr ja endlich. Ich hab schon gedacht, ich muss eine Vermisstenanzeige aufgeben, so lang wie ihr gebraucht habt«, stellt Patzi fest, als ich das volle Tablett keuchend vor ihr abstelle und mein Hinterteil wenig elegant auf den Plastiksessel plumpsen lasse. Erst jetzt registriere ich, dass sich am Nebentisch der Vordrängler mit seiner Partnerin eingefunden hat. Mit grantigem Gesichtsausdruck redet er auf die Frau in der quietschbunten Kleidung ein.

»Jetzt schau da des amoi ån. I man, wo kumm ma då hin, dass si solche Leit jetzt a no in der Öffentlichkeit zeigen. I man, aus dem Buam kånn ja nur a Homo werden und des Madl wird wåhrscheinlich a so a Kåmpflesben. I sågs da, des håb i scho befürchtet, åls di so vül Rechte kriagt håbn. I man, båld besteht unsere Welt nur mehr aus Homos.«

Nachdem er seine Hassrede beendet hat, verkündet der Mann lautstark: »I muass amoi aufs Heisl, göll Spatzl.« Danach verschwindet er, wie angekündigt, auf die Sanitäranlagen der Raststätte. Erstaunlicherweise scheint seine Begleitung nach seinem Verschwinden um mindestens drei Zentimeter zu wachsen. Mit freundlichem Lächeln wendet sie sich uns zu und zuckt entschuldigend mit den Schultern.

»Tut mir leid. Der Hermann kann manchmal ein bissi ruppig sein, aber in Wahrheit ist er ein ganz Lieber, auf den man sich immer verlassen kann. Ich hoffe, sie nehmen das nicht zu ernst, was er da so von sich gibt. Ich für meinen Teil finds wirklich mutig, dass sie sich so offen zeigen. Man merkt richtig, wie wohlerzogen und brav ihre Kinder sind.« Sie seufzt, ehe sie mit ihrer lieblichen Stimme weiterspricht: »Ich wollt ja auch immer Kinder, aber der Hermann hat sich so gesträubt und irgendwann hab ich es dann aufgegeben, ihn darum zu bitten.«

»Das tut mir wirklich leid für sie. Obwohl ich sie trösten kann. Kinder sind echt nicht alles im Leben«, erwidert Patzi.

Die Frau zuckt mit den Schultern: »Ach ja, so schlimm ist es dann auch wieder nicht. Ich hab jetzt eine Ausbildung als Pädagogin angefangen.« Sie lacht laut auf. »Und das auch noch auf meine alten Tag. Können sie sich das vorstellen? Der Hermann macht sich dauernd über mich lustig, aber ich hab immer schon gern mit Menschen zusammengearbeitet. Dreißig Jahre war ich beim Arbeitsmarktservice.« Sie klatscht in die Hände. »Da hab ich auch den Hermann kennengelernt. Aber seit der Corona-Krise erfüllt mich das halt nimmer und da hab ich beschlossen, umzusteigen. Nachdem ich keine Kinder haben kann, warum sollt ich dann nicht mit Kindern arbeiten. Der Hermann versteht zwar nicht, warum ich das machen will, aber so sind's halt die Männer. Ich bin übrigens die Beate«, stellt sich die Frau schließlich vor und streckt mir und Patrizia die Hand zum Gruß entgegen.

»Ich bin die Patrizia und das ist meine Freundin die Magdalena und unsere Kinder der Fynn und die Anja.«

Nachdem sie uns der Reihe nach die Hände geschüttelt hat, klatscht Beate verzückt: »Mah ... so liebe Kinder. Da können sich manche ein Scheibchen von ihnen abschneiden.«

»Då bin i wieder. I sågs da, Bea, die Heisln wåren a scho mål sauberer då. A Wåhnsinn«, unterbricht uns der plötzlich in Erscheinung tretende Hermann. Augenblicklich schrumpft die zuvor noch so mitteilungsbedürftige Beate in sich zusammen. »Åber i siach eh, dass da ned fad wurdn is.« Er deutet mit dem Kinn in unsere Richtung, woraufhin sich Patrizia zu einem Kommentar bemüßigt fühlt.

»Sie haben wirklich eine sehr sympathische Frau.«

Seine kleinen blauen stechenden Augen mustern meine Freundin vollkommen ausdruckslos, ehe er sie emotionslos berichtigt: »Des is ned mei Frau. Des is mei Oide.«

Kapitel 4

Oh mein Gott! Ist die Klimaanlage in der Informationshütte des *Happy Smurf Village* etwa auf arktische Temperatur gestellt? Ich kann mir nämlich beim besten Willen keine passendere Erklärung für die eiskalte Witterung vorstellen, die mich wünschen lässt, ich hätte meinen Skianzug anstelle meiner Bikini-Sammlung eingepackt. Leonardo scheint es ähnlich wie mir zu ergehen. Mein Hund zittert trotz seines Fells wie Espenlaub.

»Das gibt es doch nicht!«, höre ich Patrizias wenig dezentes Organ in mein Ohr dringen. »Das da vorne ist doch dieser Unsympathler von der Raststation mit seiner Frau.«

Sie zeigt auf den Wutbürger und seine redewillige Gemahlin, die in geduckter Haltung neben ihrem Gatten steht und in ein Prospekt über den Wellnessbereich der Ferienanlage vertieft ist.

»Wenn du noch ein bissi lauter redest, gelingt es dir vielleicht, dass er es auch hört«, ermahne ich Patzi und wende mich dann den Kindern zu, die ihre Umwelt kaum wahrnehmen, weil sie den Blick wie immer starr auf ihre Handydisplays gerichtet haben. »Wenn ihr wollt, könnt ihr uns eure Pässe geben und euch einstweilen auf das Sofa dort setzen.«

Die beiden sehen mich aus ihrem tranceartigen Zustand gerissen an.

»Okay«, erklärt mein Sohn mit einem Schulterzucken, stellt dann seinen überdimensionalen Rucksack auf dem Boden ab, um eine Ewigkeit nach seinem Reisedokument zu kramen und im Anschluss an die erfolglose Suche festzuhalten: »Hast nicht du den Pass eingepackt?«

»Boah, Fynn, das darf doch nicht wahr sein. Ich hab ihn dir doch extra auf den Schreibtisch gelegt, damit du ihn einsteckst. Willst du mir jetzt etwa sagen, dass du deinen Pass vergessen hast?«

»Keine Ahnung. Vielleicht hab ich ihn eh eingepackt. Es hat jedenfalls nichts mehr am Schreibtisch gelegen, als wir losgefahren sind.«

»Wie beruhigend. Hoffentlich hast du deinen Pass nicht auf der Raststation verloren.«

»Was ist denn los?«, fragt mich meine Freundin indessen einfühlsam, während sie das Reisedokument ihrer Tochter bereits in ihren Händen hält.

»Wie es aussieht hat Fynn seinen Reisepass zu Hause vergessen. Obwohl das noch der Glücksfall wäre, denn es könnte auch sein, dass er ihn auf der Raststation verloren hat.«

»Aber geh. Das ist doch nur halb so wild. Bestimmt lässt sich das irgendwie regeln.«

»Ich sags gleich, ich werde nicht diejenige sein, die den Rezeptionisten besticht, indem sie mit ihm schläft.«

Unberührt zuckt Patrizia mit den Schultern: »Also ich übernehm den Job gerne.«

»Was ist denn mit dir los? Ich dachte, du bist glücklich mit Simon verheiratet?«

»Glücklich ist ein relativer Begriff«, raunt mir meine beste Freundin zu und achtet dabei tunlichst darauf, nicht von ihrer Tochter belauscht zu werden. »Kleb du mal nahezu vierundzwanzig Stunden am Tag mit ein und demselben Menschen zusammen und wenn du dann noch immer von Glück redest, kannst du mir einen Vortrag halten.«

»Ich wünschte, es gäbe jemanden, mit dem ich vierundzwanzig Stunden am Tag zusammenkleben könnte. Aber der Einzige, der das will, ist derzeit mein Hund. Ich meine, nicht einmal ich will mit mir vierundzwanzig Stunden am Tag zusammen sein.«

Patzis große braune Augen nehmen einen verträumten Ausdruck an: »Wie schön wäre das, wenn ich ausschließlich mit mir selbst zusammen sein könnte. Du hast nicht die geringste Ahnung, wann ich das letzte Mal allein zu Hause war. Das ist schon so lange her, dass ich mich nicht einmal mehr daran erinnern kann. Genieße es, solange du das noch hast.«

»Du hast leicht reden. Du brauchst nur mit den Fingern schnipsen und befindest dich in Gesellschaft.«

Patzi lacht laut auf: »Ja, aber in schlechter.«

Ich kneife die Augen zusammen: »Sag mal, bist nicht normalerweise du diejenige, die mir erklärt, ich soll nicht so negativ sein?«

»Ja eh. Und daran hat sich auch absolut nichts geändert. Ich sag doch lediglich, dass ich manchmal gerne allein wäre.«

»Aber allein sein wollen impliziert im Normalfall nicht, dass man mit einem anderen Mann schläft.«

»Ach.« Meine Freundin wedelt mit der Hand. »Das war doch nur so daher gesagt. Ich würd den Simon eh niemals betrügen, aber man darf sich doch wohl noch einen Gusto holen. Essen tu ich eh daheim.«

»Ja, *Mrs. Robinson*«, erwidere ich schmunzelnd. »Dennoch kann ich nicht umhin, dich um die Selbstständigkeit deiner Tochter zu beneiden.«

Wenn meinem Sohn auch jede noch so bedeutsame Aussage entgeht, dieser kleine Seitenhieb tut es natürlich nicht, weshalb Fynn wütend seine Hände in die Hüften stemmt. »Hey, ich bin auch selbstständig.«

»Sich bei *Yummy* etwas zu essen zu bestellen ist noch kein Beispiel für Selbstständigkeit, Fynn«, wendet Anja spitz ein.

Ich wedle mit der Hand: »Und nicht einmal das macht er selbst.«

»Warum sollte ich auch, wenn du das erledigen kannst?« In diesem Moment kommt ihm eine Idee: »Warte mal. Vielleicht hab ich den ...« Er unterbricht seinen Satz abrupt und beugt sich nochmal hinunter, um seine Suche nach dem Reisepass fortzusetzen. »Wusste ich es doch, dass ich ihn eingepackt habe«, stellt er schließlich fest und drückt mir freudestrahlend sein Reisedokument in die Hand, sodass mir ein Stein vom Herzen fällt.

»Nein, wusstest du nicht«, berichtigt ihn seine Altersgenossin, ehe die beiden sich mit dem Hund im Schlepptau auf den Weg zum Wartebereich begeben und Patzi und mich vor der Rezeption mit dem gesamten Gepäck zurücklassen. Als mein Haustier beim Passieren des Wutbürgers ein Knurren ausstößt, fragt mich meine beste Freundin erstaunt: »Hey, seit wann knurrt Leonardo?«

»Keine Ahnung. Normalerweise macht er das nie, aber er scheint diesen Typen irgendwie nicht zu mögen. Ist auch keine große Überraschung.«

»Mama!«, unterbricht uns Fynn. »Darf ich diese Woche mal mit der Banane fahren?« Er hält mir ein Prospekt über Freizeitoptionen in der Ferienanlage vor die Nase. Eines der Fotos zeigt lachende Halberwachsene, die sich am Meer von einem Motorboot auf einer aufgeblasenen Banane nachziehen lassen.

»Ich ... Äh ... ich ...« Ich bin überfordert und will diese Entscheidung nicht sofort treffen.

Ehe ich antworte, reißt Patrizia die Broschüre an sich und stellt begeistert fest: »Das schaut ja ur cool aus. Hast du was dagegen, wenn ich dich begleite, Fynn, oder ist dir da peinlich?«

Mein Sohn grinst: »Nein, gar nicht. Dann muss ich wenigstens nicht allein fahren.«

»Wieso denn allein? Deine Mama macht da sicher auch mit«, wendet Patrizia ein und klopft mir dabei auf die Schulter, um sich meine Zustimmung einzuholen.

Ich tippe mir mit dem Zeigefinger auf die Stirn: »Sehe ich etwa lebensmüde aus? Ich habe wirklich keine Lust darauf, dass das letzte, was ich in meinem Leben sehe, das aufgerissene Maul eines weißen Hais ist.«

»Aber geh, in der Adria gibts doch keine weißen Haie, Lena«, fällt mir meine beste Freundin in den Rücken.

»Weiße Haie kann es in jedem Meer geben, Patzi.«

»Ja, aber die Wahrscheinlichkeit ist total gering.«

»Außerdem sind Haie doch voll süß«, stellt mein Kind fest.

»Ja, wirklich total süß. Vor allem die großen Weißen sind voll lieb. Ich würde am liebsten mit ihnen kuscheln«, gebe ich nicht ganz ernst gemeint von mir.

»Ich halte Haie einfach nur für missverstandene Wesen, Mom.«

»Das liegt daran, dass du ein Mann bist und ihr ebenso der Gruppe missverstandener Wesen zuzuordnen seid. Zumindest denkt ihr das.«

»Vergleichst du deinen Sohn gerade mit einem Hai?«, fragt mich Patrizia, wartet dann jedoch keine Antwort meinerseits ab, sondern blättert stattdessen im Katalog weiter, um freudestrahlend festzustellen: »Hey, schau mal, da gibt es auch Wasseryoga!«

Was für ein Traum? Bevor ich Wasseryoga mache, gehe ich lieber mit Haien schwimmen. Vor allem frage ich mich, wie die Übungen beim Wasseryoga so aussehen? Macht man da den tauchenden Hund?

»Morgen um acht ist die erste Stunde. Was sagst du, bist du dabei?«

»Was? Wieso beginnt das schon um acht Uhr morgens. Wer ist bitte so verrückt und macht um acht Uhr in der Früh schon Sport. Da bin ich gerade bei meinem ersten Kaffee«, echauffiere ich mich, werde in meinem Grant von meiner Freundin allerdings gekonnt ignoriert.

»Voll super. Die haben da sogar einen Kinderclub. Da stecken wir die Kids hin, wenn wir mal am Nachmittag am Strand einen Cocktail trinken wollen.«

Ich verziehe das Gesicht: »Du, zum einen will mir nicht einleuchten, wieso ich die Kids in den Club stecken muss, um Alkohol trinken zu können. Fynn kennt mich und meine Affinität zu Spirituosen. Er hat an meinem Geburtstag immerhin die Bar gemanaget und zum anderen habe ich noch immer ein Kindheitstrauma von diesen Kiddy-Clubs. Nicht nur, dass man von seinen Erziehungsberechtigten dazu genötigt wird, den ganzen Tag mit fremden Kindern zu verbringen, damit die Eltern ihren tierischen Bedürfnissen nachgehen können, versteht man die Altersgenossen in den meisten Fällen nicht einmal, weil sie eine gänzlich andere Sprache sprechen als man selbst. Ein absoluter Albtraum. Welches Kind tut sich das freiwillig an?«

»Also ich war immer gern in diesen Kinderclubs. Den Stein, den ich damals bemalt hab, hab ich heute noch.«

»Echt, du musstest nur Steine anmalen? Ich musste bei einer Aufführung vom *Dschungelbuch* mitmachen, aber ich habe nicht das Mädchen gespielt, in das sich Mogli am Ende verknallt. Ich musste *Balu* den Bären spielen.«

»Und dann wundert man sich, dass Mädchen keine gesunde Einstellung zum Essen entwickeln.«

Wir kommen nicht mehr dazu, unseren Erfahrungsaustausch über Kinderclubs fortzuführen, da wir von Whitney Houstons erschallendem »I will always love you« unterbrochen werden. Der Song dient offenbar als Klingelmelodie für den Rezeptionisten, der sein Smartphone eilig zur Hand nimmt. »Scusa, ich bin gleich wieder bei ihnen«, entschuldigt sich der Mann bei Hermann und seiner Frau, ehe er abhebt und in dem kleinen Büro hinter der Rezeption verschwindet.

Der Wutbürger lacht indessen laut auf: »Håst des gheart?« Seine ahnungslose Frau zuckt hilflos mit den Schultern, sodass er ihr grinsend auf die Sprünge hilft. »Na den Klingelton man i. A so a schwåchsinniger romantischer Schaß. I man, a echter Månn heart sowas do ned. Des kånn ja nur a Homo sein. Ned, dass mi des überråschen dedat. I man, håst du gsehen, wia der ånzogn is. Åls dedat a echter Månn so vül Wert auf Mode legen.«

Beate versucht, ihren Gatten zu beschwichtigen: »Na ja, das können wir aber nicht mit Sicherheit sagen, Hermann.«

Der Mann lacht laut und vor allem herablassend auf, sodass der Ehering, den er auf einer Goldkette um seinen Hals trägt, wie eine Reifenschaukel wippt.

»Geh bitte, Bea, du lebst a in deiner eigenen Wölt. Ma siacht jå immer mehr von diese Homos. I håbs jå immer gsågt. Die Menschheit wird aussterben, weils båld kane Heteromänner mehr gibt.«

»Als wäre Homosexualität eine Modeerscheinung«, kann ich mir nicht verkneifen, meiner Freundin zuzuraunen, die ihre Hand bereits gefährlich zu einer Faust geballt hat.

»Wenn ich mir den Typen so anschaue, dann bin ich mir sowieso nicht sicher, ob ein Aussterben der menschlichen Spezies nicht wünschenswert wäre.«

»Durchatmen, Patzi. Tief durchatmen. Wir wollen uns den Urlaub doch nicht durch einen Streit mit einem Hater versauen.«

»Mah, ålso wirklich. Des is a Wåhnsinn«, gibt Hermann nach zwei Minuten des schmollenden Schweigens von sich. »Wie lång dauert des bitte no. I man, des is jå wieder amoi typisch für die Italiener. Anfåch ka Årbeitsmoral.«

»Aber geh, Schatzi, der ist bestimmt gleich wieder da und dann geh ma gleich ins Restaurant«, bemüht sich die bedauernswerte Beate darum, ihren Ehegatten zu beruhigen. Dieser lacht hingegen ein weiteres Mal verächtlich auf.

»Du bist echt unbelehrbår. Dabei håb i scho ålles versucht, um dir des åzustellen. Der zaht anfåch nur owe und mi regt sowas auf. I man, i zåhl für den Urlaub und då kånn i a erwårten, dass si des Personal um mi kümmert. A Frechheit is sowas. Des gabats in Österreich ned.

Nächstes Jåhr fåhr ma wieder noch Kärnten. Seit dem Euro is Italien eh schon genauso teuer.«

»Klar, weil er im Urlaub ist, ist er automatisch ein Übermensch und alle anderen seine Sklaven, die sich um sein Wohlergehen bemühen müssen. Vielleicht darfs noch ein Palmwedel und ein persönlicher Fütterungssklave sein«, zischt Patrizia zwischen zusammengebissenen Zähnen hervor.

»Der ist es nicht wert, dass du dich so aufregst. Weißt du, Männer wie der fühlen sich in Wirklichkeit total mickrig und müssen deshalb andere niedermachen, die eigentlich stärker sind als sie, damit sie sich besser fühlen«, wende ich ein und bin ehrlich erstaunt über meine besonnene Reaktion. Normalerweise bin nämlich ich diejenige, der es schwerfällt, die Contenance zu bewahren.

Indessen wird Hermann immer unruhiger und klopft wütend mit seinem Fuß auf den Fliesenboden. »Na des påck i ned. Wia lång dauert des jetzt bitte no?«

»Geh Hermann, wir haben doch Urlaub. Entspann dich einfach ein bissi«, wendet sich Beate ihrem Gatten zu und streichelt ihm dabei liebevoll über den Oberarm. Der Wutbürger reißt sich jedoch unsanft los und funkelt seine Frau mit seinen kalten blauen Augen an: »Na, i entspånn mi, wonn i mi entspånnen wüll, verstehst.«

»Geh Hermann, da sind ja auch noch andere Leut. Was sollen denn die von uns denken?«

»Des is ma scho lång wurscht, wås åndere über mi denken. Mir geht des då am Årsch, verstehst.«

»Ja, ich glaube mittlerweile haben wir es alle verstanden«, hält Patrizia etwas zu laut fest. Zu unserem Glück scheint sie Hermann in seiner Rage allerdings nicht wahrzunehmen.

»Na, es reicht. I brauch a Tschick!«, erklärt der Mann mit dem Bierbauch und setzt sich dann zielstrebig in Bewegung. Dabei nimmt er kaum Notiz von dem frisch gewaschenen Fliesenboden, den er ungeniert mit seinen Altmännersandalen überquert. Die sympathisch wirkende Reinigungskraft stößt ein kaum vernehmbares resigniertes Stöhnen aus, als sie ihren Mopp in den Eimer gleiten lässt und ein weiteres Mal über die eben erwähnte Stelle wischt.

»Boah ... ich ... echt ... was für ein Arschloch«, schimpft Patrizia. »Dem würde ich am liebsten eine knallen.«

»Geh Patzi, das sagst du nur, weil du die Besonderheit seiner Existenz auf diesem Erdball noch nicht verstanden hast«, wende ich ein.

»Wieso? Ich erkenne seine Besonderheit eh an. Ich mein, niemand ist so besonders deppert wie der Typ.«

Wir brechen in lautstarkes Gelächter aus und veranlassen sowohl die Reinigungskraft als auch Beate zu ratlosen Blicken. Die bedauernswerte Gattin des Wutbürgers lächelt Patrizia und mir schließlich verhalten zu und richtet das Wort an uns: »Schön, dass sie so eine Freude haben. Der Hermann und ich haben auch immer so viel gelacht, als wir frisch verheiratet waren. Und ihre Kinder sind auch so brav. Die spürt man kaum.«

Sie deutet mit ihrem knochigen Kinn auf Anja und Fynn. Während mein Sohn hektisch mit den Daumen auf dem Smartphone herumwischt und dabei mit seinem Oberkörper Bewegungen macht, die vermuten lassen, er befände sich in einem Rennwagen, telefoniert Anja per Videocall mit ihren Freundinnen. Mein Sprössling scheint etwas von dem Gespräch aufzuschnappen und verdreht dann genervt die Augen.

»Ja, kaum zu glauben, dass die beiden mal wie Pech und Schwefel waren«, erzählt Patrizia mit einem sanften Bedauern in der Stimme.

»Echt? Wie lange kennen sie und ihre Frau einander denn schon?«, fragt Beate neugierig.

»Äh ... wir ... nun ja ...«, will ich die Lage soeben aufklären, da unterbricht mich die Frau. »Keine Sorge. Sie müssen sich vor mir nicht verstellen. Ich weiß, der Hermann klingt manchmal etwas hart in seinen Urteilen, aber die Pandemie hat ihm ziemlich zu schaffen gemacht. Früher war er ein ganz anderer Mensch.«

Also hat ihn das Coronavirus wie *Hulk* in einen von der Gesellschaft unverstandenen Superhelden verwandelt oder wie?

»Na ja ... aber wir sind kein ...«

»Wir kennen uns seit der Volksschule«, unterbricht mich Patrizia hastig.

Entzückt klatscht Beate in die Hände: »Wie romantisch. Aber darf ich sie fragen, wann ihre ... nun ja ... wie soll ich es denn am besten ausdrücken ... wann ihre sexuellen Gefühle füreinander erwacht sind?«

»Das war, als die Magdalena das erste Mal mit einem Jungen ausgegangen ist. Da hat es mir einen Stich versetzt und mir ist klar geworden, dass ich mehr für sie empfinde.«, erzählt meine beste Freundin diese eben erfundene Lüge rundheraus.

»Und ...«, setzt Beate soeben zu einer Frage an, als der Angestellte die Tür des Büros wieder aufzieht und hinter der Rezeption in Stellung geht.

»Scusa, aber das war ein wichtiger Anruf«, entschuldigt er sich ein weiteres Mal mit glühend roten Wangen und ersucht Beate mit höflichem Lächeln um ihre Reisepapiere. Danach erklärt er ihr geduldig, dass sie ein Formular ausfüllen muss. Er kommt mit seinen Erläuterungen jedoch nicht weit, da er vom überdurchschnittlich sympathischen Wutbürger höchstpersönlich unterbrochen wird. Unsanft drängt sich Hermann an mir und Patzi vorbei und tritt mir dabei ungeniert auf die kleine Zehe. Arschloch!

»Wås måchst`n du då, Beate?«, fragt der Mann seine Ehegattin mit provokant vorgerecktem Kinn. Anstelle seiner Frau erhält Hermann eine Antwort von dem Rezeptionisten, was seinen Zorn weiter entfacht.

»Håb i si gfrågt, sie Gscheiterl?«

Unbeholfen sieht sich der Angestellte um. Ich vermute, dass er nur wenig von dem österreichischen Dialekt versteht.

»Scusa?«, fragt er deshalb vorsichtig.

»Nix då, Scusa. I man, wir san då in aner Ferienånlåg. Sie könnten wenigstens die Höflichkeit besitzen, mit den Gästen in Deitsch z'reden, sie Årmleuchter. I man ned nur, dass i då a Ewigkeit wårten muass, bis i amoi aufs Zimmer kånn und des nåch aner ånstrengenden Fåhrt, muss i ma von so am Mülchbubi jetzt a no wås erklären låssen. Wonns jetzt ned glei weitermåchen, dann beschwer i mi bei earnam Vorgesetzten.«

Verlegen bemüht sich der Rezeptionist darum, die Situation zu entspannen: »Äh ... Scusa. Ich habe sie nicht gut verstehen, aber nochmal es tut mir leid, dass ich gebraucht so lange. Es war eine wirklich wichtige Call.«

Hermann lacht laut auf: »Jå, des kånn i ma denken, åber des is ma ziemlich wurscht, verstehens. I bin von oben bis unten verschwitzt ...« Ja, man riecht es deutlich. »... und i wüll anfåch nur ins Zimmer und dånn am

Strånd, åber offensichtlich muass ma dafür zwanzig Formulare ausfüllen.«

»Äh ... Scusa, aber ist nur dieses eine Formular.«

»Des is ma wurscht ob ans oder zwanzig. I wüll nix ausfüllen. I man, wo kumm ma denn då hin. Datenschutz und so weiter...«

»Ich ... äh ...«, stottert der Angestellte unbeholfen, während er unerwartete Hilfe von Patrizia erhält.

»Ach jetzt kommen sie schon. Das kann doch nicht ihr Ernst sein. Der junge Mann hat doch nur für zehn Minuten telefoniert. Das ist wirklich nicht lang und ich mein sie sind hier im Urlaub. Wo ist ihr Problem? Entspannen sie sich doch ein bisserl. Sie waren doch auch einmal jung.«

Oh nein. »War« ist in diesem Zusammenhang definitiv die falsche Wortwahl. Damit wird Patrizia die Situation kaum entspannen.

Wie Arnold Schwarzenegger in *Terminator* wendet sich Hermann meiner Freundin zu und starrt sie mit zusammengekniffenen Augen an.

»Ålso i waß ned, wie du Braut Satans das siehst, aber ich fühle mich noch immer jung und knackig.«

»Ach komm schon, Hermann. Lass es gut sein. Wir wollen doch nicht streiten«, versucht Beate ihren Gatten zu beschwichtigen. Patrizia jedoch ist aus einem anderen Holz geschnitzt und funkelt den Mann zornig an.

»Nur haben ihre Gefühle leider nix mit der Realität zu tun, Opa«, kontert sie mit zu Fäusten geballten Händen. »Davon abgesehen wäre es wirklich sehr zuvorkommend von ihnen, wenn sie mich beim Namen nennen könnten und nicht als Braut Satans bezeichnen würden.«

»Stimmt. Satan is jå a Månn und du stehst auf Weiber. Wåhrscheinlich brauchst di jungen Pupperln damit du earna Bluat trinken kånnst, gö?«

Auch wenn Hermann ein Arschloch ist, fühle ich mich geschmeichelt, weil seine Äußerung impliziert, dass ich ein junges Pupperl bin. Ja, ich weiß. Ich bin eine Verräterin und lasse meine beste Freundin schändlichst im Stich.

In einem Anfall von Sentimentalität denke ich an Patrizias und meine Schulzeit zurück. Beinahe täglich haben wir in der Unterrichtsstunde kleine Briefchen geschrieben, Freundschaftsarmbänder für die jeweils andere geknüpft und nach einem harten Schultag mindestens eine Stunde telefoniert. Hach ...

Vollkommen in meinen Erinnerungen schwelgend registriere ich die Eskalation des Konflikts erst, als Patrizia wild gestikulierend auf Hermann einredet und diesen dabei mit ihrem Arm trifft, sodass der Mann vor Schmerzen schreiend zu Boden geht.

Wenn er so weitermacht, gelingt es ihm, für die italienische Nationalmannschaft angeheuert zu werden. Sein Talent für Schwalben ist unverkennbar.

»Oh mein Gott! Hermann, alles in Ordnung mit dir? Soll ich dir was bringen?«, fragt Beate ihren Göttergatten pflichtbewusst und geht dabei besorgt in die Hocke.

Sie könnte ihm ein bisschen Verstand gewürzt mit Sensibilität und Freundlichkeit bringen.

»Ahhhhhh ... Ahhh ...«, stöhnt der Unsympathler indessen. »Die wåhnsinnige Kåmpflesben håt mi verletzt.«

»Ich werd dich gleich richtig verletzen, du ...«, gibt Patrizia wutentbrannt von sich und stürmt dabei auf Hermann zu. Es gelingt mir gerade rechtzeitig, sie von ihrem Vorhaben abzuhalten. »Patzi, reiß dich zusammen. Das bringt doch alles nichts.«

»Wenn sie wollen, ich rufe ihnen gerne einen Arzt. Ich bin sicher, dass gemacht die Signora, nicht absichtlich«, eilt uns der Rezeptionist zur Hilfe.

»Ja, ich wünschte aber, ich hätte es absichtlich gemacht«, stellt Patrizia wenig hilfreich fest, woraufhin der Angestellte seinen Mund zu einem breiten Grinsen verzieht und meiner Freundin zuzwinkert.

Wunderbar. Nicht nur, dass wir bald eine Anzeige wegen Körperverletzung am Hals haben, muss ich Simon dann auch noch zu Hause erklären, warum seine Frau mit einem italienischen Jüngling durchgebrannt ist. Was habe ich bloß falsch gemacht?

Kapitel 5

Es ist kaum zu glauben, aber nachdem wir Hermann davon überzeugen konnten, keine Anzeige gegen Patrizia zu erheben, liege ich endlich am Strand und atme die salzige Meerluft ein, während die Wellen rauschend am Ufer brechen und ein paar Möwen krächzend über das Wasser fliegen. Der Urlaub hat begonnen.

Na gut, sagen wir mal, er hat fast begonnen, denn was ich bei all dem Gefasel darüber, dass ich nach dieser endlosen Pandemie mal wieder ans Meer will, nicht bedacht habe, war der Sand, der gepaart mit Sonnencreme das optimale Peeling abgibt.

Während ich also die klebrige Sonnencreme mit dem Minimumschutzfaktor sechs auf meiner blassen Haut verteile und den Sand dabei an Körperstellen bekomme, wo man definitiv kein Peeling gebrauchen kann, beobachte ich das rege Treiben auf dem Hausmeisterstrand Italiens. Eine Gruppe einheimischer Kinder baut in Ufernähe unter gestrenger Leitung des Vaters eine Miniatur-Replik von *Winterfell*. Ein paar Meter abseits spielt indessen ein junger Bursche mit seinem Großvater Boccia und wirkt dabei nur wenig begeistert von dem Pensionisten-spiel, sodass ihm in seiner mangelnden Aufmerksamkeit die Kugel auskommt und beinahe ein Pärchen trifft, das seine Liebe knutschend auf einem Strandtuch zum Ausdruck bringt. Eine ältere Dame mit leichtem Übergewicht und toupiertem Lockenkopf watet Schritt für Schritt ins seichte Meer, dessen Temperatur ihr allerdings zu schaffen macht, weswegen sie vorsichtig mit den Händen ins Wasser fasst, und die kühle Nässe schließlich auf ihren Armen verteilt, ehe sie sich in die Fluten stürzt.

»Coco, Coco, Coco bello!«, unterbricht mich das lautstarke Organ eines Einheimischen, der am Strand Kokosnüsse verkauft und meine Aufmerksamkeit auf den breitschultrigen Stammesführer einer blasshäutigen Sippe lenkt, dessen Rücken bereits Verbrennungen dritten Grades aufweist. Man darf gespannt sein, wann sich seine Haut in Bläschen wellt und vom sonnensprossenübersäten Rücken schält. Jedenfalls bin ich der festen Überzeugung, dass er seine Nachtruhe den Rest der Woche auf dem Bauch liegend zubringen wird. Autsch!

Hastig wende ich den Blick ab, um seine künftigen Schmerzen nicht nachempfinden zu müssen, und mache auf dem Meer eine winzige Banane aus, die von einem Motorboot hinterhergezogen wird. Irgendwo auf diesem Gefährt sitzen Fynn und Anja mit meiner besten Freundin. Die drei konnten sich nämlich nicht gedulden und mussten die Wasseraction sofort ausprobieren.

In der Hoffnung, die winzigen Pünktchen in der Ferne zu identifizieren, kneife ich meine Augen zusammen, kann aber weder meinen Sohn noch mein Patenkind oder Patrizia ausmachen. Verbissen bemühe ich mich darum, doch noch etwas zu erkennen, da kreuzt plötzlich ein mir bekanntes Gesicht mein Blickfeld.

Mit einem protzigen Fotoapparat um den Hals und einer Bierdose in der linken Hand schlendert Hermann am Strand entlang und schießt scheinbar willkürlich Fotos von Touristen. Von der knappen Badehose, die das Gemächt des Mannes gerade so bedeckt, bekomme ich

Albträume. Der sieht ja aus wie ein Zuhälter aus einem schlechten Drogen-Drama.

Nachdem der blanke Busen einer Frau im azurblauen Bikini-Höschen Hermanns Aufmerksamkeit erregt, positioniert er sich nach einem Schluck von seinem Dosenbier wenig diskret vor der attraktiven Blondine, um ein Foto von ihr zu schießen. Das Geräusch des Fotoapparats ist allerdings zu laut, als dass man es überhören könnte, weswegen die junge Frau, die zuvor ein Nickerchen in der Sonne gemacht hat, augenblicklich die Augen öffnet. Wie zu erwarten, durchschaut sie den biertrinkenden Lustmolch, auch als dieser vorgibt, bloß zufällig stehengeblieben zu sein, und schnappt sich mit wütend funkelnden Augen ihr Bikinioberteil, um damit sogleich ihren Busen zu bedecken.

»Was machen sie da?«, schimpft sie auf Hermann ein, der schamlos stehenbleibt. »Julian, hast du das gesehen?«, wendet sich die Frau an einen Mann mittleren Alters mit blonder Löwenmähne, der hinter ihr im Schatten auf einer Liege verweilt und von seinem E-Reader aufsieht.

Jetzt wirds spannend. Vielleicht sollte ich mir ein paar Notizen machen.

»Der Mann da«, sie deutet wütend auf Hermann, der noch immer keine Anstalten macht, die Flucht zu ergreifen, »hat mich fotografiert.«

Augenblicklich legt ihr Begleiter seinen E-Reader zur Seite und erhebt sich sichtlich aufgebracht von seiner Liege, um auf Hermann zuzustürmen und wütend auf ihn einzureden. Leider verstehe ich absolut kein Wort, weil die Gruppe Junggebliebener neben mir beschlossen hat, ihren portablen Lautsprecher einzuschalten und mich mit Gigi D'Agostinos »L'Amour Toujours« zu beschallen.

Na sehr super. Jetzt verpasse ich doch glatt den dramatischen Höhepunkt der Seifenoper und kann nur raten, was ein paar Meter neben mir vor sich geht.

Der Mann mit der Löwenmähne schimpft weiterhin wütend auf Hermann ein, doch der zuckt nicht einmal mit der Wimper, sondern lacht bloß verächtlich, was nicht unbedingt zur Entspannung der Situation beiträgt. Indessen verschränkt die junge Frau zu meiner Überraschung trotzig die Arme vor der Brust und schleudert ihrem Freund dabei ein paar giftige Worte entgegen. Der lässt sich von der jungen Frau jedoch nicht beirren, sondern schnappt stattdessen wutentbrannt nach dem Fotoapparat, den Hermann nicht kampflos aufgibt, sodass eine Rangelei entsteht, die die beiden Männer immer mehr in Ufernähe treibt. Der Konflikt gipfelt schließlich darin, dass der Begleiter der Blondine Hermann den Fotoapparat so unsanft entreißt, dass dieser das Gleichgewicht verliert und in *Winterfell* landet. Wild gestikulierend wird der lüsterne Wutbürger daraufhin von dem bauleitenden Vater beschimpft, während der Mann mit der Löwenmähne mit seiner Beute zielstrebig auf das Meer zuläuft und diese dort mit einem geschickten Wurf versenkt. Bleibt nur zu hoffen, dass sich unter der Oberfläche kein Taucher befindet.

Weiter kann ich der Szenerie zu meinem Bedauern nicht mehr folgen, da mich Leonardo mit einem lautstarken Bellen auf ein kleines Mädchen aufmerksam macht, das bitterlich weint. Weil ich die Eltern des Kindes nirgends ausfindig mache, erhebe ich mich träge von meiner Strandliege, um das Mädchen anzusprechen: »Hey, was ist denn los? Hast du deine Eltern verloren?«

Die Kleine nickt und sieht mich aus großen braunen Augen an. Dicke Tränen kullern ihr dabei über die Wangen.

»Ich hab meinen Papa verloren. Ich wollte nur mal ein bissi allein zum Meer gehen und hab dann ein Eisgesäft gesehen. Da ... da wollt ich mir ein Eis kaufen, aber ich hab kein Geld mitgehabt und als ich mich umgedreht hab, hab ich den Papa nicht mehr gesehen«, erklärt das Mädchen schluchzend und enthüllt dabei einen leichten S-Fehler. »Und ... und ... die Liegen, die sauen alle gleich aus. Ich weiß gar nicht mehr, wo ich bin.«

»Weißt du was, du brauchst nicht mehr weinen. Wir werden deinen Papa jetzt gemeinsam suchen gehen. Der Leo«, ich deute auf meinen Hund, der in freudiger Erwartung im Schatten sitzt, »ist nämlich ein super schlauer Hund und findet alles und jeden. Eine Superspürnase quasi. Und wenn wir mit dem Leonardo gemeinsam deinen Papa suchen, kann gar nix schiefgehen.«

Die Tränen des Mädchens versiegen rasch, als mein Vierbeiner auf die Kleine zugelaufen kommt und die Hand des Kindes ableckt.

»Wie heißt du denn eigentlich?«

»Ich heiße Christina und mein Papa heißt Georg.«

»Christina ist aber ein schöner Name«, stelle ich lächelnd fest. »Ich glaub Leo gefällt der Name auch.«

Das Mädchen strahlt mich an: »Ja, ich finde auch, dass das ein söner Name ist. Der Papa hat gesagt, dass er den ausgesucht hat. Die Mama wollte mich Emily nennen, aber er hat gemeint, dass er das verhindert hat.«

»Na das ist ja gut. Mir gefällt nämlich Christina viel besser als Emily.«

»Ja, aber alle nennen mich Chrisi«, erklärt sie mir.

»Na ja, das klingt doch auch sehr hübsch«, wende ich ein und spüre plötzlich eiskaltes Wasser meinen Rücken hinunterrinnen. Als ich mich erschrocken umdrehe, sehe ich in das grinsende Gesicht meines Sohnes, der sich einen Spaß daraus macht, mich mit Meerwasser zu besprenkeln.

»Manno Fynn. Muss das denn sein?«, ermahne ich ihn erbost.

Christina lacht indessen laut und herzlich auf.

»Ja«, antwortet mein Filius und der Schalk glänzt dabei unverkennbar in seinen schmalen blauen Augen. »Soll ich nochmal?«

Ich weiche seinen nassen Händen rechtzeitig aus, sodass er ins Leere greift. »Nein, ich hatte genug.«

»Sicher?«, eröffnet er eine zwischen uns klassische Rangelei, sodass Christinas Lachen immer lauter wird, während sie uns zusieht. Es dauert nicht lange, bis wir die Balgerei keuchend und prustend vor Lachen für beendet erklären und ich Fynn frage: »Sag, wo hast du eigentlich die Tante Patzi und Anja gelassen?«

»Die wollten noch ein Strandtuch kaufen und sich einen Kaffee holen«, antwortet Fynn prompt.

»Ah ja, du, ich werd der Christina helfen, ihre Eltern zu finden. Bleibst du hier und sagst der Patzi Bescheid, oder hilfst du uns beim Suchen?«

Entschieden schüttelt Fynn den Kopf: »Nope, ich bleib lieber hier. Werd ein bissi zocken.«

»Als würde mich das großartig überraschen.«, stelle ich trocken fest und schnappe mir danach das verlorene Mädchen, um mich mit ihr und Leo auf die Suche nach den Eltern zu machen.

»Du hast übrigens ein wirklich schönes T-Shirt«, halte ich fest, als Christina und ich am Eiswagen vorbeilaufen und ich mich nach zwei verzweifelten Erwachsenen umsehe. Leonardo bellt, so als wolle er mir zustimmen.

»Das hat mir mein Papa letztes Jahr im Urlaub gekauft. Das war der erste Urlaub ganz allein ohne die Mama. Und er hat gesagt, ich darf ihr nicht sagen, dass ich das von ihm bekommen hab, weil die Mama keine Einhörner mag. Die findet das so kliseehaft«, erläutert das Mädchen stolz.

»Oh, wie schade. Ich mag Einhörner total gern. Wenn ich eine Prinzessin wäre, dann wäre das Einhorn mein Wappentier.«

Ratlos sieht mich Christina an: »Was ist denn ein Wappentier?«

»Na ja, Wappen sind so eine Art Aushängeschild für eine bestimmte Familie oder Gruppe. So wie du dein Zeichen im Kindergarten oder in der Schule hast, an dem jeder zum Beispiel deine Zeichnungen erkennt, so haben im Mittelalter bestimmte Familien ein bestimmtes Zeichen gehabt, an dem man sie erkannt hat.«

Christina nickt, so als hätte sie alles bestens verstanden.

»Bist du eigentlich eine Prinzessin?«, fragt sie mich schließlich aufrichtig neugierig und ich kann mir ein Schmunzeln nicht verkneifen.

»Nein, leider nicht, aber ich wäre gern eine Prinzessin.«

»Aber du bist so hübs wie eine Prinzessin.«

Okay, kann ich dieses Kind bitte adoptieren!

»Das ist aber lieb von dir. Danke.«

»Vielleicht bist du ja doch eine Prinzessin.« Ihre Augen werden plötzlich groß. »Vielleicht bist du eine Meerjungfrauenprinzessin wie *Arielle* und so eine böse Meerhexe hat dich in einen Mensen verwandelt und dir die

Erinnerung genommen, damit du nie wieder zurück in dein Königreich kannst.«

Wenn Christina wüsste, wie oft ich mir das als kleines Mädchen gewünscht habe, wenn meine Eltern sich mal wieder wegen irgendeiner Nichtigkeit bis aufs Blut gestritten haben.

»Da ist mein Papa!«, juchzt das Mädchen plötzlich vor Freude auf und deutet dann auf einen hochgewachsenen Mann, der verzweifelt in der Menschenmenge am Strand nach seiner Tochter Ausschau hält. Als er Christina sieht, breitet sich offenkundige Erleichterung in seiner Miene aus und er kommt auf uns zu.

So eine Scheiße! Der sieht richtig gut aus. Damit habe ich jetzt absolut nicht gerechnet, sonst hätte ich mein Make-up mit Sicherheit aufgefrischt.

»Christina, ich hab dir doch gesagt, dass du nicht einfach so allein loslaufen sollst«, ermahnt er seine Tochter. »Ich habe mir schon Sorgen um dich gemacht.«

»Tut mir leid, Papa«, entschuldigt sich das Mädchen. »Aber sau mal, mir hat eine Meerjungfrau geholfen.«

Klasse. Jetzt denkt er bestimmt, ich bin geisteskrank.

»Hi!«, begrüßt mich der Mann verlegen. »Danke, dass sie meiner Tochter geholfen haben. Ich war schon total nervös, dabei macht die Chrisi das eh öfter. Sie ist halt eine kleine Träumerin.«

Ich zucke unbeholfen mit den Schultern: »Kein Problem. Ich kenn das noch von meinem. Wobei Fynn nicht nur untergetaucht ist, sondern sich manchmal auch noch verkleidet und dann vollkommen lautlos angeschlichen hat.«

Christina, die soeben dabei ist, dem hechelnden Leonardo den Bauch zu kraulen, lacht laut auf: »Ha ha, das klingt aber voll lustig. Kann ich das auch mal machen, Papa?«

»Ja, das kannst du gerne machen, aber bitte dann, wenn du wieder bei deiner Mutter bist.« Er wendet sich mir zu, um mir zu erklären: »Ihre Mutter und ich leben getrennt voneinander.«

»Ja, das hat mir ihre Tochter schon erzählt«, quittiere ich seine Erläuterung mit einem Schmunzeln.

Verlegen hakt der Mann nach: »So? Was hat sie ihnen denn sonst noch erzählt?«

Mein Mund verzieht sich zu einem breiten Grinsen: »Alles. Sie hat mir einfach alles erzählt.« Ich beuge mich zu ihm nach vorne und flüstere ihm zu: »Auch von dem Superheldenkostüm im Keller. Aber ich werde es nicht weitererzählen.«

Er wedelt mit der Hand: »Ach das! Das ist ja nichts Besonderes. Immerhin sind alle Eltern auf ihre eigene Art und Weise Superhelden, finden sie nicht?«

»Das stimmt. Wenn sie mich allerdings noch lange siezen, dann könnte es passieren, dass ich mich von einer Superheldin in einen Bösewicht verwandle.«

»Oha, ich glaube, das Risiko würde ich nur ungern eingehen.« Er streckt mir die Hand entgegen: »Ich bin übrigens der Georg.«

Ich ergreife seine Hand und stelle fest, dass er leichte Schwielen an den Handinnenflächen hat. Das bedeutet, dass er einen handwerklichen Beruf ausübt und das wiederum bedeutet, dass er gut mit den Händen umgehen kann und das wiederum bedeutet ... Okay, stopp. Ich kenne diesen Mann kaum und ich habe genügend Psychos für ein Leben gesammelt. Das heißt, dass ich bei jedem neuen Kennenlernen Vorsicht walten lassen muss.

»Ich bin die Magdalena. Freut mich sehr.«

»Sind ...« Er unterbricht sich hastig, um sich auszubessern: »Bist du das erste Mal hier?«

»Also in Italien bin ich nicht das erste Mal, aber im *Happy Smurf Village* schon.«

»Und du tust dir die Kinderhölle freiwillig an?«

»Nope.« Ich schüttle entschieden den Kopf. »Ich bin meinem Sohn zuliebe hier. Wenn es nach mir ginge, würde ich in einem kleinen Zimmer in Caorle wohnen und jeden Abend stundenlang in der Altstadt verbringen, um mich zu betrinken.«

Georg lacht: »Oh ja, klingt nach meinem Traumurlaub. Stattdessen heißt es Trampolin springen, bis einem schlecht wird. Hat dann ja auch etwas von Betrinken. Wie alt ist dein Kind eigentlich?«

»Ich habe einen Teenager. Ich hege ernsthafte Zweifel, dass es sich bei diesem noch um ein menschliches Wesen geschweige denn ein Kind handelt.«

»Ah ja, die dezente Rückentwicklung zum Höhlenmenschen hat bei deinem Sohnemann also bereits eingesetzt. Betrachtet er Seife schon wie Säure und spricht nur noch das Notwendigste?«

»Beobachtest du uns heimlich?«

»Nope, nicht notwendig. Ich war ja selbst mal ein Teenager und ich bin mir ehrlich gesagt bis heute nicht sicher, dass ich mich wieder vollständig in einen Homo sapiens verwandelt habe.«

»Okay, ich frag jetzt lieber nicht nach.«

»Papa?«, werden wir von der flehentlichen Stimme Christinas unterbrochen. »Können wir auch einen Hund kaufen?«

»Chrisi, ich hab leider nur eine Wohnung und du weißt doch, dass ein Hund in der Wohnung arm ist.«

»Aber ich hätte so gern einen Hund. Bitte, bitte, bitte. Es muss ja auch kein großer Hund sein. Wir können einen kleinen Hund kaufen.«

»Aber auch der kleine Hund ist sehr viel Arbeit, Chrisi und du weißt, dass ich, wenn ich Nachmittagsunterricht hab, auch manchmal später nach Hause komme. Wer geht denn dann mit dem Hund Gassi?«

Unterricht? Wieso Unterricht? Oh mein Gott, geht er etwa noch zur Schule? War ja klar, mein Psychomagnet funktioniert einwandfrei. Obwohl ... Einem plötzlichen Geistesblitz folgend, hake ich interessiert nach: »Bist du etwa Lehrer?«

Bitte lass ihn Lehrer sein! Bitte, bitte, bitte ... ich werde dich auch nie wieder um etwas bitten, wenn du mir nur diesen einen Wunsch gewährst.

»Oh, äh ... ja. Ich unterrichte Sport und Geschichte an einem Gymnasium. Nicht unbedingt der Prestigejob schlechthin, aber es macht Spaß mit Höhlenmenschen zu arbeiten und ihnen die Grundlagen des aufrechten Ganges sowie deren Vergangenheit näherzubringen.«

Erleichtert atme ich auf, ehe ich erwidere: »Das ist ja cool. Meine Freundin ist auch Lehrerin. Sie unterrichtet Musik an einem transdanubischen Gymnasium.«

»In *Mordor* also.«

»Moment Mal. Pass bloß auf, was du sagst. Du sprichst hier über meine Heimat«, entgegne ich mit erhobenem Zeigefinger und breitem Grinsen im Gesicht.

»Ich darf das. Ich bin immerhin auch Bürger der düsteren Gefilde von *Mordor* und zwar schon mein ganzes Leben lang. Nur unterrichten tue ich die kleinen transdanubischen Orks nicht, sondern die Kinder *Saurons* aus dem einundzwanzigsten Bezirk. Aber wenn du mich schon so ausfragst, was machst du eigentlich beruflich?«

»Ich schreibe Romane. Krimikomödien genaugenommen.«

»Oh wow, sehr cool. Ich spreche also wirklich gerade mit einer Autorin. Wahnsinn. Ich glaube, jetzt werde ich ein bissi nervös.«

Super. Das passiert immer, wenn ich Menschen erzähle, was ich beruflich mache. Vielleicht sollte ich mir irgendeinen Fakejob ausdenken. Beim nächsten Mal behaupte ich einfach, dass ich Chemikerin bin.

»Was schreibst du denn, beziehungsweise was hast du denn geschrieben? Kenne ich vielleicht etwas davon?«

»Gut möglich, dass du einen meiner Romane kennst. *Das Dosenbierdebakel* ist unter anderem von mir.«

»Was? Die Geschichte ist von dir?«, fragt er mich ungläubig. »Ich glaub das Buch hab ich an einem Tag verschlungen, weil es so witzig war, dass ich es kaum aus der Hand legen konnte.«

»Du liest meine Romane?«, stelle ich erstaunt fest.

»Na ja, ich will ehrlich sein: Ich habe dieses eine Buch gelesen, sonst lese ich eher Fantasy-Romane, aber wenn alle deine Geschichten so gut sind, könnte ich mich erwärmen, mehr davon zu lesen.«

»Wenn du sonst Fantasy-Romane liest, wie bist du dann auf eines meiner Bücher gestoßen?«

»Ich wollte meiner Mutter *Das Dosenbierdebakel* zu Weihnachten schenken. Leider hatte meine Schwester dieselbe Idee und so hab ich es mir halt behalten. Wär ja schad darum gewesen und meine Mutter hätte mir fix den Kopf abgerissen, wenn ich es einfach weggegeben hätte. Sie ist nämlich ein riesiger Fan von dir und deinen Büchern und redet schon seit Jahren davon, dass sie mal eine deiner Lesungen besuchen will. Bisher hatte sie leider noch keine Zeit.«

»Da bist du ja!«, ertönt die Stimme eines blonden etwas beleibteren Mannes, der mit einem Baby auf dem Arm auf Georg zugelaufen kommt. »Ich hab dich schon überall gesucht.«

»Tja, da sieht man, wie sich die Rollen plötzlich umkehren«, halte ich augenzwinkernd fest.

»Sorry. Aber die Chrisi ist mal wieder davonspaziert.«

Der wasserstoffblonde Mann grinst breit: »Ja ja, die Chrisi ist davongelaufen. Genau. Und deshalb stehst du auch mit einer schönen Frau hier, von der du dich offensichtlich nicht losreißen kannst und die du deinem besten Freund vorenthalten wolltest. Das nehm ich dir wirklich übel.«

»So? Nimmt mir das die Alina auch übel?«

Oh nein. Alina ist mit Gewissheit seine Freundin. War ja klar, dass so ein attraktiver Mann nicht Single ist. Da bewahrheitet sich wieder einmal mein Beuteschema. Ist er kein Psychopath, dann ist er vergeben. Enttäuscht lasse ich die Schultern hängen.

»Die Alina weiß, dass ich eine treue Seele bin und für dich würd sie sich maximal freuen. Sie denkt ja sowieso schon lange, dass du viel zu wählerisch bist.«

Mein Herz macht einen freudigen Sprung. Er ist also doch nicht vergeben. Habe ich das richtig verstanden? Er ist nicht vergeben. Juhu! Andererseits, wenn er nicht vergeben ist, dann bleibt nur Option zwei offen: Er ist ein Psychopath und das klingt auch noch logisch, denn warum sonst sollte so ein attraktiver Mann alleinstehend sein? Das ergibt doch überhaupt keinen Sinn.

Ich räuspere mich auffällig, um anzudeuten, dass ich mich sogleich verdünnisieren werde. Ja, genau, sie haben richtig gelesen. Ich werde mich aus dem Staub machen, um die nächste Beziehung zu einem Narzissten zu verhindern. Das ist einfach sicherer.

»Äh, ich muss dann wieder zurück. Es hat mich wirklich sehr gefreut, Georg.«

»Oh ... äh ... musst du denn wirklich schon gehen?«, fragt mich Christinas Vater und in den Mundwinkeln von seinem Freund zeichnet sich ein leichtes Schmunzeln ab.

Da haben wir es. Wahrscheinlich klammert er und hält keine fünf Minuten ohne seine Partnerin aus. Wusste ich es doch.

»Na ja, ich kann ja schlecht den ganzen Tag hier stehen bleiben und mein Sohn ist allein auf unserem Platz. Wenn ich nicht aufpasse, bekommt er noch viereckige Augen vom vielen Zocken.«

»Oh ... gut ... ja klar. Äh ... Nun ja ... es hat mich wirklich gefreut. Und danke nochmal.«

Ich lächle ihm zu: »Hab ich doch gern gemacht.« Dann wende ich mich an Christina: »Ich muss den Leonardo leider wieder mitnehmen. Aber das war wirklich sehr lieb von dir, dass du dich so gut um ihn gekümmert hast.«

Das Mädchen wirkt enttäuscht: »Ach nein. Muss das denn wirklich sein?«

Da haben wir's. Das Klammern liegt in der Familie.

Vorsichtig ziehe ich an der Leine, doch mein Haustier bewegt sich nur äußerst widerwillig weiter. Ich habe bereits ein paar Schritte getan, als hinter mir noch einmal Georgs Stimme ertönt: »Äh ... willst du am Abend vielleicht etwas mit mir trinken gehen?«

Kapitel 6

rauchst du noch lange?«, dringt Patrizias Stimme durch die Tür in mein Schlafzimmer, in dem ich jetzt schon seit einer halben Stunde meinen Koffer nach einem passenden Outfit für die Verabredung mit Georg durchwühle. Dummerweise werde ich nicht fündig. Das ist doch wirklich zum Verrücktwerden! Aber woher hätte ich denn erahnen sollen, dass mich im Urlaub ein Date erwartet? Moment Mal: Ist das überhaupt ein Date? Vielleicht will sich Georg lediglich mit einem Drink dafür bedanken, dass ich seiner Tochter geholfen habe. So von Vater zu Mutter ... Manno ...

Verzweifelt lasse ich mich in den riesigen Haufen von Kleidern sinken, der sich auf meinem Bett stapelt. Wenn das so weitergeht, dann muss ich heute Nacht mit der Couch vorliebnehmen.

»Lena? Lebst du noch?«, hakt Patzi besorgt nach, nachdem ich es verabsäumt habe, ihre Frage zu beantworten.

»Ja, alles in Ordnung.«

Nein! Gar nichts ist in Ordnung. Ich treffe seit einer gefühlten Ewigkeit mal wieder einen Mann, der auch noch vollkommen normal wirkt, was beinahe an Langeweile grenzt, und ich finde nichts zum Anziehen. Ich hasse mein Leben!

»Darf ich reinkommen?«

Ich werfe einen skeptischen Blick auf das Kleiderchaos: »Ich bin mir nicht sicher, ob das schlau ist. Du könntest mich für eine Verrückte halten.«

»Aber geh, Blödsinn. Ich halte dich doch nicht für eine Verrückte.«

»Na dann wage dich in die Höhle des Löwen«, fordere ich meine Freundin auf, woraufhin sie den Türgriff betätigt, um das Zimmer zu betreten. Augenblicklich nimmt Patzis Gesicht eine betretene Miene an. »Was ist denn hier passiert? Wurdest du von einem Tornado überrascht?«

»Jep und der Tornado hat auch einen Namen: Magdalena.«

»Dachte ich's mir. Was ist dein Problem?«

»Ich finde nichts zum Anziehen.«

»Das sieht aber nicht danach aus, als hättest du nicht genügend eingepackt.« Sie wirft einen vielsagenden Blick auf das Chaos.

»Ja, aber ich habe absolut nichts für ein Date eingepackt. Ich wusste ja nicht, dass ich ausgerechnet im ungünstigsten Moment, den man sich vorstellen kann, einen Mann kennenlerne. Ich meine, bei mir ist schon seit Ewigkeiten tote Hose.«

Patrizia schmunzelt: »Ja, weil du voll der Workaholic bist.«

»Das stimmt doch gar nicht. Es gibt einfach keine freien Männer mehr, die nicht restlos gestört sind.«

»Das würde voraussetzen, dass die Vergebenen normal sind und ich versichere dir, dass das nicht der Fall ist. Aber wie dem auch sei. Das löst wohl dein Problem der Kleiderwahl nicht.«

Ich schüttle zustimmend den Kopf.

»Okay, also was wir als erstes brauchen, sind ein paar coole Outfits.« Sie reibt sich die Nasenspitze: »Lass mich mal nachdenken ... Hm ... Genau, du nimmst einfach was von mir.«

Okay, das macht mir Angst! Patrizia trägt keine normale Kleidung, sondern ziemlich ausgefallene Gothic- und Punk-Mode und ich bin mir wirklich nicht sicher, ob ich Georg in einem ihrer absonderlichen Outfits treffen möchte. In diesem Fall wäre es nämlich naheliegend, dass er mich für eine Geisteskranke hält und nicht umgekehrt.

Patrizia ignoriert den mir ins Gesicht geschriebenen Widerstand gänzlich und verlässt aufgeregt das Zimmer, um wenige Minuten später mit einer Auswahl an Kleidern zurückzukehren. »Möge die Modenschau beginnen und denke immer daran: Die *Handetasche* muss leben! Sie muss leben! Verstehst du?«, verkündet meine beste Freundin pathetisch, als sie die Kleidungsstücke auf meinem bereits restlos überladenen Bett platziert.

Als Patrizia hinter sich die Tür schließt und ich alleine zurückbleibe, blicke ich etwas ratlos auf den zweiten Kleiderstapel und ringe mich dann dazu durch, die Klamotten meiner besten Freundin der Reihe nach anzuprobieren. Wer weiß, vielleicht passiert ein Wunder und es ist etwas Brauchbares dabei.

Es kommen allerdings ernsthafte Zweifel auf, als ich in einem dunkelgrün-karierten Kleid begleitet von »Pump Up the Jam« von Technotronic das Wohnzimmer betrete und mich dabei fühle wie eine schottische Freiheitskämpferin. Während Anja und Patrizia amüsiert in die Hände klatschen, als ich einen Schwertwurf vortäusche und dazu »Freiheit« rufe, nimmt mein Sohn kaum Notiz von mir. Gebannt starrt er in den Bildschirm seines

Laptops, in dem immer wieder Schüsse und Schreie ertönen, die die Authentizität meiner Rolle unterstreichen. Am Ende meiner lebensnahen Performance folgen die Bewertungen meines Patenkindes und meiner besten Freundin und die fallen ... Na ja ... wie soll ich es ausdrücken? Sie fallen nicht besonders schmeichelhaft aus, was vorwiegend daran liegt, dass mir das Kleid um mindestens eine Nummer zu groß ist und ich darin quasi flachbrüstig aussehe. Also Daumen nach unten. Weiter geht's.

Die Anprobe des zweiten Kleidungsstückes stellt eine echte Herausforderung für mich dar, was vorwiegend an der Korsage liegt, bei deren Zuschnüren mir Patrizia unter die Arme greift. Bedauerlicherweise nimmt sie es etwas zu genau, weshalb ich mich auf dem provisorischen Laufsteg fühle wie ein Selchroller und plötzlich ernsthafte Atemschwierigkeiten bekomme.

»Alles in Ordnung mit dir? Du siehst so blass aus?«, fragt mich Patzi mit besorgtem Gesichtsausdruck, ehe mir tatsächlich schwarz vor Augen wird und ich von Anja gestützt ins Schlaf-Schrägstrich-Umkleidezimmer zurückkehre, wo mich der Teenager aus dem Korsagenkleid schält und ich prustend nach Luft schnappe.

Es dauert eine Weile, bis ich mich von dem Schock erholt habe und in ein schwarzes Fledermauskleid schlüpfe. Als ich damit das Wohnzimmer betrete, sitzt Anja schon wieder auf ihrem Platz neben ihrer Mutter. Die Musik von Technotronic wurde in der Zwischenzeit von Michael Jacksons »Smooth Criminal« abgelöst und weil ich mich in dem Kleid wie Batgirl fühle, verstelle ich meine Stimme und halte fest: »Ich bin Batgirl!« Anja und Patrizia brechen in schallendes Gelächter aus. Indessen schüttelt mein Sohn lediglich den Kopf, als hätte er es mit einer Irren zu tun.

Den krönenden Abschluss bildet ein Matrosenkleid, das nicht nur bei mir die Assoziation mit Sailor Moon aufkommen lässt. Deshalb trällert der Titelsong des Animes aus dem Lautsprecher, als mich meine beste Freundin sieht, und ich ahme die Bewegungen der Mondprinzessin nach. Am Ende des Spektakels lasse ich mich müde auf das Sofa in unserem Ferienhäuschen sinken und stelle nach einem Schluck Wasser fest: »Du hast es zwar gut gemeint, Patzi, aber ich fürchte da war nix für mich dabei.«

»Aber geh. Was hast du denn an meinen Kleidern auszusetzen? Ich finde, dass dir das Korsagenkleid voll gut gepasst hat. Ich meine, wenn wir es lockerer machen, dann ...«

»Patzi, keine zehn Pferde bringen mich heute nochmal in dieses Teil. Ich bin ja nicht lebensmüde.«

»Gott sei Dank«, kann sich Anja nicht verkneifen und wird daraufhin von den vernichtenden Blicken ihrer Mutter durchlöchert.

»Was soll denn das heißen?«

»Das soll heißen, dass du einfach einen zu seltsamen Modegeschmack hast, der bei den meisten Männern wohl eher ...«

»Gut ankommt. Er kommt gut an, aber eben bei Männern auf die du stehst, Patrizia«, unterbreche ich ihre Tochter rasch, um einen Konflikt zu vermeiden. »Ich glaube allerdings nicht, dass Georg Gefallen daran findet.«

»Aber das weißt du doch noch gar nicht. Du kennst ihn nicht einmal richtig. Vielleicht ...«

»Ich glaub, dass die Tante Magdi etwas von ihren Sachen anziehen sollte, weil die ihre Persönlichkeit am besten widerspiegeln.«

»Aber ich hab überhaupt nichts da, was datingtauglich ist«, gebe ich meinem Patenkind zu bedenken, das daraufhin ungläubig das Gesicht verzieht. »Das kann ich mir nicht vorstellen. Du bist immer superschön angezogen.«

»Ja, aber bei einem Date muss man brillieren. Da reicht doch nicht die normale Alltags- oder Strandkleidung.«

Kurzentschlossen steht Anja auf und fordert mich dazu auf, ihrem Beispiel zu folgen.

»Komm schon. Wir suchen dir jetzt was Hübsches aus.« Sie wirft ihrer Mutter einen warnenden Blick zu. »Aber ohne meiner Mama. Die hat schon genug angerichtet.«

»Was? Wieso ... Ich ...«

Ehe sie ihren Satz vollenden kann, verschwinden Anja und ich in meinem Schlafzimmer.

Eine Viertelstunde später erscheine ich in einem langen schwarzen Strandkleid, um dessen Taille eine goldene Kordel geschnürt ist. Meine dunklen Haare hat Anja zu einem seitlichen Boho-Zopf geflochten und ich habe mein Make-up ein kleines bisschen aufgefrischt. Wer hätte gedacht, dass *TikTok* doch für etwas gut ist.

»Wow!«, höre ich Patzi sagen. »Du siehst einfach perfekt aus.«

Anja zuckt indessen mit den Schultern: »Tja ... ihr hättet halt gleich mich das machen lassen sollen. Darin hab ich Übung.«

»Und was sagst du zu deiner Mama?«, fragt meine beste Freundin Fynn, der daraufhin einen kurzen Blick auf meine Erscheinung wirft und schulterzuckend von sich gibt: »Ja, hübsch.«

»Was? Mehr hast du dazu nicht zu sagen?«, empört sich Anja.

»Nope, warum sollte ich. Weißt du eigentlich wie viele Dates meine Mom schon hatte? Die meisten dieser Männer haben sich, sobald es ernst wurde, als Psychos entpuppt.«

Patzi nickt verhalten: »Er hat Recht, das muss man ihm lassen. Du hast schon eine gewisse Affinität zu gestörten Männern.« Nach einer kurzen Pause fügt sie hinzu: »Kein Wunder, wenn man sich den ganzen Tag mit Mord und Totschlag beschäftigt. Wahrscheinlich kannst du gar nicht anders, als psychisch angeschlagene Männer in dein Leben zu ziehen.«

»Eben«, stimmt ihr Fynn zu. »Aber ihr könntet mal eine Bestenliste erstellen. Wer ist der größte Spinner?«

»Jetzt sei nicht so frech zu mir. Ich bin immerhin noch deine Mutter«, ermahne ich meinen Sohn kopfschüttelnd und füge dann hinzu. »Auch wenn du Recht hast, kannst du zumindest so tun, als wäre ich eine ganz normale Erziehungsberechtigte.«

»Aber so blöd finde ich seine Idee mit der Bestenliste gar nicht«, überlegt Patrizia laut. »Eine Spinnerliste quasi.« Sie reibt sich die Nasenspitze: »Stellt sich nur die Frage, wer auf Platz eins kommt.«

»Tante Magdi, sind die Männer aus deinem Leben eigentlich die Vorlagen für die Mörder in deinen Krimis?«, fragt mich Anja indessen neugierig.

Hilflos sehe ich von meiner Freundin zu ihrer Tochter und dann wieder zu Patrizia: »Na ja, vielleicht ein kleines bisschen«, gebe ich widerwillig zu. »Aber ihr wisst ja, dass keiner von ihnen ein Mörder war.«

»Stimmt, das fehlt dir noch auf deiner Liste«, wendet Patzi ein. »Ich mein, es waren Frauenhasser, Narzissten,

Depressive, Borderliner, Kleptomanen und Alkoholiker und sogar kleptomanische Alkoholiker dabei, aber du hast noch mit keinem Mörder geschlafen.«

»Mom, wenn eigentlich alle deine Exfreunde Spinner sind, welchen Schaden hat dann der Papa?«

Patrizia streicht Fynn zur Beruhigung über die Schulter: »Ich glaub dein Papa war der einzig Normale.«

»Bindungsphobiker«, erkläre ich kurz angebunden. »Davon gibt es einfach viel zu viele. Ich befürchte ja, wir stehen kurz vor einer Invasion.«

»Aber der Frank wollte dich doch heiraten. Er hat dir einen Antrag gemacht«, gibt mir Patrizia zu bedenken.

»Genau, aber erst, als die Beziehung für mich schon zu Ende war und wir schon ein Jahr im Zölibat verbracht haben.«

»Mom, bitte!«, stöhnt Fynn genervt auf und erhält die bellende Zustimmung unseres Haustieres, das bisher auf dem Fußboden neben dem Sofa geschlafen hat.

Meine Freundin zieht indessen scharf die Luft ein: »Oh mein Gott! Das wusste ich nicht. Irgendwie beruhigt mich das jetzt ganz und gar nicht.«

»Wieso denn?«

»Na ja ...« Sie wirft ihrer Tochter einen verstohlenen Blick zu, ehe sie antwortet: »Der Simon und ich haben auch schon seit einem Jahr nicht mehr miteinander geschlafen.«

»Oh ...« Mehr fällt mir nicht dazu ein. Was soll man nach der Eröffnung einer solchen Tatsache auch sagen?

»Boah, Mama, danke für das«, gibt Anja wutentbrannt von sich und steht dann schwungvoll auf, um das Wohnzimmer zu verlassen.

»Warum erzählst du mir das erst jetzt?«

»Was hätte ich denn sagen sollen, Lena?«

»Das, was du jetzt auch gesagt hast.«

»Schon, aber es ist mir ja jetzt schon schwer genug gefallen. Ich fühle mich überhaupt nicht mehr sexy und Simon ist nur mit Arbeiten beschäftigt. Ob zu Hause oder wirklich für den Job. Es ist so, als würde er dem Problem aus dem Weg gehen und wenn ich dann mal etwas anziehe, das sexy ist, nimmt er nicht mal Notiz davon.«

Mein Sohn sieht angewidert von seinem Laptop auf und folgt dann kopfschüttelnd Anjas Beispiel.

»Da siehst du es. Jetzt hab ich sogar die Kinder vertrieben.«

Ich streichle meiner Freundin zum Trost über die Schulter: »Die Kinder sind Teenager. Die wollen sich ihre Eltern nicht beim Sex vorstellen.«

»Aber das ist doch das Natürlichste auf der Welt. So prüde hab ich die Anja nicht erzogen.«

»Das ist nicht prüde, Patzi. Ich wollte mir das bei meinen Eltern auch nicht vorstellen, wobei mir zugutegekommen ist, dass die beiden ohnehin die meiste Zeit gestritten haben und deshalb vielleicht alle drei Jahre Sex hatten, bis sie sich dann haben scheiden lassen. Aber genug von mir. Kommen wir lieber zu dir. Was ist denn bei euch zu Hause los? Ich dachte, du und Simon seid ein perfektes Paar.«

»Eh, und dann kam Corona. Seither läuft bei uns gar nichts mehr, wie es sein sollte. Früher hat mich der Simon mit Blicken verschlungen, heute muss ich froh sein, wenn er zum Essen an den Tisch kommt.«

»Klingt nach einer winzigen Ehekrise, aber ich bin mir sicher, wenn du nach zehn Tagen Italien nach Hause kommst, wird er sich auf dich stürzen.«

»Ich weiß nicht«, stellt Patzi ihre Zweifel in den Raum. »Ich sehe halt auch nicht mehr so gut aus wie vor Corona.«

»Wie kommst du denn auf die Idee?«

»Na ja, ich habe halt wegen der mangelnden Bewegung ein paar Kilos zugenommen. Wahrscheinlich findet mich der Simon einfach nicht mehr attraktiv.«

»Wenn das so ist, Patzi, dann kommt der Simon, so gern ich ihn auch hab, auf die Spinnerliste.«

»Das ist lieb von dir.«

»Das ist selbstverständlich. Ich bin immerhin deine beste Freundin. Ich muss ja dafür sorgen, dass ich den Status behalte. Und jetzt lass uns endlich Pizza essen gehen, bevor ich noch verhungere«, fordere ich Patzi mit ausgestreckter Hand auf. »Ich brauch schließlich Nervennahrung für mein Date mit dem nächsten mutmaßlichen Psycho.«

Kapitel 7

Ich habe nicht die geringste Ahnung, ob es ein gutes oder ein schlechtes Zeichen ist, dass Georg das Fußballmatch, das im Fernsehbildschirm über der geschäftigen Barkeeperin läuft, ignoriert und sich stattdessen voll und ganz mir widmet. Ich meine, es ist durchaus denkbar, dass meine Gesellschaft so überbordend unterhaltsam ist, dass ein Mann dabei selbst auf sein liebstes Hobby verzichtet. Das vollständige Ignorieren des Fußballspiels könnte allerdings auch ein erster Hinweis auf Georgs Psychostatus sein.

Ach Manno, ich würde ja so gern daran glauben, dass es sich bei meiner Verabredung um einen normalen durchschnittlichen Mann handelt, der in seiner Freizeit keine Hundewelpen foltert und Insekten die Beine einzeln ausreißt, aber meine bisherige Erfahrungsquote spricht eine gänzlich andere Sprache und daran kann nicht einmal das romantische Ambiente an der Poolbar etwas ändern.

»Also bei aller Liebe zum Sport würden mich dennoch keine zehn Pferde dazu bewegen, am Abend meine Bahnen im Pool zu ziehen, wenn ich stattdessen ein gutes Bierchen trinken kann«, stellt Georg fest und wirft dann einen bedeutungsschwangeren Blick in Richtung Pool. Eine einsame Schwimmerin zieht darin ambitioniert ihre

Bahnen und gibt bei jedem Auftauchen ein Stöhnen von sich, das auf ein äußerst geringes Spaßlevel hindeutet.

»Jep, da bin ich ganz bei dir. Ich hab ja schon in der Schule mindestens eine Woche vor dem Sportunterricht Panikattacken bekommen, weil ich wusste, dass Völkerball am Plan steht.«

Georg grinst: »Wieso denn das? Hast du zu den armen Seelen gehört, die nie ins Team gewählt wurden oder warst du ein beliebtes Abschussziel?«

»Ob du wirklich richtig stehst, siehst du, wenn das Licht angeht«, antworte ich lässig und zwinkere meiner Verabredung dabei zu. »Aber nachdem ich immer schon gern gelesen und geschrieben hab, war Sport nicht unbedingt meine Stärke. Insofern hat wohl beides zugetroffen. Und du hast nicht die geringste Ahnung, wie demütigend es ist, wenn du selbst als eine der Letzten nur mit einem Murren ins Team aufgenommen wirst.«

»Du warst also quasi ein Quotenteammitglied«, erwidert Georg lachend. »Gott sei Dank ist mir das erspart geblieben. Aber du musst doch ur talentiert im Ausweichen gewesen sein, wenn du auch noch Abschussziel warst.«

Ich nicke: »Jep. Im Ausweichen bin ich irgendwann unschlagbar geworden. Dummerweise ist das keine besonders gefragte Eigenschaft beim Völkerball. Zumindest dann nicht, wenn du einen Wurfarm wie ein Wissenschaftler kurz vor der Pensionierung hast.«

Georg macht eine wegwerfende Handbewegung: »Ach mach dir nichts draus. Es ist keine besondere Errungenschaft in einem martialischen Sport wie Völkerball die Nummer eins gewesen zu sein. Ich hab noch nie verstanden, warum sich ausgerechnet diese Ballsportart in den Schulen durchgesetzt hat. Das ist, als würde man den Kindern Kriegsspielen beibringen. Da lobe ich mir das gute alte Fußball.«

Ich lache laut auf: »Echt jetzt? Fußball ist doch mindestens genauso brutal wie Völkerball.«

»Das mag sein, aber da geht es auch um Teamfähigkeit, selbst wenn die Verletzungen schwerwiegende Folgen haben können.«

»Das klingt fast danach, als würdest du aus eigener Erfahrung sprechen.«

Georg nickt ernüchtert: »So ist es. Leider. Eigentlich wollte ich früher immer Profisportler werden und in der Nationalmannschaft spielen, aber na ja, dann hat's mich bei einem Spiel ziemlich schwer erwischt und nach ein paar Wochen Aufenthalt im Spital und einer ziemlich aufwendigen Operation, war klar, dass ich mir meinen Traum abschminken kann.«

»Oh ... das tut mir leid für dich.«

»Muss es nicht.«, entgegnet Georg. »Eigentlich bin ich mit meinem Job als Lehrer ziemlich zufrieden. Davon abgesehen hab ich so wenigstens sehr viel Zeit für die Chrisi. Als Profisportler wär ich kaum daheim und auf Dauer würd mich das nicht glücklich machen. Die Träume eines Jugendlichen sind dann doch andere als die eines Erwachsenen.«

»Klingt nach einem guten Trinkspruch«, wende ich ein und werfe der geschäftigen Barkeeperin einen sehnsüchtigen Blick zu. »Sofern sie unsere Anwesenheit jemals registriert.«

Als hätte die Frau, deren Körper an gefühlt jeder freien Stelle tätowiert ist, meine Gedanken gelesen, wendet sie sich an mich und Georg und nickt uns zu, um uns zu bedeuten, dass sie gleich bei uns sein wird. Indessen lässt sich eine provokante Mücke auf meinem Unterarm nieder und sticht ungeniert zu.

»Mistvieh«, schimpfe ich und schlage dann etwas zu fest zu, sodass nicht nur das lästige Insekt tot ist, sondern sich auf meinem Unterarm ein roter Abdruck meiner Hand abzeichnet. Georg reißt amüsiert die Augen auf: »Wow, ich bezweifle langsam, dass dein Wurfarm schlecht war.«

»Jahrelanges Insektenvernichtungstraining«, erwidere ich. »Vielleicht hätte ich statt dem teuren Parfum Gelsenspray nehmen sollen.«

»Oder du bestellst dir einfach einen Gin Tonic. Soll ein super Hausmittel gegen Mücken sein. Die mögen keinen Gin.«

»Und das weißt du, weil du die Sprache der Insekten verstehst und entsprechende Umfragen durchgeführt hast?«

»Ja, ich habe Interviews mit allen Gelsen aus der Stadt durchgeführt, danach habe ich eine Statistik angefertigt und diese spricht eine klare Sprache: Mücken mögen keinen Gin.«

»Fake News. Alles Fake News«, entgegne ich und meine Begleitung und ich brechen gleichzeitig in Gelächter aus, das schließlich von der Barkeeperin unterbrochen wird. In holprigem Deutsch nimmt sie unsere Bestellung auf und macht sich dann an die Zubereitung. Im Hintergrund ertönt indessen der bekannte Song »Azzurro« von Adriano Celentano.

»Bist du deppert, das erinnert mich voll an diese alten italienischen Komödien mit Ornella Muti«, stellt Georg mit versonnenem Blick fest.

»Voll, die hab ich immer total gerne geschaut. Nicht zuletzt auch deshalb, weil diese Filme immer ein Happy

End hatten. Eines muss man nämlich über mich wissen: Ich halte es nicht aus, wenn eine Geschichte schlecht ausgeht.«

»Das finde ich jetzt aber schon interessant. Wie löst die Krimiautorin in dir diesen inneren Konflikt? Du kannst deine Opfer ja schlecht ihren Mörder heiraten lassen.«

»Ein berechtigter Einwand, Watson. Aber ein Happy End bedeutet ja nicht zwangsläufig, dass am Ende geheiratet werden muss. Ein Ende ist auch dann gut, wenn der Verbrecher seiner gerechten Strafe zugeführt wird. Ich halte es nur einfach schlecht aus, wenn weder das eine noch das andere passiert. Ich meine, ich will eine gute Geschichte lesen oder sehen, bei der ich mitfiebern und mich mit der Hauptprotagonistin oder dem Hauptprotagonisten identifizieren kann. Wenn der Mörder also nicht seine gerechte Strafe bekommt, oder das Liebespaar nicht zusammenfindet, dann bin ich einfach nur gefrustet.«

»Versteh ich. Wenn man das Happy End schon nicht im echten Leben bekommt, warum sollte man es sich dann nicht aus einem Film holen. Da lobe ich mir die guten alten Achtzigerjahre. Viel Kitsch und vielleicht auch viele Klischees, aber dafür nahezu immer ein Happy End.«

»Oh ja, in meiner Kindheit musste ich mir niemals Sorgen machen, dass das Paar am Ende nicht zusammenfindet, um den Zuseher damit zum Nachdenken anzuregen oder feministisches Statement zu setzen. Und wenn man einen Thriller gesehen hat, wusste man, dass der Serienkiller am Ende im Knast landet und sich nicht als der ermittelnde Polizeibeamte herausstellt, der seine Familie jahrzehntelang hinters Licht geführt hat.« Ich halte kurz inne: »Hm, womöglich sollte ich mir diese Idee notieren.«

»Wow, ich bin quasi live bei einem kreativen Prozess dabei.«

»Und ich habe noch nicht einmal etwas getrunken. Warte mal ab, was passiert, wenn ich ein paar Promille intus habe«, erkläre ich mit einem breiten Grinsen im Gesicht und sehe der Barkeeperin dabei zu, wie sie von ihrer Getränkemission zurückkehrt.

»Das klingt entweder äußerst vielversprechend oder extrem beängstigend«, stellt Georg fest und mustert mich dann mit glänzenden Augen: »Im Übrigen: Sagte ich schon, dass ich finde, dass du eine verblüffende Ähnlichkeit mit Ornella Muti aufweist? Du bist nicht zufällig mit ihr verwandt?«

Die Barkeeperin grinst breit, als sie die Getränke vor uns abstellt, um sich im Anschluss zwei eben eingetroffenen, etwas beleibteren Touristinnen zuzuwenden, die in ihren geblümten Kleidern rein optisch das Klischee der italienischen Mama erfüllen.

»Ich weiß nicht, ob ich deine Schleimerei jetzt positiv oder negativ bewerten soll. Ornella Muti ist über sechzig. Ich glaub nicht, dass ich wie eine Sechzigjährige aussehen möchte.«

»Ich meinte ja, dass du der jungen Ornella Muti ähnlich siehst«, berichtigt sich meine Verabredung souverän.

»Gerade noch die Kurve bekommen.«

»Darauf trink ich«, erklärt mir Georg, greift dann nach seinem Bier und prostet mir zu. Mein Blick fällt auf ein Tattoo auf Georgs Oberarm, die den Joker aus Batman zeigt.

Alles klar. Also wenn ich noch nach irgendeinem Beweis dafür gesucht habe, dass Georg ein Psycho ist, dann wurde mir dieser soeben geliefert. Welcher normale Mensch lässt sich freiwillig einen psychopathischen Bösewicht auf den Oberarm tätowieren?

»Bist du ein Fan von dem Joker?«, frage ich meine Begleitung vorsichtig.

»Na ja, ich würd mich jetzt nicht unbedingt als Fan bezeichnen, aber ich find, dass der Joker eigentlich einer der interessantesten Charaktere in Batman ist.«

Da haben wir es! Er findet einen Psychopathen interessant. Einen Psychopathen! Wahrscheinlich ist der Joker sein heimliches Role Model. OH MEIN GOTT!

»Du fragst mich jetzt aber eh nicht, warum ich so ernst bin, oder?«

»Nein, das würde ich doch niemals tun.« Er unterbricht sich, um mich eindringlich zu mustern. »Obwohl ... ein kleines bisschen ernst kommst du mir schon vor. Aber keine Sorge. Du musst dich nicht vor mir fürchten. Ich tu dir nichts.«

»Ich bin mir nicht sicher, ob mich das jetzt beruhigt. Das klingt irgendwie gefährlich nach der Aussage eines irren Axtmörders, der seinem Opfer erklärt: *Keine Sorge, die Axt hab ich bloß als hübsches Accessoires dabei und ich liebe einfach Spaziergänge durch den dunklen Wald.*«

»Alles klar. Das meintest du vorhin also, als du sagtest, ich solle mal abwarten, bis du etwas getrunken hast. Aber mal ehrlich: Du hast nicht wirklich solche Erfahrungen gesammelt, oder? Ich meine, sag jetzt nicht, dass es irre Typen gibt, die mit dir nächtliche Spaziergänge durch den Wald unternommen haben?«

Ich öffne soeben den Mund, um zu antworten, als ich auf einen Touristen aufmerksam werde, der schwankend mit einer Dose Bier in der Hand auf die Poolbar zusteuert und sich mit einem lautstarken Rülpsen die Aufmerksamkeit der anderen Gäste verschafft.

»Oh mein Gott! Wenn ich es nicht besser wüsste, würde ich davon ausgehen, dass der Typ ein Stalker ist«, stelle ich kopfschüttelnd fest und bemerke erst jetzt Georgs ratloses Gesicht. »Der Mann da vorne, der wie ein Sextourist aussieht, ist meiner Freundin und mir jetzt schon ein paar Mal über den Weg gelaufen«, erläutere ich meine Reaktion und deute mit dem Kinn in Richtung des Neuankömmlings. »Und irgendwie legt er es offensichtlich darauf an, sich die gesamte Ferienanlagengemeinschaft zum Feind zu machen.«

Hermann verifiziert meine Hypothese mit seinem wenig schmeichelhaften Organ, nachdem er das Fußballmatch ein paar Sekunden lang mehr oder minder aufmerksam verfolgt hat: »Du Trottel du bleder. Des gibt's do ned!«

»Scheint so, als wäre deine Theorie zutreffend«, stimmt mir Georg mit einem Augenzwinkern zu und fügt nach einer kurzen Pause hinzu: »Du schuldest mir übrigens noch eine Antwort auf meine Frage von vorhin, oder war dein Input ein geschicktes Ablenkungsmanöver?«

»Verdammt. Du hast mich erwischt. Aber um dich zufriedenzustellen: Nein, ich musste noch keinen Spaziergang durch den dunklen Wald unternehmen, auch wenn ich bereits mit dem ein oder anderen verrückten Kerl ausgegangen bin. Wie sieht es bei dir aus?«

»Also wenn du mich schon so direkt fragst: Ich bin bisher noch mit keinem verrückten Kerl ausgegangen. Wenn ich dir damit zu langweilig bin, könnte ich das allerdings noch in Betracht ziehen.«

Ich lache und verschlucke mich dabei an meinem Gin Tonic. »Du weißt genau, dass ich das nicht damit gemeint habe.«

»Ich habe es bereits erahnt und bin damit voll und ganz ein geständiger Schuldiger. Deshalb erbitte ich mildernde Umstände.«

»Mildernde Umstände können nur dann erteilt werden, wenn du dem Höchstgericht eine ordnungsgemäße Antwort gibst.«, erkläre ich mit zusammengekniffenen Augen.

»Also gut. Was willst du über mich und mein trauriges Beziehungsleben wissen? Ich werde dir in jeder Frage ordnungsgemäß Rede und Antwort stehen«, gibt sich Georg geschlagen.

»Zunächst einmal würde ich gerne wissen, warum dein Beziehungsleben traurig ist?«

»Das liegt vorwiegend daran, dass ich keines habe, was ich irgendwie schon traurig finde und dann auch wieder nicht. Was ich damit sagen will: Ich bin froh, dass Christinas Mutter und ich kein Paar mehr sind, weil es zwischen uns einfach nicht gepasst hat, aber ich hätte auch nichts dagegen, mich nach zwei Jahren der Durststrecke mal wieder zu verlieben.«

»Das kann ich gut nachvollziehen. Geht mir ähnlich. Warst du eigentlich mit Christinas Mutter verheiratet?«, frage ich ungeniert nach.

»Nope und das hat die Trennung auch wirklich vereinfacht. Wie sieht es bei dir aus? Warst du verheiratet?«

»Nein, Fynns Papa hat mich zwar um meine Hand gebeten, aber ich habe abgelehnt.«

»Puh, das klingt brutal. Keine Ahnung, wie es mir damit gehen würde, wenn ich eine Frau bitte, mich zu heiraten und sie nein sagt.«

»Na ja, ich finde halt, dass der Frank und ich nicht zusammenpassen. Wir funktionieren als Freunde einfach besser und ich kann dich trösten: mittlerweile hat er auch eine Frau zum Heiraten gefunden.«

»Das stimmt mich endlich einmal hoffnungsvoll. Die Astrid und ich müssen nämlich noch ein kleines bisschen an unserem Verhältnis arbeiten, aber die besten Freunde werden wir wahrscheinlich trotz aller Bemühungen nicht mehr. Dafür sind unsere Ansichten in Sachen Kindererziehung einfach viel zu konträr, aber das macht auch gar nichts. Mittlerweile hat sie einen Mann gefunden, der ihren Vorstellungen entspricht und ich freu mich wirklich für sie.«

»Ja ja, das sagen sie alle, aber wenn man dann tiefer gräbt...«

»Findet man einen Mann, der nach jahrelangem Beziehungskampf eingesehen hat, dass beide Parteien nur dann glücklich werden können, wenn sie getrennte Wege einschlagen.«

»Und wie ist es Christina mit eurer Entscheidung ergangen?«

»Am Anfang war sie geknickt, aber als sie dann gecheckt hat, dass eine Trennung der Eltern die doppelte Menge an Geburtstagsgeschenken zur Folge hat, war für sie alles bestens.«

»Wenn ich es nicht besser wüsste, würde ich denken, du sprichst von meinem Sohn.«

»Ist der auch so ein Materialist?«

»Oh ja, weißt du, warum er unbedingt nach Venedig fahren will?«

Georg sieht mich ratlos an: »Keinen Plan. Warum? Ich meine, es gibt schließlich keinen Themenpark in Venedig.«

»Nein, aber einen Disney-Shop und da will Fynn unbedingt hin.«

»Ist er dafür nicht schon ein bisschen zu groß?«

»Nope, wenn es um die Avengers geht, wird er wohl niemals zu groß sein.«

»So eine Scheiße. Und ich dachte, der Hype legt sich irgendwann einmal. Ich meine, ich darf keinen einzigen Marvel-Film verpassen. Dummerweise hat das zur Folge, dass mich Chrisis Mutter in regelmäßigen Abständen dafür rügt, weil unsere Tochter bei Astrid zu Hause dann so tut, als müsse sie ihren auserwählten Halbbruder vor dem Thanos-Kater retten. Ich kann nur so viel sagen: Für den Kater geht das niemals gut aus.«

»Wenigstens klettert deine Tochter nicht auf eine äußerst instabile Kommode, um dann vor laufender Handykamera einen Spiderman-Sprung hinzulegen.«

»Nein, sie zwingt mich zuweilen lediglich dazu, mich als Anna zu verkleiden, damit sie mich als Elsa retten kann.«

»Christina ist also ein Fan von der *Eiskönigin*.« Ich seufze. »Wenn ich ehrlich bin, finde ich es manchmal schade, dass sich in meinem Haushalt außer mir kein weiteres weibliches Wesen befindet, das sich mit mir Prinzessinnenfilme ansieht.« Ich beuge mich zu Georg vor, um ihm hinter vorgehaltener Hand zuzuflüstern: »Deshalb schaue ich mir diese Filme manchmal mit einem Glas Wein alleine zu Hause an. Dann kann mich keiner dafür verurteilen.«

Meine Verabredung zuckt mit den Schultern: »Warum sollte dich jemand dafür verurteilen? Du läufst doch nicht durch die Wohnung und singst *Let it go*.«

»Aber geh. Wo denkst du hin? Ich singe den Song nicht nur. Ich performe ihn vor einem fiktiven Publikum. Wie sich das gehört und mit allem was dazugehört.«

»Hm, ich glaube nicht, dass ein volles Weinglas dazugehört.«

»Aber ...«

»Ah so a Wappler. Då spül jå i sogar no besser!«, unterbricht Hermann unser Gespräch rüde und stürzt dabei den Rest seines Biers in einem Zug hinunter, um die Dose schließlich in seiner Faust zu zerdrücken und sie unsanft in den Mülleimer zu befördern, der neben der Theke steht. In der Zwischenzeit sind nicht nur Georg und ich von dem Mann genervt, sondern auch die anderen Gäste.

Nachdem Hermann einen weiteren Schwall an Schimpfwörtern von sich gibt, hält meine Begleitung nicht mehr länger an sich und weist den aufdringlichen Wiener stellvertretend für die anderen Gäste in die Schranken: »Hey, geht das vielleicht auch ein bissi leiser? Wir versuchen uns zu unterhalten.«

Mit terminatorreifem Blick wendet sich der Gandalf des Gemeindebaus meiner Begleitung zu und durchbohrt ihn förmlich mit seinen kalten blauen Augen, ehe er uncharmant von sich gibt: »Pudel di ned auf, Depperter. I måch, wås i wüll, verstehst. I låss ma von so an Mülchbubi nix vorschreiben. Wås glaubst du denn bitte, wer du bist?«

Mir scheint, als würde die gesamte Barbelegschaft plötzlich in peinlich berührtes Schweigen verfallen und das Geschehen gespannt beobachten. Georg lässt sich davon aber im Gegensatz zu mir nicht beirren und entgegnet seelenruhig: »Ein Milchbubi, dass es echt cool finden würde, wenn sie das, was sie wollen, einfach leiser machen könnten.«

»Herst, Hawara, schüder mi net ån in ana Tour, oder håst leicht an Antnårsch gfressn?«

»Gott sei Dank bin ich nicht ihr Hawara«, stellt Georg trocken fest und danach verselbstständigt sich der Konflikt zwischen den beiden.

Hermann lässt die Aussage meiner Begleitung nicht auf sich sitzen und schimpft wütend zurück: »I warat a nie mit so am Schwindlichen wie dir befreundet. Då håb i wås Besseres z'tuan. I man, wånn ma si di so ånschaut, kunntat ma manen, dass deine Eltern stått earnam Kind de Nåchgeburt aufzogn håbn.«

»Es warat wirklich leiwand, wenn sie einfach die Pappn haltn könnten.«

»Herst Gschissener, wüllst *du* ned anfåch dei Pappn håltn und noch Kuahdreckstettn fåhren, damits di eingråben kånnst. I man, wås glaubst du eigentlich, wer du bist. A Cara ... no ... a Cara ... biner ... Na is jå a wurscht wia die haßen. Jedenfålls brauchst di då ned auf hålbstårk vor deiner Freundin aufplustern.« Hermann lacht verächtlich: »Wåhrscheinlich kippst eh scho beim ersten Windstoß um. Ålso verteil deine Arosale irgendwo ånders und geh ma ned am Årsch, sonst gehst auf die Knia Ham.« Seine kalten Augen wenden sich mir zu, um mir mit leicht geneigtem Kopf mitzuteilen: »Und du sei do so liab und måch fiar dein Freind hin und wieder die Haxn brat. Dann miassat i ma ka Standpaukn ånhurchn.«

»Oida. Das kann doch wohl nicht sein«, gibt Georg empört von sich. »Jetzt beleidigt er auch noch dich. Wie kommst du eigentlich dazu? Sowas regt mich so auf.«

»Kein Problem. Ignorieren wir ihn einfach«, schlage ich meiner Begleitung vor, aber Hermann lässt sich nicht ignorieren. Wutentbrannt erhebt er sich von seinem Barhocker und macht einen Satz auf meine Verabredung zu, sodass sich zwischen den Gesichtern der beiden nur mehr eine Handbreit Abstand befindet.

»Wås is, Bettbrunzer – bettlst um a Watschn?«, provoziert Hermann meine Verabredung mit vorgerecktem Kinn. Indessen sind die Blicke der anderen Gäste gebannt auf das Geschehen gerichtet.

»Georg, ich glaub es ist besser, wir zahlen und gehen«, versuche ich die Wogen zu glätten, aber meine Verabredung bleibt hartnäckig.

»Nein, ich kann das nicht so einfach schlucken. Es tut mir leid, Magdalena, aber ich finde, dass sich dieser Vollpfosten bei dir entschuldigen sollte.«

»Wia håst du mi gråd g'nannt?«

»Vollpfosten«, gibt Georg seelenruhig von sich. »Weil sie ein Vollpfosten sind.«

»Des nimmst jetzt sufurt zruck, Depperter«, droht Hermann meiner Begleitung und kommt dabei seinem Gesicht so nahe, dass sich die Nasenspitzen der beiden Kontrahenten beinahe berühren. Ehe ich etwas Deeskalierendes sagen kann, schüttelt Georg den Kopf: »Nope. Ich nehme gar nichts zurück. Sie entschuldigen sich bei meiner Begleitung und dann gehen wir für den Abend getrennte ...«

Georg ist nicht mehr dazu in der Lage, seinen Satz zu vollenden. Blitzschnell reißt sich Hermann das Hawaiihemd vom Oberkörper und entblößt dabei seinen riesigen Bierbauch, sodass ich mich bemüßigt fühle, aufzuspringen und die beiden Streithähne wieder auseinanderzutreiben.

»Dein Schutzengel solls in da Luft zerreißn, dass's Federn regnen tuat!?«, gibt Hermann mit gefährlich angeschwollener Ader auf der Stirn von sich, während er den Versuch unternimmt, Georg zu stoßen. Dabei legt er allerdings aufgrund seines Alkoholpegels keine besondere Zielsicherheit an den Tag, weshalb er anstelle seines Kontrahenten mich erwischt.

Ohne zu wissen, wie mir geschieht, verliere ich das Gleichgewicht, stolpere aufgrund der Wucht des Schlages ein paar Schritte rückwärts und stürze dann mit einem lautstarken Platschen in den Pool. Das Letzte, woran ich mich erinnere, ist ein harter Schlag auf den Hinterkopf. Danach umfasst mich eine undurchdringliche Schwärze.

Kapitel 8

Was? Wo bin ich? Wieso ist es hier so kalt ... und weiß ... und leer? Und irgendwie auch so unheimlich still? Von dem seltsamen sterilen Geruch einmal abgesehen, der mich an das Innere eines Operationssaales erinnert.

Oh mein Gott! Vielleicht wurde ich in der letzten Nacht von außerirdischen Wesen entführt, die mir in ihrem UFO ein Alienbaby einsetzen wollen, das sich dann mit drei Schwänzen und vier Armen durch meine Bauchhöhle beißt, um die Bevölkerung auf unserem Planeten zu vernichten.

Vorsichtig gleiten meine vom Schlaf trüben Augen über die weißen, kahlen Wände des Zimmers, in dem ich mich befinde und bleiben dann auf dem Fenster hängen, durch das die Sonne scheint.

Alles klar. Also eines ist gewiss, ich befinde mich mit Sicherheit nicht mehr auf dem Raumschiff der Alienwesen. Es sei denn, die steuern schon mit Lichtgeschwindigkeit direkt auf die Sonne zu, um mal schnell ihren Sommerurlaub zu begehen. Aber wo verdammt nochmal bin ich dann?

Ich könnte mir natürlich auch die Frage stellen, ob ich denn überhaupt bin. Wer weiß, womöglich liege ich bereits seit dreißig Jahren in einem komatösen Schlaf und das alles hier ist lediglich die Einbildung meines gelangweilten Geistes, der dringend mal eine Abwechslung von der undurchdringlichen Schwärze benötigt.

So eine Scheiße! Vielleicht bin ich soeben aus meinem dreißigjährigen Koma erwacht und stelle mit Entsetzen fest, dass Fynn bereits seine dritte Ehe hinter sich gebracht und die Alimente für zehn Kinder zu berappen hat. Oma wider Willen! Ah ...

Gedämpfte Stimmen, die ich nicht zuzuordnen vermag, dringen durch die Tür in den sterilen Raum.

Wahrscheinlich beratschlagen sich die Ärzte darüber, wie sie mir am besten beibringen, dass ich dreißig Jahre geschlafen habe und nun in einer Zukunft leben muss, die von einem auf *TikTok* gewählten Kinderpräsidenten regiert wird. Oder aber sie instruieren das Pflegepersonal, alle im Zimmer befindlichen Spiegel zu entfernen, um zu vermeiden, dass ich beim Anblick meines gealterten Ichs erneut ins Koma falle, womit meine Tage auf diesem Planeten endgültig gezählt wären.

In diesem Augenblick fällt es mir wie Schuppen von den Augen. Ich bin tot! Ja, das muss es sein. Ich befinde mich bereits im Jenseits! Stellt sich nur die Frage, wo die harfenspielenden Engel, die kleinen flauschigen weißen Wölkchen und die unendlichen Weinquellen abgeblieben sind? Ich meine: Was ist das denn bitteschön für ein Beschiss? Der Himmel kann doch nicht wirklich ein Krankenzimmer sein. Ich reklamiere mein Leben nach dem Tod mit sofortiger Wirksamkeit! Wer weiß, womöglich bekomme ich dann als Wiedergutmachung zwanzig männliche Jungfrauen. Wobei sich die Frage stellt, ob zwanzig erfahrene Jenseits-Call-Boys nicht erstrebenswerter wären, weil die wenigstens wissen was sie tun.

Als ich mich vorsichtig aufrichte, um mehr über meinen derzeitigen Aufenthaltsort in Erfahrung zu bringen, durchzuckt ein stechender Schmerz meinen Kopf, der sich zu einem unentwegten Pochen ausweitet. Unter Aufbietung all meiner Kräfte nehme ich eine halbwegs aufrechte Position ein und warte gebannt bis sich die Tür zu meinem Zimmer öffnet. Eine braungebrannte Frau im weißen Arztkittel tritt mit einem Klemmbrett unter dem Arm ein.

»Bin ich tot?«, frage ich und starre die ansehnliche Fremde dabei mit offenem Mund an. Die Frau scheint sich nicht weiter daran zu stören, sondern lacht stattdessen lautstark auf.

Na wunderbar. Jetzt fühle ich mich noch dämlicher. Seit wann ist es Engeln erlaubt, über eine soeben verstorbene Person zu spotten? Das ist nicht nur vollkommen pietätlos, sondern grenzt schon an Mobbing.

»Nein. Ich bin mir ziemlich sicher, dass sie sind nicht tot, Signora Beck. Es sei denn, ich bin auch tot, aber eigentlich ich fühle mich gerade sehr lebendig.« Nach einer kurzen Pause fügt die Frau hinzu: »Sie sind auf Station für Kranke im *Happy Smurf Village* und ich nenne mich Giuditta Moretti, ihre behandelnde Ärztin. Können sie sich denn an gar nichts mehr erinnern, Signora Beck?«

Hilflos zucke ich mit den Schultern und sogleich durchpflügt ein weiterer stechender Schmerz meinen Kopf, der sich zu dem ohnehin schon unablässigen Pochen hinzugesellt: »Na ja ... ich weiß, dass ich gestern eine Verabredung hatte mit ... Georg. Und dann kam es irgendwie zu einem Streit zwischen ihm und diesem grauenvollen Typen. Wie hieß der doch gleich ...« Ich schnippe mit den Fingern, um meinen Denkfluss anzuregen, und bin schließlich erfolgreich: »Ich glaube Hermann. Jedenfalls weiß ich noch, dass ich gestürzt bin, aber danach ist alles pfutsch.«

»Oh, da hat es sie aber erwischt ziemlich schlimm, denn eigentlich sie waren zwischenzeitlich ansprechbar, Signora Beck.«

Augenblicklich wird mein Gesicht heiß: »Bitte sagen sie nicht, dass ich irgendetwas Peinliches gemacht habe.«

»Na ja, wenn man es empfindet als peinlich, in Unterwäsche auf Bar zu tanzen und danach einem alten Mann zu werfen Slip zu.«

Schweigen. Ich kann nur noch schweigen.

Der Frau scheint meine peinlich berührte Reaktion nicht zu entgehen, weshalb sie mich rasch von meinen Selbstzweifeln erlöst: »Keine Sorge. Sie haben nichts davon gemacht. Tatsächlich sie sind gestürzt in Pool und haben sich dabei den Kopf am Beckenrand gestoßen, so sie waren bewusstlos. Ihr Freund ist ihnen gesprungen nach und hat sie gebracht auf Station für Kranke.«

Freund? Ich habe einen Freund? Seit wann habe ich einen Freund? So eine Scheiße! Also liege ich doch schon seit dreißig Jahren im Koma und die Frau versucht, mir das lediglich behutsam beizubringen.

»Sie hatten eine Erschütterung des Hirns, Signora Beck.« ... und sie haben dreißig Jahre im Koma gelegen. Ihr Freund hat in der Zwischenzeit ihre beste Freundin geheiratet, die sich aufgrund einer Ehekrise hat scheiden lassen und sie sind alt geworden. Alt! Warum altert man und wer hat diesen Begriff geprägt? »... deshalb ich habe sie hierbehalten zur Beobachtung.«

Dreißig Jahre? Wozu behält man jemanden dreißig Jahre zur Beobachtung in einer Krankenstation? Das ist doch restlos übertrieben.

Die Ärztin nimmt ihr Klemmbrett zur Hand und zückt einen Kugelschreiber aus ihrer Brusttasche, den sie einsatzbereit hält, als sie mich fragt: »Wie sie fühlen sich, Signora Beck?«

Scheiße! Ich fühle mich scheiße, weil ich keine Ahnung habe, was die letzten dreißig Jahre passiert ist.

»Welches Jahr haben wir?«, frage ich meine behandelnde Ärztin anstelle einer Antwort.

Signora Moretti wirkt irritiert: »Äh, wir haben das Jahr zweitausendundzweiundzwanzig.«

Erleichtert atme ich auf: »Okay, dann ist alles gut. Sie haben mir jetzt wirklich eine riesige Angst eingejagt.«

Die Frau hat nach wie vor keine Ahnung, warum ich ihr diese Frage gestellt habe, scheint es aber hinzunehmen, dass diese Gegebenheit unaufgeklärt bleibt. »Haben sie noch Schmerzen Signora Beck?«, erkundigt sie sich vorsichtig bei mir.

»Mein Kopf schmerzt noch, aber sonst fühle ich mich ganz okay.« Mal von der geistigen Verwirrung abgesehen. »Wann kann ich denn wieder zurück in unser Haus?«

»Nun, das äh kommt darauf an, ob es ihnen geht gut oder nicht. Ist ihnen noch schwindelig?«

»Nein, eigentlich nicht.«

»Aber sie sind noch nicht gestanden auf, oder?«

»Nein.«

»Nun, ich werde untersuchen sie und wenn alles okay ist, dann sie können zurück in ihre Unterkunft. Aber ich muss sie bitten, heute noch das Bett zu hüten. Ist nur um zu gehen auf Nummer sicher, Signora Beck. Eine Erschütterung des Hirns ist nichts für die Spaß.«

Ich nicke eifrig und erneut meldet sich mein Kopf mit einem pochenden Schmerz zu Wort. Indessen kritzelt

Giuditta mit ihrem Kugelschreiber ein paar unleserliche Worte auf das Formular auf dem Klemmbrett. Danach wendet sie sich wieder mir zu: »So Signora Beck, wir wollen mal sehen, wie es geht ihnen und danach sie können mit ihre Freund nach Hause. Er wartet schon seit einer halben Stunde darauf, dass sie aufwachen.«

Okay, also wenn ich nicht im Koma gelegen habe, dann habe ich auch keinen Freund. Bleibt die Frage offen, wer laut Giuditta Morettis Auskunft auf mich wartet?

»Äh, ich bin mir ziemlich sicher, dass ich keinen Freund habe, Signora Moretti.«

Ein überraschter Ausdruck zeichnet sich auf dem Gesicht der Frau ab: »Oh, das mir tut leid, aber ich dachte, der Mann, der sie gestern gebracht hierher, ist ihr Freund. Er hat gewirkt so besorgt, deshalb ich bin einfach ... Nun ja ... ich entschuldige mich für meinen voreiligen Schluss und schicke die Mann wieder weg.«

»Oh ... Äh ... nein, nein. Darf ich sie fragen, wie der Mann heißt, den sie für meinen Freund gehalten haben?«, hake ich einem plötzlichen Geistesblitz folgend nach.

Giuditta hält inne, um einen Augenblick nachzudenken, ehe sie antwortet: »Nein. Es tut mir wirklich sehr leid, Signora Beck. Ich weiß nicht, wie sich der Mann nennt. Aber er sieht gut aus. Dunkles, dichtes Haar, freundliche Augen und eine stoppelige Bart, was ich finde sexy an einem Mann. Vielleicht zu wenig Brustbehaarung was ich habe gesehen durch die weiße T-Shirt, aber darüber ich könnte hinwegsehen. Also wenn sie ihn nicht wollen, dann ich nehme die Mann gerne.« Sie zwinkert mir zu.

Der Beschreibung zur Folge klingt das nach Georg und irgendwie wäre das auch plausibel. Wer sonst wäre mir in den Pool nachgesprungen?

Mein Herz macht angesichts dieser Neuigkeit einen wilden Sprung. Kann es sein, dass ich diesmal nicht in die Kloschüssel gegriffen und stattdessen meinen Traummann kennengelernt habe?

Kapitel 9

Hey Nachteule!«, werde ich aufgeregt von meiner besten Freundin begrüßt, als ich eine Stunde später den kleinen Garten unseres Ferienhauses betrete. Der Kopfschmerz ist dank der wirksamen Medikamente von Signora Moretti in der Zwischenzeit zu einem dumpfen Pochen abgeflaut.

»Wie schaust du denn aus? Hast du die Nacht mit dem Georg durchgemacht, oder was?«, erkundigt sich Patrizia, nachdem sie mich einer eingehenden Musterung unterzogen und dafür sogar ihre Tageszeitung vernachlässigt hat.

Anja, die neben ihrer Mutter bei einer Tasse Kaffee sitzt und in meinen aktuellen Roman »Brandteigkrapferldrama« vertieft ist, nimmt sich lediglich einen kurzen Moment Zeit, um von ihrer Lektüre aufzusehen und mit den Augen zu rollen.

»Also erstmal vielen Dank für diese wirklich liebevolle und einfühlsame Begrüßung, aber nein, ich habe nicht die Nacht mit Georg durchgemacht, sondern sie stattdessen auf der Krankenstation verbracht«, antworte ich und lasse mich dabei geschafft auf einen freien Gartenstuhl auf der Terrasse unseres Ferienhäuschens sinken.

Augenblicklich habe ich Anjas volle Aufmerksamkeit: »Was? Wieso denn das? Was ist passiert?«

»Hermann der Zerstörer ist aufgetaucht«, stelle ich trocken fest und gebe dann in knappen Worten wieder, was sich gestern Abend zugetragen hat. Patrizia und Anja lauschen meiner Nacherzählung gespannt und als ich zu dem Teil komme, in dem Georg in den Pool springt, um mich zu »retten«, kann sich meine beste Freundin einen Kommentar nicht verkneifen: »Moi, das ist ja voll süß. Ich wünschte Simon würde das auch mal für mich machen, aber der ist ja schon damit überfordert, mich mit einem gebrochenen Zeh ins Spital zu fahren.«

Mein Patenkind verdreht die Augen: »Mama, kannst du diese persönlichen Vergleiche nicht einfach lassen? Davon abgesehen ist das bei der Tante Magdi etwas anderes. Der Typ war immerhin maßgeblich daran beteiligt, dass sie im Pool gelandet ist. Da ist es wohl das Mindeste, wenn er ihr hilft.«

»Geh Mausilein, sei doch nicht immer so negativ. Da hat die Tante Magdi endlich mal einen lieben Mann kennengelernt und du machst ihr gleich wieder alles madig.«

»Ich bin nur realistisch, Mama, mehr nicht.«

»In deinem Alter sollte man noch von einer besseren Welt träumen, Anja«, kontert ihre Mutter. »Weißt du, als ich noch zur Schule gegangen bin, da habe ich Plakate für Demos geschrieben und meine BH's verbrannt. Bei euch geht's nur mehr darum, wie ihr das beste Selfie für euer Instagram-Profil schießt.«

»Mama, bitte lass das. Das nervt. Außerdem würde ich gern das Ende von Tante Magdis Geschichte hören«, erklärt mein Patenkind und wirft mir dabei einen flehenden Blick zu.

Ich zucke hilflos mit den Schultern: »Na ja, eigentlich gibt es da nicht mehr viel zu erzählen. Ich hatte scheinbar eine Gehirnerschütterung und deshalb kurzzeitig das Bewusstsein verloren. Georg hat dann einen der Angestellten mit so einem Golfcaddy angesprochen und ihn gefragt, ob er mich auf die Krankenstation bringen kann. Sowohl er als auch die Ärztin beteuern, dass ich zwischenzeitlich ansprechbar war, aber ich hab daran echt keine Erinnerung mehr. Jedenfalls bin ich dann in der Früh im Krankenbett aufgewacht. Das war's.«

»Und wo ist dein Georg jetzt?«, fragt mich Patzi mit vor Aufregung rotglühenden Pausbacken.

»Er ist noch nicht mein Georg.«

»Jep, die Betonung liegt auf noch.«

Ihren Einwand ignorierend spreche ich weiter: »Er ist schon eine halbe Stunde bevor ich aufgewacht bin, auf der Krankenstation aufgetaucht und hat sich nach mir erkundigt.«

Glückselig klatscht meine beste Freundin in die Hände: »Oh wow, was für ein Gentleman. Das klingt ja beinahe schon nach so einer *Twilight*-Romanze.«

»Aber dafür fehlt ja noch die klassische Triade«, wendet ihre Tochter ein. »Sprich: Die Tante Magdi braucht noch einen glattrasierten Werwolf mit stylischer Boyband-Frisur.«

»Oh mein Gott! Dann wären wir ja wieder bei meiner Spinnerliste.«

»Na ja, aber immerhin wärst du dann unsterblich«, fügt Patrizia mit einem breiten Grinsen hinzu. »Wobei sich natürlich schon die Frage stellt, was bei so einer ménage à trois herauskommt. Wenn dich beide beißen, bist du dann ein Werwolf oder ein Vampir oder bist du eine Mischung aus beidem?«

»Mama, du bist einfach nur peinlich.«

»Du, eigentlich will ich gar nichts von alldem sein und jetzt einfach nur etwas essen, weil ich knapp am Verhungern bin«, erkläre ich geschafft. »Von den vielen Überlegungen wird mir nämlich noch zusätzlich schwindlig.«

»Du bekommst etwas zu essen, wenn du deine Story fertigerzählt hast.«

»Mama, ich hasse es, wenn du Anglizismen verwendest. Damit wirkst du irgendwie so pseudocool.«

»Deine Mutter ist nicht pseudocool, die ist cool. Glaub mir«, eile ich meiner besten Freundin augenzwinkernd zur Hilfe. »Wenn du sie früher gekannt hättest, dann würdest du ihre Coolness nicht in Frage stellen.«

»Kann ich mir nur schwer vorstellen«, stellt Anja schulterzuckend fest und überlässt dann ihrer Mutter das Wort: »Also jetzt leg los und erzähl weiter.«

»Es gibt nicht mehr viel zu erzählen.«

»Was? Kein leidenschaftlicher Sex auf dem Krankenzimmerbett, oder wie?«

»Äh, Mama, du weißt schon, dass ich noch anwesend bin, oder?«

Patrizia zuckt mit den Schultern: »Was denn? Ich dachte du bist Realistin.«

Es folgt ein Augenrollen vonseiten ihrer Tochter.

»Keine Sorge, Anja, es haben weder leidenschaftlicher Sex noch ein einfacher Kuss stattgefunden.«

Bilde ich mir das ein, oder sehen die beiden enttäuscht aus?

»Einen Kuss hätte ich mir jetzt aber schon erwartet, Tante Magdi. Ich mein, du hast so hübsch ausgesehen.«

»Ja, ich habe hübsch ausgesehen. Vergangenheitsform. Jetzt sehe ich aus wie ein ausgekotztes Sandwich und rieche wahrscheinlich auch ähnlich.«

Patrizia verzieht angewidert das Gesicht: »Okay, okay. Das ist zu plastisch für meine sensiblen Geruchsnerven.«

»Selbst schuld. Man stellt halt auch keine indiskreten Fragen«, wendet Anja wenig einfühlsam ein.

»Aber Georg hat mich am Weg hierher noch ein Stück begleitet und wir sind übereingekommen, dass wir unser Date morgen Abend fortsetzen.«

»Ist das aufregend. Ich wünschte, ich wäre auch nochmal ...«

»Nein, Mama, bitte sag jetzt nix. Sowas will ich von dir nicht hören«, bremst Anja ihre Mutter ein, woraufhin diese sich geschlagen gibt.

»Okay, okay. Ich werde diesbezüglich meinen Mund versiegeln.«

»Kann ich das auch schriftlich haben?«

»Was ist denn los mit dir, Anja? Vertraust du deiner eigenen Mutter etwa nicht?«

»Ist das eine Fangfrage?«

»Sag, wo sind Fynn und Leonardo eigentlich?«, unterbreche ich die beiden in ihrem Mutter-Tochter-Geplänkel.

Patrizia wedelt daraufhin mit der Hand. »Dein Sohn ist gemeinsam mit dem Hund Frühstück holen gegangen.«

Erstaunt verziehe ich das Gesicht: »Was habt ihr mit meinem Kind gemacht? Habt ihr ihn in der Nacht einer Gehirnwäsche unterzogen?«

»Nope. Der ist heut in der Früh aufgestanden und hat nach der ersten Folge *How I Met your Mother* beschlossen, dass er Pfannkuchen essen will und weil wir nichts dahaben, womit man die machen könnte, hat er gemeint, dass er alles Notwendige besorgen wird«, antwortet Anja.

»Freiwillig?«,

»Ja, vollkommen freiwillig.«

»Wow, vielleicht wird aus meinem Kind ja doch noch ein Gentleman.«

»Never ever«, ertönt hinter mir Fynns Stimme, der mit zwei prallvollen Einkaufstüten und unserem schwanzwedelnden Hund den Garten des Ferienhäuschens betritt. Leonardo kommt sogleich auf sein Frauchen zugelaufen und begrüßt mich grunzend. Indessen deponiert mein Sohn die Einkaufstüten keuchend auf dem Esstisch. »Ich sag's euch, da war die ur Aufregung im *Billa*.«

»Fynn, das ist kein *Billa*«, berichtigt ihn seine Altersgenossin mit genervtem Stöhnen.

»Danke für die Aufklärung Frau Professor«, kontert mein Sohn und lässt sich dann auf den Sessel neben mir fallen. »Aber es ist mir grad wirklich zu blöd mich mit dir wegen so einer Kleinigkeit zu zoffen.« Sein Blick fällt auf mich: »Wieso siehst du eigentlich so scheiße aus, Mom?«

»Danke für diese aufbauenden Worte. Ich hatte eine wirklich beschissene Nacht. Genügt das einstweilen als Antwort?«

»Manno, Fynn, du bist sowas von rücksichtslos. Die Tante Magdi hatte gestern einen Unfall und war die ganze Nacht mit einer Gehirnerschütterung auf der Krankenstation.«

Mein Sprössling zuckt unberührt mit den Schultern: »Na viel kann da eh nimmer kaputtgehen.«

Empört wende ich mich meinem lachenden Sohn zu und verpasse ihm eine Kopfnuss: »Sei nicht so frech!«

»Ah, wah, ja, ja, ich nehm alles zurück, nur lass das bitte, Mom.«

»Nur wenn du dich entschuldigst!«, beharre ich und spüre, wie das Pochen in meinem Kopf langsam wieder anschwillt.

»Okay, okay, es tut mir leid.«

»Braver Bub«, ziehe ich Fynn auf.

»Darf ich jetzt endlich erzählen, was ich im Supermarkt - damit die Frau Professor auch zufrieden ist – gehört hab?«

»Muss das unbedingt sein?«, kann sich Anja nicht verkneifen.

»Jep, ich glaub das interessiert sogar dich.«

»Wer's glaubt.«

»Achso? Also ist es dir vollkommen wurscht, dass gestern in der Nacht jemand ermordet wurde?«, klärt Fynn mein Patenkind auf, das ihn daraufhin mit offenem Mund anstarrt.

»Was für ein Blödsinn? Du verarschst uns doch!«

Mein Sohn schüttelt seinen Kopf, sodass ihm seine langen Stirnfransen in die Augen fallen und er sich diese wieder aus dem Gesicht streichen muss. »Nein, ich verarsch euch nicht. Ich hab zwei Touristen belauscht, wie sie sich an der Kassa darüber unterhalten haben, dass heute in der Früh scheinbar eine Leiche am Strand gefunden wurde. Man geht davon aus, dass die Person umgebracht wurde. Mehr wissen sie auch nicht.«

»Geh wer weiß. Das sind vielleicht nur blöde Gerüchte«, gebe ich meinem Sohn zu bedenken.

»Glaub ich nicht, weil das nicht die einzigen waren, die über den Leichenfund und den Mord gesprochen haben. Ich hab auch gehört, wie sich die Angestellten darüber unterhalten haben.«

»Wer ist denn überhaupt angeblich ermordet worden?«, hake ich nach, woraufhin Fynn hilflos mit den Schultern zuckt. »Keinen Plan. Das haben die nicht gesagt.«

»Weil es nur ein dummes Gerücht ist, dass irgendwelche unreifen Teenager in die Welt gesetzt haben«, wendet Anja schnippisch ein und verschränkt dabei ihre Arme vor der Brust. »Echt, wie gutgläubig und naiv kann man eigentlich sein, Fynn?«

»Ich glaub nicht, dass das nur Gerüchte sind.«

»Und was gibt dir den Anlass, dass nicht bloß als reine Gerüchte abzutun?«

»Keinen Plan, Mom, aber die Leute haben viel zu ernst geklungen. Außerdem hab ich am Weg zurück einen Polizeiwagen gesehen. Wenn's also nur Gerüchte sind, was macht dann die Polizei hier?«

»Das muss noch gar nix heißen, Fynn. Es kann auch sein, dass die wegen falscher Gerüchte alarmiert wurden«, gebe ich meinem Sohn zu bedenken.

Patzi gibt ein lautstarkes Seufzen von sich: »Was ist denn bloß los mit euch beiden? Wieso seid ihr so skeptisch? Ich für meinen Teil glaube dem Fynn.«

»Du glaubst auch deinen Schülern, wenn sie dir erklären, dass der Hund das Notenheft gefressen hat«, kontert Anja.

»Ich glaube, dass der Mörder Touristen im Meer ertränkt, um Rache für die Delfine zu nehmen, die in Thunfischnetzen landen«, fabuliert Fynn.

»Erstens: Wieso muss es sich bei dem Mörder schon wieder um einen Mann handeln? Soll das etwa heißen, dass Frauen schlechter im Morden sind als Männer? Zweitens: Wer sagt, dass der Killer ...«

»Oder die Killerin«, berichtigt Fynn mein Patenkind.

»Oder die Killerin seine …«

»Oder ihre«, fügt mein Kind hinzu, wobei seine Augen vor Schalk strahlen.

Anja stöhnt genervt: »Oder ihre Opfer ertränkt. Wer weiß, das Opfer könnte doch auch mit einem Messer aufgeschlitzt worden sein. Und drittens: Wer sagt, dass der Mörder oder die Mörderin tatsächlich Touristen tötet? Es gibt bisher den Gerüchten zur Folge doch nur ein Opfer, dessen Identität wir noch nicht einmal kennen, oder?«

»Was das Geschlecht des Mörders angeht, hab ich auch schon eine Theorie«, eröffnet mein Nachwuchs mit stolzgeschwellter Brust.

»Na da bin ich aber gespannt.«

»Es kann eigentlich nur ein Mann sein, weil Frauen meistens mit Gift töten. Also wenn der Tourist erstochen, erschossen oder ertränkt wurde, dann war's wahrscheinlich ein Typ«, gibt Fynn fachmännisch von sich.

»Och, ist das süß. Du denkst wir Mädchen sind zu weich und schwach, um jemanden mit dem Messer abzustechen.«

»Allmählich macht mir deine Tochter Angst«, flüstere ich Patrizia hinter vorgehaltener Hand zu.

»Mir auch.«

Fynn lässt sich von all dem jedoch nicht beirren und entgegnet vollkommen ruhig und mit leicht geneigtem Kopf: »Schau, die meisten Killer in Horrorfilmen, die besonders blutig und grauslich sind, sind männlich. *Chucky die Mörderpuppe*: ein Mann. *Texas Chainsaw Massacre*: ein Mann. *Psycho*: ein Mann. *Das Schweigen der Lämmer*: ein Mann. *Red Dragon*: ein Mann. *House of Wax*: ein Mann. *Halloween*: ein Mann und *Freitag der 13.*: ein Mann. Ist das Beweis genug? Wenn Frauen die Killer sind, dann sind sie meistens schon tot und morden quasi aus dem Jenseits, weil sie Rache an ihren Peinigern nehmen. Männer morden meistens aus Spaß.«

»Ich weiß nicht, wie ich es finde, dass mein Sohn bereits so viele Horrorfilme gesehen und dann auch noch so gut analysiert hat. Das ist schon ein kleines bisschen bedenklich«, flüstere ich meiner besten Freundin zu, die daraufhin mit der Hand wedelt.

»Aber geh, tu dir nix an. In seinem Alter ist das vollkommen normal. Irgendwie müssen die Jungs ja ihre Aggressionen abbauen. Wenigstens zeichnet er kein Bild, in dem er dich absticht.« Ich werfe meiner besten Freundin einen entgeisterten Blick zu, den sie registriert, weshalb sie schulterzuckend hinzufügt: »Was denn? Einer meiner Schüler hat das mal gemacht und heute studiert er Jus.«

»Bist du dir auch sicher, dass seine Mutter noch unter den Lebenden weilt?«

»Na ja, die Entschuldigungen hat meistens seine Mutter unterschrieben und ich habe nichts von einem Familienmord in meiner Gegend gelesen. Insofern gehe ich davon aus, dass sie noch lebt.«

»Unterschriften kann man fälschen, Patzi. Und ich meine, nichts für ungut, aber es ist schon auffällig, dass ausgerechnet dieser Schüler Jus studiert. Man könnte beinahe daraus schließen, dass er sich mal selbst verteidigen will.«

Unsere Kinder sind sich, was das Geschlecht des Mörders betrifft, in der Zwischenzeit einig geworden, weshalb sie einen Schritt weitergegangen sind und darüber spekulieren, wie der Killer seine Identität verhüllt. Mein Sprössling schlägt wenig einfallsreich eine Eishockeymaske alla Jason vor, während sich Anja in dieser Hinsicht etwas origineller zeigt und der Ansicht ist, der Mörder könne seine Identität mit einer venezianischen Maske verhüllen.

»Geh bitte«, gibt mein Sohn in verächtlichem Ton von sich. »Das klingt ja nach einem billigen Abklatsch von *Fifty Shades of Grey*. Warum müsst ihr Frauen Gewalt eigentlich immer erotisieren?«

»Hat Fynn gerade das Wort *erotisieren* gebraucht?«, fragt mich Patrizia ungläubig.

»Jep, ich bin selbst gerade ziemlich baff. Es bringt scheinbar doch etwas, dass Frank und ich ihn ins Gymnasium gesteckt und ihm eine Nachhilfe organisiert haben.«

»Bitte Fynn, wenn du schon so neunmalklug bist, dann schlag etwas Besseres vor!«, fordert Anja meinen Sohn mit funkensprühenden Augen auf.

Fynn zuckt hilflos mit den Schultern: »Keine Ahnung. Vielleicht braucht der Killer ja gar keine Maske, weil er ein übernatürlicher Mutant ist, der von seiner Mutter zu Tode gefüttert wurde und dann durch einen Pakt mit dem Teufel wiederauferstanden ist. Seither ermordet er jedes Jahr im Sommer Touristen.«

Mein Patenkind lacht verächtlich: »Geh bitte. Wieso sollte der Mutant ausgerechnet Touristen ermorden? Das ergibt doch überhaupt keinen Sinn.«

»Was weiß ich. Ich bin ja nicht der Mörder.«

»Immerhin etwas«, wende ich ein.

»Das ist auch wirklich besser so, denn die Polizei würde dich bereits nach einer Stunde schnappen, wenn sie dich nicht sowieso mit blutigem Messer über dem Leichnam erwischt«, kontert Anja dezent genervt und rückt dabei ihre schwarz umrandete Brille mit dem Zeigefinger zurecht.

»Also gut. Du willst eine Theorie. Dann bekommst du eine Theorie: Der Touristenschlitzer wurde von seiner Mutter im Meer ertränkt und da von Delfinen gerettet und seither kommt er alle zehn Jahre im Sommer, um Touristen aufzuschlitzen und sich einen Vorhang aus ihren Gedärmen zu basteln.«

Patrizia tritt mir unsanft mit dem Fuß auf das Schienbein, um mir mit vor Begeisterung großen Augen mitzuteilen: »*Der Touristenschlitzer.* Das klingt doch nach einem super Titel für deinen nächsten Roman.«

»Ja, aber du brauchst definitiv ein besseres Motiv, als das, was Fynn gerade genannt hat«, wendet Anja ein.

»Vielleicht wäre es schlau, eure Lautstärke zu senken. Die Leute schauen uns schon komisch an. Ich würde nämlich nur ungern in einer italienischen Gefängniszelle landen.«

»Warum denn nicht?«, fragt Fynn mit provokant vorgerecktem Kinn und breitem Grinsen im Gesicht. »Weil es da keine Föhns und Frisiertische gibt?«

Mit vor der Brust verschränkten Armen wendet sich Anja ihrem Altersgenossen zu: »Sagt der Typ mit der schwachsinnigsten Theorie ever.«

Mein Sohn stöhnt genervt auf, schweigt dann einen Moment, was für ihn wirklich ungewöhnlich ist und fordert Anja nach einem plötzlichen Geistesblitz heraus: »Okay, okay. Wenn du meine Theorie so mies findest, dann liefere doch einfach eine bessere.«

Anja beugt sich provokant nach vorne und starrt meinen Sohn mit ihren braunen großen Augen förmlich nieder: »So, du willst also eine bessere Theorie? Bitte, kannst du gerne haben. Wahrscheinlich ist der Killer eine Amazonenfeministin, die sich bei Arschloch-Männern rächen will und diese der Reihe nach abmurkst. Das klingt viel plausibler, als der Blödsinn, den du da verzapft hast.«

Echauffiert lehnt sich mein Sprössling in seinem Stuhl zurück und applaudiert dann: »Wunderbar. Super Theorie wirklich. Warum machen wir aus dem Killer nicht gleich ein Mörder-*Pokemon*. Sprich: die Seele eines Killers ist in ein *Pokemon*-Stofftier geschlüpft und das schlitzt jetzt Menschen auf, die dumm genug sind, das Stofftier für sich zu behalten. *Pummeluff*, das Mörder-*Pokemon*.«

In diesem Augenblick erhebt sich Patzi und streckt entschuldigend beide Arme von sich: »Okay, Leute, es tut mir leid, aber diese grausigen Details werden mir langsam zu viel. Wenn ihr so weitermacht, dann kann ich heute Nacht kein Auge mehr zu tun.«

»Aber geh, wir sind eh keine Jungfrauen mehr und müssten somit sicher sein«, bemühe ich mich darum, meine beste Freundin mit einem breiten Grinsen im Gesicht und dem Beispiel der Teenager folgend, zu beruhigen. Mein Einwand verfehlt seinen Zweck allerdings, da sich jemand kurz nach meiner Äußerung mit einem Klopfen an der Tür bemerkbar macht und uns allesamt dazu veranlasst, erschrocken zusammenzuzucken.

»Scheiße, wer war das?«, durchbricht Fynn als erster die morgendliche Stille.

»Keine Ahnung. Ich bin deine Mutter, aber deshalb kann ich noch lange nicht hellsehen, Kind.«

Anja verdreht indessen die Augen: »Wieso schaut ihr denn alle drein, als wäre euch soeben ein Geist begegnet? Es ist helllichter Tag. Was soll da schon großartig passieren? Wahrscheinlich ist es irgendein Angestellter.« Sie wirft mir ein schelmisches Grinsen zu: »Vielleicht ist es ja auch dein Georg, Tante Magdi.«

Erneut ertönt ein Klopfen. Ich will soeben aufstehen, um der Identität des Störenfrieds auf die Spur zu kommen, da bedeutet mir meine Freundin, wieder Platz zu nehmen. »Schon gut. Das kann ich erledigen. Ich wollte mir sowieso noch einen Kaffee holen und du solltest dich ausruhen, Lena.«

Patrizia verschwindet im Inneren des Ferienhäuschens und kurz darauf höre ich eine fremde Stimme. Leider verstehe ich kaum etwas, weil Fynn und Anja ihre Diskussion von vorhin fortsetzen und dabei keine Rücksicht auf meine Neugierde nehmen. Ich werde jedoch nicht lange auf die Folter gespannt, denn wenige Minuten später schiebt meine Freundin das Fliegengitter vor der Terrassentür lautstark zur Seite und wirft mir einen ernsten Blick zu.

»Ein Polizeibeamter ist da.«, erklärt sie mir. »Und er will sich mit dir unterhalten.«

Kapitel 10

Ein Polizeibeamter? Wieso will sich ein Polizeibeamter mit mir unterhalten? So eine Scheiße! Mein Mund wird ganz trocken und ich glaube, ich bekomme keine Luft mehr. Was habe ich denn verbrochen, dass sich ein Polizeibeamter mit mir unterhalten möchte? Oh mein Gott! Vielleicht hat Fynn ja die Wahrheit gesagt und es wurde wirklich jemand getötet und die Polizei hält mich für die Mörderin! Ja, schon klar, ich habe die Nacht mit einer Gehirnerschütterung auf der Krankenstation verbracht, aber womöglich neige ich zum Schlafwandeln und habe mich deshalb in der Dunkelheit aus dem Fenster im Erdgeschoß geschlichen, um meine unterdrückten Aggressionen abzubauen. Aus mir ist also eine kaltblütige Killerin geworden.

Der hinter Patrizia aus der Tür tretende Polizeibeamte in Zivilkleidung reißt mich jäh aus meinen Gedanken. Mit einem knappen Nicken begrüßt der hünenhafte Mann mich und die beiden augenblicklich verstummenden Teenager.

Wenn ich nicht so eine scheiß Angst hätte, dann würde ich den grimmigen Gesetzeshüter glatt fragen, ob er zwecks Einschüchterung als Kindermädchen für mich arbeiten möchte.

»Buongiorno, Signora Beck!«, richtet der Mann das Wort überraschend freundlich an mich. »Ich hoffe, ich störe sie nicht beim Frühstück?«

Wow, nicht nur, dass der Mann für einen italienischen Polizisten erstaunlich gut Deutsch spricht, ist er auch noch verblüffend höflich zu einer potentiellen Mörderin.

»Mein Name ist Mariano Schiavone«, stellt sich der blonde Hüne vor und deutet dann mit der rechten Pranke auf einen der freien Gartenstühle. »Darf ich mich vielleicht zu ihnen setzen?«

»Äh, ja, na klar. Setzen sie sich doch«, antworte ich darum bemüht, jedweden nervösen Unterton aus meiner Stimme fernzuhalten.

»Ich hoffe, es geht ihnen schon wieder einigermaßen gut, Signora Beck?«, eröffnet der Polizeibeamte das Gespräch, nachdem er mir gegenüber Platz genommen und bei Patrizia eine Tasse Kaffee und ein Glas Wasser bestellt hat.

»Äh ... ja, also ... es geht halbwegs. Der Kopf tut noch ein bisschen weh«, antworte ich und unterstreiche meine Aussage mit einem Griff auf den Hinterkopf. »Die Ärztin meint, ich soll mich heute noch ausruhen und schonen.«

»Sehr gut. Aber bitte sagen sie mir trotzdem, wenn ihnen das Gespräch zu viel werden sollte.«

Eifrig nicke ich und werfe indessen einen verstohlenen Seitenblick auf Fynn und Anja. Mein Patenkind hat sich wieder in meinen aktuellen Roman vertieft, wobei ihre Lesetätigkeit eindeutig als Vorwand dient, um das Gespräch unbemerkt zu belauschen. Dabei geht Anja geschickter vor als Fynn, der mit verschränkten Armen auf seinem Stuhl sitzt und den Gesetzeshüter unverhohlen angafft.

»Nun ich kann mir vorstellen, dass ihnen jetzt einige Fragen durch den Kopf gehen«, setzt der Polizeibeamte zu einer Erklärung an, wird dann aber von meiner im Türrahmen erscheinenden besten Freundin rüde unterbrochen: »Dann spannen sie uns nicht länger auf die Folter«, treibt Patzi den Beamten an und stellt dabei ein Tablett mit einer Tasse Kaffee und einem Glas Wasser vor dem hünenhaften Gesetzeshüter ab, um danach wie selbstverständlich am Kopf des Tisches Platz zu nehmen.

Signore Schiavone kommt der Aufforderung von Patrizia nach: »Ich weiß nicht, wieviel sie schon gehört haben, aber ...«

»Ist gestern wirklich jemand gekillt worden und wenn ja, wie? Hat man das Opfer erstochen oder erschossen oder wurde es ertränkt?«, fragt mein Sohn mit vor Sensationslüsternheit aufgerissenen Augen.

»Pf«, stöhnt Anja genervt, um danach wieder vorzugeben, in dem Buch in ihren Händen zu lesen.

Der Polizist lächelt verhalten: »Obwohl ich mütterlicherseits österreichische Wurzeln habe, lebe ich schon so lange in Italien, dass ich ganz vergessen habe, zu welcher Morbidität die Österreicher neigen.«

»Ich entschuldige mich für meinen Sohn«, gebe ich kleinlaut von mir und werfe Fynn einen erbosten Seitenblick zu, den dieser geflissentlich ignoriert.

Mariano wedelt indessen begütigend mit der Hand: »Kein Problem. Ich kann die Faszination des Todes ja schon irgendwie nachvollziehen.« Er wendet sich Fynn zu: »Und ja, es wurde tatsächlich jemand ermordet.«

Mit süffisantem Grinsen richtet mein Sohn das Wort an die versammelte Runde: »Seht ihr. Ich hab euch ja gesagt, dass ich mir das alles nicht ausgedacht hab.«

»Wow, willst du für deine Ehrlichkeit jetzt einen Orden, oder wie?«, grummelt Anja.

»Nope, mir reicht lediglich die Genugtuung, die ich bei eurem Irrtum empfinde.«

»Aber was hat denn meine Freundin mit all dem zu tun?«, hakt Patrizia ungeniert nach.

»Na ja, ich weiß nicht, ob sie schon gehört haben, wer das Opfer war?«

»Nein«, antworte ich wahrheitsgemäß. »Wer war denn das Opfer?«

»Einer der Gäste des *Happy Smurf Village.* Ein gewisser Hermann Sackmaier. Sagt ihnen der Name etwas?«

Augenblicklich fällt mir die Kinnlade herunter und ich schiele zu meiner Freundin hinüber, die ebenso irritiert wirkt, wie ich.

»Äh, ja, es könnte sein, dass wir mit dem Mann bereits ...«

Ehe ich meinen Satz vollende, unterbricht mich meine beste Freundin: »Das ist doch das Arschloch von der Raststation, oder?«

»Ihn ›Arschloch‹ zu nennen ist nicht besonders hilfreich, Mama«, stellt mein Patenkind kopfschüttelnd fest.

Patrizia schlägt sich mit der Hand auf den Mund: »Tut mir leid, ich wollte jetzt nicht pietätlos erscheinen.«

Wenn das Gespräch so weiterverläuft, finde ich mich in spätestens einer Stunde in der italienischen Justizvollzugsanstalt wieder.

Dem blassen Gesicht des Polizeibeamten ist deutlich anzusehen, dass es ihm schwerfällt, ein Lachen zu unterdrücken. »Um ehrlich zu sein, wurde er von der Signora, die seine Leiche beim Joggen am Strand gefunden hat, tatsächlich als etwas unsympathischer Zeitgenosse beschrieben.« Er hält einen Moment inne, um nachzudenken, und kramt dann in den Taschen seiner überdimensional großen Jeans nach etwas. »Moment mal. Ich habe den Ausweis von dem Opfer als Hilfe für die Ermittlung abfotografiert. Im Gegensatz zu meiner geschätzten Kollegin konfrontiere ich Zeugen nur ungern mit Fotografien der Leiche.«

»Da können wir ja von Glück reden, dass ihre Kollegin nicht mit uns spricht«, wendet Patrizia augenzwinkernd ein.

»Mit Glück hat das wenig zu tun. Ich wurde nur deshalb für den Fall abgestellt, weil ich im Gegensatz zu Cassandra fließend Deutsch spreche und mich deshalb am besten mit den Touristen verständigen kann.«

Nachdem der Polizist sein Smartphone in den düsteren Gefilden seiner Hosentaschen gefunden hat, entsperrt er es kurzerhand und hält uns nach ein paar Swipes ein Foto von einem Führerschein vor die Nase.

»Ja, das ist eindeutig der Gandalf des Gemeindebaus«, erkläre ich unüberlegt und würde mich zwei Sekunden später für die unbedachte Äußerung am liebsten selbst ohrfeigen.

»*Mahhh* ... Tante Magdi. Also von dir hätte ich mir schon mehr Feingefühl erwartet.«

»Was ist denn mit dem Mann passiert?«, frage ich rasch nach, um von meiner Verfehlung abzulenken.

»Genau! Wurde er jetzt ertränkt oder aufgeschlitzt?«, fragt mein Kind ungeniert nach und veranlasst seine Altersgenossin nicht zum ersten Mal an diesem Morgen zu einem genervten Augenrollen.

»Es tut mir leid, wenn ich dich enttäuschen muss, junger Mann, aber nichts von alldem ist passiert. Das Opfer wurde vermutlich mit einem Pfeil durchs Herz getötet.

Mehr wissen wir auch noch nicht, da wir noch den Obduktionsbericht abwarten müssen.«

»Aber das erklärt doch noch immer nicht, was sie eigentlich von meiner Freundin wollen«, mischt sich Patzi wieder in das Gespräch ein. »Ich meine, sie wissen schon, dass die Lena mal sicher nicht als Mörderin in Frage kommt, weil sie die ganze Nacht mit einer Gehirnerschütterung auf der Krankenstation verbracht hat.«

»Ja, davon abgesehen ist die Mama im Bogenschießen grottenschlecht und trifft so gut wie nie«, stimmt ihr Fynn zu.

»Ich weiß, dass sie als Mörderin nicht in Frage kommen, Signora Beck. Ich habe mir bereits von ihrer Ärztin bestätigen lassen, dass sie die ganze Nacht über im Krankenzimmer gelegen haben. Ich bin hier, weil mich ihr Verhältnis zu dem Mann interessiert, mit dem sie gestern an der Bar waren. «

»Georg? Wieso interessiert sie mein Verhältnis zu Georg? Wir hatten gestern unser erstes Date und ...« In dem Moment fällt es mir wie Schuppen von den Augen. »Oh nein, sagen sie nicht, dass sie Georg verdächtigen, weil er gestern einen Streit mit diesem Hermann hatte?«

»Na ja, ich würde noch nicht so weit gehen, dass wir ihn verdächtigen, aber ich muss allen Hinweisen nachgehen. Zumal auch das Handy des Toten verschollen zu sein scheint, was eine Eingrenzung der Verdächtigen doch erheblich verkompliziert. Ist es denn richtig, dass der Streit zwischen diesem Georg und Hermann Sackmaier handgreiflich geworden ist und sie deshalb eine Gehirnerschütterung erlitten haben?«

»Ja, aber dieser Sackmaier hat zuerst mit dem Stänkern begonnen«, bemühe ich mich darum, mein Date in Schutz zu nehmen.

Anerkennend klopft mir Fynn auf die Schulter: »Wow, Mom, jetzt hast du aber echt den Bock abgeschossen. Einen Mörder hast du bisher noch nicht gedatet. Gratulation!«

Erbost wende ich mich meinem Nachwuchs zu: »Fynn, halt doch einfach die Klappe.«

»Mah, sorry. Du musst ja nicht gleich so aggressiv werden.«

»Fynn, deine Mom ist nicht aggressiv«, verteidigt mich Anja, die in der Zwischenzeit ihr Buch zur Seite gelegt hat.

»Das heißt, Signora Beck, sie können die Geschichte bestätigen«, fragt mich der hünenhafte Polizeibeamte.

Ich nicke und wiederhole danach die Geschehnisse des Vorabends so detailliert wie möglich. Mariano hört mir aufmerksam zu und notiert sich dabei alle wichtigen Informationen in einem kleinen Block, den er bei sich trägt. Als ich mit meinen Schilderungen zu einem Ende komme, richtet der Kriminalbeamte erneut das Wort an mich: »Signora Beck, danke für diese ausführliche Schilderung. Weitestgehend deckt diese sich mit der Aussage der anderen Zeugin. Können sie mir vielleicht noch sagen, wie dieser Georg mit Nachnamen heißt oder haben sie sonst irgendwelche Hinweise, die hilfreich sein könnten?«

Ich schüttle den Kopf: »Nein, leider weiß ich nicht wie Georg mit Nachnamen heißt, aber er ist mit seiner Tochter hier. Das Mädchen heißt Christina und ist im Volksschulalter. Vielleicht hilft ihnen das weiter.«

»Geh bitte, der Typ ist sicher schon über alle Berge, wenn er den Hermann abgeschossen hat«, wendet mein neunmalkluger Sohn ein.

»Was für ein Blödsinn, Kind. Er hat mich doch vorhin noch hierher begleitet. Er ist ja nicht *Flash* oder so.«

»Ja, aber er könnte ja kurz danach in sein Auto gestiegen und weggefahren sein«, schlägt Fynn vor.

»Und seine Tochter lässt er einfach so zurück, oder wie?«, kontert Anja säuerlich.

»Erstens: Wer weiß, ob diese Christina überhaupt seine Tochter ist und zweitens: Wenn sie seine Tochter ist und nur im Entferntesten Ähnlichkeit mit dir hat, würde ich sie auch zurücklassen.«

»Fynn!«, ermahne ich ihn erbost, stehe mit meinem Ärger aber offensichtlich alleine da, denn Anja zeigt sich von der Beleidigung ihres Altersgenossen gänzlich unberührt: »Und das alles nimmt der Kerl in Kauf, um einen geistig minderbemittelten Frauenhasser, der ihn ein kleines bisschen blöd angemacht hat, mit Pfeil und Bogen zu erschießen? Komm schon, Fynn, das klingt doch selbst für deine Ohren nicht besonders plausibel.«

»Das klingt nur deshalb nicht plausibel, weil du schlichtweg zu engstirnig bist und nicht über deinen Horizont hinausdenken kannst.«

Anja stemmt eine Hand in die Hüfte: »Bitte, weiser Fynn, dann kläre mich doch über deine einzige und wahre Erkenntnis auf!«

Der Polizeibeamte lehnt sich belustigt in seinem Sessel zurück und verschränkt seine mächtigen Arme vor der Brust, während er den Erläuterungen meines Sohnes kommentarlos lauscht. »Du gehst immer noch davon aus, dass Christina seine echte Tochter ist, aber es könnte doch auch sein, dass er ein russischer Geheimagent oder Auftragskiller ist.«

»Fynn, du siehst einfach zu viele Filme.«

»Mom, ich hab in der letzten Woche nur an fünf Tagen ferngesehen.«

Ich strecke meinen Daumen nach oben: »Wow, was für eine Leistung. Im Übrigen: Ich glaub auch, dass du mit deiner Theorie ziemlich danebenliegst. Georg hat nämlich weder einen russischen Akzent noch wirkt er auf mich wie ein Auftragskiller. Davon abgesehen, was sollte ein Auftragskiller von einem Mann wie Hermann wollen?«

Hilflos zuckt mein Sohn mit den Schultern: »Was weiß ich? Jetzt seid doch mal ein bissi kreativ. Vielleicht war Hermanns nach außen getragene Misogynie auch nur eine Art Tarnung und er war in Wirklichkeit ein Agent.«

»Genau und dann bist du in einem Spionagefilm aufgewacht, gell?«, hält Anja dagegen.

»Wow, ich hab noch nie so viele wilde Spekulationen über ein mögliches Mordmotiv gehört«, erklärt Mariano milde lächelnd. »Vielleicht solltest du eine Karriere bei der Polizei in Betracht ziehen.«

Ich lache laut auf: »Das würde implizieren, dass mein Kind sich beim Selbstverteidigungskurs nicht darüber beschwert, wenn er von seinem Gegner umgeworfen wird.«

»Danke Mom.«

»Aber ich will dir mal eines erklären«, ignoriert der Polizeibeamte das Geplänkel zwischen mir und meinem Sohn gänzlich. Mit beiden Armen lehnt sich der Hüne auf die Tischplatte, um Fynn mit seinen eindringlichen stahlblauen Augen zu mustern, ehe er weiterspricht: »Zunächst durchleuchten wir bei der Polizei immer das nähere Umfeld, weil der Mörder meistens auch da zu finden ist.«

»Genau!«, gibt Patzi einem plötzlichen Geistesblitz folgend von sich. »Vielleicht war ja die Ehefrau die Täterin. Ich finde sie zwar sympathisch, aber das sagt doch rein gar nichts aus. Schließlich gibt es viele sympathische Mörder und man kann es ihr wirklich nur schwer verübeln, wenn sie dem Leben ihres Mannes ein Ende gesetzt hat.«

»Jep, aber sie und dieser Georg waren nicht die Einzigen, die Streit mit Hermann hatten«, wende ich ein.

»Voll, die Tante Patzi hat diesem Vollpfosten auch gedroht, dass sie ihn verdrischt«, kommentiert Fynn meinen Einwand wenig bedacht und erntet ein weiteres Augenrollen von seiner Altersgenossin. »Manno, du bist echt so ein Genie.«

»Aber geh, Fynn, so war das doch gar nicht.«

»Sicher war das so. Du hast zu ihm gesagt, dass du ihm gerne eine reinhauen würdest, Patzi.«

»Ja, aber ich hab's nicht gemacht. Das ist wohl ein Unterschied.«

»Der Mann ist immerhin auf dem Boden gelandet, als du ihn geschubst hast«, bleibt mein Nachwuchs hartnäckig bei seiner Version der Ereignisse.

»Aber das war doch eindeutig eine Schwalbe«, verteidigt sich meine beste Freundin.

»Signora, darf ich sie vielleicht fragen, wo sie sich zwischen dreiundzwanzig und sechs Uhr aufgehalten haben?«

Kapitel 11

Zu unserem Glück hat der Polizeibeamte von einer Verhaftung meiner besten Freundin abgesehen, auch wenn sie kein Alibi für den Tatzeitpunkt nennen konnte. Ich hege ja den leisen Verdacht, dass der Gesetzeshüter Patrizia mit der Frage nach einem Alibi lediglich auf den Arm genommen hat. Nicht ohne Wirkung, denn meine Freundin war nach dem Gespräch gestern, das sie als Verhör bezeichnet, den Rest des Tages ziemlich aufgewühlt. Gut, wer wäre das in einer solchen Situation nicht? Jedenfalls hat ihre innere Unruhe dazu geführt, dass sie sich ständig für ihr fehlendes Alibi gerechtfertigt hat, sodass selbst ich, die Patzi schon ihr halbes Leben lang kennt, nicht mehr restlos von ihrer Unschuld überzeugt bin. Wer weiß, womöglich ist in meiner besten Freundin ein dunkler Abgrund, von dem nicht einmal ich eine Ahnung habe.

Ich werfe einen verstohlenen Blick auf Patrizia, die mit offenem Mund auf einer der Sonnenliegen am Pool schläft, und frage mich, ob sie dazu in der Lage wäre, einen Mord zu begehen. Ja, schon klar, sie sieht total harmlos aus, wie sie so hilflos daliegt, der ständigen Gefahr eines Insekts ausgesetzt, das in ihren Rachen fliegen und zu ihrem Erstickungstod beitragen könnte. Aber sehen nicht alle Mörder irgendwie harmlos aus?

Begleitet von dem Song »Danger Zone« von Kenny Loggins aus dem Film »Top Gun«, der aus den winzigen Kopfhörern in meinen Ohren schallt, beobachte ich das rege Treiben am Pool des *Happy Smurf Village*. Ein besonderes Gefahrenpotenzial erkenne ich in zwei Männern mittleren Alters, die im tieferen Gewässer des Pools um das Reitvorrecht auf einem aufblasbaren Schwimmtier, dessen Artenzugehörigkeit undefinierbar bleibt, kämpfen. Mit ihrem martialischen Treiben geraten sie in das Fahrwasser einer älteren Dame mit Schwimmhaube, die von dem barbarischen Verhalten nur wenig angetan ist und den beiden deshalb einen mörderischen Blick zuwirft. Ihr Ärger ist allerdings nur von kurzer Dauer, denn die erbarmungslose Wasserschlacht entgeht auch der Rettungsschwimmerin nicht, die sogleich ihre an einer Kette um den Hals baumelnde Pfeife zur Hand nimmt, um die halbstarken Krieger zur Raison zu rufen. Indessen zeigt sich das Publikum an der Poolbar nur wenig berührt von der Brutalität im Wasser. Zwei ältere Frauen in geblümten Badeanzügen tauschen begleitet von schwungvollen Gesten bei einer Tasse Kaffee den neuesten Klatsch und Tratsch aus. Als eine der beiden auf ein mit Karottenbrei vollgekleckertes Baby aufmerksam wird, das in einem Hochstuhl am Tisch sitzt und von einer verzweifelt anmutenden Frau gefüttert wird, unterbrechen die beiden ihr Kartonagenevent, um mit dem Baby in Gebärdensprache zu kommunizieren.

Seltsam, wie normal alles wirkt, obwohl doch gestern erst eine Leiche gefunden wurde. So als hätte niemand etwas davon mitbekommen. Ich meine, jeder der hier Anwesenden könnte der Mörder von Hermann sein. Wirklich jeder ... Na gut, außer den beiden blonden Zwillingen auf der Elefantenrutsche im Baby-Pool. Die sehen jetzt nicht unbedingt wie skrupellose Killer aus. Und Fynn und Anja, die abwechselnd ins Wasser springen, um festzustellen, wer die bessere Arschbombe zustande bringt, sind trotz ihrer psychopathischen Tendenzen mit hoher Wahrscheinlichkeit keine Mörder. Aber für die ausgewachsenen Individuen würde ich meine Hand nicht ins Feuer legen.

Ein eiskalter Schauder läuft mir über den Rücken und ich wende mich rasch ab, um das Kopfteil meiner Sonnenliege niedriger zu stellen, sodass ich es Patzi nachtun und ebenso ein kleines Nickerchen halten kann. Schließlich habe ich in der Nacht kaum ein Auge zugetan, weil ich die ganze Zeit daran denken musste, dass der Killer noch frei herumläuft und sich somit jederzeit Zutritt zu unserem Ferienhäuschen verschaffen könnte, um mich begleitet von geisteskrankem Lachen mit einem Kissen zu ersticken.

Ich schließe die Augen und dämmere langsam weg, da werde ich plötzlich von lautstarker Latino-Musik, die selbst die Beschallung von Spotify übertönt, aus meinem Halbschlaf gerissen. Genervt richte ich mich auf und stelle fest, dass auch meine beste Freundin von dem Lärm geweckt wurde. Wie gebannt starrt Patzi auf die zahlreichen weiblichen Gäste, die sich allmählich im Kinderbecken versammeln, um dort dem alltäglichen Wasser-Zumba beizuwohnen.

»Schon komisch, wie gut die gelaunt ist«, stellt meine beste Freundin nach ihrer Observation fest.

»Wenn du mir jetzt noch erklärst, von wem du sprichst, wäre mir wirklich geholfen.«

»Echt jetzt? Siehst du sie denn nicht?«

»Nein, wen soll ich denn sehen? Ich hab nicht die geringste Ahnung von wem du sprichst, Patzi.«

»Na von Beate, der Frau vom Opfer. Schau mal. Die macht beim Wasser-Zumba mit.« Meine beste Freundin deutet mit dem Finger auf eine rothaarige Frau im pinkfarbenen Bikini, die zwar ungeschickt, aber äußerst eifrig darum bemüht ist die Bewegungen der Animateurin zu imitieren.

»Na ja, zumindest hatte sie etwas mit ihrem Mann gemeinsam«, halte ich trocken fest und als mich Patzi ratlos ansieht, erläutere ich meine Feststellung: »Na, sie scheint ebenso wenig Taktgefühl zu besitzen, wie Hermann.«

Meine beste Freundin boxt mir auf den Oberarm. »Lena, so redet man doch nicht über einen Toten.«

»Was denn? Er ist tot und kann mich sowieso nicht mehr hören. Davon abgesehen hat der Kerl doch auch kaum Rücksicht auf andere genommen. Wahrscheinlich wirkt seine Frau deshalb so, als habe man sie eben von einer zentnerschweren Last befreit.«

»Also siehst du es auch?«, hakt Patzi nach.

Ich werfe noch einmal einen Blick auf Beate, die immer wieder verhalten lächelt und absolut nicht traurig wirkt. »Soll das ein Witz sein. Ich mein, das ist ja kaum zu übersehen«, antworte ich deshalb »Aber mal ehrlich. Wundert es dich? Wenn ich mit dem Kerl auch nur einen Tag hätte verheiratet sein müssen, dann hätte ich mir glaub ich die Kugel gegeben.«

Patzi zuckt mit den Schultern: »Ja, oder ihm.« Nach einer kurzen Unterbrechung, in der sie Beate gedankenversunken beim Wasser-Zumba beobachtet, fragt mich meine beste Freundin: »Glaubst du, sie hat ihn umgebracht?«

»Keinen Plan. Ein Motiv hätte sie schon gehabt.«

»Gut, das Motiv ist unschwer zu erraten. Diesbezüglich müsste man sich ja viel eher die Frage stellen, welches Motiv sie hatte, diesen Widerling zu ehelichen. Aber ein Motiv macht einen Menschen doch noch lange nicht zum Mörder.«

Ich grinse: »Sagst du das jetzt, weil du auch ein Motiv hast?«

Patrizias braune Augen sehen mich eindringlich an: »Lena, du weißt, dass ich diesen Typen nicht erschossen habe.«

»Eigentlich weiß ich es nicht, weil ich ja nicht da war, aber selbst wenn du es warst, bleibst du meine beste Freundin und hey, wenn sie dich erwischen, dann komm ich dich fix regelmäßig im Knast besuchen.«

»Ha ha ha, sehr komisch.«

»Du musst das ganze positiv sehen, Patzi. Wenn du so lange wegen eines Häfnaufenthaltes vom Simon getrennt bist, dann überfällt er dich sicher, sobald du entlassen wirst. Es sei denn, du bekommst lebenslänglich. Aber in diesem Fall könntet ihr euch dann im Gefängnis verabreden. Hat sicher auch was.«

»Lena, ich verpflichte dich mit sofortiger Wirksamkeit damit aufzuhören, dir meinen Aufenthalt im Gefängnis auszumalen. Ich hab diesen Vollarsch nicht umgebracht. Erstens weißt du, dass ich voll die schlechte Bogenschützin bin.«

»Nope, weiß ich auch nicht wirklich. Könnte ja gut sein, dass du nur so getan hast, als wärst du eine schlechte Bogenschützin«, ziehe ich sie weiter auf.

»Boah, nein, ich bin wirklich schlecht beim Bogenschießen und zweitens würd ich wegen so einem Trottel doch nicht meine Zukunft versauen.«

»Ach Patzi, lass dich doch ein bissi auf den Arm nehmen. By the way: Bin ich dann eigentlich Anjas Ersatz-
mutter, wenn du zur Knackibraut mutierst?«

Sie kneift ihre Augen zusammen: »Du, das ist wirklich nicht komisch. Ich habe niemanden getötet.«

Ich grinse breit, als ich erwidere: »Ich glaub, das weiß
sogar der Polizist. Der hat dich doch nur ein bissi ver-
arscht.«

»Wenn das wahr ist, hat er aber einen äußert seltsamen Sinn für Humor.«

»Wahrscheinlich muss man als Polizeibeamter einen
Sinn für schwarzen Humor haben.«

»Ich finde jedenfalls, dass diese Beate viel verdächtiger wirkt als ich«, stellt meine beste Freundin im Brustton der Überzeugung fest. »Welche Frau, die glücklich
verheiratet war, hüpft einen Tag nach dem Mord an ihrem Mann quietschvergnügt im Pool herum?« Leonardo,
der bisher neben mir im Schatten gelegen hat, bellt lautstark, um die Feststellung meiner Freundin zu unterstreichen. »Wenigstens einer, der mir glaubt.«

»Leo glaubt jedem, der ihm mal ein Leckerli zu-
steckt«, wende ich ein. »Ein richtiger Mann halt. Wenn
man die belohnt, kann man ihre Einstellung nicht mehr
ernst nehmen.«

»Lena«, gibt Patzi gequält von sich. »Du glaubst doch
nicht wirklich, dass ich jemanden töten könnte?«

Ich schüttle den Kopf: »Nein, tu ich nicht. Ich glaub
aber auch nicht, dass diese Beate jemanden töten könnte.
Ich kann mir das einfach nicht vorstellen. Die ist doch
viel zu nett und unschuldig.«

Meine beste Freundin erhebt mahnend den Zeigefinger: »Ja, aber ihre Unschuld und Freundlichkeit könnte
auch vorgetäuscht sein. Die Masken der Niedertracht

sind nur schwer zu identifizieren, glaub mir. Ich hatte mal einen Schüler, der hat voll unschuldig und lieb ausgesehen. Blondes, dünnes Haar und große blaue Augen. Knochig wie ein Skelett und eigentlich immer auf der Abschussliste seiner Schulkameraden, sodass ich permanent Mitleid mit ihm hatte. Aber du wirst es nicht glauben: so unschuldig war der Schüler gar nicht. Er hat die anderen immer wieder verpetzt oder sie heimlich unter dem Tisch getreten und wenn sie dann zurückgetreten oder geboxt haben, wurden sie erwischt und keiner wusste, dass es eigentlich er war, der diese Konflikte initiiert hat.«

»In was für einer Schule arbeitest du bitte? Bei den ganzen Geschichten, die du erzählst, könnte man meinen, du würdest im Jugendknast arbeiten.«

Patzi wedelt mit der Hand: »Der Jugendknast wäre vermutlich wie ein Urlaub für mich. Wir hatten auch mal einen rechtsradikalen Schüler, der mit dem Springermesser in die Schule gekommen ist.«

»Ich bin mir nicht sicher, ob ich das alles hören will. Dann mache ich mir nämlich ernsthaft Sorgen um mein Kind. Der ist mir ohnehin schon unheimlich mit seinen Horrorfantasien.«

»Aber geh, der Fynn ist ein ganz Lieber. Bei dem brauchst du dir sicher keine Sorgen machen«, bemüht sich meine beste Freundin darum, mich zu beruhigen, während ihr Blick an mir vorbei und auf den Kinderpool gleitet, in dem die Gäste noch immer am Wasser-Zumba teilnehmen und den Instruktionen der Animateurin folgen. »Jetzt ist sie gerade gestolpert und mit dem Oberkörper voll nach hinten ins Wasser gekippt. Ich sag's dir, die wirkt, als wäre sie restlos betrunken.«

»Geh bitte. Nur weil sie gestolpert ist, heißt das noch lange nicht, dass sie betrunken ist.«

Patzi deutet mit Nachdruck auf Beate und fügt dann hinzu: »Da, sieh doch selbst.«

Ich drehe mich um und es dauert nicht lange, bis ich Beate unter den anderen Gästen ausmache. Mit breitem Lächeln im Gesicht und roten Backen bemüht sie sich um ein gewisses Maß an Standhaftigkeit im hüfthohen Wasser und lehnt dabei jedes Hilfsangebot der anderen Teilnehmer ab.

»Ja, okay, sie wirkt wirklich ein bissi betrunken, aber was ist schon dabei. Wahrscheinlich ertränkt sie ihren Kummer in Alkohol.«

»Ja, oder sie ist eine schwarze Witwe, die die Leichen ihrer Verflossenen in der Wand einmauert, um mit ihnen Zwiesprache zu halten, wann immer sie das möchte.«

»Patzi, was ist denn mit dir los? Ich dachte immer, ich sei diejenige, die an einer Angststörung leidet.«

»Was denn? Meine Mutter hat mir immer gesagt, dass gerade die Unschuldigen die sind, vor denen man sich in Acht nehmen soll.«

»Du aber selbst wenn sie ihre Verflossenen in der Wand einmauert, kann uns das vollkommen wurscht sein, weil sie uns mal mit Gewissheit nichts tun wird. Wobei ich mir sicher bin, dass sie ihre Verflossenen nicht in der Wand einmauert. Würde sie das nämlich tun, hätte man Hermann gewiss nicht am Strand gefunden.«

»Wer weiß. Vielleicht hatte sie keine Zeit mehr, seine Leiche mitzunehmen, weil sie von jemandem überrascht wurde.«

»Weil so viele Menschen in der Nacht am Strand herumspazieren.«

»Nur weil es wenige tun, bedeutet das noch lange nicht, dass sie niemand beinahe auf frischer Tat ertappt haben könnte.«

»Dem kann ich nichts hinzufügen«, erkläre ich und kraule dann meinen Hund am Kopf, der einen zwischen Anja und Fynn hin- und herfliegenden Wasserball mit Argusaugen verfolgt. Wahrscheinlich ist das für ihn wie ein Blockbuster im Fernsehen.

Patrizia beobachtet weiterhin ihre Hauptverdächtige, die in der Zwischenzeit aus dem Pool gestiegen ist. »Na wenn die nicht voll besoffen ist, fresse ich einen Besen«, stellt sie schließlich fest und als ich ihrem Blick folge, um herauszufinden, was sie damit meint, schmunzle ich unwillkürlich. Beate torkelt eindeutig zur Poolbar und wird dabei immer wieder mit misstrauischen Blicken bedacht. An der Bar angekommen, gibt sie eine Bestellung auf.

»Wir werden gleich sehen, was sie bevorzugt trinkt. Wenn sie eine Cola bestellt hat, dann schuldest du mir einen Fünfer«, schlage ich meiner besten Freundin vor, die daraufhin mit ihrer Hand einschlägt.

»Gebongt.«

Es dauert nicht lange, bis sich das Geheimnis um Beates präferiertes Getränk lüftet, denn wenige Minuten später, überreicht ihr der braungebrannte Barkeeper ein Glas, dessen Inhalt nach *Aperol Spritz* aussieht. Als die Frau des Mordopfers das Getränk entgegennimmt, kippt sie ein kleines bisschen nach hinten und schüttet dabei einen Teil vom Inhalt aus.

»Gewonnen!«, ertönt Patzis freudige Stimme.

»Ich lade dich dann einfach auf einen Kaffee und ein Eis ein«, schlage ich meiner besten Freundin vor.

Indessen schnappt sich Beate ein Taschentuch, wischt über den nassen Fleck auf der Theke und entsorgt das zusammengeknüllte Stück Papier mit einem einzigen geschickten Wurf im Mülleimer.

»So eine Scheiße! Hast du das gesehen?«, fragt mich Patzi.

Ich nicke: »Jep. Die Frau ist verdammt zielsicher. Die trifft beim Bogenschießen sicher nicht daneben.«

»Sagte ich doch, dass die voll verdächtig wirkt.«

Wir sehen Beate eine Weile dabei zu, wie sie sich torkelnd an einen der Stehtische begibt, um ihren *Aperol* zu tilgen, ehe Patzi unerwartet das Thema wechselt: »Ohlala, er schaut mir aber auch nicht danach aus, als würde er oft danebenschießen«, stellt sie mit einem Augenzwinkern fest und als ich ihrem Blick folge, erkenne ich Georg, der seinen sportlichen Körper lächelnd aus dem Pool hievt und mir aus der Ferne zuwinkt. »Und er scheint dich zu kennen.« Sie zieht scharf die Luft ein. »Warte mal. Sag nicht, dass das dein Georg ist!«

»Doch. Das ist Georg«, antworte ich und winke meiner Verabredung dabei zu.

»Alle Achtung, Lena, der sieht echt verdammt heiß aus.«

»Kannst du vielleicht ein bissi leiser reden, Patzi?«, ermahne ich meine Freundin, nachdem ich bemerke, dass sich Georg langsam annähert. »Er muss ja nicht gleich wissen, dass ich eine sexuell ausgehungerte und deshalb notgeile beste Freundin habe.«

»Jetzt sei doch nicht so kleinlich. Ich sag eh schon nichts mehr, Chefin.«

Das kann sie auch gar nicht mehr, denn als sie ihren Satz beendet hat, wirft Georg bereits einen großen Schatten auf mich und meine beste Freundin. »Guten Morgen!«, begrüßt er uns und fährt sich dabei mit der rechten

Hand verlegen durch das dunkle, nasse Haar. »Oder sollte ich besser ›Mahlzeit‹ sagen?«

»Du könntest es mal mit ›Gute Mahlzeit‹ versuchen«, schlage ich wenig einfallsreich vor.

Georg grinst: »Wow und schon wieder hab ich dich in einer kreativen Phase erwischt.«

»Sag das nicht. Ich glaube, mein Kopf hat mehr Schaden genommen, als ich dachte, wenn ich keine besseren Einfälle habe.«

»Es tut mir wirklich voll leid, dass du meinetwegen auf der Krankenstation gelandet bist. Das wollte ich wirklich nicht. Wenn ich gewusst hätte, was mein Verhalten so alles in Gang setzt, dann hätte ich mich zurückgehalten.«

»Kein Ding. Ehrlich gesagt, fand ich es ziemlich schmeichelhaft, dass du meine Ehre verteidigt hast«, bemühe ich mich darum, ihn zu beruhigen, und wende mich dann Patrizia zu, deren Ungeduld ihr bereits an der breiten Nasenspitze abzulesen ist. »Das ist übrigens die Freundin von der ich gesprochen hab.« Als mich Georg ratlos ansieht, füge ich hinzu: »Die, die auch Lehrerin ist.«

»Oh … äh, ja klar. Hallo! Freut mich. Ich bin Georg«, stellt er sich vor und streckt meiner besten Freundin dabei seine Hand entgegen.

Patrizia zweckentfremdet ihre schwarze große Sonnenbrille als Haarreifen und funkelt den Mann amüsiert an, als sie seine Hand ergreift: »Ja, das habe ich schon gehört. Ich bin die Patrizia, aber die meisten nennen mich Patzi. Bis auf meine Tochter. Die muss mich noch Mama nennen, auch wenn sie mich zuweilen gerne beim Vornamen ansprechen würde.«

»Ui, meine hat mich auch schon mal gefragt, ob sie Georg zu mir sagen darf, weil es scheinbar so viele Kinder bei ihr in der Klasse gibt, die ihre Väter beim Vornamen nennen. Scheint irgendwie gerade in Mode zu sein.«

»Logisch«, kann ich mir nicht verkneifen. »Es macht ja auch deutlich jünger.«

Indessen taucht Georgs Freund mit einem Wasserball unterm Arm klitschnass hinter seinem Kumpel auf und klopft diesem mit der freien Hand auf die Schulter. »Jetzt ist mir alles klar. Ich hab mich ja schon gefragt, warum du so schnell verschwunden bist, aber das beantwortet meine Frage. Ich dachte, du holst nur mal kurz den Ball, aber siehe da, du flirtest schon wieder ungeniert. Als würde mich das großartig überraschen.« Er wendet sich an mich und Patzi, die dem wasserstoffblonden Mann ungeniert zuzwinkert: »Ich bin übrigens der Sebastian, falls mein Kumpel euch das noch nicht erzählt hat.«

Meine beste Freundin streckt ihm sogleich die Hand zum Gruß entgegen: »Freut mich sehr. Ich bin die Patrizia.«

»Jep und sie ist verheiratet«, füge ich hinzu, nachdem ich bemerke, dass Patzi mit dem Kumpel meiner Verabredung unverhohlen flirtet.

»Dein Leben ist also auch schon zu Ende.«

»Er würde sich niemals trauen, das laut vor seiner Frau zu sagen«, wirft Georg mit vor der Brust verschränkten Armen ein.

»Ich bin doch nicht lebensmüde. Die Alina würde mir für Äußerungen wie diese den Kopf abreißen. Bist du auch so streng zu deinem Mann?«

»Nur wenn er es verdient«, antwortet Patrizia mit einem Schulterzucken.

»Das heißt also so viel wie ›ja‹, weil wir es eurer Meinung nach immer verdienen.« Er wendet sich Georg zu. »Jetzt weißt du, warum ich dir von der Ehe abrate. Du wirst dadurch nicht nur länger, sondern auch wesentlich glücklicher leben.«

»Was für ein Bullshit«, kontert Georg.

»Obwohl, wenn man der Polizei Glauben schenken darf, dann müsste sich deine künftige Frau wohl eher um ihr Wohlergehen sorgen, denn um deines.« Er legt Georg seinen Arm um die Schulter und erklärt dann mit breitem Grinsen im Gesicht. »Der fesche Kerl da ist nämlich der Verdächtige Nummer eins im Mordfall von diesem ...« Er schnippt mit den Fingern. »Wie hieß er doch gleich?« Schnippen. Fluchen. »Na komm schon. Das gibt's doch nicht, dass mir das nicht einfällt, dabei hat der Polizist in dem einstündigen Gespräch seinen Namen sicher zehnmal genannt.«

Ich schlucke, ehe ich Sebastians Gedächtnis auf die Sprünge helfe: »Hermann Sackmaier.«

»Ja, genau. Aber du hast meinen größten Respekt für deinen Mut, dich mit einem mutmaßlichen Killer zu verabreden.«

»Herzlichen Dank auch, Sebi. War das jetzt notwendig? Du weißt genau, dass ich kein Killer bin«, zischt ihn Georg an. Doch sein Kumpel wirkt nicht besonders betroffen von der Zurechtweisung seines Freundes, sondern spricht stattdessen ungeniert weiter.

»Nein, eigentlich weiß ich das nicht, sonst hätte ich dir ja als Alibi dienen können.«

»Ah, du hast also auch kein Alibi. Willkommen im Club«, hält Patzi fest.

Georg ist deutlich anzusehen, dass ihm die Situation immer peinlicher wird. »Na ja, nicht direkt, nein. Ich bin zwar gleich, nachdem ich die Lena auf der Krankenstation abgeliefert habe, zurück zum Ferienhaus gegangen, aber Sebi und Alina haben schon geschlafen.«

»Ja, ja, das haben wir immer gern. Jetzt sind also Alina und ich schuld, weil wir schon geschlafen haben.«

Georg verdreht die Augen: »Geh bitte, Sebi, du weißt genau, dass ich das so nicht gemeint habe.«

Sein Kumpel grinst: »Geh sei doch nicht so empfindlich, Schorsch. Aber bevor du mir noch einen Pfeil durchs Herz jagst, geh ich jetzt lieber, wie versprochen, zu meiner Frau. Ich habe nämlich dummerweise angekündigt, dass ich den Kleinen beim nächsten Mal wickle und vorher brauch ich noch eine Pupupi, um meine Geruchsnerven zu zerstören.«

Nachdem Sebastian gegangen ist, wendet sich Georg wieder mir zu: »Tut mir leid. Der Sebi kann manchmal ein bissi zu direkt sein. Ich hoff unser Date steht trotz allem noch!?«

Ich wedle mit der Hand: »Klaro steht unser Date noch. Du musst meinen Sturz doch wiedergutmachen.«

Ehrlich erleichtert atmet Georg auf: »Okay, cool. Dann sehen wir uns heute Abend. Ist es in Ordnung für dich, wenn ich dich um neunzehn Uhr abhole?«

»Klingt su...«

Ehe wir unser Gespräch fortsetzen können, werden wir von einem wutentbrannten Mann mit rotblonder Löwenmähne unterbrochen, der mir seltsam bekannt vorkommt und der schnaubend vor Patrizia und mir in Stellung geht. Hinter ihm tauchen unsere Kinder mit hängenden Köpfen auf. Entrüstet deutet der Mann auf die beiden Teenager: »Sind das ihre Bälger?«

Meine beste Freundin und ich werfen uns ratlose Blicke zu, ehe Patrizia antwortet: »Äh, ja, aber ich würde es wirklich begrüßen, wenn sie die beiden nicht als Bälger bezeichnen würden. Das ist pädagogisch nicht besonders wertvoll.«

»Mir ist das herzlich egal, ob sie es als pädagogisch wertvoll empfinden oder nicht. Ihre Expertise auf diesem Gebiet dürfte nämlich nicht besonders ausgeprägt sein.«

»Was ist denn bitte passiert?«, frage ich Fynn, als sich dieser wortlos mit seinem Hinterteil auf meine Liege sinken lässt.

»Ich ... äh ... na ja ... Anja und ich haben Wasservolleyball gespielt und ...«

»Und dann haben sie mich getroffen und ich bin von meiner Luftmatratze ins Wasser gestürzt.«

Patrizia kann sich im Gegensatz zu mir ein Lachen nicht verkneifen, was die Wut des Mannes mit der Löwenmähne weiter entfacht.

»Finden sie das etwa witzig?«

»Okay, ich glaub das ist jetzt mein Stichwort«, wendet sich Georg hastig an mich. »Ich gehe lieber, bevor ich mich mit dem nächsten Mann anlege, der dann vielleicht am Tag nach dem Konflikt tot aufgefunden wird. Eines Mordes verdächtigt zu werden genügt vollauf. Es muss jetzt nicht auch noch ein zweiter dazukommen.«

»Versteh ich.«

»Wir sehen uns dann am Abend um neunzehn Uhr«, verabschiedet sich Georg und als ich meine Aufmerksamkeit wieder auf meine Freundin richte, stelle ich fest, dass ihr Gesicht um einen Ton blasser geworden ist.

»Oh ... das tut mir leid«, höre ich sie beteuern. »Das wusste ich nicht. Natürlich werden wir für den Schaden aufkommen.«

»Das will ich auch hoffen. Das war nämlich nicht irgendein E-Reader und ich sehe absolut nicht ein, dass ich für einen Schaden aufkommen soll, den ihre Kinder verursacht haben.«

»Was können Fynn und ich eigentlich dafür, dass der so blöd ist und mit einem nicht wasserfesten E-Reader in den Pool steigt«, murmelt Anja, nachdem sie sich in sicheren Abstand zu ihrer Mutter begeben hat.

Der fremde Mann mit der Löwenmähne hat mein Patenkind Gott sei Dank nicht gehört und scheint sich zu beruhigen, nachdem ihm meine Freundin ein weiteres Mal zusichert, für den Schaden aufzukommen.

»Vielleicht sollten sie ihre Bälger an die Leine nehmen, damit soetwas nicht mehr passiert«, schlägt er uns abschließend vor und stampft dann ohne ein Wort des Abschieds davon.

»Vielleicht sollte er in Erwägung ziehen, seine Samenstränge zu durchtrennen, damit er sich niemals fortpflanzen kann«, gibt Patrizia giftig von sich.

»Dem habe ich nichts hinzuzufügen«, stimme ich ihr indirekt zu. »Obwohl ...« Ich wende mich Fynn und Anja zu: »Beim nächsten Mal verwendet einfach ihn als Ziel.«

»Wir werden es beherzigen, Mom, aber können wir vorher vielleicht etwas Essen. Ich hab voll den Hunger.«

»Tut mir leid, Fynn, aber deine Mutter und ich müssen einen E-Reader bezahlen. Da bleibt kein Geld mehr für Essen übrig.«

Kapitel 12

ist du dir wirklich absolut sicher, Tante Magdi, dass du diesen Georg daten willst?«, fragt mich mein Patenkind kurz vor neunzehn Uhr mit eindringlichem Blick. Sie trägt an diesem Abend ausnahmsweise ein hübsches, luftiges Sommerkleid und hohe Schuhe, was vermutlich auf Patzis Versprechen, mit den Kindern die Strandbar aufzusuchen, zurückzuführen ist.

»Ja, warum sollte ich ihn nicht treffen wollen?«, entgegne ich unbedacht und lege dabei meinen roten Lippenstift zur Seite, mit dem ich einen Augenblick zuvor meinen Mund vor dem kleinen Kosmetikspiegel auf dem Esstisch bemalt habe.

»Na ja, er wird immerhin des Mordes verdächtigt. Das ist keine Kleinigkeit, Tante Magdi. Vor allem angesichts der Tatsache, dass du immer wieder mal seltsame Typen an der Backe hattest.«

»Geh Mausilein«, erklingt die Stimme meiner besten Freundin, die wie ein Wirbelwind den Wohnraum unseres Ferienhäuschens betritt und ihr blondes Haar dabei von den unzähligen Lockenwicklern befreit, mit denen sie es zwei Stunden zuvor eingedreht hat. »Jetzt verunsichere die Tante Magdi doch nicht so.«

Anja zuckt unberührt mit den Schultern: »Irgendjemand muss das doch machen. Ich meine, wahrscheinlich sagst du das nicht mehr, wenn die nächste Leiche, die man findet, die Tante Magdi ist.«

»Aber geh, Mausilein, der Georg ist doch kein Mörder. Dafür sieht er viel zu nett aus.«

»Ted Bundy hat auch nett ausgesehen, Mama.«

»Aber Ted Bundy hat *junge* Frauen getötet«, mischt sich mein Sohn schmatzend in das Gespräch ein. Bisher hat er schweigend bei Nutella-Toast und TikTok auf dem Sofa gesessen.

»Danke Fynn. Das war wieder einmal besonders charmant von dir.«

Er zuckt mit den Schultern: »Warum denn? Es ist doch gut, dass du nicht mehr in dem Alter potentieller Opfer von Serienkillern bist. Worüber beschwerst du dich denn?«

Anja verdreht die Augen, als sie sich zum Kühlschrank begibt, um sich eine Flasche Wasser zu greifen: »Und was bitteschön ist das Alter potentieller Serienkiller-Opfer?«

»Na keine Ahnung. Jung halt, was meine Mom nimmer ist.«

»Danke.«

»Geh Fynn, deine Mama ist in den besten Jahren«, berichtigt ihn Patzi liebevoll, ehe sie sich meinen Kosmetikspiegel krallt, um ihrer Frisur den letzten Schliff zu verpassen. »Jeder Serienkiller kann froh sein, wenn er sie als Opfer bekommt.«

»Hörst du dir eigentlich auch manchmal zu, Mama?«, gibt Anja empört von sich.

»Ach ich würde soetwas doch niemals sagen, wenn ich ernsthaft glauben würde, dass Georg ein Serienkiller ist. Und selbst wenn: Um diesen Hermann ist es doch nun wirklich nicht schade. Der war ja das volle Arschloch und Lena ist kein Arschloch. Insofern ist sie sicher, weil sie absolut nicht in sein Beuteschema passt.«

»Nur weil sein erstes Opfer ein Arschloch war, bedeutet das nicht, dass es auch dabei bleibt. Wer weiß, vielleicht erweitert er sein Beuteschema schon bald, weil er Gefallen am Morden gefunden hat«, kontert Anja und lässt sich dabei mit der Wasserflasche auf der Couch neben Fynn nieder.

»Also ich bin ja noch immer der festen Überzeugung, dass dieser Hermann von seiner eigenen Frau umgebracht wurde, damit sie endlich frei sein und leben kann. Die sieht auch viel verdächtiger aus als Georg.«

»Das ist ja wieder einmal klar, dass ihr der Frau an allem die Schuld gebt.«

»Na ja, schließlich war es auch Eva, die Adam dazu verführt hat, vom Apfel des Baums der Erkenntnis zu naschen«, hält Fynn mit vor Schalk glänzenden Augen fest.

Anja wendet sich mit einem empörten Seufzen an ihn: »Typisch Mann. Einfach jedwede Verantwortung von sich schieben. Schließlich hat sich Adam doch freiwillig dazu entschlossen, von der verbotenen Frucht zu kosten und nicht, weil Eva sein Leben bedroht hat.«

»So genau wissen wir das doch gar nicht. Weil es nicht in der Bibel steht, heißt das noch lange nicht, dass Eva Adam nicht mit einer Pumpgun bedroht hat.«

»Fynn, das ist die Geschichte von Adam und Eva und nicht die von *Tombraider*«, gebe ich meinem Sohn zu bedenken, doch der lässt nicht lange auf eine Erwiderung warten: »*Lara Croft* hatte keine Pumpgun, Mom. Du weißt wirklich gar nichts.«

»Ihr treibt mich echt noch in den Wahnsinn«, mischt sich Anja ein und streckt dabei ihre Arme verzweifelt von sich. »Ich meine nehmt ihr das alles denn gar nicht ernst? Es geht hier immerhin um einen Mord und du, Tante Magdi«, sie deutet auf mich, »schreibst doch ständig über Morde. Gerade du musst doch wissen, wie ernst man das nehmen sollte. Sorgst du dich denn gar nicht um deine Sicherheit?«

Patrizia hat ihr Haarstyling unterbrochen, um sich neben ihrer Tochter auf dem Sofa zu platzieren, das nun randvoll ist. Sie streichelt ihr liebevoll über den blonden Haarschopf. »Mausilein, mach dir doch nicht so viele Sorgen. Die Tante Magdi weiß bestimmt, was sie tut.«

Ich nicke zustimmend: »Genau. Ich bin eine erwachsene Frau, Anja und ...«

Mein Sohn prustet lauthals los: »Ha ha, ja genau.«

»Fynn!«, ermahne ich ihn mit erbostem Blick, woraufhin er augenblicklich verstummt.

»Willst du nicht wenigstens Leo mitnehmen, wenn du dir das Date schon nicht ausreden lässt?«, fragt mich mein Patenkind gequält.

Als mein Hund seinen Namen hört, erhebt er sich postwendend von seinem Schlafplatz neben der Terrassentür und läuft hechelnd und schwanzwedelnd auf Anja zu, um mit erwartungsvoller Miene vor ihr sitzenzubleiben und sich von meinem Patenkind den Kopf kraulen zu lassen.

»Leo wär mir keine Hilfe, Anja. Wenn ein Serienkiller ihn mit einem Leckerli füttert, bemerkt er nicht einmal, dass sein Frauchen gerade zerstückelt wird.«

»Dann warte doch einfach mit der Verabredung, bis der Mord aufgeklärt wurde. Dir läuft doch nichts davon«, schlägt mein Patenkind vor.

»Anja, es ist wirklich lieb, wie sehr du dich um mein Wohlergehen sorgst, aber ich bin ein großes Mädchen und weiß, was ich tue.«

Erneut lacht mein Sohn lauthals auf: »Genau. Die Bezeichnung ›Mädchen‹ trifft es wirklich am besten.«

»Ich hätte nie gedacht, dass ich das mal sage, aber hier bin ich ausnahmsweise seiner Meinung«, verkündet Anja und deutet dabei mit dem Daumen auf Fynn. Danach wendet sie sich erneut mit eindringlichem Blick an mich: »Tante Magdi, er hat kein Alibi für die Nacht, in der der Mord passiert ist und er hatte kurz davor Streit mit dem Opfer. Das passt doch alles ur gut zusammen. Kein Wunder, dass ihn die Polizei verdächtigt.«

»Deine Mutter hat auch kein Alibi und sie hatte ebenso Streit mit Hermann. Und ich teile mir nach wie vor mit ihr ein Ferienhaus und sperre meine Schlafzimmertür über Nacht nicht ab.« Obwohl das unter Umständen keine schlechte Idee wäre. »Kein Alibi zu haben macht einen noch lange nicht zu einem Mörder. Und ich weiß wovon ich spreche, weil ich Kriminalromane schreibe.«

»Du schreibst Krimikomödien, Mom, das ist ein Unterschied«, wendet mein Sohn ein und erntet dabei zustimmendes Nicken von seiner Altersgenossin. »Eh, das zeigt klar und deutlich, dass du Morde nicht ernst genug nimmst.«

»Kinder, hört ihr jetzt bitte auf, die Tante Magdi unter Druck zu setzen. Sie wird schon wissen, was sie macht«, eilt mir Patrizia zur Hilfe, die in der Zwischenzeit aufgestanden ist und sich am Kühlschrank zu schaffen macht, um zwei Gläser mit *Franciacorta* zu befüllen. Eines davon hält sie mir nach getaner Arbeit auffordernd hin. »Lass dich von den beiden bloß nicht verunsichern«, sagt sie, während ich das Glas ergreife, und prostet mir dann zu: »Auf ein wundervolles zweites Date.«

Ich proste zurück und bemühe mich beim Trinken des italienischen Schaumweins darum, meinen Lippenstift nicht zu verwischen. Indessen zwinkert mir Patzi zu: »Und auf eine Menge Speichelaustausch.«

Anja und Fynn verdrehen beinahe gleichzeitig die Augen.

»Echt? War das jetzt notwendig?«

»Ja, das war notwendig, um die Tante Magdi wieder in freudige Stimmung zu versetzen. Schließlich birgt so ein Erwachsenenleben schon genügend Sorgen. Die müsst ihr Kids nicht auch noch verstärken.«

Die beiden kommen nicht mehr dazu, etwas zu erwidern, da es in diesem Moment an der Tür klopft und sich mein Bauch augenblicklich mit einem freudigen Kribbeln zu Wort meldet. Aufgeregt stehe ich auf und werfe Patzi einen fragenden Blick zu: »Wie sehe ich aus?«

Sie streckt den Daumen nach oben: »Megaschön, Lena. Er wird dir nicht widerstehen können.«

»Ja, vor allem wird er nicht widerstehen können, ihr Hirn zu verzehren«, murmelt Anja mit vor der Brust verschränkten Armen in sich hinein. »Aber Hauptsache, du hast vor dem Date noch ihren Geist mit Alkohol getrübt. Damit kann sich die Tante Magdi dann gar nicht mehr zur Wehr setzen.«

»Hast du eine Ahnung. Unter Einfluss von Alkohol bin ich in Höchstform«, kontere ich und füge dann hinzu: »Mach dir nicht so viele Sorgen um mich, sondern hab einen schönen Abend mit deiner Mutter und Fynn und vor allem: Pass mir auf den Leo auf! Die anderen beiden sind darin nämlich grottig.«

»Danke, Tante Magdi und du pass auch auf dich auf«, gibt sich Anja geschlagen.

Meine beste Freundin klopft mir unterdessen auf die Schulter: »Enttäusche mich nicht, Lena! Du bist echt eine verdammt heiße Bitch heute und ich will zumindest hören, dass dir der Typ seine Zunge in den Mund gesteckt hat.«

»Wäh«, geben Anja und Fynn angewidert von sich.

»Ich werde es beherzigen«, verspreche ich und wende mich dann meinem Sohn zu, der sich träge von dem Sofa erhebt, um sich von mir einen Abschiedskuss abzuholen. »Viel Spaß heute, Fynn. Hab dich lieb!«

»Ich dich auch!«, erwidert er mit der klassisch monotonen Stimme eines Teenagers. »Erbe ich dann eigentlich das Haus, wenn dich der Typ heute abmurkst?«

»Nope, ich hab dir lediglich meine Bücher vermacht«, ziehe ich meinen Nachwuchs auf und eile dann dem zweiten Klopfen entgegen. Ehe ich die Tür öffne, nehme ich einen tiefen Atemzug, der jedoch nicht verhindert, dass mein Herz einen riesigen Sprung macht, als ich in Georgs freundlich lächelndes Gesicht sehe.

»Wow, du siehst ja richtig gut aus. Wie James Bond«, kommentiere ich sein Outfit, dass aus Bluejeans, Hemd und Sakko besteht.

»Danke«, entgegnet Georg. »Ich dachte, wenn ich schon mal eine zweite Chance von dir bekomme, dann muss ich mich auch ordentlich ins Zeug legen. Ich hoffe, es ist kein Problem, dass ich keine Rose dabeihabe?«

»Das kommt wohl auf den Rest des Abends an«, verlautbare ich grinsend und trete dabei in die laue Abendluft. Als ich einen letzten Blick über die Schulter wage, sehe ich Patzi, die hinter der Wohnzimmerwand hervorlugt und ihren Daumen augenzwinkernd nach oben streckt. Sie ist zwar meine beste Freundin, aber manchmal kann sie echt peinlich sein. Dennoch ertappe ich mich dabei, wie ich lächle. Wenigstens eine, die hinter meiner Entscheidung steht.

»Alles klar. Also muss ich mich heute noch besonders bemühen«, erwidert Georg, während ich die Tür hinter mir ins Schloss fallen lasse. »Ich dachte mir, dass wir vielleicht in die Ortschaft fahren könnten. Das ist nicht so weit weg und irgendwie ein bissi gemütlicher als hier in der kinderüberfluteten Anlage. Passt das für dich, oder würdest du doch lieber hierbleiben?«

»Klingt nach einem guten Plan.«

»Na bitte, dann hab ich doch schon mal einen Pluspunkt bei dir gesammelt«, entgegnet Georg und steuert dabei auf einen grauen Skoda zu.

»Du hast schon einen mega Pluspunkt gesammelt, als du mir heroisch ins Wasser nachgesprungen bist.«

»Na gut, das war ja auch das Mindeste, was ich tun konnte, wo du meinetwegen überhaupt erst da gelandet bist.«

»Moment Mal, du solltest nicht sofort die Märtyrerrolle ergreifen. Ich mein, du warst schließlich nicht derjenige, der mich geschubst hast, sondern Hermann.«

»Aber auch nur, weil ich mein vorlautes Maul mal wieder nicht halten konnte. Wenn du wüsstest, wie oft mir mein Mundwerk schon Probleme beschert hat und bis heute hab ich rein gar nichts daraus gelernt«, erklärt er mir und bleibt dann vor der Beifahrertür seines Autos stehen, um mir diese zu öffnen.

»Ich fand es wahnsinnig mutig von dir, dass du etwas gesagt hast. Der Typ ist doch allen Gästen total auf die Nerven gegangen und du warst der Einzige, der es gewagt hat, das auch laut auszusprechen. Ich wünschte, ich wäre so mutig gewesen, aber wahrscheinlich bin ich für soetwas einfach zu konfliktscheu.«

»Ja, oder zu schlau. Deine besonnene Art hat immerhin dazu beigetragen, dass du nicht des Mordes verdächtigt wirst, ganz im Gegensatz zu mir. Als hätte mir das meine Mutter nicht schon tausendmal gesagt. ›Mein lieber Schurli, ich sag dir eines: Irgendwann wirst du Probleme bekommen, wenn du nicht lernst, im richtigen Moment zu schweigen. Weißt, man muss nicht immer den Helden spielen. Man darf auch hin und wieder einfach nur ein Statist sein.‹«

»Wow, deine Mutter klingt richtig philosophisch. Ich hoffe nur, sie hatte in jungen Jahren nicht diese krächzende Stimme.«

Georg grinst: »Nein, das hatte sie nicht. Ich glaub, die Stimme klingt nur in meinem Kopf so. Und der Vergleich ist ihr nur eingefallen, weil mein Papa Schauspieler war.«

»Klingt ja richtig aufregend«, wende ich ein und bemühe mich darum, beim Einstieg ins Auto, nicht über meine hohen Schuhe zu stolpern und mir eine weitere Gehirnerschütterung zuzuziehen. Ich bin mir nämlich nicht sicher, ob das mein Kopf diesmal heil übersteht oder im Falle einer Wiederholung nicht doch ein irreversibler Schaden zurückbleibt.

»Wenn man damit aufgewachsen ist, ist das nur halb so aufregend. Obwohl ich schon zugeben muss, dass ich die Berufsorientierungstage in der Schule genossen habe. Schließlich kann nicht jeder einen Elternteil einladen, der von seinem Beruf als Schauspieler berichtet«, erzählt Georg rundheraus und schließt dann die Beifahrertür bemerkenswert sanft, um sein Auto zu umrunden und neben mir einzusteigen. Beim Angurten fällt mein Blick auf die Rückbank, auf der eine verlassene Meerjungfrauen-Barbiepuppe liegt. Unwillkürlich lächle ich.

»Ist das deine?«

Georg gibt sich ahnungslos, aber seinen glänzenden Augen ist deutlich anzusehen, dass er genau weiß, wovon ich spreche. Dennoch dreht er sich zunächst um, ehe er antwortet: »Oh, die meinst du. Klar doch ist das meine. Wem soll sie denn bitte sonst gehören? Die muss ich beim Transport meiner Sammlung übersehen haben. Das ist die Chantal Monique Wiesinger, die bei *Meerjungfrauen werden Menschen* von ÖTV mitgemacht hat. Leider ist sie vollkommen talentlos, weshalb sie noch immer ihr trauriges Schicksal als Meerjungfrau fristet.«

Wir brechen beide in Gelächter aus und als wir uns wieder einigermaßen beruhigt haben, startet Georg den Motor seines Wagens.

Oh Manno, ich bin ja sowas von aufgeregt!

Kapitel 13

Nach einer kommunikationsintensiven Autofahrt und einem gemütlichen Spaziergang durch die Altstadt sitzen meine Verabredung und ich bei Live-Musik, Rotwein und Bier in einem netten italienischen Restaurant direkt an der Strandpromenade und ich studiere mit wachsendem Entsetzen die Preise auf der Speisekarte.

»Okay, also ich glaube, ich bleibe den Rest des Urlaubs bei Wasser und Brot«, verlautbare ich schließlich nicht ganz ernst gemeint.

Georg sieht von seiner Speisekarte auf und schenkt mir ein Lächeln, bei dem mir warm ums Herz wird, ehe er erwidert: »Und ich dachte immer, dass Autorinnen reich sind.«

»Ich dachte auch, dass ich ganz gut vom Schreiben leben kann, aber dann hat sich mein Sohn von einem Kind in einen monströsen Teenager verwandelt. Und diese wundersame Metamorphose hat dazu beigetragen, dass er seither für zwei Erwachsene isst und trinkt.«

Meine Begleitung zuckt mit den Schultern: »Immerhin ein Problem, das ich mit einem Mädel niemals haben werde.«

»Ehe du dich in falscher Sicherheit wiegst, solltest du wissen, dass es auch Mädchen gibt, die viel essen. Ich bin da ein super Beispiel.«

»Du siehst aber nicht danach aus, als würdest du Unmengen an Essen in dich hineinschaufeln.«

»Jetzt nicht mehr, aber als Jugendliche war ich ziemlich pummelig. Ich glaub, das lag am Frust über die ständige Streiterei meiner Eltern.«

»Da bewahrheitet sich wieder einmal meine Theorie, dass Kinder nur dann zu einer Fresssucht tendieren, wenn sie zu Hause oder im sozialen Umfeld seelischen Belastungen ausgesetzt sind.«

»Leider kann ich dem nur zustimmen. Aber das wirklich Traurige an all dem ist die Tatsache, dass sie da ohnehin schon lange geschieden waren«, erläutere ich und nippe dabei an meinem Rotwein.

»Oh«, gibt sich Georg überrascht. »Und trotzdem haben sie sich gestritten? Wie kam es denn dazu?«

»Das ist schon etwas komplizierter zu erklären.«

»Okay, also steckt dahinter irgendeine Reich-und-Schön-Betrugsgeschichte?«, äußert mein Gegenüber seine Spekulationen laut.

Ich schüttle schmunzelnd den Kopf: »Nein, ganz und gar nicht. Keiner von den beiden wäre jemals fremdgegangen. Dafür sind sie zu krasse Moralapostel. Ich denke, das Problem hat schon in der Ehe begonnen. Meine Mutter ist Psychotherapeutin und tendiert leider dazu, alles und jeden zu analysieren. So auch meinen Vater und der hat das irgendwann nicht mehr ausgehalten.«

»Kann ich verstehen. Das muss sich ja so anfühlen, als würde permanent jemand in deinen Kopf eindringen.«

»Genauso hat er es auch beschrieben. Nur leider hat ihm die Scheidung das Problem nicht abgenommen. Im Gegenteil: Sie hat ihn danach noch viel häufiger und detaillierter analysiert. Das hat fast schon einer Besessenheit geglichen. Und sie hat ihre Analyseergebnisse nicht nur meinem Vater, sondern auch mir mitgeteilt. Insofern habe ich selbst nach der vollzogenen Trennung noch zwischen den beiden gestanden, mir ihre Probleme angehört und versucht diese zu lösen. Du kannst dir vorstellen, dass da nur mehr wenig Platz für mich war.«

Georg nickt verständnisvoll: »Das tut mir leid für dich. Kein Wunder, dass du mit allem überfordert warst und zu Essen begonnen hast. Deine Eltern hätten sich eigentlich um dich kümmern sollen und nicht umgekehrt.«

Ich wedle begütigend mit der Hand: »Das muss es nicht. Immerhin bin ich mit der doppelten Menge an Geschenken entschädigt worden. Schmerzensgeld quasi.« Ich zwinkere ihm bedeutungsschwanger zu: »Ich verstehe deine Tochter also wirklich gut.«

»Ich könnte euch Scheidungskinder schon fast wieder beneiden«, gibt Georg von sich. »Meine Eltern waren eine halbe Ewigkeit zusammen und ich dachte immer, sie führen die perfekte Beziehung und lieben einander und dann ... und jetzt halte dich fest.«

»So schlimm?«

»Oh ja, es ist fast nicht zu glauben: Dann hat mir meine Mutter nach dreiunddreißig Ehejahren eröffnet, dass mein Vater nicht mein leiblicher Vater ist.«

Meine Kinnlade klappt schockiert nach unten: »What the Fuck? Nicht dein ernst? Das klingt ja romanreif.«

Er nickt: »Jep, das habe ich mir damals auch gedacht und ich glaube, ich habe mir sicherlich mindestens zwanzig Mal in den Arm gekniffen, um sicherzugehen, dass ich nicht träume. Aber leider ist es die Wahrheit und als wäre das nicht genug, hat sie dann meinen vermeintlichen Vater verlassen, um meinen leiblichen Vater zu heiraten. Auf der Hochzeit vor zwei Jahren war die Chrisi Blumenmädchen.«

»Scheiße«, bleibt mir da nur übrig zu sagen. »Und ich dachte immer, die Beziehung meiner Eltern sei verstörend. Hast du denn noch Kontakt zu deinem vermeintlichen Vater?«

»Ja, das schon und meine Mutter hat auch kein Problem damit, dass wir uns regelmäßig sehen. Aber schräg bleibt es allemal.«

»Scusa«, werden wir von einer jungen Frau in Kelleruniform unterbrochen, die ihr blondes Haar zu einem unordentlichen Dutt zusammengefasst hat. »Wissen sie schon, was sie essen wollen?«

»Oh, Äh, Shit, darauf hab ich jetzt vollkommen vergessen«, gebe ich gestresst von mir.

»Aber Pizza geht doch im Zweifelsfall immer. Obwohl ich dich natürlich nicht in ein Eck drängen möchte. Du kannst dich selbstverständlich auch für Meeresfrüchte entscheiden.«

»Nein, lieber nicht. Ich werde eine Pizza mit Rohschinken, Parmesan und Rucola nehmen«, antworte ich, woraufhin die Kellnerin nickend die Bestellung notiert.

»Und ich nehme die Pizza Diavolo«, erklärt Georg stolz und überreicht der Angestellten die Speisekarten, die daraufhin losmarschiert, um ihr Tagwerk zu verrichten.

Ehe ich mich wieder interessiert an mein Gegenüber wende, nehme ich noch einen Schluck Rotwein. Danach stelle ich belustigt fest: »Aber immerhin ist dir das alles in deiner Teenagerzeit erspart geblieben. Stell dir mal vor, wie traumatisiert du davon wärst, wenn du das als Fünfzehnjähriger erfahren hättest.«

»Traumatisiert und extrem übergewichtig, würde ich meinen. Aber es hätte mir zumindest diese ständigen Sportverletzungen am Wochenende erspart.«

»Tja, dafür hättest du dann definitiv weniger Angebote für den Maturaball gehabt. Deine Mutter wusste schon, warum sie dich erst im Erwachsenenalter mit dieser schockierenden Enthüllung konfrontiert hat. Das hätte meiner ehemals Erziehungsberechtigten auch mal jemand sagen können. Bei dem Körperfettanteil, den ich hatte, hatte ich keine einzige Verabredung vor meinem vierzehnten Lebensjahr.«

»Das fällt mir irgendwie schwer zu glauben«, wendet Georg ein.

»Das liegt nur daran, dass ich meiner Mutter so peinlich war, dass sie mich mit dreizehn Jahren in ein Bootcamp für zu dick geratene Teenager gesteckt hat.«

Meine Begleitung legt die Speisekarte zur Seite und reißt vor Entsetzen die Augen weit auf: »Oh mein Gott! Ist das soetwas, was man auch im britischen Fernsehen zu sehen bekommt? Das ist ja Bodyshaming vom feinsten.«

Ich lächle, als ich antworte: »Nö, ganz so schlimm war es nicht. Eigentlich hab ich mich da sogar richtig wohl gefühlt, weil ich endlich einmal zu den Schlankeren gehört habe. Du musst nämlich wissen: da gibt es ganz andere Kaliber, als ein wenig pummelige Teenager. Und außerdem haben wir da wenigstens gelernt so richtig gesund zu essen. Na ja, das Ergebnis kennst du ja. Ich habe mir also im Gegensatz zu dir meine Maturaballbegleitung hart erarbeitet.«

»Hey, das ist jetzt aber schon unfair«, kontert Georg. »Wer sagt, dass meine Begleitung nicht hart erarbeitet war?«

»Ja ja, genau, es war sicher total schwierig, sich zwischen zwanzig jungen Mitschülerinnen zu entscheiden, die für ein Date mit einem Fußballer einen Schlammringkampf in Kauf genommen hätten.«

»Okay, okay, ich sehe schon, ich muss da einiges klarstellen«, wendet meine Verabredung ein und streckt dabei beide Hände von sich, um meine Unterstellung symbolisch abzuwehren. »Ich hatte vielleicht mehr als ein Angebot, aber so viele dann auch wieder nicht. Bei dir klingt das danach, als hätte die ganze Schule mit mir ausgehen wollen. Du solltest zumindest die Unterstufenschülerinnen abziehen.«

Ich grinse: »Aber was mich bei all dem wirklich brennend interessiert: Wie hast du eigentlich das Auswahlverfahren bewerkstelligt? Hast du das so gehandhabt wie der Bachelor und jede Schülerin hat eine rote Rose für die nächste Runde erhalten?«

»Nope. So ein Gentleman war ich damals leider noch nicht. Es gab nicht mehr als einen kleinen Flachmann, den ich in der Brusttasche meines Anzugs eingesteckt hatte. Und den habe ich natürlich brüderlich geteilt. Das war für meine Begleitung wahrscheinlich auch notwendig, um mich einen ganzen Abend lang zu ertragen.«

»Geh bitte. Die war wahrscheinlich die meiste Zeit damit beschäftigt, dich anzuhimmeln.«

»War das gerade ein Kompliment?«

»Könnte gut sein.«

Georg nimmt einen Schluck von seinem Bier und dabei bleibt ihm ein wenig Schaum in den Bartstoppeln kleben, den er schmunzelnd wegwischt.

»Aber wenn du mich schon so ausfragst und ich dir antworte, wie ein offenes Buch: Mit wem warst du eigentlich auf dem Maturaball, nachdem du erschlankt bist?«

Ich zwinkere und meine Augen leuchten vor Schalk, als ich mich über den Tisch nach vorne beuge, so als müsse ich Georg ein Geheimnis anvertrauen und ihm dann im Flüsterton erzähle: »Ich war mit der gesamten achten Klasse auf dem Maturaball.«

»Na Servas. Du hast es aber ganz schön bunt getrieben. Hauptsache du machst mir Vorwürfe.«

»Du musst mich schon aussprechen lassen, Mr. Niceguy«, wende ich mit erhobenem Zeigefinger ein. »Ich hab den Maturball eröffnet. Deshalb war ich mit der ganzen Klasse da.« Nach einer kurzen Pause füge ich schulterzuckend hinzu: »Na ja, okay, und mit meinem Exfreund. Einem kleptomanischen Narzissten, der ungefähr zehn Jahre älter als ich war.«

»Klingt ein kleines bisschen nach einem Vaterkomplex.«

»Tja, das würde erklären, warum ich den Weihnachtsmann schon immer sexy gefunden habe.«

»Damned. Wenn ich das gewusst hätte, dann hätte ich mein Weihnachtsmann-Kostüm in den Koffer gepackt.«

»Du hast ein Weihnachtsmann-Kostüm?«, hake ich mit hochgezogener Augenbraue nach.

»Sowieso. Ich verkleide mich jedes Jahr in der Schule als Nikolo und verteile Süßigkeiten in den Klassen. Ich finde nämlich, dass man für Träumereien niemals zu alt ist. Außerdem mach ich mich damit bei den Schülern besonders beliebt und als beliebter Lehrer hat man lernwilligere Schüler.«

»Wow, wie schlau du bist.«

Er lacht laut auf: »Ich wünschte, das wäre wirklich immer so, aber manchmal zweifle ich an meinem Verstand. Im Übrigen: Wie bist du eigentlich dazu gekommen, den Maturaball zu eröffnen? Bist du in die Tanzschule gegangen?«

»Jep«, antworte ich nickend, ehe ich nach meinem Weinglas greife und einen weiteren Schluck nehme. Nachdem ich es wieder abgesetzt habe, spreche ich weiter: »Tanzen war endlich mal eine Sportrichtung, die ich wirklich gut beherrscht habe und bei der die Burschen nicht in peinlich berührtes Schweigen verfallen sind, wenn es darum ging, mich als Tanzpartnerin zu wählen.«

»Gut, wahrscheinlich passt der Sport auch einfach besser zu einem Bücherwurm wie dir. Ich bin total unbegabt beim Tanzen. Null Rhythmusgefühl. Chrisis Mama hat sich für mich immer geschämt, wenn wir auf einer Hochzeit eingeladen waren. Mein Problem ist nämlich, dass ich zwar nicht tanzen kann, es aber gern mache.«

»Bei Hobbys geht es ja auch nicht zwangsläufig darum, dass man sie gut kann, sondern dass sie Spaß machen. Also wenn du dich nicht schämst, warum sollte es dann jemand anderer für dich tun?«

»Frag nicht. Für Astrid war der Schein halt immer sehr wichtig.«

»Wenn ich es nicht besser wüsste, dann würde ich denken, du sprichst von meiner Mutter. Der Schein war für sie auch immer wichtiger. Deshalb hat sie auch die Ehe so lange aufrechterhalten, bis mein Vater genug hatte und das, obwohl die beiden so krass gestritten haben, dass ich manchmal Angst hatte, ich würde einen von beiden nach der Schule tot zu Hause auffinden.«

»Kein Wunder, dass du irgendwann in deine Fantasiewelt geflüchtet bist.«

Ich verdrehe die Augen: »Oh Gott. Jetzt klingst du wie meine Mutter.«

»Shit. Das wollte ich ...«

Er kommt nicht mehr dazu, seinen Satz zu vollenden, da uns die freundliche Kellnerin unterbricht, um die beiden Pizzen vor uns auf dem liebevoll gedeckten Tisch zu platzieren. Danach vergeht die Zeit wie im Flug. Georg lässt mich von seiner Pizza Diavolo kosten. Doch als mir bereits nach dem ersten Bissen Tränen in die Augen steigen, bereue ich meine Entscheidung. Deshalb beschränke ich mich nach diesem etwas peinlichen Zwischenfall auf meine Pizza, die ich wegen Überfüllung meines Magens lediglich bis zur Hälfte verzehre. Dafür trinke ich die doppelte Menge an Rotwein. Dummerweise steigt Georg nach dem ersten Bier auf antialkoholische Getränke um, um mit dem Auto zurückfahren zu können, weswegen ihm mein Damenspitz nicht entgeht. Er ist aber der perfekte Gentleman und lässt sich den ein oder anderen von mir gelallten Unsinn nur durch ein sanftes Schmunzeln anmerken, das seine Mundwinkel umspielt, während er mir zuhört beziehungsweise sich von mir niederreden lässt. Eine besondere Belustigung breitet sich auf seinem Gesicht aus, als ich mich am Tisch zu den Klängen der Live-Musik bewege und Georg schließlich dazu veranlasse, mich zum Tanzen aufzufordern und ja, er hat nicht das geringste Taktgefühl, was mich allerdings ganz und gar nicht stört, weil es schlichtweg Spaß macht, Zeit mit ihm zu verbringen.

Wir reden und lachen viel und ich trinke noch viel viel mehr Wein, bis ich vollkommen berauscht vor lauter Glück und Zufriedenheit bin. Endlich sitzt mir mal ein liebenswerter, normaler Mann gegenüber, der an mir und meinem Leben interessiert ist und mich auch an seinem teilhaben lässt. Und das allerbeste an all dem ist: Ich mag ihn. Ich mag ihn wirklich. Wer hätte das gedacht?

Als uns die Kellnerin vorsichtig unterbricht, sind Georg und ich soeben in wilde Spekulationen über den Mordfall in der Ferienanlage vertieft.

»Stellt sich halt die Frage, ob es eigentlich irgendjemanden gibt, den der Typ nicht beleidigt hat, o...«

»Scusa«, entschuldigt sich die junge Angestellte bei meinem Gegenüber. »Aber wir schließen in fünfzehn Minuti. Darf ich bringen die Rechnung?«

»Oh, Äh, ja klar«, antwortet meine Verabredung und wirft dann einen Blick auf die Uhr, um festzuhalten: »Bist du deppert. Es ist ja schon kurz vor zwölf. Die Zeit ist ja voll schnell vergangen.«

»Tja, das ist das Dumme an der Relativität der Zeit«, entgegne ich schmunzelnd. »Wenn man gern mehr davon hätte, vergeht sie zu schnell und wenn man etwas gern schnell hinter sich bringen würde, kommt sie einem wie die Ewigkeit vor.«

»Wie zum Beispiel beim Zahnarzt«, schlägt Georg vor.

»Ja, oder bei einem Gottesdienst.«

»Du besuchst Gottesdienste?«

»Nein, obwohl das vielleicht keine schlechte Idee ist, wenn man mal wieder das Gefühl hat, die Zeit vergeht viel zu schnell. Ein Besuch in der Kirche ist wie eine Slow-Motion-Aufnahme des Lebens. Hat doch auch was, diese Entschleunigung.«

Die Kellnerin, die sich in der Zwischenzeit geduldig damit begnügt hat, unser überaus unterhaltsames Gespräch zu verfolgen, wagt einen weiteren Unterbrechungsversuch, indem sie uns fragt: »Separato o insieme?«

Da ist sie, die allesentscheidende Frage: Wer zahlt? Und weitere bedeutsame Fragen gehen mit ihr einher: Ist Georg ein Geizhals oder ein Gentleman? Bin ich eine emanzipierte Frau, die sich ihr Essen selbst bezahlt oder lasse ich mich von einem Mann auf Händen tragen wie eine Prinzessin? Werde ich am heutigen Abend verarmen oder morgen noch Geld für die Verpflegung meines nimmersatten Sprösslings zur Verfügung haben? Kann man hier mit Karte zahlen oder nicht? Habe ich genügend Bargeld dabei, um die Rechnung notfalls ohne Bankomat- oder Kreditkarte begleichen zu können, oder muss ich über Nacht die Teller des Lokals abwaschen? Werde ich mich beim Berechnen des Trinkgeldes restlos blamieren?

All diese Fragen schwirren in meinem Kopf umher, als ich in meiner Tasche nach meinem Portemonnaie greife und abwarte, bis Georg seine Rechnung bezahlt hat. Zu meinem Erstaunen bedankt sich die Kellnerin freundlich bei meiner Verabredung und verabschiedet sich bei uns, indem sie uns einen schönen Abend wünscht.

Ich schlucke, ehe ich vorsichtig frage: »Hast du jetzt alles gezahlt?«

Georg strahlt mich an: »Sowieso. Ich hatte doch etwas gutzumachen.«

Kapitel 14

Okay, alles ist gut, Lena! Das Bauchkribbeln ist ganz normal und auch die zittrigen Hände stellen angesichts der Situation keine Besonderheit dar. Schließlich hat bald die Stunde der Wahrheit geschlagen. Der gemeinsame Abend mit Georg neigt sich dem Ende zu und die Frage danach, wann er mich denn endlich küssen wird, drängt sich immer stärker auf. Wir schlendern jetzt bestimmt schon eine Viertelstunde die noch immer recht belebte Einkaufsstraße entlang und bewundern sowohl die liebevoll gestalteten Auslagen der Geschäftslokale als auch die stimmungsvollen Bars und Clubs, die die breite Fußgängerzone umsäumen, aber meine Begleitung hat noch keinen einzigen Versuch unternommen, mich zu küssen, geschweige denn meine Hand zu nehmen. Was ist denn bloß los mit Georg? Langweilt ihn meine Gesellschaft so sehr, dass er sie nicht mehr erträgt und nach Hause will?

War ja klar. Wenn ich einen normalen Mann treffe, der sich scheinbar für mich interessiert, dann flaut dieses Interesse binnen kürzester Zeit ab, um Platz für den nächsten Psycho in meinem Leben zu schaffen.

»Alles in Ordnung mit dir?«, fragt mich Georg, als er bemerkt, dass ich nachdenklich geworden bin. »Wenn dir kalt ist, können wir auch gerne in eine Bar hineinschauen, oder willst du schon zurückfahren?«

Da haben wir es. Er will zurück. Ich öde ihn an. Oh mein Gott! Was mache ich bloß falsch?

»Äh, nein, mir ist nicht kalt, aber bevor ich dich von etwas abhalte, können wir natürlich auch zurückfahren.«

Er wedelt abwehrend mit der Hand: »Also mich hältst du von absolut gar nichts Wichtigem ab. Ich bin genau da, wo ich gerade sein will.«

Mein Herz macht einen freudigen Sprung und das Kribbeln in meinem Bauch verstärkt sich angesichts dieser Neuigkeit merklich.

Manno, ich könnte die ganze Nacht an der Seite dieses Mannes verbringen und ich würde mich nicht langweilen. Ich habe in den letzten Jahren vergessen, wie sich das anfühlt.

Georg hält inne und deutet mit glänzenden Augen auf ein beleuchtetes Schild nicht weit von uns entfernt.

»Schau mal, da hinten ist ein Luna Park. Kann ich dich vielleicht dazu überreden, den noch auf einen Sprung mit mir zu besuchen?«

Ich lächle ihn an: »Sehr gerne.«

»Cool. Es ist gefühlt schon eine Ewigkeit her, dass ich in so einem Park war. Irgendwie konnte ich die Astrid nie dazu überreden, weil sie nicht so gerne Achterbahn fährt.«

Ich zucke mit den Schultern: »Kann ich verstehen. Ich hab auch total viel Schiss vor Hochschaubahnen.«

»Also jetzt bin ich fast schon schockiert. Ich dachte, du bist so voll die Draufgängerin, der man nichts vormachen kann und die sich nahezu alles traut und dann muss ich erfahren, dass du Angst vor dem Achterbahnfahren hast«, stellt Georg lachend fest, während wir uns dem beleuchteten Eingang des kleinen Vergnügungsparks nähern.

»Na ja, ich war ja früher auch mal eine Draufgängerin, aber irgendwann hab ich halt realisiert, was beim Fahren so alles passieren kann. Stell dir mal vor, du sitzt in der Achterbahn und dann bleibt das Ding mitten im Looping hängen, sodass du stundenlang mit dem Kopf nach unten im Wagon feststeckst.«

Er zuckt mit den Schultern: »Wenn ich drinnen feststecke, habe ich absolut keine Probleme. Nur fallen will ich nicht.«

»Oh mein Gott!«, gebe ich entsetzt von mir. »Daran darf ich nicht einmal denken.« Nach einer kurzen Überlegung füge ich hinzu: »Andererseits wäre das doch die ultimativ coole Idee für eine neue Attraktion. Man steigt in den Wagon einer Achterbahn ein und lässt sich nichtsahnend in den Looping schießen. Plötzlich bleibt das Teil stecken, was ja in Wirklichkeit geplant ist, aber keiner der Fahrgäste weiß davon und dann geht die Sicherung auf und man stürzt an einem Bungee-Seil – das beim Einstieg natürlich unbemerkt an den Passagieren angebracht werden müsste – in die Tiefe. Den Roller Coaster nenne ich dann *Nahtoderfahrung* oder so.«

»Klingt echt cool«, stellt Georg mit anerkennendem Nicken fest, als wir durch die Pforten des Luna-Parks schreiten, der bereits etwas verlassen wirkt, aber noch festlich beleuchtet ist. »Bekomme ich dann auch eine Gratis-Jahreskarte für deine extravagante Attraktion?«

»Die Jahreskarte muss man sich hart erarbeiten, Mr. Niceguy.«

»Alles klar. Dann werde ich die Zeit heute noch nutzen und mein Bestes geben, um dich von mir und meinen guten Absichten zu überzeugen.« Nach einem Rundumblick durch den Park fügt er seufzend hinzu: »Es dürfte allerdings schwierig werden, dich zu beeindrucken, wenn die Fahrgeschäfte bereits alle schließen. Was ist denn bloß los? Ist es wirklich schon so spät?«

»Na ja, die Angestellten wollen das Bingo morgen eben nicht verpassen«, erwidere ich mit einem breiten Grinsen im Gesicht und ehrlicher Erleichterung im Bauch.

Hey, das letzte, was ich an diesem Abend gebrauchen kann, ist ein vor Angst und Panik entstelltes Gesicht oder ein Unfall mit Todesfolge in einem der Fahrgeschäfte.

»Sprichst du aus Erfahrung?«, fragt mich Georg, während wir begleitet von den melodiösen Klängen der Schießbuden durch den Park schlendern.

»Sowieso. Ich bin Stammgast in der Bingo-Runde im Altenheim meiner Großmutter. Schließlich will ich mich allmählich eingewöhnen. Lange dauert es ja nicht mehr.«

Mein Date schmunzelt: »Oh Gott! Ich hoffe du meinst das nicht ernst. Nicht nur, dass du viel zu jung für derartige Gedanken bist, hoffe ich doch sehr, dass du einen Aufenthalt im Pensionistenheim nicht in Erwägung ziehst.«

Eifrig schüttle ich den Kopf: »Oh no! Da würden mich keine zehn Pferde hinbekommen und wenn ich einen eigenen Butler einstelle, der mich im Alter von neunzig Jahren durch mein Haus trägt, weil ich so gebrechlich geworden bin. Niemals werde ich da ausziehen. Der einzige, dem es mit Sicherheit gelingen wird, mich aus meinem Haus zu vertreiben, ist der Sensenmann.«

»Warum willst du denn unbedingt einen Butler für eine Arbeit einstellen, die auch dein Ehemann übernehmen könnte?«, fragt mich meine Begleitung augenzwinkernd.

»Hm, um diese Frage beantworten zu können, müsste ich mir jetzt durchrechnen, was günstiger ist. Ein Ehemann oder ein Butler? Man darf schließlich nicht unterschätzen, dass Frauen, die alleine leben, deutlich zufriedener und damit auch gesünder sind als Frauen, die sich mit Männern belasten.«

»Verdammt. Da ist was dran. Wer weiß, vielleicht brauchst du gar keinen Butler, der dich herumträgt, weil du gar nicht gebrechlich wirst, sondern mit achtzig noch aussiehst, als wärst du gerade erst dreißig geworden.«

»Und wenn nicht, dann helfe ich halt mit ein bissi Botox und einer Hautstraffung nach. Lachen wird sowieso überbewertet«, erwidere ich und bleibe mit leuchtenden Augen vor einem dieser Automaten stehen, aus denen man Kuscheltiere angeln kann.

»Du hast nicht zufällig Kleingeld dabei, oder?«, frage ich meine Begleitung hoffnungsvoll. Georg zögert nicht lange und zückt seinen Geldbeutel, um mir danach eine Zwei-Euro-Münze zu reichen.

»Genügt das oder darf's ein bisserl mehr sein, Mylady?«

Ich strahle ihn an: »Oh ja, ich glaube das genügt.«

Georg schüttelt den Kopf, als ich die Münze einwerfe: »Was ist bloß aus den Zeiten geworden, in denen es die Aufgabe der Männer war, für ihre auserwählten Damen ein Kuscheltier auf einem Schießstand zu erringen?«

»Die Emanzipation ist passiert«, antworte ich mit einem Blick über die Schulter und konzentriere mich dann wieder auf den Greifautomaten, hinter dessen dicker Glasscheibe mich ein Nilpferd im weißen T-Shirt anlacht. Konzentriert bemühe ich mich darum, die Kralle mithilfe des Joysticks so zu positionieren, dass sie sich direkt über meinem auserwählten Kuscheltier befindet. Indessen gesellt sich ein kleiner blonder Junge mit einer Eistüte in der Hand zu mir und beobachtet mein Tun mit Argusaugen, um nach wenigen Sekunden altklug festzuhalten: »Die Wahrscheinlichkeit, dass man da etwas herausfischt liegt nahezu bei null.«

Was für ein Arschlochkind. Dem werde ich es zeigen.

Trotzig kneife ich die Augen zu engen Schlitzen zusammen und schätze dann noch einmal den Abstand der Kralle zum Nilpferd ab. In der Glasscheibe vor mir spiegelt sich Georgs schmunzelndes Gesicht wider. Alles klar. Du schaffst das, Lena!

Aufgeregt betätige ich einen Druckknopf mit der Aufschrift *down* und sehe dann mit angehaltenem Atem dabei zu, wie die geöffnete Kralle in dem Meer aus Plüschtieren versinkt.

»Pf, ich hab's doch gesagt«, höre ich das Arschlochkind neben mir festhalten, ehe die Kralle aus dem Meer der Kuscheltiere auftaucht und dabei den Kopf des von mir auserkorenen Nilpferds ergreift.

»Ich glaub das wird was«, kommentiert meine Begleitung das Geschehen mit vor der Brust verschränkten Armen und ich drehe mich kurz um, um ihm ein vor Aufregung gequältes Lächeln zu schenken. Danach wende ich mich wieder dem Geschehen hinter der Glasscheibe zu, dem sich auch der junge Satansbraten mit der Eistüte, deren Inhalt langsam über den Rand der Waffel auf die Hand des Arschlochkindes rinnt, nicht zu entziehen vermag.

»Nie und nimmer. Das fällt sicher gleich runter«, stellt der Bursche im Brustton der Überzeugung fest und für einen kurzen Augenblick sieht es in der Tat danach aus, als würde sich mein Kuscheltier wieder zu seinen Artgenossen gesellen. Aber die Kralle bleibt unerbittlich und befördert das Nilpferd zielstrebig zum Ausgangsschacht, um es über diesem hinabfallen zu lassen.

Ich werfe dem Arschlochkind einen *Tja-jetzt-fühlst-du-dich-nicht-mehr-so-superschlau-du-Besserwisser-Blick* zu und fische dann hastig meinen Gewinn aus dem Schacht, um damit quietschend vor Freude vor Georgs Gesicht herumzufuchteln: »Ich hab's geschafft! Ich hab gewonnen!«

»Du bist meine Heldin!«, stellt meine Verabredung mit breitem Grinsen auf den vollen Lippen fest und wir setzen uns langsam wieder in Bewegung, um den verdutzten Besserwisser-Jungen zurückzulassen, der soeben eine mütterliche Schimpftirade über sich ergehen lassen muss, weil er neben seiner Hand auch sein T-Shirt bekleckert hat.

»Ist das Stofftier jetzt eigentlich für mich?«, unterbricht mich mein Date in meiner Schadenfreude.

»Du wirst doch einer armen Jungfer nicht das Kuscheltier abnehmen wollen, oder?«

»Ich bezweifle sowohl den Wahrheitsgehalt des Adjektivs als auch des Nomens«, zieht mich Georg auf. »Aber ich werde dir das Tier nicht abnehmen, wenn du stattdessen eine Ersatzleistung lieferst.«

»Und schon ist der Charme des Mr. Niceguys passe. Also dann, sag schon, was verlangst du als Ersatzleistung?«

»Dass du mit mir eine Runde auf dem Riesenrad drehst.«

Er deutet mit dem Zeigefinger auf die angesprochene Konstruktion, woraufhin meine Augen zweifelnd an dem riesigen Rad mit den Gondeln in Blumenform emporwandern.

»Na gut, aber dafür habe ich noch etwas gut bei dir. Was, muss ich mir noch ausdenken.«

Er zuckt mit den Schultern: »Das ist es mir wert.«

Es erfordert zu meinem Bedauern kein besonderes Verhandlungsgeschick, den älteren Herren am Riesenrad dazu zu überreden, sein Fahrgeschäft noch eine Weile für uns geöffnet zu halten. Nachdem er immer wieder etwas von *Amore* und *Bella Donna* in sich hineinmurmelt, kann ich mir seine Interpretation der Situation zusammenreimen. Und so kommt es, dass ich Georg wenige Minuten nach unserer Vereinbarung dabei zusehe, wie er vor mir in die wacklige Gondel steigt. Danach reicht er mir seine Hand, um mir den Einstieg zu erleichtern, und schließt die kniehohe Tür hinter mir, die nicht einmal einen minimalen Funken von Sicherheit zu vermitteln vermag.

Ehe sich das Riesenrad begleitet von klassischer Musik in Bewegung setzt, zwinkert uns der Betreiber freundlich zu und deutet mit dem Daumen nach oben. Als das Gefährt immer mehr an Höhe gewinnt und sich dem klaren Himmel nähert, auf dessen nachtschwarzen Hintergrund die Sterne wie kleine Glühbirnen funkeln, werfe ich einen zweifelnden Blick über die Schulter, was sich angesichts meiner Höhenangst als Fehler erweist. Deswegen wende ich mein Gesicht rasch wieder Georg zu und umklammere den Pfeiler in der Mitte der Gondel. Eine sanfte Brise zieht auf und treibt mir eine Gänsehaut über die nackten Arme, was meinem Begleiter nicht entgeht, weswegen er mich fürsorglich fragt: »Ist dir kalt? Brauchst du eine Jacke?«

»Die Kälte ist im Moment nicht mein größtes Problem«, antworte ich und konzentriere mich dabei auf Georgs Gesicht, um nicht in Versuchung zu geraten, ein weiteres Mal in den Abgrund zu blicken.

Der attraktive Mann, dessen Parfum mich nahezu schwindlig vor Verlangen werden lässt, rückt ein Stück weit näher an mich heran und greift dann ebenso nach dem Pfeiler in der Mitte der Gondel, die angesichts seiner Bewegung gefährlich ins Wanken geraten ist.

»Wir sollten uns ruhig verhalten und uns möglichst nicht bewegen«, schlägt er schmunzelnd vor.

»Und du solltest deinen eigenen Ratschlag beherzigen«, entgegne ich und ringe mir dabei nur mühsam ein Lächeln ab.

Oh mein Gott! Ich will nicht in die Tiefe stürzen. Zumindest nicht, bevor er mich geküsst hat.

»Aber hey, es beruhigt mich, zu wissen, dass ich offenkundig nicht die Einzige in dieser Gondel bin, die Höhenangst hat«, füge ich hinzu und werfe dabei einen bedeutungsschwangeren Blick auf Georgs Hand, die nach wie vor die Säule in der Mitte der Gondel umklammert. Indessen macht das Riesenrad am höchsten Punkt Halt, damit wir die Aussicht genießen können.

»Ja, ich hab das wohl ein bissi unterschätzt«, erwidert meine Begleitung mit gequältem Lächeln und zieht sich dann die Jacke aus, um sie mir über die Schultern zu legen. Bei seiner Berührung durchzuckt mein Bauch ein heißer Blitz, der meinen gesamten Körper elektrisiert, sodass ich für einen Moment lang keinen klaren Gedanken fassen kann.

»Damit du nicht mehr frierst«, erläutert Georg seine Handlung. »Ich ertrage es einfach nicht, Menschen leiden zu sehen.«

»Danke«, krächze ich und spüre meine Wangen heiß werden, als ich einen Atemzug lang tief in seine dunklen schönen Augen sehe und er meinen Blick stumm erwidert. Um das Knistern, das in der Luft liegt, nicht mehr länger ertragen zu müssen, durchbreche ich das Schweigen mit einem belanglosen Kommentar: »Bist du deppert. Jetzt weiß ich wieder, warum ich lieber mit dem Auto fahre, als zu fliegen.«

Georg schmunzelt: »Wem sagst du das. Mein Albtraum wäre ja ein Flug nach Australien oder Amerika.«

»Oh Gott! Das würde ich nie aushalten. Ich hab ja schon auf der Maturareise beim Rückflug aus Tunesien die Krise bekommen, weil das Flugzeug wegen Luftlöchern ein paar hundert Meter abgesackt ist.«

»Echt? Was hast du denn gemacht? Bist du etwa panisch herumgelaufen?«

»Das noch nicht, aber ich habe geweint und ein Kind damit in Panik versetzt. Das hat dann seine Mutter gefragt, ob wir abstürzen.«

»Scheiße! Okay, das klingt echt Hardcore. Aber mach dir nichts draus. Ich muss vor dem Fliegen immer so Wurschtigkeitstabletten nehmen, sonst würde ich wahrscheinlich lebenslanges Flugverbot bekommen.«

»Fliegst du denn häufig?«, frage ich meine Verabredung neugierig, woraufhin Georg den Kopf schüttelt.

»Nope. Gott sei Dank bleibt mir das meistens erspart. Das letzte Mal ist sicher schon fünf Jahre her und da war ich mit meiner Klasse auf Sprachreise in Irland.«

»Was macht denn ein Professor für Geschichte und Sport auf einer Sprachreise?«

»Na ja, ich war als Assistent der Englisch-Professorin mit und natürlich als historischer Berater.« Er zwinkert mir zu: »Und ich wollte unbedingt mal so ein richtiges Pub in Irland besuchen, um da ein *Guinness* zu kippen.«

»Sowas. Und ich dachte, du warst wegen der hübschen Englisch-Professorin mit.«

Georg lacht laut auf: »Oh mein Gott! Die ist alles, nur nicht hübsch.« Er hält plötzlich inne und wird ernst, als er meine Hand vorsichtig mit seiner streift und mich dabei mit seinen dunklen Augen eindringlich ansieht. »Aber wenn du dabei wärst, würde ich sogar nach Australien fliegen.«

Mein Herz macht einen riesigen Sprung und in meinen Eingeweiden breitet sich diese wohlige Wärme aus, die ich schon so lange nicht mehr gefühlt habe. Georg lässt den Pfeiler vorsichtig los, um ein Stück näher zu rutschen und mir über die Wange zu streicheln. Unsere Gesichter wandern langsam aufeinander zu und ich bin nur einen Fingerbreit von seinen vollen Lippen entfernt, sodass ich seinen warmen Atem auf meiner Haut spüre.

Oh Gott! Ich glaube, das Kribbeln in meinem Bauch bringt mich um den Verstand.

Ich höre dumpfe Musik zu uns heraufdringen. Ich fühle den nächtlichen Sommerwind, der meine unter dem Stoff der Jacke erhitzte Haut sanft abkühlt und mein gesamter Körper scheint zu vibrieren, als sich unsere Lippen nach einer gefühlten Ewigkeit des Annäherns endlich berühren und Georg mich zugleich sanft und fordernd küsst.

Kapitel 15

Tja, da sind wir jetzt!«, stelle ich zugegeben ein klein wenig enttäuscht fest, als Georg seinen Skoda vor Patrizias und meiner Ferienunterkunft parkt.

Manno, warum fühlt sich der Abschied am Anfang einer Romanze stets so an, als würde man für den Rest seines Lebens getrennte Wege gehen, obwohl man sich höchstwahrscheinlich schon einen Tag später wiedersieht? Ich gebe zu, das ist ein winziges Detail, über dessen Vergessen ich nicht unglücklich war, und jetzt muss ich diesen ganzen Stress von vorne ertragen.

Ich werfe einen vorsichtigen Blick auf Georg, der bis über beide Ohren grinst: »Es war ein wirklich schöner Abend heute! Ich hab mich schon lange nicht mehr so amüsiert.«

»Jep, geht mir genauso«, hauche ich ihm eine Antwort entgegen.

»Darf ich also auf eine Wiederholung hoffen? Oder hast du nach der Nummer mit dem Riesenrad genug von mir?«

»Das klingt schon beinahe so, als würdest du dir wünschen, ich hätte genug von dir. Aber ich fürchte, ich muss dich enttäuschen. Genug hab ich noch nicht von dir. Schließlich muss ich das dargebotene Produkt einer eingehenden Qualitätsprüfung unterziehen und das geht nur, wenn ich es von allen Seiten und in all seinen Facetten betrachten und studieren kann, um es mit meiner Datingcheckliste abzugleichen.«

»Das verstehe ich natürlich. Niemand investiert in ein Produkt von minderer Qualität. Aber mal ehrlich: Gibt es auch eine Möglichkeit, das Produkt zusätzlich zu bewerben?«

»Lass mich nachdenken«, gebe ich schmunzelnd von mir. »Womöglich gibt es diese einmalige Chance.«

Ehe Georg etwas erwidert, beuge ich mich zu ihm hinüber, um meine Lippen sanft auf seine zu drücken und ihn zu küssen. Erst nach einer schieren Unendlichkeit, die mir viel zu kurz erscheint, lösen wir uns voneinander und ich halte fest: »Du schmeckst nach Pfefferminze.«

»Mich gibt's aber auch mit Erdbeergeschmack, wenn dir das lieber ist.«

»Nö, Pfefferminze find ich gut. Das hat so eine angenehme Frische, die mich an Klosteine erinnert.«

Ja, ich bin ein Momentkiller. Na und?

Meine Verabredung lacht laut auf und knufft mir dann in den Hüftspeck: »Hey, das ist aber nicht besonders nett von dir.«

»Ich habe auch nie behauptet, dass ich nett bin.«

»Okay, okay, du hast gewonnen«, gibt sich Georg geschlagen. »Wird in deine Berechnungen eigentlich auch meine Ausdauer beim Knutschen miteinbezogen?«

»Natürlich. Das hat oberste Priorität und macht quasi siebzig Prozent der Beurteilung aus.«

»Na wenn das so ist«, entgegnet meine Begleitung schmunzelnd und zieht mich dann vorsichtig an sich, um mich zu küssen, bis ich jedwedes Zeitgefühl verliere und mich erst wieder von Georg löse, als meine Lippen brennen und sich deshalb die ernsthafte Sorge, die Krankenstation ein weiteres Mal aufsuchen zu müssen, in mir breitmacht.

»Ich glaube, ich sollte dann hineingehen«, erkläre ich krächzend und wische mir mit dem Handrücken meinen Mund trocken. »Mir ist schon ganz schwindlig.«

»Vor Verlangen oder vor Glück?«, fragt mich Georg augenzwinkernd.

»Ich enttäusche dich nur ungern, aber wahrscheinlich ist der Schwindel eher auf den Alkohol, denn auf meine plötzlich entflammte Leidenschaft zurückzuführen.«

»Und ich dachte schon, ich hätte dich endlich von meinen Qualitäten überzeugt und könnte die Lorbeeren für meine Mühen ernten.«

»Also da musst du schon noch ein bissi Geduld haben.«

Meine Begleitung fasst sich gespielt theatralisch an die Brust: »Ich weiß nicht, ob mein geschundenes Herz diese lange Wartezeit erträgt.«

»Wow, das hätte ich gern schriftlich. Nur für den Fall, dass wir uns in zehn Jahren auch noch sehen sollten und du nur noch genervt von mir bist, weil ich einfach super unordentlich bin, extrem viel rede und meistens zu spät komme.«

»Na ich hoffe doch sehr, dass wir uns in zehn Jahren noch sehen werden. Schließlich baggere ich normalerweise keine fremden Frauen am Strand an, um sie auszuführen und sie in den Pool zu stoßen.«

»Gut, das hätte auch zur Folge, dass die Krankenhäuser irgendwann überfüllt wären.«

Meine Verabredung lacht laut auf: »Oh ja, das kommt der Wahrheit sehr nahe.«

Er sieht mich mit diesem eindringlichen Blick an, der mir einen warmen Schauder über den Rücken treibt und mich den Rest der Welt vergessen lässt. Deshalb fallen mir die folgenden Worte besonders schwer: »Na gut, ich werde jetzt dann wirklich losgehen. Bevor uns noch ein paar der Nachbarn anzeigen, weil sie uns für freilaufende Mörder halten.«

»Alles klar«, antwortet Georg und seine braunen Augen strahlen mich dabei mit einer solchen Wärme an, dass ich nicht widerstehen kann und ihn ein weiteres Mal innig küsse. Nach einer gefühlten Millisekunde lasse ich schweren Herzens von dem attraktiven Mann ab, verabschiede mich und öffne mit meinem errungenen Kuscheltier unter dem linken Arm die Autotür, um auszusteigen. Dummerweise fällt dabei mein Schlüssel für das Ferienhaus aus der offenen Handtasche und landet unter dem Autositz.

Fluchend lasse ich meine Hand unter den Sitz gleiten und taste in einer dicken Staub- und Dreckschicht nach dem verlorenen Gegenstand. Es dauert nicht lange, bis ich fündig werde. Doch als ich meine Hand hervorziehe, streife ich unsanft an einem scharfkantigen Kunststoffteil, woraufhin mich ein brennender Schmerz durchzuckt.

»Aua, so ein Scheißdreck!«, schimpfe ich lautstark und ziehe meine verletzte Hand hastig an mich, um sie zu begutachten.

So ein Mist! Ich blute! Ich blute stark und da ist eine klaffende Schnittwunde am Handgelenk. Ich glaube, mir wird übel ... Ich ...

Ehe ich dazu imstande bin, einen Laut des Ekels von mir zu geben, zieht sich mein Magen krampfhaft zusammen und ich übergebe mich mit lautstarkem Würgen auf den Asphalt neben mir.

»Alles okay mit dir?«

Was für eine Frage? Er sieht doch, dass mit mir ganz und gar nichts okay ist.

Langsam richte ich mich wieder auf und achte dabei tunlichst darauf, den Blick auf meinen Mageninhalt zu meiden.

»Geht schon wieder. Ich ... ich ... sorry, ich hab nicht daran gedacht, dass mir vor Schnittwunden und Blut ekelt. Kann ich vielleicht ein Taschentuch haben?«

»Oh, äh ja klar«, entgegnet Georg und reicht mir dann nach einem Griff in das Handschuhfach eine Packung Taschentücher weiter. Dankbar ergreife ich diese und bediene mich an deren Inhalt. »Allmählich ist es auffällig, dass du dich jedes Mal, wenn du dich in meiner Nähe befindest, verletzt. Wenn ich es nicht besser wüsste, dann würde ich davon ausgehen, ich sei verflucht.«

Nachdem ich mir den Mund saubergewischt habe, ergreift Georg vorsichtig meine Hand und begutachtet die blutende Schnittwunde. Indessen gelingt es mir natürlich nicht, meinen Mund zu halten, weswegen ich einwerfe: »Ich glaub, es ist vollkommen ausreichend, wenn du einmal die Nase draufstubst. Dann ist bestimmt wieder alles okay.«

»Ich will dich ja nicht beunruhigen, aber dein Handgelenk blutet schon ziemlich heftig. Wir sollten zumindest einen Druckverband drüberwickeln. Weißt du, man sollte das nicht unterschätzen. Meine Mutter hat sich mal mit einem weichen Gummiabsatz ihrer Schuhe in die Ferse geschnitten und das musste genäht werden.«

»Du verstehst dich wirklich ausgezeichnet darauf, deine Mitmenschen zu beruhigen, nicht?«

Er grinst: »Keine Sorge, Lena, du wirst an der Wunde mit Sicherheit nicht sterben. Zumindest nicht gleich.«

»Ab jetzt nenne ich dich Dr. Niceguy statt Mr. Niceguy.«

»Ich bin mir nicht sicher, dass du mich noch immer so bezeichnest, wenn wir uns erst mal länger kennen. Ich kann nämlich auch ziemlich versaut sein«, erklärt er mir mit einem Augenzwinkern und sorgt für einen aufgescheuchten Schwarm Schmetterlinge in meinem Bauch.

»Ja, das kann ich mir vorstellen«, entgegne ich unbedacht, wobei mir erst zwei Sekunden später bewusst wird, was ich da von mir gegeben habe, weswegen ich mir mit der flachen Hand auf den Mund schlage und hastig hinzufüge: »Nicht, dass ich schon übermäßig viel darüber nachgedacht hätte.«

»Das sagen sie alle, aber bevor wir das herausfinden, kümmern wir uns lieber mal um deine Verletzung. Ich will dich schließlich nicht noch einmal auf der Krankenstation besuchen.«

Ohne den Einspruch abzuwarten, der mir auf der Zunge liegt, öffnet Georg die Autotür um auszusteigen und sich in Richtung Kofferraum und Erste-Hilfe-Kasten zu bewegen. Ich stopfe indessen etwas ungeschickt mit der unverletzten Hand den Schlüssel zum Ferienhaus in meine Tasche und folge meiner Verabredung zum Heck des Fahrzeugs. Illuminiert vom Alkohol und vom Glück sehe ich Georg eine Weile beim Durchwühlen des Verbandskastens zu, bis mein Blick auf den Inhalt einer Transportbox im Kofferraum fällt. Blitzartig überkommt mich ein eisiger Schauder.

So eine Scheiße! Sehe ich richtig? Ist da drinnen ein Köcher mit Pfeilen und ein Bogen? Oh mein Gott! Ich glaub, mich knutscht ein Mörder!

Kapitel 16

Nach meiner Entdeckung läuft für mich alles wie in Trance ab. Georg verarztet meine Wunde für einen Mörder erstaunlich behutsam und gibt dabei Anekdoten aus seiner Kindheit zum Besten. Indessen werde ich immer wortkarger, was bei Killer-Schorsch allerdings keinerlei Verdacht erregt. Vermutlich schreibt er das Schweigen den Schmerzen in meinem Handgelenk zu. Tatsächlich aber kann ich den Blick nicht von den Instrumenten des Todes abwenden und starre deshalb wie gebannt in den Kofferraum, während mir tausend Gedanken durch den Kopf schießen und für mich dennoch ungreifbar bleiben.

»So. Das müsste jetzt passen. Ich hoffe, ich habe dir nicht wehgetan. Aber grundsätzlich bin ich geübt im Versorgen von Wunden. Die Chrisi tut sich ja auch immer wieder mal weh«, stellt Georg fest, als er den Schnitt an meinem Handgelenk vollständig verarztet hat, und streicht dabei noch einmal vorsichtig über den Verband.

Wahrscheinlich ist er auch geübt im Zufügen von Verletzungen und Entsorgen von Leichen.

»Mmh«, antworte ich einsilbig.

»War das bei deinem eigentlich auch so, als er noch in Chrisis Alter war?«

»Häh ... Äh ... sorry ... äh ... ja, nun äh ... Na ja, Fynn ist ein Sensibelchen. Da musste ich schon beim geringsten Kratzer ein Pflaster über die schwere Wunde kleben«, antworte ich und werfe dabei immer wieder einen verstohlenen Seitenblick auf den Köcher und den Bogen im Kofferraum meiner Verabredung. Diesmal registriert Georg meine Verhaltensveränderung, weshalb er mich mit besorgter Miene mustert.

»Ist auch alles in Ordnung mit dir? Du siehst ein wenig blass aus? Dir ist doch nicht schlecht, oder?«

Super, was mache ich denn jetzt? Wenn ich Killer-Schorsch auf die Instrumente des Todes anspreche, dann laufe ich Gefahr, für immer zum Schweigen gebracht zu werden, und wenn ich nichts sage, dann bringe ich nicht in Erfahrung, ob es womöglich doch eine gute Erklärung für das Vorhandensein eines Bogens in Georgs Kofferraum gibt. Es kann doch niemand ernsthaft von mir verlangen, dass ich um drei Uhr morgens nach mindestens eineinhalb Liter Wein dazu in der Lage bin, eine derartig wichtige Entscheidung für mein Leben zu treffen.

»Alles in bester Ordnung. Mir ist nur ein bissi übel vom Alkohol.« Ein weiteres Mal wandern meine Augen über den Bogen und ich fasse kurzerhand einen Entschluss. »Raubst du damit eigentlich die Reichen aus, um es den Armen zu geben?«

Genau, immer schön unverfänglich und humorvoll bleiben. Schließlich ist es nicht ratsam, einen potentiellen Mörder zu verärgern.

Als mich Killer-Schorsch ratlos anstarrt, deute ich mit dem Kinn in Richtung der mutmaßlichen Mordwaffe.

»Oh.« Er lächelt und er zwinkert mir verschwörerisch zu. »Du meinst den Bogen. Den hab ich als Gesetzloser natürlich immer dabei.«

Er bezeichnet sich selbst als Gesetzlosen. Wie viele Beweise benötige ich eigentlich noch?

»Nein, aber im Ernst. Das Teil bedeutet mir in der Tat ziemlich viel, weil ihn mein Vater mit mir geschnitzt hat. Zumindest dachte ich damals noch, dass er mein Vater ist und ...« Er zuckt hilflos mit den Schultern. »Na ja ... ich weiß, wie dämlich das jetzt vermutlich klingt, aber ich hab ihn einfach gern bei mir, weil er mich an eine Zeit erinnert, in der für mich noch alles okay war.«

Als stünde ich unter Einfluss eines Sedativs, nicke ich in Slow-Motion, um Verständnis für seine Situation zu heucheln.

»Warst du eigentlich schon mal Bogenschießen?«, fragt mich Georg und setzt damit der erdrückenden Stimmung ein Ende.

»Na ja, äh, ja, ich hab das mal auf einem Mittelaltermarkt ausprobiert. Das ist aber schon eine halbe Ewigkeit her.«

»Okay, also so gern ich dich auch mag, aber das kann man nun wirklich nicht als richtiges Bogenschießen bezeichnen.«

Wahrscheinlich spricht er nur dann von richtigem Bogenschießen, wenn er dabei auf Menschen zielt. Verstehe.

»Du musst das unbedingt mal auf so einem 3D-Parcour ausprobieren.«

»Hm, klingt eigentlich ziemlich verlockend. Ich kann mir vorstellen, dass dieses Talent in Zeiten wie diesen immer gefragter ist. Ich meine, wenn die Teuerung so weitergeht, dann kann ich mir unter Umständen bald kein Fleisch mehr leisten und muss meine Mahlzeiten im Park selbst erlegen. Dann gibt's statt Schweinsbraten Taubenbraten.«

Georg lacht laut auf: »Ob der dann genauso gut schmeckt, sei dahingestellt. Davon abgesehen bin ich mir nicht sicher, ob ich echte Tiere zur Strecke bringen könnte, auch wenn das total verlogen ist, weil ich ja auch kein Problem damit habe, sie zu essen.«

Es ist vor allem deshalb verlogen, weil er offensichtlich kein Problem mit dem Jagen und Erlegen von Menschen hat.

Die Augen meiner Begleitung leuchten plötzlich auf: »Wie sieht es denn bei dir heute Nachmittag aus? Ich meine, soweit ich weiß, gibt es hier nicht ganz so weit entfernt einen 3D-Parcour. Wenn du willst, dann könnten wir gemeinsam Bogenschießen gehen und du kannst das mal so richtig ausprobieren.«

Und dabei sterben? Nein.

»Ja, klingt nach einer super Idee. Warum nicht?«, antworte ich stattdessen und frage mich so ganz nebenbei, warum ich selbst im Angesicht des Todes so verdammt höflich bin? Der Verdacht, dass Georg ein Mörder ist und Anja mit ihrer Theorie Recht hatte, erhärtet sich und ich habe nichts Besseres zu tun, als mit dem mutmaßlichen Mörder und seiner Waffe einen Ausflug in den Wald zu unternehmen. Genial, Lena. Wirklich. Du bist eine Meisterin darin, Psychopathen anzuziehen.

Deshalb ist es auch nicht großartig verwunderlich, dass ich nach dem Abschied von Georg trotz meines Erschöpfungszustandes eine schier endlose Zeit benötige, um in einen unruhigen Schlaf hinüberzugleiten.

War ja klar, dass alles viel zu schön ist, um wahr zu sein. Warum sollte ich auch mal einen normalen Mann kennenlernen? So eine Scheiße! Ich will einfach nur schlafen und diesen ganzen Mist vergessen.

Dummerweise geht dieser Plan nach hinten los, denn Killer-Schorsch verfolgt mich bis in meine Träume.

☠ ☠ ☠

Gemeinsam sitzen wir auf einer Picknickdecke unter einem sternenklaren Nachthimmel, der sich über dem verlassenen Sandstrand erstreckt wie ein riesiges dunkelblaues Zelt. Georg spielt auf einer Gitarre und sieht mich dabei immer wieder lächelnd an. Als er zu singen beginnt, schließe ich meine Augen und lausche verträumt den melodiösen Klängen, während sich mein Körper vollkommen automatisiert im Rhythmus des Liedes bewegt, das Georg selbstverständlich für seine einzige und wahre Liebe - nämlich mich - geschrieben hat.

Nach einer Weile des schweigsamen Zuhörens greife ich nach einem Glas Rotwein, das auf der Picknickdecke vor mir steht, und nehme einen Schluck. Unglücklicherweise habe ich meine Kräfte unterschätzt, weswegen das Glas in meiner Hand zerbricht und die scharfkantigen Scherben die Haut an meinem Handgelenk durchdringen, sodass sich ein feines Rinnsal an dunkelrotem Blut bildet. Georgs Blick fällt auf meine Wunde und er beendet seine musikalische Darbietung prompt, indem er das Instrument zur Seite legt. Mit großen, nachtschwarz gewordenen Augen rückt er näher an mich heran und leckt sich dabei gierig über die Lippen.

»Ich glaub, das muss verarztet werden«, erklärt er, ehe er sich über meine Wunde beugt und seinen Mund auf die Verletzung presst.

So eine Scheiße! Was macht er denn da? Trinkt er etwa mein Blut? Kacke, das tut ja total weh. Wieso macht er das bloß? Ich dachte, ich sei Georgs große Liebe und jetzt stelle ich fest, dass ich nichts weiter als eine Blutkonserve bin. Nein, das kann nicht sein. Ich täusche mich bestimmt. Vielleicht saugt er bloß irgendein Gift aus mir.

»Schon gut«, presse ich unter Schmerzen hervor. »Ich glaube du kannst aufhören. Da ist kein Gift mehr in mir.«

Doch Georg ignoriert meinen Einwand und trinkt weiter von meinem Blut.

Fuck! Mir wird ganz schwindelig. Ich muss ... ich ... oh nein ... ich werde sterben, wenn er nicht bald damit aufhört.

Unter Aufbietung all meiner Kräfte entreiße ich ihm mein verletztes Handgelenk, doch Georg gibt sich nicht so einfach geschlagen. Nur knapp entgehe ich seinen mittlerweile zu Klauen entstellten Fingernägeln und rapple mich so schnell ich kann auf, um die Flucht zu ergreifen.

Wohin soll ich denn laufen?

Verzweifelt sehe ich mich auf dem verlassenen Strand um und entdecke weit und breit kein einziges Restaurant oder Geschäftslokal. Hinter mir ertönt ein furchteinflößendes Gurgeln und als ich es wage, einen Blick über die Schulter zu werfen, entdecke ich Georg, der in der Zwischenzeit die Kutte des Todes übergeworfen hat und eine Sense in der Hand trägt. Mit tiefer Stimme, die Rückschlüsse auf eine Besessenheit vom Teufel zulässt, stellt er sich vor: »Ich bin der wandelnde Tod! Ha ha ha ha ha ha ha ha ha ha ... Und ich bin gekommen, um dich zu holen, Magdalena, denn dein Name ist Sünde!«

»Ich korrigiere: Maria Magdalena war eine Sünderin. Von Magdalena war niemals die Rede.«

»Das macht keinen Unterschied. Ich bin der Tod aller! Sünder oder nicht! Muahhhhh ... Muahhhhh ...

Muahhhhhh ... Und jetzt gib mir dein Blut, unwürdiges Weibsstück!«

Gekonnt stürzt er sich auf mich, aber ich bin schneller und verpasse ihm einen Tritt in den Bauch. Als ich loslaufe, höre ich ihn wütend schreien: »Neeeeeeeeeiiiiin ... dafür wirst du büßen. Ich werde dich bei lebendigem Leib häuten und mich an deinem Fleische laben.«

Seine Stimme, die allmählich jener eines Feuerdämons gleicht, treibt mir einen eisigen Schauder über den Rücken und sorgt dafür, dass mich meine Füße in Windeseile über den kühlen Sand tragen. Doch als ich die Strandpromenade, auf der sich auch andere Menschen befinden, beinahe erreicht habe, verdichtet sich die Luft um mich herum und ich schaffe es nur noch, mich in Slow-Motion fortzubewegen.

Scheiße! Ich muss weiter. Er holt mich sicher gleich ein.

Georgs irres Lachen hinter mir rückt immer näher, doch ich komme bei jedem Schritt nur wenige Millimeter vorwärts. Ich werfe einen hektischen Blick über die Schulter und stelle mit Entsetzen fest, dass mein Verfolger nur einen Katzensprung von mir entfernt ist. Mit rotglühenden Augen streckt er seine mittlerweile riesig gewordenen Pranken nach mir aus und ...

... plötzlich finde ich mich in einem düsteren Keller wieder. Ich liege auf einer hölzernen Konstruktion am feuchten Steinboden und starre in mir bekannte Gesichter, die von schwarzen Kutten umrandet sind. Da ist Patrizia mit dunkel bemalten Lippen und dann Anja und Fynn. Ja, sogar Leonardo trägt einen schwarzen Umhang. Er sitzt hechelnd neben meinem Sohn und an seinem Schwanz baumelt ein riesiger Hammer.

»Was? Wieso liege ich hier? Fynn? Kannst du mir sagen, was hier los ist? Und wieso sieht Leo aus wie eine Miniaturversion von Thor?«

Mein Sohn schüttelt bloß schweigend den Kopf und starrt mich dabei mit diesen stumpfsinnigen leeren Augen an – im Grunde kein unbekannter Anblick bei einem Teenager. Indessen tritt Patrizia mit einer Hand voll Nägel an mich heran. Mit vollkommen ausdrucksloser Miene instruiert sie Leonardo an ihre Seite. Ich verstehe erst, was sie vorhat, als sie den ersten Nagel an meinem Handgelenk ansetzt und meinem hammerschwingenden Vierbeiner einen bedeutungsschwangeren Blick zuwirft. Entsetzt wende ich mich an meinen Sohn.

»Fynn, ich bin deine Mutter. Das könnt ihr doch nicht machen.«

»Der Meister hat's befohlen und des Meisters Wort ist Gesetz.«

Anja rückt ihre Brille zurecht und stimmt ihrem Altersgenossen zu: »Richtig. Niemand darf die Entscheidungen des Meisters in Frage stellen.«

»Aber wer ist denn euer Meister?«, frage ich verzweifelt und schlage und trete dabei wild um mich. Wie aus dem Nichts erscheint der wiederauferstandene Hermann, schnappt mich mühelos und presst mich zurück auf die hölzerne Konstruktion, die sich als Kreuz entpuppt. Mit unverkennbarer Bierfahne schleudert er mir ins Gesicht: »Jetzt kummst a in mei Gåssn.«

Ich schreie vor Schmerzen auf, als mir Patrizia gemeinsam mit Leonardo einen Nagel nach dem anderen durch die Hand- und Fußgelenke treibt und mich damit ans Kreuz nagelt. Nach getaner Arbeit besprenkelt mich Hermann mit ein paar Tropfen Bier und spricht dabei:

»Dein Schutzengel soi's in da Luft zareißn, dass's Federn regnan tuat!«

Mein Blick fällt auf einen kleinen Engel, mit blonden Locken, den es unmittelbar nach der Beendigung von Hermanns Satz zerreißt, sodass sich ein Regen aus Federn über mir ergießt. Daraufhin ergreifen die Mitglieder der Sekte des unbekannten Meisters wie in Trance mein Kreuz und lehnen die hölzerne Konstruktion an eine der kahlen Steinwände, die mich umgeben.

»Es ist vollbracht, Meister!«, ruft Patrizia und wenige Sekunden nach ihrer Offenbarung tritt Georg durch einen türlosen Durchgang in den Kellerraum. Er trägt grüne Strumpfhosen, ein dazu passendes Wams und hält einen Bogen in der Hand.

»Der Meister kommt. Der Meister. Der Meister. Oh heiliger Meister«, höre ich meine Gefährten wie aus einem Munde murmeln.

Georg positioniert sich wenige Meter vor mir: »Die ewige Jugend wird mein sein mit deinem Blute!«

»Der Meister hat gesprochen und was der Meister sagt, das zählt.«

Geschickt greift Killer-Schorsch nach einem Pfeil in seinem Köcher am Rücken, spannt ihn in den Bogen ein und schießt auf mich.

☠ ☠ ☠

»Ahhhh«, kreische ich lauthals, als ich schweißgebadet in meinem Bett aufwache und Leonardo, der die Nacht an meiner Seite verbracht hat, dazu veranlasse, mich anzuglotzen, als hätte ich endgültig den Verstand verloren. Draußen ist es in der Zwischenzeit hell geworden, aber irgendwie beruhigt mich das so ganz und gar nicht.

Wieso bekomme ich von allen Psychos auf der Welt ausgerechnet den Mörder ab? Ein Heiratsschwindler, Bankräuber oder Versicherungsbetrüger hätte es schließlich auch getan.

Kapitel 17

Guten Morgen, Dornröschen!«, werde ich von Patzis fröhlicher Stimme begrüßt, als ich gefolgt von meinem hungerleidenden Haustier in die Küche unserer Ferienunterkunft trotte. »Wie war dein Date mit dem heißen Daddy?«

Mein Sohn, der von meinem Erscheinen kaum Notiz nimmt, weil er stattdessen auf dem Sofa liegt und konzentriert auf sein Handydisplay starrt, stöhnt genervt auf und nimmt die Frage meiner besten Freundin zum Anlass, um sich ein weiteres Stück Toastbrot mit Nutella zu beschmieren.

»Du hattest gestern ein Date?«, meldet sich die Stimme von Patrizias Ehemann zu Wort, der per Videocall an unserem Urlaubsfrühstück teilnimmt. Noch habe ich mich nicht entschieden, ob mich diese Gegebenheit eher mit Erstaunen oder Entsetzen erfüllt. Ich komme allerdings nicht dazu, mich zu Simons Teilhabe zu äußern, da sich Patrizia mit erhobenem Pfannenwender und rollenden Augen an ihren Ehegatten wendet: »Ich habe dir doch gesagt, dass Lena ein Date hatte. Kannst du dir eigentlich irgendetwas von dem merken, was ich dir erzähle? Alles muss man dir zweimal erklären. So als hättest du grundsätzlich Stöpsel in den Ohren, sobald ich den Mund aufmache.«

Wer kann ihm das bei dem bedrohlichen Unterton in ihrer Stimme auch verübeln?

Mit vor Neugierde glänzenden Augen wendet sich meine beste Freundin wieder mir zu: »Und jetzt sag schon! Wie war's gestern mit Georg? Er hat ja voll süß ausgesehen am Abend und sich wirklich ins Zeug gelegt, im Gegensatz zu anderen Exemplaren der Gattung Mann.« Beim letzten Satz wirft sie Simon einen vielsagenden Blick zu und verschränkt dabei ihre Arme vor der Brust, sodass das überschüssige Fett des Frühstückspecks, den Patrizia in der Pfanne am Herd der Miniaturküche brät, vom Pfannenwender auf ihr T-Shirt tropft.

Ich werfe einen hilflosen Blick auf Leonardo, der zu meinen Füßen sitzt und mich mit seinen großen, erwartungsvollen Augen anstarrt.

Also gut, mein Haustier wird mir beim Beantworten von Patrizias Frage wohl kaum eine Hilfe sein, weil das Einzige woran er denkt, sein leerer Futternapf ist. Deshalb bemühe ich mich darum, Zeit zu gewinnen, und lasse mich seufzend auf einen der freien Stühle, die um den Esstisch platziert sind, sinken.

»Na ja, eigentlich war das Date wirklich schön, aber«, drücke ich mich um eine Antwort.

»›Eigentlich‹ und ›aber‹ klingt nicht gut«, stellt der Mann meiner besten Freundin fachmännisch fest, woraufhin diese provokant einen Arm in die Hüfte stemmt. »Was du nicht sagst, du Schlaumeier. Für diese Erkenntnis haben wir dich gebraucht.«

»Was hast du denn? Du wolltest doch, dass wir gemeinsam per Videocall frühstücken«, wendet Simon gekränkt ein.

»Richtig, aber gemeinsam frühstücken impliziert nicht, dass du dich in unsere Frauengespräche einmischst«, kontert meine beste Freundin und widmet ihre Aufmerksamkeit dann wieder der Pfanne, um den darin brutzelnden Speck zu wenden.

Indessen eile ich Simon zur Hilfe: »Kein Problem Patzi. Er hat ja leider nicht unrecht.«

»Siehst du«, fühlt sich Simon bestätigt.

Patzi hingegen zeigt sich nur wenig beeindruckt von unserem Bündnis. Nachdem sie den Frühstücksspeck umgedreht hat, richtet sie ihre Aufmerksamkeit wieder auf ihren Mann und mich: »Es ist auch nicht besonders schwer, anhand von Lenas Stimmung zu registrieren, dass irgendetwas nicht so gelaufen ist, wie es geplant war. Insofern ist dein Stolz vollkommen unangebracht, Simon«, schleudert meine beste Freundin ihrem Mann entgegen. Danach wendet sie sich mir zu: »Was mich vielmehr interessiert ist der Grund für dein ›aber‹ und ›eigentlich‹? Ich dachte du stehst total auf Georg? Ist er denn so ein schlechter Küsser? Wenn dem nämlich so ist, dann versichere ich dir, dass man daran arbeiten kann. Glaub mir. Der Simon war da auch nicht gerade das größte Talent, aber irgendwann haben wir es mit viel Übung hinbekommen.«

»Dir ist aber schon bewusst, dass ich anwesend bin, gell Schatz?«, macht sich ihr Göttergatte bemerkbar und veranlasst meinen Sohn zu einem Kommentar: »Genaugenommen bist du nicht anwesend, Onkel Simon.«

»Außerdem musst du nicht so tun, als wäre deine schlechte Kusstechnik ein Geheimnis gewesen.«

»Ja, aber das rechtfertigt noch lange nicht, dass du das vor unseren Freunden breittrittst.«

»Du Simon, es geht jetzt aber wirklich nicht um unsere Befindlichkeiten, sondern um die Lena.« Ruckartig wendet mir Patrizia ihr noch unbemaltes Gesicht zu, das sie auf mich merkwürdig fremd erscheinen lässt: »Also: Was ist passiert?«

Hilflos zucke ich mit den Schultern.

»Na wahrscheinlich ist das wieder so ein Psychotyp«, antwortet Fynn an meiner Stelle, während sein Blick noch immer starr auf das Handydisplay gerichtet ist.

»Wenn er denn nur ein Psychotyp wäre«, murmle ich resigniert.

»Was denn? Hat er dir gestern etwa gestanden, dass er eigentlich auf Männer steht und du nur seine Vorzeigefrau sein sollst?«, spekuliert der Mann meiner besten Freundin sensationslüstern und veranlasst seine Frau zu einem genervten Augenrollen. »Geh bitte Simon, das ist ja keine Soap Opera«, ermahnt sie ihn und fuchtelt dabei wild mit dem Pfannenwender herum, sodass ich ehrlich erleichtert bin, dass es sich bei dem Küchenwerkzeug um kein Messer handelt.

»Ich kann dich beruhigen, er steht nicht auf Männer«, wende ich ein. »Wobei ich mir nicht sicher bin, ob mir diese Möglichkeit nicht lieber wäre als meine Entdeckung.«

»Da hast du es«, gibt Patrizia von sich und wendet sich dann mir zu: »Und du spann uns nicht so auf die Folter und rück endlich damit heraus, wo das Problem liegt.«

»Ich will ja nix sagen, Patzi, aber vielleicht solltest du dich zuerst einmal um den Speck kümmern«, gebe ich meiner besten Freundin zu bedenken, als mir der Geruch von verbranntem Fleisch in die Nase steigt.

»Geh bitte, vergiss doch den Speck. Ich will endlich wissen, was gestern los war!«

»Schatz, wir hatten erst letzten Monat einen Versicherungsschaden, weil du die Berner Würstel in der Pfanne vergessen und deshalb beinahe die ganze Küche abgefackelt hast. Wenn das noch einmal passiert, bin ich mir nicht sicher, ob die Versicherung uns nicht auf die Füße steigt.«

»Boah, Simon, das ist doch jetzt total uninteressant. Ich will endlich wissen, was gestern passiert ist und warum Lena den Kopf so hängen lässt. Da macht doch ein bissi angebrannter Speck nix aus.«

»Ja, das mag schon sein, aber vielleicht wäre ein gutes Frühstück jetzt genau das Richtige für Lena und dabei könnte sie uns alles erzählen.«

»Natürlich weiß der Herr wieder einmal alles besser«, brummt Patrizia genervt.

»Du, aber ich hätte wirklich nix gegen ein bissi gebratenen Speck und ein gutes Spiegelei.« Nachdem mir der Duft von frisch gekochtem Kaffee in die Nase steigt, füge ich hinzu: »Davon abgesehen brauche ich dringend Koffein. Ich bin ja erst vor wenigen Stunden nach Hause gekommen.«

»Ich hab mich eh schon gewundert, warum du so früh auf bist«, stellt Patrizia fest und wendet mir den Rücken zu, um den angebrannten Speck aus der Pfanne zu nehmen und diesen auf Küchenpapier abtropfen zu lassen.

»Na ja, sagen wir mal so: Ich hatte einen ziemlich plastischen Albtraum, in dem dir und Leonardo besondere Rollen zugekommen sind.«

»Will ich das genauer wissen?«, fragt mich Patrizia und klatscht dabei zwei Eier in die Pfanne.

Ich schüttle indessen energisch den Kopf: »Nope. Das willst du mit Sicherheit nicht. Glaub mir.«

Schwerfällig raffe ich mich auf, um mich an der Kaffeemaschine zu bedienen und eine Tasse mit dem koffeinhaltigen Getränk zu befüllen. Während ich mich schlürfend zu meinem Sitzplatz zurückbegebe, höre ich Simon erzählen: »Ich hatte auch einmal einen ziemlich plastischen Traum von meiner Frau.«

Rasch fällt Patrizia ihrem Mann ins Wort: »Niemand will etwas über deine Träume wissen, Simon.« Im Anschluss wendet sie sich mit erhobenem Pfannenwender an mich: »Und du mach es jetzt nicht weiter spannend. Deinen Kaffee hast du jetzt. Es gibt also keine Ausrede mehr für dein Schweigen über den gestrigen Abend.«

»Es war ein wirklich schönes Date.« Unwillkürlich denke ich an die gemeinsamen Stunden mit Georg und daran, wieviel Spaß wir zusammen hatten. Ich erinnere mich an seinen Geschmack, während wir uns geküsst haben, und ich rufe mir sein Lächeln ins Gedächtnis. Seufzend halte ich schließlich fest: »Manno, ich wünschte, ich hätte mir niemals meine blöde Hand verletzt.«

»Du hast dir wehgetan?«, fragt Patrizia entsetzt.

»Was für eine Überraschung«, ertönt die Stimme meines Sohnes aus dem Off.

»Ja, ich hab mich an irgendeinem Teil unter dem Autositz geschnitten und danach so geblutet, dass ich mich angekotzt habe«, erläutere ich und deute dabei auf meine rechte Hand, deren Gelenk noch immer mit einem dicken weißen Verband umwickelt ist.

Theatralisch fasst sich Patzi an die Brust: »Oh mein Gott! Das sieht ja ur schlimm aus.«

»Offenkundig ist sie nicht verblutet«, wendet Simon beschwichtigend ein.

»Kannst du vielleicht ein wenig mehr Mitgefühl mit meiner besten Freundin zeigen?«

»Reg dich wieder ab, Patzi. Es ist gar nicht schlimm. Zumindest nicht so schlimm, wie das, was ich im Kofferraum gesehen hab.«

Sensationslüstern starren mich meine beste Freundin und ihr Ehemann an. »Jetzt mach es nicht so spannend und erzähl endlich, was du im Kofferraum gefunden hast.«

In der Zwischenzeit ist auch Anja zu uns gestoßen und bedeutet ihrer Freundin am Handy nach einer kurzen wortlosen Begrüßung ihres Vaters, dass sie still sein soll.

Mit hängenden Schultern gebe ich mich geschlagen: »Einen Köcher mit Pfeilen und einen Bogen.«

Simon verzieht sein Gesicht zu einer ratlosen Miene und hält fest: »Also ich versteh nicht, was daran so schlimm sein soll.«

Im Gegensatz zu ihrem Liebsten begreift Patrizia rasch und fasst sich deshalb bestürzt an die Brust: »Oh mein Gott! Was für eine Scheiße? Das hätte ich jetzt wirklich nicht gedacht.«

Fynn wirkt im Gegensatz zu Patzi von meiner Offenbarung nur wenig beeindruckt: »Was für eine Überraschung. War ja klar, dass mit dem Kerl irgendetwas nicht stimmt, wenn du ihn datest.«

»Herzlichen Dank auch, Fynn. Kannst du eigentlich nur ein einziges Mal in deinem Leben soetwas wie Mitgefühl mit mir aufbringen?«, kontere ich unwirsch.

Hey, noch mehr seelische Belastung halte ich einfach nicht mehr aus. Da verliebe ich mich nach ewigen Zeiten mal wieder und was passiert: Er entpuppt sich als Mörder. Als Mörder! Boah ...

Während Anja ihrer Freundin erklärt, dass es sich bei mir tatsächlich um die Autorin Magdalena Beck handelt und diese kreischend ihre Begeisterung kundtut, kommt Patrizia auf mich zu und klopft mir zum Trost auf die Schulter.

»Weißt du, was du jetzt brauchst?«

»Einen persönlichen Bodyguard?«

»Nein, du brauchst Eier und reichlich Speck und dazu Kohlenhydrate. Danach sieht die Welt gleich besser aus.«

Ihrem Vorschlag gemäß wendet sich meine beste Freundin wieder der Pfanne zu und verteilt dann je ein Ei mit ein paar Scheiben Speck auf zwei Tellern. Einen davon stellt sie mit frischem Weißbrot vor mir ab.

»Mich wundert das alles nicht. Ich hab euch doch gleich gesagt, dass mit dem Typen etwas nicht stimmt«, kommentiert Anja meine Offenbarung und hält dabei ihr Smartphone so, dass auch ihre Freundin an den Geschehnissen teilhaben kann.

Simon räuspert sich verhalten: »Ähem, könnte mich mal jemand aufklären? Ich habe nämlich absolut keine Ahnung, wovon ihr da redet.«

Patrizia schenkt ihrem Ehegatten ein genervtes Augenrollen: »Ich hab dir doch schon erzählt, dass in der Ferienanlage jemand ermordet wurde. Manchmal hast du echt ein Hirn wie ein Sieb.«

»Das weiß ich eh noch, aber ich versteh noch immer nicht, was das mit der Bogenschießausrüstung zu tun hat.«

Anstelle ihrer Mutter erklärt Anja ihrem Vater, was es mit den Instrumenten des Todes auf sich hat, sodass dieser schließlich nickt.

»Jetzt verstehe ich die Aufregung. Nur wisst ihr doch noch gar nicht, was es mit dem Bogen auf sich hat. Es könnte doch auch eine gute Erklärung dafür geben. Viele Menschen gehen Bogenschießen.«

»Ja, aber wie viele Menschen kennst du, die ihre Ausrüstung mit in den Urlaub nehmen? Das deutet schon auf einen gewissen Grad an Besessenheit hin«, wende ich ein.

Patrizia meldet sich mit vollem Mund zu Wort: »Na ja, vielleicht ist er auch ein armer Schlucker und muss jagen gehen, um genügend zu Essen zu haben.«

»Genau, Mama, und wenn er da nichts mehr erwischt, dann setzt er seine Tochter im Wald aus. Das ist ja keine Märchengeschichte. Es grenzt manchmal echt an ein Wunder, dass du auf Schüler losgelassen wirst«, hält Anja dagegen, um kurz darauf ihrer Freundin ein signiertes Exemplar meines neuen Romans zu versprechen.

»Das schon, aber wenn ihr ehrlich seid, wäre es doch ziemlich dämlich von einem Killer, die Mordwaffe so offensichtlich im Kofferraum zu platzieren, dass sie von jedem gesehen werden kann.«

»Da hast du es! Hör auf deinen Vater!«, stimmt Patrizia ihrem Mann kauend und schmatzend zu.

»Das heißt noch gar nichts. Ich mein, vielleicht hat er schlichtweg nicht daran gedacht, die Mordwaffe ordnungsgemäß zu entsorgen.«

»Jep, oder er will besonders unschuldig wirken, weshalb er die Mordwaffe so offensichtlich platziert, dass sich jeder denkt, dass der kein Killer sein kann«, fügt Fynn hinzu, der in der Zwischenzeit sein Smartphone zur Seite gelegt hat, um sich an der Diskussion zu beteiligen.

Die Freundin seiner Altersgenossin stimmt ihm begeistert zu: »Ja genau! Das hab ich mal in einem Film gesehen. Wie hieß der doch gleich?« Sie schnippt mit den

Fingern und wedelt dann mit der Hand: »Na ist ja auch egal. Jedenfalls ist das gar nicht so unwahrscheinlich.«

»Also ich weiß nicht. Ich mein, er ist ja mit Hermann zusammengekracht, das heißt, er hat den Mord nicht geplant. Insofern glaub ich auch nicht, dass er die Mordwaffe mit Absicht so platziert, dass sie jeder sieht und wie ein Idiot hat er auch nicht gewirkt«, denkt meine beste Freundin laut nach.

»Mama, du weißt besser als jeder andere hier, dass es dumme Menschen gibt, die ihre Dummheit perfekt verbergen können. Denk daran wieviele Schüler sich durch die Gymnasialzeit mogeln? Einer davon sitzt sogar unter uns.«

»Wenigstens werde ich am Weg in die Schule nicht von den coolen Kids gesteinigt«, kontert Fynn seelenruhig und erhebt sich dabei, um seine leere Eisteepackung im Mülleimer zu entsorgen.

»Mal abgesehen von deiner Beleidigung gegen Fynn, muss ich dir schon Recht geben«, hält Anjas Vater fest und erntet dafür ein erbostes Schnauben seiner Gemahlin.

»Wieso musst du dich eigentlich dauernd einmischen?«

»Weil du mit mir frühstücken wolltest. Wir können das natürlich auch gerne lassen. Ich wollte sowieso am Vormittag mit dem Patrick Tennisspielen.«

»Aha, also spielst du jetzt lieber Tennis, als mit deiner Frau zu frühstücken?«

Anja verdreht die Augen: »Muss das denn schon wieder sein? Ihr nervt.«

Als hätte mein Patenkind rein gar nichts gesagt, antwortet Simon: »Nein, Schatz, ich frühstücke wirklich gern mit dir. Aber du hast doch gerade ... Ach vergiss es.«

Nachdem ich eine Ladung Spiegelei in meinen Mund geschoben und dieses mit einem ordentlichen Schluck Kaffee hinuntergespült habe, rufe ich mich meinen Freunden wieder in Erinnerung: »Leute, könnt ihr aufhören euch zu streiten? Das ist nämlich absolut nicht hilfreich. Was soll ich denn jetzt machen? Ich kann das, was ich gestern gesehen hab, doch nicht einfach ignorieren.«

»Was hat er denn als Erklärung genannt?«, bringt sich Simon wieder fachmännisch in das Gespräch ein.

In möglichst knappen Worten gebe ich Georgs Erläuterung wieder und knabbere danach an einer Scheibe knusprigem Speck.

»Ich weiß nicht, was dich so stresst, Lena«, kann sich Patrizia nach Beendigung meiner Erzählung nicht verkneifen. »Es könnte doch gut sein, dass die Story stimmt.«

»Die Geschichte zweifle ich ja auch gar nicht an, aber das schließt ja nicht aus, dass er ein Mörder ist.«

»Eben, ich muss der Tante Magdi da Recht geben.«

»Aber dann hast du noch immer nichts von ihm zu befürchten, Lena«, bemüht sich Patzi darum, mich zu trösten. »Immerhin steht er auf dich. Das ist sogar für einen Blinden ersichtlich und damit bist du vollkommen sicher.«

»Das würde ich jetzt nicht so sagen. Bei Typen wie diesen weiß man nie, gegen wen sich ihre Wut das nächste Mal richtet«, gibt Anja ihrer Mutter zu bedenken.

»Ja, voll. Soetwas passiert doch immer wieder«, stimmt ihr ihre Freundin am Telefon zu.

»Du könntest doch einfach diesen Polizisten anrufen und ihm von deiner Entdeckung erzählen. Dann musst du dich nicht darum kümmern«, schlägt Simon pragmatisch vor.

»Aber wie sieht das denn aus, wenn Lena ihren Lover bei der Polizei anschwärzt? Der geht ja nie wieder mit ihr aus, wenn sie das macht«, hält Patzi dagegen und nimmt dann einen Schluck von ihrem Kaffee.

»Also ich hätte dich trotzdem noch gedatet.«

»Du bist auch nicht ganz dicht, Simon.«

Mit vor Begeisterung aufgerissenen Augen gibt mir Fynn zu bedenken: »Aber hey, Mom, wenn du das der Polizei erzählst, bekommst du vielleicht einen Bodyguard.«

»Genau und dann verliebt sie sich in den Bodyguard und die beiden haben einmal Sex miteinander, um danach für immer getrennte Wege zu gehen. Fynn, wie alt bist du eigentlich? Zehn?«

»Scheiße. Das habe ich nicht bedacht. Dann geh doch nicht zur Polizei, Mom, sonst muss ich mir wieder wochenlang irgendwelche Schnulzenfilme mit dir anschauen, weil du Liebeskummer hast«, stellt Fynn nüchtern fest.

»*Dirty Dancing* ist kein Schnulzenfilm, sondern ein Tanzfilm«, berichtige ich meinen Sohn.

»Es ist ein Tanz-Schnulzenfilm, Lena. Nichts für ungut. Auch wenn ich den Film wirklich gern mag.«

»Papa, du bist echt so peinlich«, wirft Anja ein, wird dabei aber gänzlich überhört.

»Sag, Mom, weißt du eigentlich schon, was du machst, wenn der Typ wirklich ein Killer ist? Siehst du dann dabei zu, wie er verhaftet wird und lebenslänglich im Gefängnis landet oder verhilfst du ihm zur Flucht und wenn du ihm zur Flucht verhilfst, bekomme ich dann das Haus und deine Film-Sammlung?«

»Fynn, wie kann man nur so empathielos sein?«, ermahnt mein Patenkind ihren Altersgenossen kopfschüttelnd.

Dieser zuckt indessen vollkommen unberührt mit den Schultern: »Was denn, ich bin doch bloß pragmatisch.«

»Ach jetzt hört's doch auf, die arme Lena da so fertigzumachen.« Meine beste Freundin lässt ihren halbvollen Teller auf ihrem Platz stehen und kommt auf mich zu, um mich liebevoll an ihre Brust zu drücken. »Ich glaub nicht, dass Georg ein Mörder ist.«

»Ich weiß nicht. Vielleicht wollen wir einfach nur das Offensichtliche nicht sehen.«

Anja klatscht erleichtert in die Hände: »Na Gott sei Dank kommt endlich ein bissi Vernunft in dir auf.«

»Der Schein trügt. Sobald er ihr ein Kompliment macht, war's das mit der Vernunft.«

»Fynn, wie redest du denn über deine Mutter?«

»Nein, er hat ja Recht, Patzi. Ich neige wirklich dazu, mir die Männer immer schön zu reden, wenn sie mal nett zu mir sind. Aber mir gibt mein Traum echt zu bedenken. Man sagt doch immer, dass man Träume ernst nehmen soll. Wer weiß, vielleicht warnt mich mein Unterbewusstsein bereits vor ihm. Und ich war auch noch so blöd und hab seine Einladung zum Bogenschießen heute Nachmittag angenommen. Wie dämlich kann man eigentlich sein?«

»Selten so wie du«, kommentiert Fynn meine Selbstgeißelung.

»Ach Blödsinn. Lass dir von Fynn nix einreden. Träume sind nur Träume, Lena, und du magst ihn halt, deshalb hast du auch zugesagt«, eilt mir Patzi zur Hilfe.

»Wie ich das sehe - und ich sag das jetzt, auch wenn mich keiner danach fragt - wisst ihr halt einfach nicht, ob er etwas mit dem Mord zu tun hat oder nicht, und um das herauszufinden, ist es am besten, wenn du dich einfach wie verabredet mit Georg triffst und deine Bedenken ansprichst.«

»Aber das kann sie doch nicht machen, Papa. Das ist viel zu gefährlich. Was ist, wenn er wirklich der Killer ist? Dann tut er ihr womöglich etwas an.«

»Das stimmt. Das ist ein guter Einwand«, halte ich fest.

Patzi reibt sich indessen die Nasenspitze und schlägt vor: »Aber wir könnten sie doch einfach begleiten. Dann ist sie nicht alleine mit Georg.«

»Muss das denn sein? Ich wollte heute am Pool zocken.«

»Ach komm schon, Fynn. Es geht immerhin um das Wohlergehen deiner Mutter.«

»Lass es Mama, das ist ihm nämlich scheißegal. Solange er seine Geburtstags- und Weihnachtsgeschenke bekommt, kümmert er sich um wenig.«

»Das ist überhaupt nicht wahr. Nimm das sofort wieder zurück!«

»Nein, tue ich nicht. Ich steh im Gegensatz zu dir nämlich zu dem, was ich sage«, kontert Anja mit in die Hüfte gestemmter Hand.

»Hey, Kinder, könnt ihr bitte aufhören zu streiten. Es gibt jetzt wirklich wichtigere Dinge, als eure Zwistigkeiten. Zum Beispiel wie wir Tante Magdis Sicherheit gewährleisten.«

»Ist schon gut. Ihr müsst das wirklich nicht machen. Ich habe mir das schließlich selbst eingebrockt.«

»Eben. Da hast du es«, sagt Fynn zu Anja.

»Du bist so ein egozentrischer Arsch.«

»Man nennt das Aufgabentrennung. Das ist ganz natürlich. Im Gegensatz zu euch Mädels verspüre ich nicht das Bedürfnis mich twentyfour seven um die Probleme anderer zu kümmern und dabei komplett auf mich selbst zu vergessen. Meine Mom ist eine erwachsene Frau und sie hat sich einen Mörder angelacht. Da kann ja ich nix dafür.«

»Und wärst du gar nicht traurig, wenn deiner Mom etwas zustößt?«

»Sicher wär ich traurig, aber warum sollte ihr etwas zustoßen? Sie trifft ja scheinbar eh den Geschmack des Killers. Also was soll da großartig passieren?«

»Aber du willst doch Polizist werden, oder?«, mischt sich Simon in das Gespräch der beiden Teenager ein.

»Ja, schon, aber was hat das denn damit zu tun?«

»Na ja, das wäre doch eine einmalige Chance, Nachforschungen anzustellen und deinen Spürsinn ein wenig zu schulen.«

»Muss das denn unbedingt heute sein?«

Eine Frage, die mir bereits seit dem Aufwachen durch den Kopf geht.

Kapitel 18

Manno, wieso habe ich mich auf diesen Schwachsinn eingelassen? Nicht nur, dass es den gesamten Tag regnet und meine Frisur allmählich nicht mehr als solche zu identifizieren ist, ist es in diesem verfluchten Wald, in dem es vor Mücken nur so wimmelt, auch noch so schwül wie in einer Sauna, sodass meine Kleidung an mir klebt wie eine zweite Haut und aus gefühlt jeder Pore meines Körpers Schweiß dringt. Gut, das hätte zumindest den Vorteil, dass Killer-Schorsch mich angesichts meines Schweißgeruchs so abstoßend findet, dass er mich nicht mehr berühren will. Dummerweise könnte genau diese Tatsache allerdings auch zu meinem verfrühten Ableben mittels Fremdeinwirkung führen, weil der Teenagergeruch, der mich umhüllt wie eine Wolke Biodünger, die Mordgelüste meines Dates noch verstärkt. Es liegt jedoch im Bereich des Möglichen, dass der matschig-rutschige Waldboden Georgs Arbeit übernimmt. Immerhin mühe ich mich bereits seit zehn Minuten auf dem Weg zum ersten Hindernis damit ab, mit meinen Sneakers nicht auf dem glitschigen Erdboden auszurutschen und mir dabei das Genick zu brechen.

Mein Blick fällt auf den mutmaßlichen Killer, der dicht neben mir geht und eine verblüffende Ähnlichkeit zu Robin Hood aufweist.

So eine Scheiße! Wieso tut mir das Universum das an? Es hätte doch alles so schön sein können und dann entpuppt sich meine neue Flamme als Mörder. Wieso bloß? Wieso? Was habe ich falsch gemacht und wie verdammt nochmal werde ich diesen beschissenen Psychomagneten wieder los? Ich dachte, das legt sich mit dem Alter, aber nein, stattdessen verschlimmert sich alles.

Killer-Schorsch wendet sich mit einem warmherzigen Lächeln, das so gar nicht zu seinen mutmaßlichen Machenschaften passt, an mich: »Ich find's echt cool von dir, dass du heute mitgekommen bist.« Er wirft einen Blick über die Schulter, um sich zu vergewissern, dass sich sein Freund und dessen Partnerin weit genug hinter uns befinden, um uns nicht zu hören, ehe er weiterspricht: »Unter uns gesagt: Mit dir macht das viel mehr Spaß als mit den beiden alleine. Die zwei können nämlich echt mühsam sein.«

Na warum hat er sie dann noch nicht umgebracht? Immerhin ist das doch seine Devise: Wer dir nicht in den Kram passt, wird abgemurkst. Tu was ich will, oder stirb!

Um ein Lächeln bemüht antworte ich: »Kann ich verstehen. Wahrscheinlich fühl ich mich ganz ähnlich, wenn ich mit Patzi und Simon unterwegs bin. Aber ich schätze mal, das ist der pure Neid, weil dann wieder diese Einsamkeit in mir hochkriecht, die mir bewusstmacht, dass ich das, was die beiden haben, nicht habe.«

Genau, warum entpuppt sich Simon eigentlich nicht als Mörder? Das wäre dann wenigstens so etwas wie ausgleichende Gerechtigkeit für all die Stunden, die ich die beiden glücklich und knutschend ertragen habe.

Georg zwinkert mir verschwörerisch zu: »Wer weiß. Vielleicht ändert sich das ja schon bald.«

Was meint er denn damit? Werde ich demnächst in einem nassen Grab liegen und deshalb keinen Neid mehr empfinden?

Ich atme tief durch.

Nein, Lena, es ist noch nichts bewiesen. Schließlich gilt die Unschuldsvermutung. Und hey, selbst wenn sich Killer-Schorsch als schuldig erweist: Ist es denn wirklich schade um diesen Hermann? Der war doch ohnehin nur ein unhöflicher Rüpel und Menschenhasser. Bestimmt ist die Welt ohne ihn besser dran. Insofern hat Georg der Gesellschaft mit dem Erschießen von Hermann sogar einen Dienst erwiesen, so wie Robin Hood einst die Reichen ausgeraubt hat, um es den Bedürftigen zu geben. Nachdem ich also im Begriff bin, mich in einen wahren Helden zu verlieben, besteht absolut kein Grund zur Sorge.

Die Schritte meiner Verabredung verlangsamen sich. »Ich glaube wir sind gleich da«, stellt Georg fest und deutet dann einen Hang hinunter, an dessen Ausläufen ein Bach fließt. Auf der gegenüberliegenden Seite des Gewässers wurde ein lebensgroßes Modell eines Velociraptors positioniert.

So eine Scheiße! Das Tier sieht mich so an, als würde es mich jeden Moment verzehren wollen.

»Du hast gar nicht gesagt, dass wir heute den Jurrassic Park besuchen«, stelle ich grinsend fest.

Mein Sohn, der bisher ungewöhnlich wortkarg neben mir und Georg hergetrottet ist und dabei von Christina, die Leonardo an der Leine führt, nicht nur mit großen Augen angehimmelt, sondern auch regelrecht niedergeredet wurde, mault: »Mama, ich hab Hunger!«

Genervt schlage ich ihm vor: »Dann erlege halt ein Wildschwein.«

»Aber hier gibt es doch gar keine Wildsweine, Magdalena«, erklärt mir Chrisi.

Lächelnd wende ich mich Killer-Schorschs Tochter zu: »Na das hoffe ich doch sehr. Ich will nämlich keinem Wildschwein in seiner natürlichen Umgebung begegnen. Das wäre ziemlich unlustig.«

»Du, Fynn, wenn du hungrig bist, kann ich dir aber einen Schokoriegel anbieten«, schlägt Georg indessen lösungsorientiert vor. »Es wird nämlich noch ein bissi dauern, bis wir alle Hindernisse passiert haben.«

Die Augen meines Sohns leuchten begeistert auf: »Oh ja, sehr cool. Danke.«

»Mein Papa hat immer etwas zum Essen mit«, erklärt Chrisi stolz, während der Angesprochene seinen Survival-Rucksack auf dem feuchten Waldboden abstellt und nach wenigen Griffen den versprochenen Schokoriegel zückt, um ihn an meinen Sohn weiterzureichen. Ungeduldig reißt Fynn das Papier auf.

»Willst du auch etwas haben?«, fragt mich Georg. »Ich weiß, das ist jetzt nicht die mörder Mahlzeit schlechthin, aber besser als nix.« Augenzwinkernd fügt er hinzu: »Du wirst deine Kräfte nämlich mit Sicherheit noch brauchen, um auch nur den Hauch einer Chance gegen mich zu haben.«

Die Bezeichnung »Mörder Mahlzeit« trifft es doch ziemlich gut. Mit Sicherheit ist der Schokoriegel in der Tat das klassische Killer-Gericht. Klaro. Neben der Entsorgung von Leichen und dem Finden von neuen Opfern bleibt halt nicht genügend Zeit, um zu kochen. Womöglich ist das sogar ein gutes Zeichen. Denn die Zubereitung von Speisen ist mir nur von psychopathischen Kannibalen bekannt. Insofern isst Georg zumindest kein Menschenfleisch. Yeah!

»Nein, danke. Ich halte schon durch«, antworte ich um ein Lächeln bemüht. »Davon abgesehen muss ich ja geschwächt auftreten, um dich nicht gleich zu verschrecken.«

»Alles klar. Das klingt ganz nach einer Herausforderung«, stellt Killer-Schorsch fest und hievt sich dabei seinen Rucksack wieder zurück auf den Rücken, um den mühseligen Marsch durch den Wald fortzusetzen.

»Ich wünschte, ich könnte sagen, dass das so ist, aber ich fürchte ich bin in Wahrheit eine schlechte Bogenschützin und hab nicht die geringste Chance gegen dich. Obwohl wir natürlich nicht ausschließen können, dass ich ein Naturtalent bin oder die wiedergeborene Robin Hood.«

»Aber Robin Hood war doch ein Mann«, wirft Christina verwirrt ein, woraufhin ich mit den Schultern zucke.

»Der Name Robin könnte aber auch weiblich sein. Insofern wäre es doch durchaus möglich, dass Robin Hood eine Frau war«, gebe ich dem Mädchen zu bedenken.

»Aber was ist dann mit Lady Marianne?«, hakt Chrisi nach.

»Äh, Ähem«, stottere ich und bin ehrlich erleichtert, als mir Georg zur Hilfe eilt. »Du weißt doch, dass auch zwei Mädchen ein Liebespaar sein können, oder?« Die Kleine nickt.» Nun, dann ist die Theorie von Magdalena doch gar nicht so unwahrscheinlich.«

Das Mädchen ist soeben im Begriff eine weitere Frage an ihren Vater zu richten, kommt allerdings nicht mehr dazu, da wir in der Zwischenzeit die Markierung erreichen, von der aus man das erste Hindernis in Beschuss nehmen kann.

Anja, die sich kurz nach der Einschulung zielstrebig von der Gruppe abgesetzt hat, um ungeduldig vorauszueilen, verdingt sich indessen ihre Wartezeit an der Markierung mit einer Selfie-Session. In der Nähe des Velociraptors erkenne ich eine blonde Frau, die fluchend ihre Pfeile einsammelt.

»Bist du deppert. Ich hätte nicht gedacht, dass jemand zum Bogenschießen ein noch unpassenderes Outfit als ich tragen könnte«, stelle ich fest und deute dabei auf die Blondine.

»What the Fuck!«

»Papa, ›Fuck‹ darf man nicht sagen.«

»Du hast natürlich Recht, Chrisi. Ich wollte damit lediglich mein Erstaunen zum Ausdruck bringen. Flip-Flops im Wald? Wie kommt man auf eine derartig absurde Idee?«

»Sie scheint eh nicht besonders glücklich darüber zu sein«, wendet Anja nach Beendigung ihrer Selfie-Session ein und als hätte sie die Fremde verstanden, hören wir Blondie lautstark lamentieren: »Juliaaaaan, wie viele Hindernisse sind das denn hier? Mir tun die Füße jetzt schon weh. Juliaaaaan, wieso hat das denn ausgerechnet heute sein müssen? Ich war gestern erst beim Friseur und schau mich an, wie ich jetzt ausschau.«

Der Kopf des Mannes, mit dem die quengelnde Blondine kommuniziert, taucht hochrot hinter dem Velociraptor auf und ich kichere, als ich das Gesicht wiedererkenne.

»Tja, wie es scheint, bekommt jeder das, was er verdient«, murmle ich und werfe Fynn dabei einen vielsagenden Blick zu, der diesen allerdings nicht zu deuten vermag.

»Warum? Wie kommst du denn jetzt darauf?«

»Echt jetzt? Erkennst du den Typen nicht, Fynn?«, frage ich.

Mein Sohn schüttelt unbeholfen den Kopf: »Nope, woher soll ich den bitte kennen?«

»Pf, Fynn, bekommst du eigentlich irgendetwas von dem mit, was in deiner Umwelt passiert?«, eilt mir Anja zur Hilfe. »Wie willst du es bitte schaffen, ein Polizist zu werden? In deinem Fall könnte das Verbrechen direkt vor deiner Nase passieren und du würdest rein gar nichts checken, weil du mit dem Zählen deiner Abgase beschäftigt bist.«

»Willkommen in der Welt der Männer«, stellt Georg lachend fest. »Die Menge unserer Abgase wird definitiv unterschätzt.«

»Jep, wahrscheinlich sind die am Klimawandel schuld«, wende ich ein. Indessen dringt das Quengeln der Blondine ein weiteres Mal zu uns durch: »Ich versteh einfach nicht, warum wir bei diesem furchtbaren Wetter Bogenschießen gehen mussten. Hätten wir damit nicht noch ein oder zwei Tage warten können, bis es wieder schöner ist?«

»Michelle, kannst du bitte leiser reden, oder weißt du was noch besser wäre: Halte doch einfach mal für fünf Minuten deine Klappe«, schnauzt der Mann mit der zu einem Pferdeschwanz zusammengebundenen Löwenmähne seine Freundin an, als er sich keuchend hinter dem Velociraptor hervorkämpft und sich dann kopfschüttelnd zum nächsten Hindernis aufmacht. Die Blondine kommt ihm indessen kaum nach und bleibt immer wieder mit ihren Flipflops im Schlamm stecken. Verzweifelt ruft sie ihm hinterher: »Juliaaaaan! Juliaaaaan! Jetzt warte doch auf mich! Juliaaaaan! Wieso hast du es denn so eilig?«

Mit in die Hüfte gestemmter Hand wende ich mich meinem Sohn zu: »Und weißt du jetzt noch immer nicht, wer das war?«

Ahnungslos starrt mich Fynn aus seinen blauen großen Augen an: »Nope.«

»Boah, Fynn, das ist der Typ, den wir gestern im Pool mit dem Ball getroffen haben«, klärt ihn Anja schnaubend auf. »Du lebst echt in einer Bubble.«

»Na wenigstens ist jetzt erklärt, warum der Mann derartig grantig ist«, wendet Georg ein.

»Wieso? Er hat doch die ur hübsche Freundin. Eigentlich müsste er total glücklich sein«, gebe ich meiner Verabredung zu bedenken.

»Sie mag ja hübsch sein, aber die würde ich nicht mal fünf Minuten lang ertragen.«

»Also ich finde die Magdalena viel hübser.«

Fynn lacht ob dieses Kompliments seiner Verehrerin laut auf, sodass ich ihm eine Kopfnuss verpasse. Indessen zwinkert mir Georg zu. »Da bin ich ganz deiner Meinung, Chrisi.«

Aha, er schleimt sich also ein, damit ich mich in falscher Sicherheit wiege und sobald ich der festen Überzeugung bin, mir könne nichts passieren, wird er mich mit seinen Pfeilen an den Baum nageln.

Dennoch sieht er verdammt süß aus und wenn er lächelt, bilden sich diese kleinen Fältchen um seine strahlenden Augen. Unmöglich, dass jemand, der so freundlich ist, ein Mörder sein soll.

»Schatz, musst du eigentlich ausgerechnet im Wald eine rauchen?«, ertönt die Stimme von Sebastians Frau, die mit ihrem Baby im Tragegurt neben ihrem Ehegatten und meiner besten Freundin marschiert und dabei nicht annähernd so ungeschickt wirkt, wie ich.

Manno, ich kann doch nicht ungelenker als eine Frau mit Baby sein. Irgendwelche Survivalkünste muss ich doch beherrschen.

»Geh bitte, wen soll das hier stören? Ich glaub kaum, dass sich ein Reh über den Passivrauch beschweren wird«, wendet Georgs Freund unbeeindruckt ein, woraufhin sich Patrizia und seine Frau bedeutungsvolle Blicke zuwerfen.

Wie schön, dass sich meine beste Freundin bereits mit dem Feind verbündet hat. Selbst wenn das mit Georg befreundete Ehepaar ein Alibi hat, lässt sich doch nicht zur Gänze ausschließen, dass die beiden Killer-Schorschs Komplizen sind. Und was macht Patzi? Sie verbrüdert sich mit den Mitwissern und plaudert mit hoher Wahrscheinlichkeit meine dunkelsten Geheimnisse aus, sodass meine Überlebenschancen im Falle einer Hetzjagd nahezu bei null liegen, weil die Prädatoren jeden meiner Schritte vorhersagen. Oh mein Gott! Ich bin des Todes!

»Wollen wir?«, reißt mich Georg aus meinen Gedanken, als die Nachzügler nun endgültig aufgeschlossen haben.

Wie in Trance nicke ich Killer-Schorsch zu und schlucke dabei einmal ordentlich. Meinem Begleiter scheint meine Irritation nicht zu entgehen, weswegen er sich mit einem wohlwollenden Lächeln an mich wendet: »Keine Sorge. Du packst das schon.«

»Ich weiß nicht«, äußere ich meine Zweifel und lasse mich dann von Georg an der Hand zu einer der Markierungen führen, von denen aus man auf das Ziel schießen kann. Wie ich bemerke, handelt es sich dabei um jene Kennzeichnung, die dem Hindernis am nächsten liegt.

Na wunderbar. Er hält mich für den größten Loser aller Zeiten.

Langsam gehe ich in Stellung und ziehe einen Pfeil aus dem Köcher an meinem Hosenbund. Ehe ich das Geschoss einspanne, spüre ich Georgs sanften Griff um meine Hüften. »Genau, die Beine schön weit auseinander, damit du einen guten Stand hast«, instruiert er mich und ich werfe einen Blick über die Schulter, um ihm zuzulächeln.

»Und du meinst, ich kann mich konzentrieren, wenn du so nah bei mir stehst?«, äußere ich meine Zweifel an seiner Vorgehensweise.

»Wenn du eine richtig gute Schützin werden willst, dann musst du auch in solchen Situationen bei der Sache bleiben und darfst dich durch nichts ablenken lassen. Du siehst, ich bemühe mich lediglich darum, dich möglichst gut auf alle Situationen vorzubereiten«, kontert Georg grinsend und beugt sich dann ein Stück weit vor, sodass ich seinen warmen nach Pfefferminze riechenden Atem auf meiner Wange spüre. »Außerdem zieht es mich einfach in deine Nähe. Dagegen kann ich absolut nichts machen.«

Hinter meinem Rücken höre ich Patrizias übertrieben euphorische Stimme: »Och, sind die beiden nicht süß.«

»Voll. Die geben wirklich ein hübsches Paar ab«, stimmt ihr Sebastians Frau etwas nüchterner zu.

Mehr kann ich von dem Gespräch nicht mitverfolgen, da mich meine Begleitung dazu auffordert den Pfeil einzulegen und die Sehne zu spannen. Ich folge den Anweisungen von Killer-Schorsch – schließlich weiß er, wie man Lebewesen ordnungsgemäß erlegt – und als ich Georgs Atem hinter meinem Ohr spüre, überkommt mich ein warmer Schauder, der sich von meinem Brustkorb bis nach unten in meine Eingeweide zieht und in einem Bauchkribbeln mündet, das mir die Konzentration schier unmöglich macht. Deswegen schließe ich meine Augen für einen Moment. Mit gespannter Sehne, die ich aufgrund meines geistesabwesenden Zustandes einfach loslasse.

»Was machst du denn da?«, fragt mich Georg lachend, als mein Pfeil im Unterholz verschwindet. »Du musst beim Zielen schon beide Augen offenhalten.«

Peinlich berührt öffne ich zuerst das linke und dann das rechte Auge: »Ehrlich? Das wusste ich gar nicht. Ich dachte, blind schießt es sich besser.«

Ich lasse den Bogen sinken und wende mich Killer-Schorsch zu, dessen dunkle Augen vor Schalk strahlen. Erneut überkommt mich ein wohliger Schauder.

Gott, ich will ihn küssen! Ich will ihn einfach nur küssen und ... okay, sofort nicht jugendfreie Gedanken stoppen!

»Ha ha, Mom, ich glaub niemand zielt so schlecht wie du«, ertönt Fynns Stimme aus dem Off. »Es kann halt nicht jeder so ein Profischütze sein, wie ich.«

Anja stöhnt genervt auf: »Nur weil du einmal etwas gefunden hast, was du gut kannst, heißt das noch lange nicht, dass du ein Profi bist und dich über die anderen lustig machen kannst.«

»Sagst du das jetzt, weil du auch so schlecht wie meine Mom bist?«

»Mir ist das so wurscht, ob ich eine gute Bogenschützin bin oder nicht. Falls es dir entgangen sein sollte, Fynn, hat sich der Mensch in der Zwischenzeit weiterentwickelt und kann nun sein Hirn und nicht nur seine Kraft dafür benutzen, sich zu ernähren«, kontert mein Patenkind.

Indessen hat sich Georgs Freund unauffällig angenähert, um mir tröstend auf die Schulter zu klopfen: »Ich bin ja immer noch der festen Überzeugung, dass du schlichtweg einen schlechten Lehrer hast.«

»Wie reizend von dir, Sebi. Wenn man dich als Freund hat, braucht man echt keinen Feind.«

Wirklich mutig von diesem Sebastian. Wenn er Pech hat, entkommt Killer-Schorsch nach dieser unverhohlenen Beleidigung ein tödlicher Pfeil in seine Richtung.

»Sag sowas nicht über meinen Papa, Sebi. Der ist ein ur super Lehrer. Gell? Du hast auch so eine Karte von deinen Sülern bekommen und da haben alle gesagt, wie froh sie waren, dass sie dich hatten«, verteidigt Chrisi, die sich in der Zwischenzeit von meinem Sohn losreißen konnte, ihren Vater.

»Da hast du es, Sebi.«

»Aussagen deiner Tochter können nicht ernst genommen werden, weil sie dafür viel zu befangen ist. Aber ich bin im Gegensatz zu deinem Kind für meine Ehrlichkeit und Unbefangenheit bekannt, Schorsch.«

Die ihn in Bälde ins Grab führen wird. Bleibt nur die Frage offen, wieso dieses Ziehen in meinem Unterbauch kein Ende nimmt? Es kann doch nicht sein, dass ich ernsthaft auf einen Mörder stehe. Einen Mörder! Was stimmt denn mit mir nicht?

»Weißt du, Sebi, manchmal wäre es wirklich besser, wenn du deine Klappe halten könntest«, ruft ihn seine Ehefrau zur Raison.

»Du solltest auf deine Frau hören«, stimmt Georg ihr zu.

»Hey, ich wusste schon immer, dass Alina die bessere Freundin ist. Deshalb habe ich sie auch als Ehefrau ausgesucht. Sie gleicht mein mangelndes Einfühlungsvermögen perfekt aus.«

Das ich nicht lache! Die bessere Freundin? Diese Alina ist nur intelligent genug, sich Georg nicht zum Feind zu machen, weil sie um seine dunklen Machenschaften weiß.

Die Angesprochene verdreht indessen genervt die Augen: »Wenigstens siehst du den Tatsachen ins Auge. Bleibt nur zu hoffen, dass unser Kind mehr nach mir als nach dir kommt.«

»Weißt du was?«, richte ich das Wort in einem plötzlichen Geistesblitz an Georg. »Wir werden deinen Kumpel jetzt eines Besseren belehren, indem ich es einfach noch einmal versuche.«

»Sounds like a plan«, stimmt mir meine Verabredung schmunzelnd zu, woraufhin ich nicht lange zaudere und erneut in Aufstellung gehe. Doch als ich die Sehne mit dem Pfeil spanne, macht sich angesichts der körperlichen Nähe zu Georg ein weiteres Mal dieses unerträgliche Kribbeln in meinem Bauch breit und lässt keinen klaren Gedanken mehr zu.

Durchatmen, Lena, durchatmen!

Mein Herz schlägt so wild, dass ich das Gefühl habe, mein Brustkorb würde jeden Moment bersten und in meinen Ohren höre ich das Blut rauschen, wie einen entfesselten Fluss. Georg steht dicht hinter mir und ich kann seine Präsenz so deutlich fühlen, dass in meinem Kopf Bilder erscheinen, die absolut nicht konzentrationsfördernd wirken.

Scheiß drauf!

Als ich im Begriff bin, die Sehne loszulassen, streift Killer-Schorsch scheinbar zufällig meinen Nacken mit den Fingerspitzen, sodass ich ein weiteres Mal danebenschieße.

»Hey, du spielst voll mit unfairen Mitteln«, gebe ich empört von mir.

Georg zeigt sich gänzlich unberührt von meinen Worten: »Ich? Ich hab doch gar nichts getan.«

»Glaub ihm kein Wort, Lena. Ich hab's genau gesehen«, eilt mir Sebastian zur Hilfe. »Aber du darfst es ihm nicht übelnehmen. Er hat einfach nur Angst davor, von einer Frau übertrumpft zu werden.«

»Und das sagst du, weil du dich wesentlich von ihm unterscheidest oder wie?«, mischt sich seine Frau in das Gespräch ein und veranlasst Patzi zu einem ahnungslosen: »Was? Wie? Hab ich was verpasst?«

Anja rollt genervt mit den Augen: »Nein, Mom. Du hast nichts verpasst. Einfach nur gar nichts. Manno, du bist ja schon fast genauso unaufmerksam wie Fynn.«

»Was ist mit mir?«, bekräftigt mein Sohn die Aussage seiner Altersgenossin ahnungslos.

Indessen wendet sich Georg wieder mir zu: »Okay, also wenn du es noch einmal versuchst, dann verspreche ich dir, dich diesmal nicht abzulenken.«

Skeptisch kneife ich die Augen zusammen: »Wirklich? Versprichst du das hoch und heilig?«

»Ich schwöre es beim Leben meiner Mutter.«

»Wow, Georg, seit wann bist du so pathetisch?«, wendet diese Alina mit unverhohlener Anerkennung in der Stimme ein, woraufhin ihr mittlerweile wieder rauchender Göttergatte mit der Hand wedelt. »Aber geh. Das war er doch schon immer, wenn er das Herz einer Frau erobern wollte. Du hättest ihm mal in der Schule zuhören müssen. Er hatte nicht umsonst den Spitznamen D'Artagnan.«

Mein Blick fällt auf meine beste Freundin, deren Augen-Make-up sich allmählich in der feuchten Luft aufzulösen scheint und die Georg von Kopf bis Fuß mustert, um schließlich festzuhalten: »Na ja, ein kleines bisschen Ähnlichkeit kann man kaum bestreiten.«

»Weil du D'Artagnan so gut kennst, Mama.«

Patrizia schmunzelt: »Klar doch. Weißt du das nicht. D'Artagnan ist ein alter Kumpel von mir. Wir sind gemeinsam mit den drei Musketieren durch die Welt gezogen.«

Es gelingt mir nicht mehr, mich dem Gesprächsverlauf der beiden zu widmen, da ich ein Stück abseits eine weitere Gruppe Bogenschützen in Mittelalteroutfits ausmache, die sich dem ersten Hindernis zielstrebig nähern. Deshalb fühle ich mich ein wenig unter Druck gesetzt und spanne einen weiteren Pfeil ein. Zu meinem großen Erstaunen hält Georg sein Versprechen und lässt mich diesmal ohne Ablenkung schießen und ... der Pfeil fliegt und fliegt und fliegt und ... TREFFER! Yeah!

Nach mir nehmen auch meine Begleiter den mitleiderregenden Velociraptor in Beschuss. Obwohl dieser im Grunde nur dann bedauernswert wäre, wenn die meisten Pfeile ihr Ziel treffen würden, was bis auf wenige Ausnahmen nicht der Fall ist. Fynn versenkt zwei seiner Geschosse im todgeweihten Saurier. Den dritten Pfeil gibt er auf meine Anweisung hin an seine Verehrerin ab.

Patrizia und Anja liefern sich beim Schießen einen Mutter-Tochter-Konkurrenzkampf, bei dem sich nicht mit Gewissheit feststellen lässt, ob die Intention des Wettstreits in einer besonders hohen oder besonders niedrigen Trefferquote besteht. Bei ersterem Bewerb geht der Punkt eindeutig an meine beste Freundin, weil diese zumindest einen ihrer Pfeile im Bein des Sauriers versenkt, womit sie ein lebendiges Exemplar der ausgestorbenen Spezies zumindest am Weiterlaufen hindern könnte. Meinem Patenkind hingegen gelingt kein einziger Treffer, was die Schadenfreude ihres Altersgenossen weckt. Absolute Anerkennung verdient jedoch Sebastians Frau, die mit dem Baby im Gurt eine beinahe furchterregende Zielsicherheit an den Tag legt. Kein Wunder, dass ihr Ehegatte sich nur wenig aus der fiktiven Jagd macht. Wozu denn auch, wenn er so eine treffsichere Frau hat. Mit einer qualmenden Zigarette im Mund feuert er seine Geschosse ab und streift dabei zumindest den Kopf des Sauriers. Zuletzt ist Georg an der Reihe. Ich halte vor Aufregung den Atem an, als er den Pfeil einlegt und die Sehne spannt. Er nimmt einen konzentrierten Gesichtsausdruck an und lässt die Sehne einen Atemzug später los. Sogleich wird der Velociraptor tödlich getroffen. Georg lässt sich jedoch nicht beirren und greift postwendend nach dem zweiten Geschoss, um dieses ebenso in unmittelbarer Umlaufbahn des ersten Pfeils zu versenken. Nachdem er auch das dritte Mal zielsicher trifft, flüstert mir Anja ins Ohr: »Siehst du, Tante Magdi. Kein einziger Pfeil ist danebengegangen. Glaubst du jetzt noch immer, dass er unschuldig ist?«

Kapitel 19

Okay, ab heute ist es gewiss: Ich bin eklig, und zwar nicht nur ein kleines bisschen, sondern total eklig. Ich stinke wie ein Skunk, beim Bücken ist mir mein Bauch im Weg – zumindest fühlt es sich so an – und als ich mich mit dem Pfeil in der Hand aufrichte, um das Geschoss wieder ordnungsgemäß im Köcher zu verstauen, gibt mein Rückgrat ein bedenkliches Knacksen von sich, das ich nur von alten Menschen kenne. Ich hasse diesen Tag! Ja schon klar, man sollte in belastenden Lebenssituationen immer etwas Positives finden. Aber wer verdammt nochmal sagt, dass ich bestimmten Situationen immer etwas Positives abgewinnen will? Schließlich wirkt so ein wenig Grant zuweilen äußerst befreiend. Vor allem dann, wenn deine Verabredung kaum Notiz von deinem Leid nimmt, weil sie lieber deiner besten Freundin beim Aufsammeln der Pfeile hilft. Da haben wir es. Sobald sich ein Mann meiner sicher ist, wendet er sich von mir ab, weil ich uninteressant werde. Dabei wäre das noch mein geringstes Problem, denn bei Killer-Schorsch steht zu befürchten, dass er sich meiner komplett entledigt, wenn ich ihn langweile. Und niemand würde sich daran stören. Nicht einmal mein Sohn.

Missmutig und vor allem wenig graziös erklimme ich den schlammigen Hang in Richtung Fake-Bär, der definitiv schon bessere Zeiten gesehen hat, und rutsche beinahe auf dem Waldboden aus. Mit klopfendem Herzen erlange ich gerade noch das Gleichgewicht und werfe dabei einen weiteren erbosten Blick auf Georg, der nach wie vor keine Notiz von meinen Qualen nimmt.

Boah, den werde ich nie wieder küssen. Nie wieder. Der kann künftig mit Patrizia herumschmusen, wenn sie ihm wichtiger ist als ich.

»Alles okay bei dir?«, fragt mich Sebastian, der selbst beim Aufsammeln der Pfeile eine Zigarette im Mundwinkel hängen hat, als wäre das Nikotin sein Ersatzsauerstoff.

Nein, bei mir ist nicht alles okay, weil dein Kumpel nicht einmal registriert, dass ich dringend seine Hilfe benötige und ich allmählich aussehe wie ein begossener Pudel und rieche wie ein Stinktier.

»Ja, ja, alles bestens«, antworte ich stattdessen und werfe einen weiteren Blick auf Killer-Schorsch, der jetzt nicht nur Patrizia, sondern auch Alina, Anja und meinem Sohn dabei hilft, ihre Pfeile einzusammeln. Unter Aufbietung all meiner Kräfte kämpfe ich mich den Hang hinauf und fühle mich dabei wie Leonardo DiCaprio in »The Revenant«, nur dass ich deutlich schmerzempfindlicher bin, als die Figur in dem Film und deshalb bereits beim Gedanken an einen Bärenangriff an einem Herzinfarkt oder einer traumabedingten Unachtsamkeit sterben würde. Deshalb bin ich ehrlich erleichtert, als ich den Bären erreiche, in dessen Tatze einer meiner Pfeile steckt. Der Einzige wohlgemerkt, mit dem ich die Bestie getroffen habe.

»Tag zwei bei Anja ermittelt: Ich sag's euch Leute, ich bin schon etwas aus der Puste und ehrlich gesagt kein großartiges Bogenschießtalent, aber was tut man nicht alles, um einen Mordfall aufzuklären. Ich spüre förmlich, dass ich mich der Lösung des Rätsels um den Robin-Hood-Mörder immer mehr annähere, aber noch darf ich euch nicht zu viel verraten, um meine und die Sicherheit meiner Patentante zu gewährleisten. Also bleibt dran. Küsschen ich hab euch alle lieb«, werde ich am Hindernis von Anjas süßlicher Social-Media-Stimme empfangen, die soeben ein Video für TikTok aufzeichnet.

Ächzend bücke ich mich nach dem feststeckenden Pfeil und ziehe einmal kräftig daran. So ein Scheißdreck! Das Teil bewegt sich keinen Millimeter. Ich hasse es. Ich hasse es. Ich hasse es. Ich werde nie wieder einen Wald betreten. Nie wieder! Wozu macht man einen Italien-Urlaub, wenn man dann im Wald landet, um mit Pfeil und Bogen zu schießen? Das kann ich doch auch in Österreich machen. Dafür brauche ich nicht ins Ausland fahren. Und Mörder finde ich in Österreich auch genügend. Quasi an jeder Straßenecke.

Ein weiteres Mal ziehe ich und dann noch einmal und noch einmal. Ahhhhh, so eine verfluchte Kacke. Das Teil bewegt sich nicht und meine Hände schmerzen allmählich.

»So ein Scheißdrecksklumpert«, murmle ich in mich hinein, weil ein einfaches Schimpfwort für meine Misere nicht aussagekräftig ist.

Ich ziehe ein weiteres Mal, bedenke dabei aber nicht, dass meine Hände von meiner übermäßigen Transpiration bereits feucht sind, weswegen ich nun endgültig den Halt auf dem rutschigen Waldboden verliere und mit dem Hinterteil in den Schlamm falle. Das darf doch nicht wahr sein! Was will mir das Schicksal bitte damit mitteilen?

Ich höre meinen Sohn laut auflachen und muss mich zusammennehmen, um ihm keine bösartigen Verwünschungen an den Kopf zu werfen. Stattdessen bleibe ich in meinem Grant zunächst auf dem schlammigen Untergrund sitzen und verfluche mein Leben innerlich.

Selbst wenn ich über mich selbst lachen könnte – was in einer derartigen Situation schlichtweg zu viel verlangt ist – wüsste ich beim besten Willen nicht, wie ich mich wieder erheben soll, ohne dabei auch noch meinen Verband am Handgelenk mit feuchter Erde zu beschmieren. Als würde dieser nicht so schon abstoßend genug aussehen.

Ich versuche es mit ein wenig Schwung und ... knalle ein weiteres Mal ächzend auf den Waldboden. Diesmal wird Georg auf mich aufmerksam und kommt lachend auf mich zu.

Wie schön, dass er sich auf meine Kosten so vortrefflich amüsiert. Ich weiß nicht, was schlimmer ist: Dass ich einen Mörder date, oder dass ich für ihn ab dem heutigen Tag eine absolute Witzfigur bin.

Heroisch streckt mir Georg seine Hand entgegen und ich lasse mir dankbar von ihm auf die Beine helfen, um danach peinlich berührt einen Blick auf meine schlammübersäten Hotpants zu werfen.

»Alles okay bei dir? Hast du dich eh nicht verletzt?«, fragt mich mein Retter mit ehrlich besorgtem Gesichtsausdruck.

»Verletzt hab ich mich nicht, aber meine Hose ist dafür von oben bis unten durchnässt. Ich glaub, ich habe mich noch nie so gedemütigt gefühlt wie heute.«

Erneut lacht Fynn laut auf, doch kassiert er dieses Mal für sein unverschämtes Verhalten eine Kopfnuss von Anja.

»Aua, wofür war denn das?«

»Dafür, dass du ein Arschloch bist.«

»Aber ›Arsloch‹ darf man doch nicht sagen«, wendet Christina ein.

Georg ignoriert die Kritik seiner Tochter und richtet das Wort stattdessen an mich: »Also wegen mir musst du dich nicht gedemütigt fühlen. Ich spiele schließlich gern den Ritter für schöne Frauen.«

»Schleimer!«, höre ich Fynn hinter vorgetäuschtem Husten sagen.

Ich gehe auf die Frechheit meines Sohnes nicht weiter ein, sondern entgegne so lässig wie möglich: »Wenn du das jetzt auch meinem Ego erklären könntest, wäre ich dir wirklich sehr verbunden. Derzeit fühle ich mich nämlich alles andere als schön.« Ich werfe einen prüfenden Blick an mir hinab und stelle mit Entsetzen fest, dass meine Sneakers aussehen, als hätte man sie in flüssige Schokolade oder Kuhfladen getaucht.

»Beruhigt es dich, wenn ich dir sage, dass man die *Converse* in die Waschmaschine stecken kann?«, versucht mich Killer-Schorsch zu besänftigen.

Ob er mit seinen Opfern vor deren Ableben ähnlich kommuniziert? So alla: »*Beruhigt es dich, wenn ich dir sage, dass du in den Himmel kommst?*«

»Kann man das auch mit mir machen?«, stelle ich schließlich eine Gegenfrage.

Georg zwinkert mir zu: »Also wenn du mich fragst, ist so ein wenig Schlamm echt sexy. Fehlt eigentlich nur noch der Bikini.«

Ich höre Fynn aus dem Off würgen.

»Ich will ja nix sagen, aber langsam wird es echt auffällig, Schorsch«, mischt sich Sebastian in das Gespräch ein. In der Zwischenzeit ist es dem Jungvater trotz qualmender Zigarette in seinem Mund gelungen, die Pfeile sturzfrei einzusammeln, die er zuvor so talentlos verschossen hat. »Die arme Magdalena tut sich in deiner Gegenwart permanent weh.« Er wendet sich mir zu: »Wenn du nicht aufpasst, steckt bald ein Pfeil in deinem Kopf.«

Wie beruhigend. Sogar sein Kumpel macht keinen Hehl aus den Vorlieben seines Freundes.

»Geh Sebi, das ist aber wirklich nicht mehr lustig«, wendet seine Frau ein und erhält dabei Zustimmung von ihrem gemeinsamen Sohn, der freundlich lächelnd im Tragegurt sitzt und mich dabei neugierig ansieht.

»Müssen wir jetzt nach Hause fahren, Papa?«, fragt Christina indessen und wirkt dabei ganz und gar nicht glücklich. »Ich würd nämlich noch so gern ein bissi mit dem Leo spielen.«

»Also meinetwegen müssen wir nicht nach Hause fahren. Ich steh das für den Rest des Parcours schon irgendwie durch.«

Georgs braune Augen mustern mich eindringlich: »Sicher? Es ist absolut kein Problem, wenn wir zurückfahren, damit du dich duschen und vom Schlamm befreien kannst. Ich würde das wirklich verstehen.«

»Ich … also, nein, es ist absolut kein …«, gebe ich stotternd von mir und werde dann von meiner besten Freundin unterbrochen, die sich hinter einem dickeren Baumstamm erleichtert hat.

»Wie wär's denn, wenn du mit Georg zurückfährst. Die Chrisi kann mit dem geborgten Leo ja einstweilen bei uns bleiben, wenn sie möchte«, schlägt Patzi vor und zwinkert mir dabei verschwörerisch zu.

Super. Sie will also, dass ich alleine Zeit mit einem Mörder verbringe. Ist ihr mein Leben denn gar nichts wert?

Chrisis Augen strahlen: »Ja, geht das Papa?«

Hilfesuchend sieht mich Georg an: »Also wenn du möchtest und das auch für Lena kein Problem ist?«

Ich komme nicht dazu, mich zu dem Thema zu äußern, da ich von Fynn unterbrochen werde: »Kann ich auch schon zurückfahren, Mom? Ich will noch zocken.«

»Aber geh, Fynn, du wirst doch nicht schon zurückfahren wollen. Das würde ja bedeuten, dass ich gewonnen hab.«

»Aber das wäre ja voll unfair. Ich habe doch viel mehr getroffen als du, Tante Patzi.«

Unberührt zuckt meine beste Freundin mit den Schultern: »Na aber wenn du jetzt so mittendrin aufhörst, kann man ja nicht sagen, ob du auch noch weiterhin gut getroffen hättest.«

Dieses Argument zieht bei meinem Sohn, sodass Georg und ich fünfzehn Minuten und zwei weitere Stürze später in seinem Skoda sitzen. Auf dem Beifahrersitz liegt zum Schutz des Stoffüberzugs ein dunkelblaues Badetuch.

Ob er zu der pingeligen Sorte Mörder gehört, bei der die Opfer, während sie verbluten, ihre eigenen Körpersäfte beseitigen müssen? Wenn er mich schon ermordet, dann könnte er doch wenigstens dafür sorgen, dass ich mich dabei halbwegs wohl fühle.

»Tut mir leid, dass wir meinetwegen zurückfahren müssen. Ich wollte dir ganz sicher nicht den Tag verderben«, stelle ich betreten fest, als Georg den Motor startet und den Wagen mit dem Gaspedal in Bewegung setzt.

»Mir tut es leid, dich enttäuschen zu müssen, aber du könntest mir den Tag nie und nimmer verderben. Nicht einmal unter Aufbietung all deiner Mühen. Für mich ist es schon ein Gewinn, dass ich etwas mit dir gemeinsam unternehmen konnte und bisher hat es doch echt Spaß gemacht. Also mach dir nicht so einen Kopf. Ich werde in meinem Leben noch so oft die Gelegenheit zum Bogenschießen haben. Aber wer weiß, ob ich noch einmal eine Frau wie dich kennenlerne.«

Augenblicklich macht mein Herz einen Stabhochsprung, sodass ich mich zur Ruhe gemahnen muss. Der Kerl könnte immerhin ein Mörder sein und ich bekomme Herzrasen, weil er etwas Nettes zu mir sagt. Wahrscheinlich ist das genau seine Masche. Er überhäuft mich mit Komplimenten, bis ich von der Freundlichkeit gänzlich benebelt bin und mich sicher fühle, während er im Hintergrund den Verkauf meines Fleisches plant.

☠ ☠ ☠

Es dauert nicht lange, bis Georgs Wagen über die asphaltierten Wege des *Happy Smurf Village* rollt. Als ich aus dem Fenster sehe, fällt mein Blick auf einen hünenhaften Mann, der mir merkwürdig bekannt vorkommt und soeben in ein Gespräch mit einer Reinigungskraft der Ferienanlage vertieft ist. Erst als er sich umdreht und mich seine kühlen blauen Augen streifen, erkenne ich in dem blonden Giganten Signore Schiavone wieder. Der Polizeibeamte scheint mich ebenso zu identifizieren und ...

Scheiße, kommt mir das nur so vor, oder ist seine Haut einen Ton blasser geworden? Der Mann starrt mich an, als sei ich eine Todgeweihte oder die Komplizin eines Mörders. Und ich vermag wirklich nicht zu sagen, welche von beiden Optionen mir willkommener wäre.

Die unheimliche Begegnung derselben Art hält nicht lange an, denn schon wenige Minuten später macht Killer-Schorsch vor meiner und Patrizias Ferienunterkunft Halt. Nach einem leidenschaftlichen Kuss verabschiede ich mich schweren Herzens von meiner Verabredung und stelle an der Haustür fest, dass ich den Schlüssel in Patrizias Miniaturrucksack vergessen habe.

Scheiße! Was mache ich denn jetzt? Ich kann unmöglich vor der Tür sitzen bleiben, um auf die Rückkehr meiner Freunde zu warten. Bis dahin hat sich der Schmutz nämlich mit Gewissheit in meine Haut gebrannt.

Einen Augenblick denke ich darüber nach, in den Pool zu springen, um mich zu säubern, entscheide mich dann aber dagegen und laufe stattdessen dem davonrollenden Skoda hinterher. Während ich mein Ziel fokussiere, achte ich kaum auf mögliche Passanten, weswegen ich das Gespräch zweier Einheimischer crashe und einen der beiden beinahe zu Fall bringe. In einer Mischung aus Italienisch und Englisch entschuldige ich mich schamerfüllt mit »Exscusi« und bin ehrlich erleichtert, als Georg auf mich aufmerksam wird und den Wagen anhält, sodass ich ihn einhole. Am heruntergekurbelten Autofenster erläutere ich meine missliche Lage, woraufhin mich Killer-Schorsch kurzerhand dazu einlädt, in seiner Ferienunterkunft zu duschen.

So kommt es, dass ich mich wenige Minuten später vor Georgs Bungalow wiederfinde und zögere, als der mutmaßliche Mörder die Tür öffnet.

»Alles okay bei dir?«, fragt mich meine Verabredung.

»Äh, na ja, ich will hier nicht alles schmutzig machen. Ich meine, ich schau aus wie eine Schlammringkämpferin.«

»Ach was, mach dir keinen Kopf. Ich hab in meiner Studienzeit mit dem Sebi zusammengewohnt. Ich bin an Schmutz gewöhnt.«

»Das sagst du deinem Freund aber hoffentlich nicht ins Gesicht?«

»Why not? Mit brutaler Ehrlichkeit kann er schließlich umgehen«, kontert mein Date, während ich vorsichtig eintrete und mich sofort meiner schlammverkrusteten Sneakers entledige, um den Schmutz nicht überall zu verteilen. Einen Killer zu verärgern ist schließlich nicht besonders ratsam. Indessen verschwindet Georg in einem der Schlafräume, um mir kurz darauf saubere Kleidung zu überreichen.

»Ich hoffe, das passt dir.«

»Willst du damit etwa zum Ausdruck bringen, dass mir deine Kleidung zu klein ist?«

Er kratzt sich verlegen am Hinterkopf: »Nein, ganz und gar nicht. Ich ... keine Ahnung. Ich bin ehrlich gestanden ein kleines bisschen nervös. Es ist schon eine Weile her, dass ich Frauenbesuch hatte. Du hast keine Ahnung, wie sehr ich mich gerade zurückhalte.«

Ich nehme Killer-Schorsch den Stapel Kleidung ab und lege ihn zur Seite. Danach ziehe ich ihn an seinem T-Shirt sanft an mich und hauche ihm ins Ohr: »Wer sagt denn, dass du dich zurückhalten musst?«

Kapitel 20

Wow ... ich hab schon ganz vergessen, wie gut sich das anfühlt!«, stellt Georg mit einem Lächeln im Gesicht fest, als ich keuchend von ihm ablasse und mich mit nassem Haar neben ihm ins weiche Kissen sinken lasse, um ihn wie die liebestrunkene Hauptprotagonistin einer Romanze zu betrachten, die bald Gefahr läuft, ihre Zurechnungsfähigkeit zu verlieren.

»Wenn ich jetzt ›danke‹ sage, wäre das zu viel, oder?«, gebe ich grinsend von mir und streichle Georg dabei mit der rechten Hand, deren verdreckten Verband ich in der Zwischenzeit durch ein riesiges Pflaster ersetzt habe, über den nackten Rücken.

»Jep, ich fürchte du hast Recht.«

Nach einer Weile des Schweigens, in der er mich mit sanftem Lächeln auf den Lippen mustert, beugt er sich zu mir hinüber und haucht mir einen Kuss auf den Mund. Dummerweise hat Georg unter der Dusche meine bereits verloren geglaubte Begierde neu entfacht, weshalb ich rasch mehr als nur einen Kuss einfordere. Eine schiere Unendlichkeit später, die das Verlangen in meinem Unterleib erneut entfesselt, unterbreche ich den leidenschaftlichen Kuss schweren Herzens und erkläre grinsend: »Puh, ich weiß nicht, ob ich schon wieder kann. Ich meine, das wäre dann das wievielte Mal?«

»Das vierte? Oder vielleicht doch das fünfte?«, wendet Georg ein und veranlasst mich dazu, die Szenen in meinem Kopf noch einmal Revue passieren zu lassen.

»Lass mich mal nachzählen ... Also da war die Dusche, dann das Vorzimmer und zweimal im Schlafzimmer. Meiner überaus präzisen Berechnung zur Folge müsste das dann das fünfte Mal sein.«

Georg zuckt mit den Schultern, ehe er sich auf mich gleiten lässt und mich zum wiederholten Mal an diesem Nachmittag grinsend betrachtet: »Was solls! Ich kann eben einfach nicht genug von dir bekommen und brauche meine regelmäßige Dosis Lena, wenn du verstehst, was ich meine?«

»Ja, das verstehe ich besser als du denkst«, antworte ich schmunzelnd. »Ich habe schließlich jeden Tag mit mir zu tun und bekomme auch nie genug von mir.«

Ohne etwas zu erwidern, beugt sich Georg zu mir hinunter und küsst mich erneut. Diesmal intensiver.

Oh Manno, es kann doch nicht sein, dass ich schon wieder mit ihm schlafen will.

Trotz aller vernunftgetriebenen Gedanken lasse ich mich auf Georgs Liebkosungen ein. Mit gefühlten tausend Küssen bedeckt er meinen Nacken und wandert langsam mit seinen weichen Lippen tiefer. Nach einer Weile hält Georg inne und lässt seinen Kopf auf meinen Brustkorb sinken, der sich schneller als gewöhnlich auf- und ab bewegt. Wer kann es mir auch verübeln? Schließlich liege ich nicht jeden Tag nach dem Sex mit einem mutmaßlichen Mörder im Bett. Obwohl ich mir mittlerweile nahezu zu hundert Prozent sicher bin, dass Georg mit der ganzen Sache nichts zu tun hat. Dafür ist er viel zu sanftmütig und zärtlich. Und nein, meine Hormone haben diesbezüglich absolut kein Mitspracherecht. Zumindest denke ich das. So ganz sicher bin ich mir da nicht.

»Voll lieb. Du hast da ein einzelnes langes Haar auf der Brust«, unterbricht mich Georg in meinen bedeutsamen Gedankengängen.

»Ja, das wollte ich schon immer mal hören, während ich mit einem Mann nackt im Bett liege.«

Nahezu gleichzeitig sehen wir einander an und dann grinst Georg verschmitzt. »Mach dir keine Sorgen. Ich finde dich auch als Werwölfin noch attraktiv.«

»Ja, weil du einfach abartig bist. Das habe ich schon bemerkt«, necke ich mein Date, meinen Liebhaber oder ... na ja ... keine Ahnung, was er jetzt eigentlich zu mir ist. Mein Freund? Mein One-Afternoon-Stand? Mein Urlaubsflirt? Manno, wieso ist die Klärung des Beziehungsstatus derartig kompliziert?

Georg lässt meine Hänselei nicht kommentarlos über sich ergehen und kitzelt mich vorsichtig: »Was willst du denn damit sagen?«

»Och, nichts. Ich bin doch nicht blöd und sag diesbezüglich etwas.« Grinsend zwinkere ich ihm zu. »Aber du machst diese Geräusche beim Sex.«

»Jetzt wirst du aber unfair. Jeder macht Geräusche beim Sex.«

»Das schon, aber du machst diese Geräusche, die nach Darth Vader klingen, als er Luke erklärt hat, dass er sein Vater ist.«

Georg richtet sich über mir auf, mustert mich mit bemüht strenger Miene, was ihm nicht wirklich gelingt und erklärt mir dann: »Alles klar. Wie es scheint, muss ich dich noch einmal ordentlich durchkitzeln.«

Ich kreische lauthals auf, als er sein angekündigtes Vorhaben in die Tat umsetzt, und versuche mich mit Händen und Füßen zu wehren, bleibe dabei aber erfolglos. Letzten Endes ist es Georg, der innehält und mich mit diesem eindringlichen Blick mustert.

»Was? Habe ich was zwischen den Zähnen?«, frage ich ihn deshalb.

»Nein, ganz und gar nicht. Ich hab mir nur gerade gedacht, wie schön du aussiehst.«

Mein Herz macht einen riesigen Sprung und obwohl ich es überhaupt nicht will, weil verlieben doch auch gleichzeitig Gefahr bedeutet, grinse ich: »Was für ein Bullshit. Ich sehe doch voll zerstört aus.«

»Das macht dich ja so schön.«

»Ich glaub ja eher, dass du nur von den vielen Pheromonen vernebelt bist.«

»Ich würde eher meinen, dass die Pheromone mir das Hirn vernebeln eben weil du so schön, witzig, klug und sympathisch bist.«

Okay, jetzt kann ich mich nicht mehr länger in Zurückhaltung üben und schlinge meine Arme und wohlgemerkt auch meine Beine – ich wusste gar nicht, dass ich derartig gelenkig bin – um Georg, um ihn zu küssen.

Meine Lippen brennen, als er innehält und kurzatmig erklärt: »Ich glaub, ich brauch dann mal etwas zu trinken.«

Ich grinse: »Geht mir genauso. Warte, ich …« Weiter komme ich nicht mehr, da mich ein Anruf meines Sohnes mit dem unverkennbaren Captain America Sound unterbricht. »Ich fürchte, da muss ich rangehen«, erkläre ich Georg und rolle mich dann geschickt zur Seite, um aufzustehen. Auf halber Strecke ins Vorzimmer drehe ich mich sehnsuchtsvoll um und werfe meinem Liebhaber einen Kuss zu. Danach suche ich den Flur verzweifelt nach meiner Handtasche ab. Manno, wo steckt das Teil denn? Meine müden Augen gleiten über auf dem Boden verstreute Kleidungsstücke und Schuhe, aber meine Handtasche ist nicht dabei. Ich gehe in die Hocke und durchwühle begleitet von den Klängen meines Mobiltelefons die verstreuten Kleidungsstücke. Als ich Georgs Hose zur Hand nehme, fällt mit einem lautstarken Krachen ein Smartphone zu Boden und bleibt mit dem Display nach unten liegen. Beim Anblick der Rückseite bleibt mir beinahe das Herz stehen. Das kann unmöglich Georgs Mobiltelefon sein, denn auf der Schutzhülle ist ein Foto von dem Mordopfer und seiner Frau abgebildet.

Mein Mund wird trocken und meine Hände beginnen vor Panik zu schwitzen. Außer dem Rauschen meines Blutes in den Ohren höre ich nichts mehr. Nicht einmal mehr das Klingeln meines Handys.

So eine Scheiße! Ich ... Nein, das kann nicht sein. Ich meine, ich habe gerade damit begonnen, ihn gern zu haben und jetzt das!

Unwillkürlich wird mir schwindlig und ich spüre eine Übelkeit in mir aufkommen, die mich an den Rand des Brechreizes treibt. Mit zittrigen Händen halte ich mich an der weiß gestrichenen Wand fest, um das Gleichgewicht nicht zu verlieren und umzukippen.

Shit! Ich glaube, ich bekomme keine Luft mehr. Kann es sein, dass ich mich in Georg getäuscht habe? Er ist doch so nett und zärtlich und jetzt das ... Georg ist ein Mörder! Ein Mörder! Ich habe mit einem Killer geschlafen. Ganze viermal! Was ist denn bloß los mit mir und meiner Intuition? Obwohl es doch möglich wäre, dass ich mich irre. Oh bitte, lass es so sein. Bitte, bitte, bitte! Lass alles gut werden!

Mit zittrigen Händen und einem merkwürdigen Gefühl der Surrealität schnappe ich mir die von Killer-Schorsch geliehenen Boxershorts und das T-Shirt, um mich anzuziehen. Indessen nimmt das Druckgefühl in meiner Brust an Intensität zu. Als ich nach dem Smartphone greife und den Entschluss fasse, Georg auf meinen Fund anzusprechen, bekomme ich kaum Luft. Dennoch schlendere ich mit hängenden Schultern ins Schlafzimmer zurück und finde Killer-Schorsch auf dem Bett liegend vor, die Hände hinter seinem Kopf verschränkt. Er wirkt eindeutig enttäuscht, als er registriert, dass ich wieder vollständig bekleidet bin.

»Was ist denn los? Ist etwas passiert?«, fragt er mich wohlwissend, dass ich mich nicht grundlos wieder angezogen habe.

Ich atme tief durch und halte Georg das gefundene Handy vor die Nase. »Was ist das?«, frage ich ihn mit vollkommen ernster Miene.

»Äh, ein Handy?«

»Ja, das weiß ich selbst, aber wieso hast du ein Smartphone mit einer Schutzhülle auf der dieser Hermann und seine Frau abgebildet sind, in deiner Hosentasche?«

Georg wirkt verwirrt, als er sich aufrichtet: »Wie kommst du denn auf Hermann? Welcher Hermann denn?«

»Jetzt stellst du dich aber schon blöder, als du bist, oder? Hältst du mich denn wirklich für so dämlich? Ich meine ...«

»Lena, ich weiß wirklich nicht, wovon du sprichst. Was meinst du denn?«, erklärt er und erhebt sich dabei endgültig vom Bett, um auf mich zuzugehen. Indessen drehe ich das Mobiltelefon um, sodass Georg die Rückseite und damit das Foto auf der Schutzhülle betrachten kann.

»Das meine ich. Kannst du mir erklären, was das in deiner Hosentasche zu suchen hatte?«

»Oh ... Äh...«, stottert er. »Ich ... äh ... das muss das Smartphone sein, das ich heute im Wald gefunden hab.«

»Und das soll ich dir glauben?«, frage ich ihn wutentbrannt und füge dann kopfschüttelnd hinzu: »Du denkst wirklich, dass ich blöd bin oder? Ich weiß nicht, was ich schlimmer finden soll. Dass du offensichtlich etwas mit dem Mord zu tun hast, oder dass du mich auch noch für dumm verkaufst und mich belügst.«

»Aber ich belüge dich doch nicht, Lena. Ich hab das Teil wirklich heute im Wald gefunden.«

»Und was hattest du damit vor? Warum hast du es nicht einfach abgegeben?«

Hilflos zuckt er mit den Schultern: »Keine Ahnung. Ich hab's gefunden.« Er setzt zu einer Pause an, in der er offenkundig über etwas nachdenkt und spricht dann weiter: »Und dann bist du hingefallen, genau und ich hab's einfach eingesteckt. Ich schwöre, ich habe mir rein gar nichts dabei gedacht. Eigentlich wollte ich das bei der Information oder bei der Kassa abgeben. Ich wusste ja noch nicht einmal, dass es das Handy von diesem Hermann ist.«

Mit offenen Armen macht er einen weiteren Schritt auf mich zu, um mich an sich zu ziehen, doch ich schiebe ihn unsanft von mir. »Nicht, lass das jetzt, bitte«, gebe ich gequält von mir. »Das macht es nur noch schwerer.«

Georgs freundliches Gesicht wird einen Ton blasser. »Was macht es denn schwerer? Was ... Denkst du etwa wirklich, ich hätte diesen Hermann um ...«

»Sprichs lieber nicht aus. Lass es sein. Keine Ahnung was ich denken soll, aber das ... Na ja ... das kann ich nicht einfach ignorieren und hey, es passt alles gut zusammen. Du hast einen Bogen und einen Köcher mit Pfeilen in deinem Kofferraum, du bist wirklich verdammt zielsicher und du hattest mit Hermann Streit und jetzt finde ich auch noch sein Handy in deiner Hosentasche. Was würdest du denn an meiner Stelle denken?«

»Ich weiß es nicht, aber ganz sicher nicht, dass du eine Mörderin bist. Du kennst mich doch, Lena. Denkst du wirklich, dass ich jemanden ermorden könnte?«

Ein weiteres Mal macht er einen Schritt auf mich zu, doch ich weiche ein Stück zurück und schüttle dabei den Kopf. »Nein, eigentlich kenne ich dich gar nicht. Wir waren zweimal miteinander aus und hey, es war schön, aber was weiß ich schon wirklich von dir?« Ich zucke mit den Schultern. »Rein gar nichts.«

»Aber ich habe dir doch so viel von mir erzählt.«

»Ja, und das könnte alles gelogen sein.« Der dicke Kloß in meinem Hals treibt mir allmählich Tränen in die Augen und ich raufe mir in meiner Verzweiflung die Haare. »Manno, ich war echt total dumm. Was habe ich - nämlich ausgerechnet ich - mir dabei gedacht, mich gleich so emotional auf dich einzulassen, ohne dich richtig zu kennen. Du könntest sonst wer sein und ich war so blauäugig und hab dir vertraut und mich ... Ach egal. Das spielt jetzt keine Rolle mehr.«

Als Georg diesmal einen Schritt auf mich zumacht, gelingt es ihm, meine Hände zu ergreifen. Er sieht mich mit ernstem Blick an: »Aber natürlich spielt das eine Rolle. Was wolltest du sagen?«

»Nichts, einfach gar nichts. Ich hab mich mal wieder getäuscht. War ja klar, dass ich keinen normalen Mann kennenlerne. Ich geh jetzt besser. Ich ...«

Ich beende meinen Satz nicht mehr, sondern reiße mich stattdessen schweren Herzens von Killer-Schorsch los.

»Lena bitte, das kannst du doch nicht ernsthaft von mir glauben?«, höre ich Georg sagen, als ich die Ferienunterkunft mit hängendem Kopf endgültig verlasse und mich in meinem äußerst speziellen Outfit den sensationslüsternen Blicken der Ferienanlagengäste aussetze.

Kapitel 21

anno, ich hätte echt wissen müssen, dass mit Georg etwas nicht stimmt«, erkläre ich niedergeschlagen, nachdem ich Patzi, Anja und Fynn am Esstisch unseres Ferienhäuschens von meiner Entdeckung erzählt habe, die nun in unserer Mitte liegt wie eine tickende Zeitbombe.

»Dem hab ich nichts hinzuzufügen«, stimmt mir mein Sohn mit vor der Brust verschränkten Armen zu und wirkt dabei von der Tatsache, dass ich unter Umständen mit einem Mörder ausgehe, nicht sonderlich beeindruckt.

Mein Patenkind wirft Fynn einen vernichtenden Blick zu und wendet sich dann an mich: »Geh bitte, Tante Magdi, wie hättest du bemerken sollen, dass der Mann ein Mörder ist? Das ist unmöglich. Er hat schließlich nicht ›Ich bin ein Killer‹ auf die Stirn tätowiert.«

»So unmöglich ist das auch nicht. Immerhin hat meine Mom schon genug Erfahrung auf dem Gebiet der Psychos und sonstigen Spinner gesammelt.«

»Geh Fynn, jetzt zeig doch ein bissi Verständnis für deine Mutter«, eilt mir meine beste Freundin zur Hilfe und streicht mir dabei liebevoll über die Schulter: »Wer weiß, vielleicht können wir der ganzen Situation ja auch etwas Positives abgewinnen. Immerhin kannst du jetzt behaupten, dass du Sex mit einem Mörder hattest. Das ist quasi der Oscar in deiner Spinnersammlung.«

»Jep, und wenn die Tante Magdi das auf *YouTube*, *TikTok* und *Insta* veröffentlicht, dann könnte aus ihr noch ne richtig erfolgreiche Influencerin werden«, stellt Anja nicht ganz ernst gemeint fest.

»Grandiose Idee. Und was sollen sich die Mädchen der letzten Generation daraus mitnehmen? Dass es cool ist, einen Verbrecher zu daten?«, hält Fynn dagegen.

»Das könnte immerhin dazu führen, dass es sich dann tatsächlich um die letzte Generation handelt«, stelle ich trocken fest und füge dann hinzu: »Das alles impliziert allerdings, dass ich mich absichtlich mit gestörten Männern verabrede und ich versichere euch, dass das nicht der Fall ist.«

»Hm«, ertönt die Stimme meiner besten Freundin.

»Was soll das jetzt heißen?«

Patzi verfällt in ein Stottern, als sie antwortet: »Na ja, wenn man deine Vergangenheit betrachtet, dann bin ich nicht vollends davon überzeugt, dass dir die ganzen Psychos rein zufällig ins Netz gehen.«

»Was? Du denkst doch nicht ernsthaft, dass ich mich absichtlich auf einen narzisstischen Trottel nach dem anderen einlasse?«

Sie zuckt hilflos mit den Schultern: »Irgendwie schon. Sogar Simon stimmt mir da zu und du weißt, wie selten wir einer Meinung sind.«

»Aber das ergibt doch überhaupt keinen Sinn, Mama.«

»Geh, Anja, so unwahrscheinlich ist das gar nicht, wenn man Tante Magdis Vergangenheit betrachtet.

Wahrscheinlich braucht sie die Psychos als Inspirationsquelle. Stell dir mal vor, die Tante Magdi würde ausschließlich normale Männer kennenlernen.«

Ratlos starrt mein Patenkind seine Mutter an und spricht mir damit aus der Seele.

Um unseren müden Gehirnzellen, die Patzis wirren Gedankengängen nicht zu folgen vermögen, auf die Sprünge zu helfen, erklärt meine beste Freundin ihre Theorie: »Dann hätte die Lena doch rein gar nichts, worüber sie schreiben könnte.«

»Geh bitte Mama, verschone uns mit deinen seltsamen Theorien. Das würde ja bedeuten, dass die Tante Magdi schon vor dem ersten Date mit Georg wusste, dass er ein Psycho ist und das ist schlichtweg unmöglich.«

Mein Sohn lacht lautstark auf, unterlässt es allerdings, einen Kommentar abzugeben, was ohnehin nicht notwendig ist, denn seine Altersgenossin versteht ihn auch nonverbal und boxt ihm deshalb in die Rippen. »Jetzt sei nicht immer so ein Arsch, Fynn. Siehst du denn gar nicht, dass deine Mom hier zum Opfer eines Killers geworden ist?«

Gelassen schüttelt Fynn den Kopf: »Wenn sie zum Opfer eines Killers geworden wäre, dann würde sie nicht mehr hier sitzen.«

Anja macht soeben den Mund auf, um etwas zu erwidern, doch kommt ihr ihre Mutter zuvor: »Kinder, jetzt reißts euch zusammen. Habt ihr denn gar kein Mitgefühl mit Lena?« Sie deutet dabei auf mich. »Die Lena ist doch ohnehin schon fertig genug. Da müssen wir nicht auch noch einen draufsetzen.«

Manchmal fühlt sich Mitleid echt scheiße an.

Dezent verärgert verschränkt mein Patenkind ihre Arme vor der Brust und gibt dann schnaubend von sich: »Super. Soll das jetzt heißen, dass Fynn und ich dran schuld sind, dass die Tante Magdi einen Killer datet?«

»Gedatet hat«, wende ich ein, werde dabei aber von den anderen Anwesenden ignoriert. Einzig Leonardo scheint Anteil an meinem Schicksal zu nehmen und legt zum Trost seinen Kopf auf meinem nackten Fuß unter dem Esstisch ab. Ich will ihn bereits für seine liebevolle Geste belohnen, als mir bewusst wird, dass er ein paar Krümel von einem Cookie von meinem großen Zeh leckt.

»Aber wir wissen doch noch gar nicht mit Sicherheit, dass dieser Georg ein Mörder ist. Das sind im Moment alles nur Spekulationen«, gibt meine beste Freundin ihrer Tochter zu bedenken und veranlasst mich zu einem Einwand der Vernunft. »Patzi, nicht einmal ich glaube noch daran, dass Georg unschuldig ist und ich habe vor einer Stunde noch mit ihm im Bett gelegen.«

Fynn hält sich mit beiden Händen die Ohren zu: »Ich will das gar nicht hören.«

»Fynn, deine Mutter ist nicht nur deine Mutter, sondern eben auch eine Frau und damit ein sexuelles Wesen.«

»Würg. Mama, wir wollen nicht daran denken, dass ihr Mütter auch sexuelle Wesen seid.«

»Aber das ist doch das Natürlichste auf der Welt.«

»Nein, Mama, für ein heranwachsendes Mädchen ist es nicht das Natürlichste auf der Welt, sich mit exhibitionistischen Erwachsenen über deren Sexleben auszutauschen.«

»Leute, können wir uns wieder auf mich konzentrieren«, mache ich auf mich aufmerksam. Mit schuldbewusstem Augenaufschlag wendet sich Patzi an mich und streicht mir über die Schulter: »Oh ja natürlich, Süße. Tut mir leid.«

»Also, was soll ich denn jetzt tun?«, gebe ich quengelnd von mir.

»Da gibt es mehrere Möglichkeiten.«

»Also ich weiß nicht, worüber du da noch nachdenkst, Tante Magdi. Es ist doch ganz klar, dass du das Handy der Polizei übergeben solltest«, gibt mir Anja zu bedenken und erhebt sich vom Esstisch, um sich ein Glas Orangensaft einzuschenken.

»Ich finde so einfach ist das alles nicht, Mausilein. Der Mann hat schließlich auch eine Tochter. Was soll denn aus der Chrisi werden, wenn ihr Vater im Gefängnis landet?«

»Viele Mörder hatten Kinder. Das kann doch nicht ernsthaft dein einziges Argument sein, Mama.«

»Ist es auch nicht. Ich wollte euch halt nur zu bedenken geben, dass man mit so einer Anschuldigung ein Leben zerstören kann.«

»Davon abgesehen, was soll Georg denn von mir denken, wenn ich ihn an die Polizei verrate? Es besteht doch immer noch die winzige Hoffnung, dass er doch kein Mörder ist und dann habe ich alles verkackt.«

Fynn lacht laut auf. Schon wieder. »Mom, du bist echt sowas von unbelehrbar. Es sieht wirklich nicht danach aus, als wäre er unschuldig. Du solltest echt mal den Tatsachen ins Auge schauen.«

»Wenn sie das täte, dann hätte sie dich schon längst zur Adoption freigeben müssen, weil du bereits schuldig zur Welt gekommen bist«, gibt Anja mit vor der Brust verschränkten Armen und an die Küchentheke gelehnt von sich.

»Geh Mausilein, jetzt werde doch nicht gleich so unfair. Der Fynn versucht doch nur seine Mutter zu beschützen.«

»Unsinn. Er macht sich über sie lustig und verkauft seine Schadenfreude als Sorge.«

»Das stimmt ja gar nicht«, verteidigt sich mein Sohn empört. »Ich mach mir wohl Sorgen.«

»Achso und worüber sorgst du dich so sehr?«, fragt ihn seine Altersgenossin bissig.

»Zum Beispiel frage ich mich die ganze Zeit über, ob wir mit Sicherheit ausschließen können, dass der Typ keine Bombe in das Handy eingebaut hat, die er dann per Fernzünder explodieren lässt, um alle Zeugen und Beweisstücke zu vernichten.«

»Warum sollte der Typ eine Bombe in das Smartphone einbauen? Das ergibt doch überhaupt keinen Sinn, Fynn.«

»Was denn? Ich versuche halt nur, alle Möglichkeiten durchzuspielen.«

Mein Patenkind rollt mit den Augen: »Das ist aber nicht besonders hilfreich, weißt du.«

Ich mustere das Mobiltelefon skeptisch und bereite mich innerlich bereits auf eine Explosion vor. Als Anja das Wort an mich richtet, zucke ich gedankenverloren zusammen: »Und du Tante Magdi, solltest dir weniger Gedanken darüber machen, wie sich dieser Georg fühlt, sondern stattdessen an dich und deine Sicherheit denken. Glaubst du denn, dass der Typ sich umgekehrt so viele Gedanken über deine Gefühlswelt macht?«

Hilflos zucke ich mit den Schultern: »Keinen Plan. Bisher dachte ich das eigentlich schon. Aber machen sich Mörder Gedanken über die Gefühlswelt ihres Umfelds?«

»Lena, es sind nicht alle Mörder gleich, weißt du. Das ist so das typische Klischee eines Mörders, dass er kein Mitgefühl mit seinen Artgenossen aufbringt«, hält Patrizia fest.

»Echt jetzt, Mama?«

»Na was denn. Die Welt funktioniert schließlich nicht in schwarz und weiß, Mausilein. Auch Mörder haben Gefühle.«

»Die Opfer aber auch«, kontert Anja schnippisch.

»Also da erhebe ich Einspruch. Ich glaub, dass dieser Hermann gar nichts mehr gefühlt hat. Wahrscheinlich hat der irgendeiner außerirdischen Spezies angehört, die dazu abgestellt war, die Menschheit auszulöschen. So gesehen, hat Georg doch nichts Schlimmes getan, indem er ihn ermordet hat. Wirklich schade ist es um diesen Hermann nicht«, halte ich fest.

»Das löst aber noch immer nicht die Frage, was du mit dem Ding jetzt machen willst«, wendet Patrizia ein und deutet dabei mit dem Kinn auf das belastende Beweisstück in unserer Mitte. »Ich meine, wenn du das Handy nicht der Polizei übergeben willst, was willst du denn dann damit tun?«

»Sie könnte es einfach zerstören. Dann wären alle Probleme gelöst«, schlägt Fynn mit begeisterungsschwangerer Stimme vor.

»Und wie zerstört man unauffällig ein Smartphone, sodass die Daten nicht mehr auslesbar sind, du Genie?«, hakt mein Patenkind nach und erntet bloß ein hilfloses Schulterzucken.

»Keine Ahnung. Aber wir könnten das ja mal googeln.«

»Warum denn so kompliziert?«, mischt sich meine beste Freundin wieder in das Gespräch mit ein. »Ich meine, du könntest das Handy doch auch einfach verschwinden lassen.«

Die Augen meines Kindes leuchten begeistert auf: »Ja. Voll. Du könntest das Smartphone ins Meer werfen.«

»Was die Frage in mir aufkommen lässt, warum das Georg noch nicht gemacht hat? Müsste ein Mörder nicht an soetwas denken?«, wende ich ein. »Wer weiß. Womöglich stimmt seine Geschichte ja doch und ich tue ihm unrecht.« Verzweifelt vergrabe ich mein Gesicht in meinen Händen und raufe mir dabei die Haare. »Manno, ich habe echt nicht die geringste Ahnung, was das Richtige ist.«

Ein weiteres Mal streicht mir Patzi liebevoll über die Schulter: »Ach Süße. I feel you und ich wünschte wirklich, ich könnte dir die Entscheidung abnehmen.«

»Was ist bloß mit euch beiden los?«, meldet sich Anja wild gestikulierend zu Wort. »Kaum zu glauben, dass du und die Tante Magdi die Erwachsenen hier seid. Ich meine, was gibt es da denn noch zu entscheiden? Der Mann könnte ein Mörder sein und ganz gleich, ob du ihm unrecht tust oder nicht. Wenn du das Smartphone verschwinden lässt oder den Fund einfach verschweigst, dann machst du dich zur Mittäterin.«

»Wer weiß. Vielleicht bin ich das ja schon. Immerhin wäre das alles nicht passiert, wenn dieser Hermann mich nicht verbal angegriffen hätte.«

Mein Patenkind starrt mich aus ihren großen braunen Augen an, als wäre ich eine Geisteskranke. »Wie kommst du bitte auf die absurde Idee? Siehst du denn gar nicht, dass du genauso ein Opfer bist, wie dieser Hermann? Was kannst denn du dafür, dass Georg sich dazu entschieden hat, seinen Widersacher einfach abzumurksen?«

»Aber geh Mausilein, wir wissen doch noch gar nicht, ob er wirklich ein Mörder ist, deshalb sollten wir der Fairness halber bei hypothetischen Äußerungen bleiben.«

»Mama, das ist mir sowas von wurscht, weil ich nämlich keine Richterin bin und damit auch nicht fair sein muss«, kontert Anja gereizt und wendet sich dann wieder mir zu. »Und wenn das Argument der Vertuschung und Mittäterschaft für dich nicht zählt, Tante Magdi, was ich irgendwie sogar verstehen kann, weil du im Knast mal deine selige Ruhe von Fynn hättest, dann solltest du zumindest daran denken, dass du dich, solange du im Besitz von Hermanns Handy bist, auch in Gefahr befindest. Wer sagt denn, dass Georg nicht in der nächsten Stunde hier auftaucht, um dich mitsamt dem Beweisstück zu vernichten?«

»Nur könnte Lena auch in Gefahr sein, wenn sie das Handy bei der Polizei abgibt, Mausilein.«

»Voll, womöglich wird sie dann zum Zielobjekt von Georgs Rachegelüsten«, stimmt Fynn meiner besten Freundin fachmännisch zu und es ist das erste Mal in diesem Urlaub, dass ich ihn nicht über sein Handy gebeugt sehe, weil die Ereignisse in der Realität spannender sind, als die retuschierten Bilder und Videos auf sämtlichen Social-Media-Kanälen.

»Und was schlagt ihr beiden Schlaumeier stattdessen vor. Soll die Tante Magdi etwa einen Mörder decken?«

»Aber das hab ich doch gar nicht gesagt, Mausilein. Was du mir da schon wieder unterstellst.«

Fynns Augen leuchten nach einem Geistesblitz auf: »Hey, was haltet ihr davon, wenn wir einfach mal einen Datencheck auf dem Smartphone durchführen, bevor meine Mom es der Polizei übergibt?«

»Und was soll das bitteschön für einen Sinn haben?«, gibt sich Anja minderbegeistert.

»Na ja, keinen Plan. Vielleicht war dieser Hermann ein kaltblütiger Serienkiller, der Georgs erste Familie auf dem Gewissen hat, weshalb ihn der bis nach Italien verfolgt hat, um Rache an ihm zu nehmen«, spekuliert Fynn.

Anja tippt sich mit dem Zeigefinger an die Stirn: »Oida, du lebst echt in einer Hollywood-Scheinwelt. Davon abgesehen, wenn ich eines aus den zahlreichen Filmen gelernt habe, dann, dass es nicht besonders schlau ist, sich in die Angelegenheiten Fremder einzumischen, weil das nahezu immer ein böses Ende für den Intervenierenden nimmt.«

»Außerdem wissen wir doch gar nicht, wie wir das Smartphone entsperren können. Schließlich haben wir keinen Daumen von Hermann zur Verfügung«, wende ich ein, woraufhin mein Sohnemann grinst. »Du könntest Georg fragen, ob er sich als Andenken an seine Tat einen Daumen von Hermann aufgehoben hat.«

»Fynn, du bist so ein Widerling.«

»Was denn? Ich bin doch nur pragmatisch.«

»Geh bitte, jetzt seid doch nicht so verdammt kompliziert. Wir freunden uns einfach mit der Frau des Mordopfers an und versuchen herauszufinden, wie man dieses verdammte Ding entsperrt. So schwer kann das schließlich nicht sein«, schlägt meine beste Freundin vor.

Fynn reißt begeistert seine Augen auf: »Voll. Ur viele Menschen schreiben ihre Pincodes und Passwörter irgendwo auf. Wenn wir Glück haben, trifft das auch auf den Toten zu.«

»Und wie willst du bitte an seine Sachen kommen?«, fragt Anja genervt.

»Mausilein, du hörst deiner Mutter wirklich gar nicht zu.«

»Nein, ich versuche eigentlich zu verdrängen, was du so von dir gibst.«

»Schauts. Wir besuchen diese Beate einfach einmal und heucheln ein bissi Mitgefühl, indem wir sie zum Essen begleiten. In der Zwischenzeit verschafft sich einer von uns Zutritt zu ihrem Ferienhäuschen und durchsucht die Sachen von ihrem verstorbenen Mann.«

»Mal davon abgesehen, dass du uns zu einer Straftat anstiftest, Mama, was glaubst du, was wir da finden werden? Die Polizei hat die Sachen vom verstorbenen Hermann bestimmt schon eingehend auf mögliche Indizien durchsucht.«

Patzi zuckt lediglich mit den Schultern: »Wer weiß. Vielleicht haben die nicht alles gefunden und nachdem sie ja kein Handy hatten, werden sie bestimmt kein besonderes Augenmerk auf notierte Zahlenkombinationen gelegt haben.« Nach einer Pause, in der wir meine Freundin schweigend anstarren, fügt sie hinzu: »Na kommt schon. Das ist doch einen Versuch wert. Wenn es nichts wird, dann können wir das Handy noch immer der Polizei übergeben.«

»Das ist eine saublöde Idee, Mama.«

»Aber ich muss Georg dann zumindest nicht an die Polizei verraten«, wende ich mit einem entschuldigenden Schulterzucken ein.

»Und was machst du, wenn sich bei unseren Nachforschungen herausstellt, dass er schuldig ist, Tante Magdi?«

»Das überlege ich mir, wenn es soweit ist«, entgegne ich und klinge dabei wesentlich souveräner, als ich mich fühle.

Kapitel 22

Weil ich absolut nicht in der Stimmung auf eine mögliche Begegnung mit Georg bin, habe ich meine Freundin und die beiden Teenager gemeinsam mit Leonardo alleine in die Pizzeria geschickt und sitze nun auf dem Sofa unseres Ferienhauses, um mich mit einem Sommerkitschroman abzulenken. Nach dem gefühlten zehnten Versuch, mich auf die Geschichte einzulassen, lege ich das Taschenbuch jedoch entmutigt zur Seite.

Wo verdammt nochmal ist mein Verstand geblieben? Als wäre die Tatsache, dass ich körperlich total auf kaltblütige Killer abfahre nicht genug, lasse ich mich auch noch von meinem Sohn und meiner besten Freundin dazu breittreten, ein wichtiges Beweisstück zu unterschlagen. Aber natürlich bleibt es nicht bei der einen Straftat. Nein, zur Krönung meines verbrecherischen Aktes, habe ich zudem vor, in das Ferienhaus einer vollkommen unschuldigen Person einzubrechen und die Habseligkeiten ihres verstorbenen Gatten zu durchstöbern, um an einen Pincode zu gelangen. Was erhoffe ich mir eigentlich von der Entsperrung des Mobiltelefons? Die Erkenntnis, dass das Mordopfer ein sadistischer Serienkiller war und damit die Rechtfertigung für dessen Tötung? Oder gibt es da noch immer einen winzigen Teil in mir, der der naiven Hoffnung erliegt, Georg könnte unschuldig sein?

Mit der flachen Hand schlage ich mir auf den Kopf und werfe danach einen resignierten Blick aus der verglasten Terrassentür in unseren Miniaturgarten, in dem sich die Schatten der Dämmerung allmählich ausbreiten. Der Sommerregen hat in der Zwischenzeit wieder eingesetzt und prasselt unablässig auf den gefliesten Boden der Terrasse. Mit hängendem Kopf beobachte ich die Passanten, die durchnässt vom Regen die schmalen Wege inmitten der Gärten überqueren und fühle mich dabei merkwürdig abgeschnitten von der Welt. So als befände sich zwischen mir und allen anderen Lebewesen ein Graben in der Größe eines Kontinents.

Kann es sein, dass ich mich wirklich so sehr in Georg getäuscht habe? Er ist doch ein so liebevoller und zärtlicher Mensch. Wie kann so eine Person ein Mörder sein? Und, was noch wichtiger ist: Welchen evolutionären Hintergrund hat der äußerst ansprechende Phänotyp von Killer-Schorsch? Sollen ihm etwa möglichst viele nichtsahnende Opfer ins Netz gehen, um damit die Spezies Mensch zu dezimieren?

Okay, es wird Zeit, dass ich der Trübsal, die sich allmählich in mir ausbreitet, etwas entgegensetze! Deshalb nehme ich mein Smartphone zur Hand und begebe mich in den Social-Media-Dschungel. Als mein Blick auf einen Artikel über einen Mann Anfang vierzig fällt, der seine Exfreundin erdrosselt, den Leichnam mit einer Kettensäge zerlegt und die Überreste im Mülleimer entsorgt hat, stelle ich fest, dass dies nicht unbedingt die effizienteste Methode ist, um mein angespanntes Nervenkostüm zu beruhigen. Deshalb beuge ich mich ächzend nach vorne, um mir die Fernbedienung vom Couchtisch zu krallen und den Flachbildfernseher einzuschalten. Es dauert nicht lange, bis ein mir bekannter Film auf dem Bildschirm erscheint und ich wider jede Vernunft bei »Psycho« von Alfred Hitchcock hängenbleibe. Diese Entscheidung bereue ich rasch, als es zu der berühmten Duschszene kommt und ich mich gezwungen sehe, mich zu fragen, wie es sich anfühlen würde, erstochen zu werden.

Ein Anruf meiner Mutter reißt mich glücklicherweise aus meiner düsteren Gedankenwelt. Entschlossen hebe ich ab und begrüße sie keuchend. Meine Mutter zaudert nicht lange und kommt sofort zur Sache: »Du Lena, ich hab gerade eine sehr bedenkliche Nachricht vom Fynn erhalten. Er hat gemeint, dass in der Anlage, in der ihr wohnt, ein Mord passiert ist und scheinbar ein Mann verdächtigt wird, mit dem du dich triffst. Du, du hast doch nichts mit der ganzen Sache zu tun, oder?«

»Ich weiß es nicht. Kann man denn nach einer Gehirnerschütterung Schlafwandeln? Und kann man beim Schlafwandeln einen Mord begehen?«

»Du Lena, das ist wirklich nicht witzig. Was soll denn aus dem Fynn werden, wenn du im Gefängnis landest?«

»Mama, das war doch nur ein Spaß. Natürlich hab ich nichts mit dem Mord zu tun.« Zumindest bisher nicht.

In möglichst knappen Worten schildere ich ihr meine Begegnung mit Georg und erzähle ihr außerdem von der Entdeckung in seinem Kofferraum. Nur das belastende Beweisstück lasse ich aus, weil meine Mutter die Unterschlagung desselben kaum gutheißen würde. Am Ende meiner Erzählung angelangt, höre ich, wie sie scharf die Luft einzieht. »Lena, passt du eh auf dich auf?«

»Nein, ich dachte mir, ich treff mich alleine mit Georg am nächtlichen Strand und lasse mich von ihm ertränken. Einfach nur weils Spaß macht und ich dich ärgern will.«

»Lena, kannst du bitte einmal etwas ernst nehmen.«

»Es geht nicht ums ›können‹ Mama, sondern ums ›wollen‹.«

»Ich sag's dir, das ist alles die Schuld von deinem Vater. Ich hab ja schon immer gewusst, dass er einen schlechten Einfluss auf dich hat und du von der Scheidung noch immer traumatisiert bist«, setzt mich meine Mutter über meinen geistigen Zustand in Kenntnis und ignoriert meinen Einwand damit vollends.

»Geh bitte, Mama, du übertreibst mal wieder maßlos. Das ist doch schon Ewigkeiten her und seither hat sich einiges geändert.«

»Du nimmst das alles auf die viel zu leichte Schulter, Kind. Du darfst deinen Schmerz nicht so verdrängen, sonst wirst du immer wieder auf schwierige Männer stoßen. Siehst du denn nicht, dass dahinter ein Muster steckt?«

»Mama, ich bitte dich, mach dir nicht so viele Sorgen. Ich hab hier alles bestens unter Kontrolle.«

Ja, okay, Kontrolle war noch niemals meine Stärke, sonst wäre ich ja Buchhalterin geworden.

»Magdalena Beck, ich bin deine Mutter und so alt kannst du gar nicht werden, als dass ich mir keine Sorgen um dich mache.«

»Das ist wirklich schön und gut, aber ich hab jetzt eigentlich keine Zeit mehr, um mit dir zu telefonieren. Die Patzi ist gerade zurückgekommen und ich verhungere fast, weshalb ich gern meine Pizza essen würde«, lüge ich.

Meine Mutter schnappt am anderen Ende der Leitung heftig nach Luft: »Was heißt, die Patzi ist gerade zurückgekommen? Bist du etwa alleine gewesen?«

»Ja, Mama, ich bin ein großes Mädchen und kann auch mal alleine zu Hause bleiben.«

Dass ich mich vor etwa zehn Minuten zu Tode geängstigt habe, bleibt vorsichtshalber unerwähnt.

»Du ... äh ... ich ... ja ... äh ... weißt ...«, täusche ich einen schlechten Empfang vor, um schließlich erleichtert aufzulegen und meine Mutter am anderen Ende der Leitung ratlos zurückzulassen. Das wäre also geschafft.

Meine Erleichterung hält jedoch nicht lange an, als ich feststelle, dass ich in der Zwischenzeit mehrmals von Fynns Vater angerufen wurde. Nachdem Franks telefonische Kontaktaufnahmeversuche gescheitert sind, hat er mir eine Mitteilung mit der Bitte um Rückruf geschickt und weil ich diese nicht binnen fünf Minuten beantwortet habe, hat mein Exfreund eine weitere Nachricht mit drei Fragezeichen verfasst.

Was ist denn bitte mit Frank los? Ich dachte, er ist mit seiner schwangeren Frau beschäftigt, aber ... Oh mein Gott! Vielleicht hat er Sabine ermordet. Angesichts meines erst kürzlich in Erscheinung getretenen Beuteschemas würde mich das nicht großartig verwundern.

Aufgeregt tippe ich in der Liste eingegangener Anrufe auf den Namen meines Exfreundes und warte dann geduldig, bis seine besorgte Stimme ertönt. »Na endlich! Ich versuche dich schon seit einer Ewigkeit zu erreichen.«

Offenbar deckt sich seine Definition von einer Ewigkeit nicht mit meiner.

»Was gibt es denn so Dringendes?«, frage ich um einen sachlichen Ton bemüht und sogleich meldet sich Franks Frau aus dem Off zu Wort.

»Hast du sie schon gefragt?«

»Schatz, sie hat mich gerade erst zurückgerufen.«

»Na dann frag sie doch endlich!«

»Was ist los?«, hake ich nach.

»Du Lena, ich hab da eine wirklich besorgniserregende Mitteilung von Fynn erhalten.«

What the Fuck? Hat mein Sohn etwa eine Rundmail geschickt?

»Ja?«, dränge ich meinen Exfreund dazu, weiterzusprechen.

»Er hat mir erzählt, dass du offensichtlich einen Mann triffst, der unter Mordverdacht steht.«

»Ja, und?«, entgegne ich, wobei mein Tonfall diesmal eindeutig schnippisch ausfällt.

»Ich mache mir Sorgen um das Wohlergehen unseres Sohnes.«

»Und du meinst, ich würde mir keine Sorgen um unseren Sohn machen?«, hake ich provokant nach.

»Ja, das meine ich, Lena, sonst würdest du dich wohl kaum mit einem Mann verabreden, der unter Mordverdacht steht.«

»Wie du wohl gehört hast, Mister Oberschlau, steht Georg lediglich unter Verdacht und es wurde rein gar nichts bewiesen. Ich dachte in zivilisierten und demokratischen Gesellschaften gilt die Unschuldsvermutung so lange, bis die Schuld des mutmaßlichen Delinquenten bewiesen wurde.«

»Das schon, Lena, aber findest du nicht, dass du damit einen Tick zu weit gegangen bist?«

»Was hätte ich denn tun sollen? Den Mann am Strand fragen, ob er eh keine mörderischen Absichten hegt? Das ist jetzt nicht unbedingt die Standard-Kennenlern-Frage.«

»Das nicht, aber du hättest zumindest damit aufhören können, ihn zu treffen, als der erste Verdacht gefallen ist.«

»Achso? Hätte ich? Und wenn deine heilige Sabine in einen Mordfall verwickelt wäre, würdest du sie dann auch aus deinem Haus werfen?«

»Ich ... Äh...«

»Wugi Zwugi, die Antwort müsste dir doch leichtfallen«, höre ich seine Frau im Hintergrund sprechen.

»Äh ... ich ...«

»Wugi Zwugi?«, wird Sabines Stimme eindringlicher, sodass ich kichere.

»Aber darum geht es jetzt nicht«, gibt Fynns Vater nach einem Räuspern von sich. »Das ist doch so, als würde man Äpfel mit Birnen vergleichen. Immerhin ist Sabine meine Frau und erwartet zudem unser gemeinsames Kind.«

Die Angesprochene scheint mit der Antwort Franks zufrieden zu sein, da sie sich nicht mehr zu Wort meldet. Ich hingegen schnaube verächtlich: »Natürlich ist es in meinem Fall eine ganz andere Situation. War ja klar. Als würde mich das großartig überraschen, dass du hier wieder einmal mit zweierlei Maß misst. Ich habe mich ja nicht absichtlich mit einem Mörder verabredet.«

»Ja, aber davon muss sie eigentlich doch schon fast ausgehen.«

»Sabine, ich bitte dich«, bemüht sich Frank darum, die Szenerie zu entschärfen, und wendet sich dann wieder an mich. »Natürlich konntest du das nicht wissen,

Lena, aber ich mache mir eben Sorgen um Fynn. Das verstehst du doch, oder? Und ich wollte dir vorschlagen, dass ich dich und Fynn abhole. In Wien seid ihr sicherer als in dieser Ferienanlage.«

Es fällt mir schwer, ein empörtes Schnauben zu unterdrücken, ehe ich um Höflichkeit bemüht antworte: »Das ist wirklich lieb von dir, Frank, aber absolut nicht notwendig. Wir sind hier sicher, glaub mir.«

»Ich ...«, setzt mein Exfreund zu einer Entgegnung an, wird dann aber von seiner Gattin unterbrochen.

»Nun lass sie doch. Sie ist eine erwachsene Frau und wird schon wissen, was sie tut.«

»Wie du meinst, aber halte mich bitte auf dem Laufenden«, erklärt mir Frank und verabschiedet sich dann von mir, nachdem ich ihm versichere, ihn über die neuesten Ermittlungsergebnisse in Kenntnis zu setzen. Nach dem Telefonat mit dem Vater meines Kindes wende ich mich wieder dem Fernsehbildschirm zu, bis mich ein Klopfen an der Tür erschrocken zusammenzucken lässt.

»Lena? Bist du da? Können wir reden?«, dringt Georgs gedämpfte Stimme in das Ferienhaus.

Fuck! Er ist gekommen, um mich zu töten! Und ich fühle mich so hilflos wie die sieben Geißlein, die sich panisch im Haus versteckt haben, als der Wolf an ihre Tür klopfte. Was mache ich denn jetzt? Schließlich gibt es hier keinen Uhrenkasten!

Kapitel 23

Vorsichtig und möglichst lautlos erhebe ich mich vom Sofa und schleiche auf Zehenspitzen zum Lichtschalter, um diesen zu betätigen. Kurz darauf stehe ich in der Dunkelheit und starre ängstlich auf die Eingangstür, durch deren Milchglas sich Killer-Schorschs Konturen abzeichnen.

Verdammte Scheiße! Wenn mein Puls weiter steigt, dann muss Georg keinen Aufwand mehr betreiben, weil ich bereits ohne sein Zutun den Tod finde.

»Lena? Ich weiß, dass du da bist. Ich hab das Licht vorhin schon gesehen.«

Natürlich hat er das registriert. Er ist schließlich kein Idiot. Immerhin kann ich ruhigen Gewissens behaupten, dass ich nur mit intelligenten Mördern schlafe.

»Bitte, können wir reden.«

Shit. Shit. Shit. Wo verdammt nochmal bleiben Patzi und die Kids, wenn man mal ihre Unterstützung braucht? Die haben zu meinem Schutz nicht einmal meinen Hund zurückgelassen.

Verzweifelt sehe ich mich in der Dunkelheit nach einem passenden Versteck um, weil ich befürchte, dass sich Georg gewaltsam Zutritt zu unserer Unterkunft verschafft. In dem Wissen, dass ich ihm körperlich unterlegen bin, will ich es keineswegs auf einen Kampf ankommen lassen. Mein Blick gleitet über das Doppelbett in meinem Schlafzimmer und ich entschließe mich kurzerhand dazu, darunter zu kriechen, was angesichts meiner Leibesfülle kein leichtes Unterfangen darstellt.

»Lena?«, ertönt Georgs verzweifelte Stimme ein weiteres Mal. Diesmal eindeutig lauter, was mich dazu veranlasst, mein Augenmerk auf das Schlafzimmerfenster zu richten. Mit Entsetzen stelle ich fest, dass dieses einen Spalt breit offensteht.

Super. Wunderbar. Ganz klasse. Georg braucht meine Besuchserlaubnis überhaupt nicht. Nein, er kann einfach durch das Fenster einsteigen. Wie praktisch.

»Bitte lass mich dir die ganze Sache erklären!«

»Nun komm schon«, höre ich eine mir bekannte Stimme. »Lass es gut sein, Schorsch. Das hat doch überhaupt keinen Sinn. Ich weiß sowieso nicht, was du dir von der Aktion versprochen hast.«

Wunderbar, er hat also auch seinen rauchenden Komplizen mitgebracht. Wer weiß, möglicherweise zünden die beiden das Ferienhaus an, um jeden Beweis und Zeugen zu vernichten.

»Warte noch einen Moment«, entgegnet Georg und richtet das Wort dann an mich: »Lena, bitte rede mit ...«

Er wird von einem besonders penetranten Klingelton unterbrochen und kurz darauf ertönt Sebastians Stimme: »Hallo Schnucki!« Pause, in der ich vor dem Fenster einen Schatten unruhig auf- und abgehen sehe. »Alles klar. Also die Feuchttücher sind aus. Das ist blöd.« Pause. »Nein, der Georg und ich sind noch nicht einkaufen gewesen. Soll ich Feuchttücher mitnehmen, wenn ich welche bekomme?« Pause, in der sich Sebi eine Zigarette anzündet. »Alles klar. Ja, mach ich.« Pause. »Ja, wir werden nicht mehr allzu lange weg sein, keine Sorge. Okay, dann bis später. Bussi!«

Er legt auf, und ehe ihm Georg eine Frage stellen kann, erklärt Sebastian gereizt: »Siehst du, ich habe dir ja gesagt, dass das eine saublöde Idee ist. Wenn Alina dahinterkommt, dass ich sie belogen habe, dann reißt sie mir den Kopf ab und verspeist ihn zum Frühstück.«

»Geh bitte, jetzt sei nicht so eine Drama-Queen, Sebi. Wie soll sie denn dahinterkommen? Du wirst es ihr ja kaum erzählen, oder?«

»Oida, Georg, du kennst mich. Ich würde dich niemals freiwillig verraten, aber die Betonung liegt dabei halt auf ›freiwillig‹. Du weißt, wie Alina sein kann, wenn sie eine Lüge wittert. Die ist wie ein Polizeispürhund. Sie hört erst auf, mir auf den Zahn zu fühlen, wenn ich ein Geständnis abgeliefert habe. Und ich bin mir sicher, dass sie mich nur angerufen und um Feuchttücher gebeten hat, weil sie bereits weiß, dass wir nicht nur ein Sixpack Bier vom Supermarkt holen.«

»Ach komm schon, Sebi. Du musst eben dein schauspielerisches Talent unter Beweis stellen.«

»Was schwerfallen dürfte, wenn wir ohne Bier und Feuchttücher zurückkommen.« Er nimmt einen deutlich hörbaren Zug von seiner Zigarette. Indessen bemüht sich Georg ein weiteres Mal um ein Gespräch mit mir, stößt mit seinem Versuch allerdings auf eine Mauer des Schweigens.

Was will er mir denn auch erklären? Hat er etwa vor, mir die Gründe für den Mord zu erläutern? Allmählich bereue ich es, nicht mit den anderen in die Pizzeria gegangen zu sein. Wenn sich der Abend noch länger hinzieht und Georg weiterhin so hartnäckig bleibt, dann bin ich nach Stunden in dieser unbequemen Position überhaupt nicht mehr bewegungsfähig.

»Jetzt komm schon, Georgie, lass uns gehen!«, fordert Sebastian seinen unnachgiebigen Freund ein weiteres Mal auf. »Du hast es versucht und sie will ganz offensichtlich nicht mit dir reden. Immerhin deutet das auf ein gewisses Maß an Intelligenz und Überlebenswillen hin.«

Yeah, mir wurde soeben vom Komplizen eines Mörders das Vorhandensein eines Gehirns attestiert. Ich war niemals glücklicher.

»Sebi, sie ist die Eine, ich kann sie nicht so einfach gehen lassen.«

Da haben wir es. Er kann mich nicht so einfach gehen lassen. Wahrscheinlich dringt er in Bälde gewaltsam in das Ferienhäuschen ein, um mich zu betäuben und mein Rückgrat in einem geheimen Operationssaal zu durchtrennen, sodass nur noch mein Gehirn funktionstüchtig ist und ich ihm quasi lebenslang ausgeliefert bin. Damit verhindert er, von mir verlassen zu werden. Beim Gedanken an ein solches Szenario steigt Panik in mir auf. Da wäre es mir ja lieber, er würde mich gleich ermorden.

»Geh bitte, jetzt fang nicht schon wieder mit diesem Gesülze an, Schorsch. Es gibt massig Frauen auf diesem Planeten. Du wirst eine andere finden.«

Die er dann lähmen und damit gefügig machen kann.

»Echt jetzt? Und wie hättest du reagiert, wenn ich dir damals, als du dich auf der Sportwoche in Alina verknallt hast, etwas Ähnliches gesagt hätte? Hättest du hören wollen, dass auch andere Mütter schöne Töchter haben?«

»Wahrscheinlich nicht. Aber ich habe damals auch nicht unter Mordverdacht gestanden«, beantwortet Sebastian die Frage seines Kumpels stotternd.

»Verstehst du das denn nicht, ich habe mich in Lena verliebt. Ich will diese Frau und keine andere, weil ich denke, dass sie es ist. Weißt du, ich habe mich schon lange mit keiner Frau mehr so gut verstanden, wie mit ihr.«

Och, ist das süß! Er hat sich in mich verliebt. Mit klopfendem Herzen krieche ich unter dem Bett hervor und pirsche mich an das offenstehende Fenster heran, um die beiden Männer im Vorgarten besser belauschen und vor allem beobachten zu können.

»Ach komm, da sprechen jetzt aber auch vorwiegend die Hormone aus dir«, stellt Sebastian zweifelnd fest. »Davon abgesehen, wie verflucht nochmal ist dieses scheiß Handy von diesem scheiß Toten überhaupt in deinen Besitz gelangt?«

»Das habe ich dir doch schon gesagt.«

»Ja, nur leider klingt deine Erklärung nicht besonders überzeugend.« Sebastian klopft dem mutmaßlichen Mörder auf die Schulter. »Ich kann Lena schon verstehen. Nicht einmal ich bin restlos von deiner Unschuld überzeugt.«

»Oida, Sebi, du kennst mich schon seit unserer gemeinsamen Schulzeit.«

»Eben und ich kann mich auch noch gut an das gebrochene Nasenbein von Andreas erinnern.«

»Erstens hat er Natascha beleidigt und zweitens war ich da noch ein Teenager. In der Zwischenzeit habe ich gelernt, dass man Konflikte auch gewaltfrei lösen kann. Davon abgesehen hatte ich seither nie wieder eine Rauferei. Na ja, mit Ausnahme von diesem Hermann, aber das war ja nur eine kleine Rangelei.«

»Die immerhin dazu geführt hat, dass die Frau deines Herzens eine Gehirnerschütterung erlitten hat. Irgendwie passt das alles schon gut zusammen.« Er schnippt seine glimmende Zigarette weg, um sie mit seinen Turnschuhen auf dem Boden auszudrücken und fügt dann hinzu: »Nun komm schon. Mir kannst du es sagen, Georgie. Ich bin dein bester Freund und würde dich niemals an die Polizei verraten.«

»Es gibt aber nichts zu sagen, Sebi. Ich habe absolut gar nichts mit dem Mord zu tun. Dass ich das Handy gefunden hab, ist einfach nur einem dummen Zufall oder besonders miesem Karma geschuldet. Ich wünschte, ich hätte das Ding einfach im Wald liegengelassen.«

Sebi schnaubt resigniert. »Na gut, wenn du nicht einmal zu deinem Kumpel ehrlich sein kannst.«

»Aber ich bin doch ehrlich.«

Der wasserstoffblonde Mann lässt seine Schultern hängen: »Man kann echt nicht behaupten, ich hätte es nicht versucht.« Er entfernt sich ein paar Schritte vom Ferienhaus und wendet sich dann noch einmal um: »Komm schon! Gehen wir endlich. Ich könnte ein Bierchen vertragen.«

Georg wendet sich unserem Bungalow ein letztes Mal mit sehnsuchtsvollem Blick zu, und plötzlich treffen sich unsere Blicke.

Shit! Er hat mich gesehen! Er hat mich gesehen! Oh mein Gott! Das ist mein Ende!

»Warte!«, erklärt Killer-Schorsch seinem Freund, der gehorsam innehält, dabei aber unverkennbar den Kopf schüttelt, um sein Unverständnis auszudrücken. Georg ignoriert die Reaktion seines Kumpels und nähert sich stattdessen der Fensterscheibe, hinter der ich vollkommen erstarrt stehe. Erst als Georg seine Nasenspitze an die Glasscheibe drückt, bin ich wieder handlungsfähig und wende mich panisch ab.

Mit nur wenigen Schritten hechte ich ins Wohnzimmer, so als wäre der Teufel höchstpersönlich hinter mir her und sehe mich dann verzweifelt nach einer Fluchtmöglichkeit um. Meine schreckensgeweiteten Augen bleiben auf der Terrassentür hängen, die ich blindlings anvisiere, um deren Griff mit hektischen Bewegungen zu betätigen und in die Freiheit zu laufen, die mich mit einem furchteinflößenden Donnern am nachtschwarzen Himmel begrüßt. Vor lauter Schreck stoße ich einen lautstarken Hilfeschrei aus und mache damit die Nachbarn, die sich unter dem Dach ihrer Terrasse ihre Zeit mit einem Fantasy-Kartenspiel vertreiben, auf mich aufmerksam. Ein pickeliger Mann in den Zwanzigern, dessen blasses Gesicht von einer Monobraue verunziert wird, erhebt sich zielstrebig von seinem Platz und entschuldigt sich höflich bei seinen Mitspielern, um danach heroisch auf mich zuzustürmen. Es dauert nicht lange, bis auch das etwas nerdige Gefolge des Alltagshelden beschließt mir zur Hilfe zu eilen.

»Alles in Ordnung mit ihnen?«, fragt mich Monobraue besorgt.

»Ich ... Äh ... ich ... äh ... nein.«

Wie erklärt man Jungs, die das Böse lediglich aus ihren Video- und Kartenspielen kennen, dass man soeben von einem echten Mörder verfolgt wird?

»Ach du überforderst die Frau doch total«, mischt sich ein anderer Bursche ein.

»Nein, nein, schon gut. Es ...«

Es bleibt nicht mehr genügend Zeit, um den Sonderlingen die Situation zu erklären, da Killer-Schorsch meine Flucht nicht entgangen ist, weswegen er mit Sebastian im Schlepptau um die Ecke biegt und zielstrebig auf mich zumarschiert.

»Lena, alles in Ordnung mit dir? Ich wollte dich wirklich nicht erschrecken. Ich will bloß mit dir reden.«

»Aber ich will nicht mit dir reden«, entgegne ich barsch, während sich der ungewöhnliche Held und seine noch ungewöhnlichere Truppe kampfbereit hinter mir positioniert.

»Belästigt sie der Typ«, fragt mich Ritter Monobraue und ich nicke, woraufhin sich der junge Mann couragiert an Georg wendet: »Könnten sie bitte damit aufhören, die Dame zu belästigen?«

Georg ignoriert den Einwand meines Verteidigers und richtet das Wort stattdessen an mich: »Ich bitte dich! Du musst mir glauben, dass ich mit der ganzen Sache nichts zu tun hab.«

Sebastian bemüht sich darum, seinem Freund ein wenig Verstand einzuflößen, und raunt ihm mit für ihn ungewöhnlich ernstem Gesichtsausdruck zu: »Nun komm schon, Schorschi. Du hast es versucht und bist gescheitert und jetzt holen wir ein paar Bier, mit denen wir deinen Kummer hinunterspülen.«

Georg verschränkt indessen provokant seine Arme vor der Brust und unterstreicht seine Unnachgiebigkeit mit einem breiten Stand: »Nein, ich gehe hier nicht weg, ehe ich das alles erklären konnte.« Mit etwas liebevollerem Blick wendet er sich mir zu: »Komm schon, Lena, gib mir wenigstens eine Chance.«

»Aha? Und was passiert, wenn ich dir keine Chance gebe? Schießt du dann auch mit Pfeil und Bogen auf mich?«, entgegne ich gedankenverloren und registriere zu spät, dass die *Ritter der Kokosnuss* hinter mir entsetzt ihre Augen aufreißen. Killer-Schorsch macht indessen einen Schritt nach vorne, um meine Hand zu ergreifen, doch kommt ihm Monobraue dazwischen.

»Du kannst nicht vorbei!«, ruft er pathetisch.

»Ich will doch nur mit ihr reden«, erklärt Georg seinem Kontrahenten, doch der bleibt standhaft. »Die Dame will aber nicht mit dir reden.«

Georg macht einen weiteren Schritt nach vorne, um sich an Monobraue vorbeizustehlen. Dummerweise wertet das einer der Jungs als Angriff, weswegen er mit seinem rechten Bein weit ausholt und meinem Lover einen Tritt in seine Weichteile verpasst. Stöhnend geht Killer-Schorsch zu Boden und veranlasst den Gewalttäter zum Jubilieren: »Yeah, Fünf eins Trampelschaden.«

Kapitel 24

So eine Scheiße. Da ist man einmal für ein paar Stunden Essen und verpasst alles«, stellt Patrizia fest, nachdem ich ihr und den beiden Teenagern bei einem Glas italienischen Rotwein die Gründe für meine überstürzte Flucht erläutert habe.

Meine Freunde haben gerade noch das Grande finale des Dramas miterlebt, da sie just in dem Moment zurückgekehrt sind, als Georg einen Tritt in seine Weichteile bekommen hat. Aber keiner der drei hat begriffen, was der Auslöser für das Drama war.

»Das klingt ja voll aufregend, Mom. Fast schon wie aus einem Film«, erklärt mein Sohn mit vor Begeisterung geweiteten Augen.

»Weißt du, es ist wirklich klasse, dass du dich plötzlich wieder für mein Leben interessierst und meinen Worten ein gewisses Maß an Beachtung schenkst, aber ich hoffe, dass diese Infos unter uns bleiben.«

Fynn zuckt verständnislos mit den Schultern: »Na klaro bleibt das unter uns.«

Anja kann sich ein Losprusten gerade noch verkneifen und wischt, um von ihrer Schadenfreude abzulenken, auf ihrem Smartphone herum.

»So klar ist das für dich ja scheinbar nicht. Ich hatte nämlich vorhin einen ziemlich unangenehmen Anruf von deinem Vater und deiner Oma.«

»Ich weiß nicht, wovon du sprichst, Mom«, verteidigt sich mein Kind, doch ist ihm die Lüge an der Nasenspitze anzusehen.

»Wer's glaubt wird selig«, wendet Anja deshalb spitz ein, wird von ihrem Altersgenossen allerdings ignoriert.

»Also ich weiß nicht, was du hast, Lena. Das ist doch ein Kompliment, wenn dein Leben gerade total filmreif abläuft. Kann man sich etwas Schöneres vorstellen?«, hält Patrizia fest.

Provokant recke ich das Kinn nach vorne und verschränke die Arme vor der Brust: »Du fändest es also schön, wenn du um dein Leben fürchten müsstest?«

»Ach komm schon. Georg würde dir sicher nie etwas antun.«

»Genau, Tante Magdi, hör auf meine Mama. Sie hatte nämlich schon mit zig Mördern zu tun.«

»Geh Mausilein, jetzt wirst du aber unfair. Immerhin habe ich regelmäßig mit Schülern zu tun und die haben auch einen sehr ausgeprägten Killerinstinkt. Vor allem wenn du sie mit einer schlechten Note verärgerst. Insofern ist das Betreten des Schulgebäudes mit einem Spaziergang durch das Eisbärengehege des Schönbrunner Zoos zu vergleichen.«

Anja rollt mit den Augen: »Geh bitte, der Vergleich ist total überzogen.«

»Du musst bedenken, Anja, dass deine Mutter in der Schule auch mit Teenagern wie Fynn zu tun hat und das kann schnell zu einer Gefahr für Leib und Leben werden.«

»Ha ha ha, Mom, wirklich witzig.«

»Das ist die Rache dafür, dass du so eine Petze bist.«

»Aber ich habe doch gar nichts getan«, verteidigt sich Fynn und fügt dann nach einer Pause hinzu. »Na ja, außer vielleicht der Oma eine kurze Sprachnachricht geschickt und dem Papa hab ich geschrieben. Aber was soll ich denn machen, wenn die mich fragen, wie es im Urlaub ist? Da muss ich ja ehrlich antworten.«

»Genau, weil du sonst auch immer so gesprächig bist«, wendet seine Altersgenossin ein und trifft damit den Nagel auf den Kopf.

»Es kommt halt auch nicht alle Tage vor, dass ausgerechnet in der Ferienanlage, in der man wohnt, jemand ermordet wird. Mal davon abgesehen, dass meine Mom den Killer auch noch datet. Da kann man mir doch nur schwerlich vorwerfen, dass ich die Klappe nicht halten kann. Das würde ja schon fast an Folter grenzen, hier schweigen zu müssen.«

Mein Patenkind legt ihr Handy demonstrativ zur Seite und beugt sich über den Tisch zu meinem Sohn vor, um ihn aufzuziehen: »Mimimimimi, ich hör nur Mimimimimi. Du könnest wenigstens Manns genug sein und dazu stehen, dass du ein elender Verräter bist.«

»Achso? Also bin ich jetzt ein Verräter, nur weil ich meinen Vater und meine Oma nicht anlüge?«

»Als würdest du das sonst nie tun. Wenn du einen Fetzen bekommst, dann rufst du immer zuerst mich an und bittest mich darum, die schlechte Beurteilung vor deinem Vater zu verschweigen.«

»Aber das ist etwas ganz anderes«, verteidigt sich Fynn.

»Immerhin kann man deinem Sohn nicht vorwerfen, ein Geheimniskrämer zu sein«, mischt sich Patrizia nach einem Schluck von ihrem Weinglas in das Gespräch ein und erntet ein dankbares Nicken von Fynn.

»Außerdem kennst du den Frank doch. Der dreht immer durch, wenn es um deine Sicherheit geht, weil er halt noch immer in dich verliebt ist.«

»Bitte können wir das lassen. Ich will das gar nicht hören«, bemüht sich mein Kind um einen Themenwechsel, wird dabei aber von meiner besten Freundin gänzlich überhört.

»Wahrscheinlich ist er einfach nur eifersüchtig, weil du einen hübschen Mann kennengelernt hast und jetzt sucht er halt nach irgendwelchen dunklen Flecken in seiner Vergangenheit, damit er einen Grund hat, dich vom Daten abzuhalten.«

»Genau«, wirft Anja verächtlich ein und widmet sich dann einer eben eingetroffenen Mitteilung auf ihrem Smartphone.

»Ich weiß nicht, Patzi, auch wenn ich es nur ungern zugebe, lässt sich doch nur schwerlich sagen, dass Frank im Unrecht ist. Was habe ich mir denn wirklich dabei gedacht, mich weiterhin mit Georg zu treffen, obwohl schon klar war, dass er verdächtigt wird?«

»Ach komm, Süße. Du darfst nicht so streng mit dir selbst ins Gericht gehen. Er hat dir halt gefallen und jetzt mal ehrlich: Du weißt doch noch nicht einmal, ob er diesen Hermann wirklich umgebracht hat. Wer weiß, vielleicht war es jemand ganz anderer. Ich tippe ja nach wie vor auf die Frau von Hermann.«

»Geh Patzi, die ist doch harmlos.«

»Ich gebe es wirklich nur äußerst ungern zu, aber so unrecht hat meine Mama da nicht, Tante Magdi. Du hättest die heute in der Pizzeria am Strand sehen müssen. Von Trauer keine Spur. Die hat andauernd diesen jungen Kellner angezwinkert und mit ihm geschäkert.«

»Na und? Da ist doch nichts dabei. Wenn ich das jedes Mal ernst nehmen würde, wenn deine Mutter mit einem Mann flirtet, dann ...«

»Achso? Würdest du mir etwa die Freundschaft kündigen, wenn ich den Simon betrügen würde?«, unterbricht mich Patrizia.

»Mama, kannst du das Thema nicht in meiner Absenz besprechen?«

»Absenz, wie du das schon sagst. Als wärst du etwas Besseres«, mault Fynn in sich hinein, doch lasse ich es nicht zu, dass zwischen den beiden Teenagern wieder ein Streit entbrennt, weshalb ich rasch erkläre: »Na ja, gut finden würde ich es nicht, wenn du Simon betrügen würdest. Wahrscheinlich würde ich dir anraten, deinem Mann alles zu beichten und darauf zu vertrauen, dass er dir verzeiht.«

Meine beste Freundin verschränkt gekränkt die Arme vor der Brust: »Aber du bist doch meine Freundin. Damit müsstest du doch voll und ganz hinter mir stehen.«

»Das tu ich doch auch. Ich stehe hinter dir, indem ich versuchen würde, deine Ehe zu retten, weil ich weiß, dass du total unglücklich ohne Simon wärst.«

»Tja, wer weiß«, setzt Patzi zu einer Erläuterung ihres Ausbruchs an und lässt danach resigniert die Schultern hängen.

»Was soll das jetzt wieder heißen? Was ist denn los?«

»Simon macht sich gar keine Sorgen um mich. Ich habe ja schon am Nachmittag versucht, ihn zu erreichen und bis zum Abendessen nix von ihm gehört. Deshalb habe ich ihm dann eine Sprachnachricht geschickt und ihm darin alles erzählt, was in den letzten Stunden so vorgefallen ist, aber er hat sich bis jetzt nicht gemeldet.«

»Wahrscheinlich rettet er gerade eine Babykatze aus einem Gully«, bemühe ich mich darum, meine Freundin zu trösten, was mir nur leider nicht gelingt.

»Bestimmt hat er eine Affäre.«

»Geh bitte, Mama, dafür ist der Papa doch viel zu unfähig.«

»Jep und zu faul.« Nach einer kurzen Unterbrechung füge ich hinzu: »Patzi, seit wann bist du bitte so negativ drauf?«

»Ach ich weiß nicht. Irgendwie macht es mich neidisch, wenn ich höre, dass du von so vielen Menschen angerufen wirst, die sich um dich sorgen. Indessen sorgt sich niemand um mich.«

Augenrollen vonseiten meines Patenkindes und gänzliche Ignoranz vonseiten meines Sohnes, der seine Leidenschaft für die virtuelle Welt des Mobiltelefons wiederentdeckt hat, als wir damit begonnen haben, über Gefühle zu sprechen.

»Jetzt rede doch nicht so einen Schwachsinn, Patzi. Es gibt genug Menschen, die sich um dich sorgen. Ich zum Beispiel sorge mich um dich.« Um meine Aussage zu unterstreichen, bellt Leonardo. »Und ich bin mir sicher, dass sich auch Simon um dich sorgt. Du weißt ja, er ist ein Mann. Die können nicht so gut zeigen, wie sie sich gerade fühlen, aber du bist ihm bestimmt nicht gleichgültig. Es gibt sicher eine gute Erklärung für Simons Verhalten. Ich meine ...«

Patzi zieht scharf die Luft ein: »Oh mein Gott ... Glaubst du etwa, es könnte etwas passiert sein?«

»Wunderbar«, höre ich mein Patenkind murmeln. »Das hat mir gerade noch gefehlt.«

»Vielleicht gibt es einen Gasschaden im Haus und er ist über Nacht erstickt, weil er nichts mitbekommen hat, oder es ist jemand eingebrochen und er ist von dem Lärm wach geworden, hat den Einbrecher überrascht und der hat den Simon im Affekt erschossen. Oder er hatte einen Autounfall und liegt jetzt auf der Intensivstation im Sterben. Ich wusste doch, warum ich den ganzen Nachmittag über so ein komisches Gefühl hatte.«

»Du hattest ein komisches Gefühl, weil du Blähungen hattest«, kommentiert Anja den Gefühlsausbruch ihrer Mutter emotionsarm.

Patrizia registriert die Reaktion ihrer Tochter nicht und spricht weiter: »Oder er hatte vielleicht einen Herzinfarkt, Lena, oder einen Schlaganfall und liegt nun auf dem Boden in unserem Haus und keiner ist da, um ihm zu helfen. Oh mein Gott. Ich muss sofort nach Hause!«

»Jetzt beruhig dich doch Patzi. Ich bin mir sicher, es ist absolut gar nichts passiert. Vielleicht ist er nur eingeschlafen oder er hat keinen Empfang.«

»Aber der Simon achtet immer darauf, dass sein Akku aufgeladen ist. Es ist noch nie passiert, dass der leer war.«

»Na ja, es gibt eben für alles ein erstes Mal«, wende ich ein. »Du musst einen kühlen Kopf bewahren und realistisch bleiben, Patzi.«

»Eben, ab ...« Sie unterbricht sich selbst, um ein paarmal tief ein- und auszuatmen, trinkt dann die Hälfte von ihrem Rotwein und richtet das Wort an mich: »Okay, du hast Recht. Ich überlasse meinem Schattenkind schon wieder die Führung. Es wird Zeit, dass ich mich beruhige. Reden wir über den Plan, den Fynn und ich entwickelt haben, um das Handy von Hermann zu knacken.«

»Es beruhigt dich, wenn du über eine Straftat sinnierst?«, hake ich ungläubig und zugegeben ein kleines bisschen belustigt nach. Indessen wirkt Patzi vollkommen verständnislos. »Ja, warum denn nicht? Ich fühle mich immer besser, wenn ich mich um ein Problem kümmern kann, das mich von den eigenen ablenkt.«

»Wem sagst du das. Ich kann ein Lied davon singen«, stimmt Anja ihrer Mutter zu. Mein Sohn hingegen ist beim Wörtchen »Plan« wieder voll und ganz im echten Leben angekommen, weswegen er sein Mobiltelefon zur Seite legt, sich in seinem Stuhl zurücklehnt und die Arme erwartungsvoll vor der Brust verschränkt.

»Also gut, mal davon abgesehen, dass ich es absolut nicht gutheißen kann, dass du meinen mündigen minderjährigen Sohn zu illegalen Aktivitäten in Zusammenhang mit einem Mord animierst: Wie lautet denn jetzt euer fantastischer Plan?«

»Ich habe heute Abend mit dieser Beate an der Strandbar gesprochen und war dabei natürlich um Unauffälligkeit bemüht«, erklärt mir Patzi aufgeregt. Aus dem Augenwinkel sehe ich, wie mein Patenkind den Kopf schüttelt. »Ich habe in Erfahrung gebracht, dass sie jeden Abend so gegen ungefähr zwanzig Uhr ins Restaurant geht, um zu Abend zu essen und danach die Bar aufsucht.«

»Genau und deshalb werden wir uns morgen kurz vor zwanzig Uhr zu ihrem Haus begeben und sie spontan fragen, ob sie uns ins Restaurant begleiten möchte«, erläutert Fynn.

»Und wieso habt ihr euch nicht gleich heute Abend für morgen mit ihr verabredet?«, frage ich nach und bringe meine beste Freundin damit ins Stocken.

»Das wäre doch viel zu auffällig gewesen, Mom«, wendet Fynn ein.

»Weil es natürlich viel unauffälliger ist, wenn ihr morgen plötzlich vor ihrer Tür auftaucht«, gibt hält Anja augenrollend fest.

»Ach das tut doch jetzt nichts zur Sache«, wischt Patzi den Einwand ihrer Tochter beiseite. »Wichtig ist das, was danach passiert. Denn während Fynn und ich diese Beate zum Abendessen abholen, wirst du dich im Gebüsch verstecken, Lena.«

»Yeah, das ist so ungefähr der einzig sinnvolle Teil in eurem wahrhaft ausgeklügelten Plan«, kann sich Anja nicht verkneifen und erntet einen vernichtenden Blick von ihrer Mutter. »Schon gut, schon gut. Ich sag eh nichts mehr.«

»Jedenfalls kommt dann mein großer Auftritt, denn bevor sich Beate mit uns auf den Weg zum Restaurant begibt, werde ich vorgeben, auf die Toilette zu müssen«, erklärt Fynn weiter. »Während ich das tue, werde ich ein Badezimmerfenster für dich öffnen, Mom, damit du, sobald wir mit Beate weg sind, über das Fenster in das Ferienhaus einsteigen kannst.«

»Wo du natürlich alsbald ein Notizbuch oder etwas dergleichen finden wirst, in dem Hermann wichtige Termine, Adressen, Telefonnummern und Pincodes notiert hat.«

»Ich ...«, setzt mein Patenkind zu einem Einwand an, verkneift sich diesen aber rasch.

»Mit dem gefundenen Ziffercode wirst du das Haus wieder durch das Badezimmerfenster verlassen und zurück in unsere Unterkunft kehren, wo wir das Handy knacken und feststellen werden, dass Georg einem Serienkiller das Handwerk gelegt hat, sodass du Lena, ruhigen Gewissens das Beweisstück verschwinden lassen und mit Georg in den Sonnenuntergang reiten kannst.«

»Ich sag's gleich, ich wirke bei eurem Wahnsinn nicht mit«, verkündet Anja bestimmt und spricht mir damit aus der Seele.

Kapitel 25

Als ich mich am nächsten Tag in der Abenddämmerung gemeinsam mit Patrizia und Fynn auf meine verbrecherische Tour begebe, bereue ich meine Entscheidung postwendend. Das liegt vor allem daran, dass unsere vermeintliche Tarnkleidung eher das Gegenteil des gewünschten Effekts erzielt und die volle Aufmerksamkeit der vorüberziehenden Hotelgäste erweckt. Angesichts der Outfits meiner besten Freundin und meines Sohnes dürfte die Reaktion der Passanten allerdings nicht großartig überraschen. Schließlich bekommt man nicht jeden Tag eine jugendfreie Disney-Version von Neo aus »Matrix« zu sehen, die sich für das Abendessen in einem Hotel-Restaurant mit einer *Nerf*-Gun bewaffnet hat und von einer Frau mittleren Alters begleitet wird, deren optisches Erscheinungsbild einem Neunzigerjahre-Musikclip von *Captain Jack* entsprungen sein könnte. Und als wäre das an Peinlichkeit nicht genug, zieht meine beste Freundin im Camouflage-Outfit wenig damenhaft Schleim aus ihrer Nase, um denselben danach auffällig auf den asphaltierten Weg neben sich zu spucken, sodass sich ein junger Mann pikiert nach ihr umwendet und ihr einen vernichtenden Blick zuwirft. Indessen schirme ich mein Gesicht schamerfüllt ab und bin ehrlich erleichtert, als Patrizia vor einem Ferienhaus mit der Nummer achtzig anhält, in dessen Einfahrt ein dunkelgrüner auf Hochglanz polierter BMW steht.

»Wir sind da!«, eröffnet Patzi mit feierlich von sich gestreckten Armen, woraufhin ich mich auf dem wenig abgeschiedenen Platz nach einem passenden Versteck umsehe, dabei jedoch nicht fündig werde, weswegen ich mich verzweifelt an meine Freundin wende. »Äh, Patzi, sagtest du nicht, ich solle mich in einem Gebüsch verstecken?«

Ahnungslos starrt mich die Angesprochene an: »Ja. Warum?«

»Na ja, weil hier weit und breit kein Gebüsch ist. Ich dachte, ihr habt euch bei eurem fantastischen Plan etwas überlegt. Habt ihr denn überhaupt irgendetwas im Vorfeld ausspioniert, wie das echte Verbrecher so tun?«

»Äh«, drückt sich Patrizia stotternd um eine Antwort und kratzt sich dabei am Hinterkopf. »Ich bin halt bei den ganzen Pflanzen hier einfach davon ausgegangen, dass es ein Gebüsch gibt.«

»Du sollst aber nicht nur von etwas ausgehen, sondern es im Vorfeld auch überprüfen. Vor allem wenn es um so wichtige Dinge wie Einbrüche geht. Wo soll ich mich denn jetzt verstecken?«, frage ich sie vorwurfsvoll.

Hilfesuchend sieht sich Patzi in der Umgebung um und deutet schließlich auf eine Fahnenstange: »Du könntest dich doch dahinter verstecken.«

»Soll das ein Witz sein? Dahinter könnte ich mich lediglich dann verbergen, wenn ich aussehen würde wie Kate Moss. Nur leider tue ich das nicht. Selbst mein Oberschenkel ist breiter als diese Fahnenstange.«

»Du könntest dich auch unter das Auto legen«, schlägt mein Sohn mit vor Amüsement funkelnden Augen vor. Entgeistert starre ich auf den BMW in Beates Einfahrt und sehe mich dann noch einmal verzweifelt nach einem alternativen Versteck um. Als ich nicht fündig werde, vergewissere ich mich, dass mich niemand beobachtet, und komme dem Vorschlag meines Sohnes maulend nach: »Super, wunderbar. Also lege ich mich unter ein Auto. Boah, echt. Ich wünschte, ich hätte dieses verdammte Handy der Polizei übergeben.«

»Für die Liebe muss man eben hin und wieder auch seinen Stolz opfern«, bemüht sich Patrizia um meinen Trost.

»Wehe du erzählst irgendjemandem etwas davon«, warne ich meine beste Freundin mit zusammengekniffenen Augen, als sich ihre ermunternde Miene in mein unter dem Kraftfahrzeug eingeschränktes Blickfeld drängt.

»Das würde ich niemals tun«, versichert sie mir und streckt dabei zur Bekräftigung ihrer Aussage den Daumen nach oben. Dummerweise habe ich Fynn nicht in meine Warnung miteingeschlossen, weshalb er mit seinem Smartphone ungeniert ein Foto von meiner misslichen Lage schießt.

»Fynn, du Ekel«, schimpfe ich erbost.

»Bereit?«, fragt Patzi mich und meinen Nachwuchs mit einem Augenzwinkern und als wir beide nicken, macht sie sich gefolgt von Fynn mit wenigen Schritten zur Tür von Beates Unterkunft auf, um anzuklopfen.

Es dauert nicht lange, bis die illustre Witwe in einem pinkfarbenen Kleid und einem bunt gemusterten Tuch, das sie um die Schultern geschlungen hat, die Tür öffnet und Patrizia und Fynn mit erstauntem Gesichtsausdruck begrüßt: »Hallo! Na das ist ja mal eine schöne Überraschung. Wie geht es denn ihrer Partnerin? Hat sie sich von ihrem Brechdurchfall in der Zwischenzeit schon wieder erholt?«

Was? Was heißt da Brechdurchfall? Hätte sich Patrizia denn keine weniger abstoßendere Erkrankung für mich ausdenken können, um meine Abwesenheit beim Abendessen zu erklären?

»Nein, leider ist eher das Gegenteil der Fall. Der Durchfall ist noch schlimmer geworden«, antwortet meine beste Freundin mit bedauerndem Tonfall und neigt den Kopf dabei leicht zur Seite, um ihr Mitgefühl über meine fiktive Unpässlichkeit zu unterstreichen.

Mit glänzenden Augen bringt sich mein Sohn in das Gespräch mit ein: »Voll. Jetzt hat es nämlich auch noch die Anja erwischt. Ich sag ihnen, die beiden haben sich heute zu Mittag förmlich im Wettkotzen und -kacken duelliert. Der Gestank war kaum noch zu ertragen. Deshalb haben die Patzi und ich das Haus aufgrund von Vergiftungsgefahr fluchtartig verlassen.«

Na warte. Dem werde ich es zeigen, wenn ich von meiner verbrecherischen Tour zurückgekehrt bin. Der wagt es doch tatsächlich zu behaupten, er hätte vor dem Gestank flüchten müssen. Ausgerechnet er. Ich bin ja der festen Überzeugung, dass mein Sohn nicht einmal Giftgas riechen würde, weil seine Geruchsnerven bereits von seinem körpereigenen Gestank abgetötet wurden.

»Geh Fynn, ich glaub, so genau wollte die Dame das mit Sicherheit nicht wissen«, ermahnt ihn Patzi indessen und verpasst ihm einen sanften Schlag auf die Schulter.

»Sorry.«

»Aber geh. Du musst dich nicht entschuldigen. Auch so einem braven Buben wie dir, darf mal ein kleines

Missgeschick passieren«, hält die Witwe begütigend fest und wendet sich an meine Freundin: »Womit kann ich ihnen denn helfen? Brauchen sie vielleicht Medikamente für ihre Partnerin und ihre Tochter? Ich hätte da etwas gegen Durchfall mit. Der Hermann – Gott hab ihn selig - hat sich ja immer über mich lustig gemacht, weil ich so viel in den Koffer gepackt habe, aber ich hab stets festgehalten, dass man nie weiß, was auf einen zukommt.«

Patrizia wedelt mit der Hand: »Nein, nein das ist nicht notwendig. Wir haben eh genug Medikamente dabei. Wir wollten sie eigentlich nur fragen, ob sie uns vielleicht ins Restaurant begleiten wollen? Nachdem meine Freundin heute als Gesprächspartnerin ausfällt, würde ich mich wirklich über eine erwachsene Begleitung freuen.«

»Oh, was für eine wunderbare Idee! Ich komm natürlich gerne mit. Wenn sie vielleicht nur einen Augenblick auf mich warten könnten. Ich muss meine Tasche noch holen.«

Als sie im Inneren des Hauses verschwindet, zwinkern sich Fynn und Patzi zu und schlagen dann siegesbewusst ein. Wenige Minuten später kehrt die Witwe mit einer bunt glitzernden Handtasche auf dem Arm zurück und erklärt sich zum Abendessen bereit.

Die drei setzen sich bereits in Bewegung, als sich mein Sohn seiner ihm zugedachten Aufgabe in diesem teuflischen Plan entsinnt. Mit unschuldigem Blick wendet er sich an Beate: »Dürfte ich vielleicht noch die Toilette benutzen?«

»Oh natürlich.« Die Witwe zwinkert ihm zu und senkt dann die Stimme: »Du wolltest wahrscheinlich nicht bei euch aufs Klo gehen, gell? Das kann ich gut verstehen.« Während mein Sohn vom Ferienhaus verschluckt wird, erzählt sie: »Der Hermann der hat ja auch immer wieder so Verdauungsprobleme gehabt und am liebsten wäre ich da für ein paar Tage ausgezogen, weil der Gestank kaum erträglich war. Dabei sagt man doch immer, dass man sich in den Geruch eines Menschen verliebt.«

Patzi zuckt mit den Schultern: »Na ja, die Liebe schlägt oft Wege ein, die der Verstand nicht nachvollziehen kann.«

»Wem sagen sie das. Nicht selten habe ich mich gefragt, warum ich überhaupt so ein Arschloch wie den Hermann geheiratet habe.«

Wow, mit dieser geballten Aggression habe ich nicht gerechnet. Verdächtig. Womöglich hat Patzi Recht und Beate hat ihren Mann getötet.

»Dieser Dreckskerl hat mich ja kaum noch beachtet und stattdessen ständig gesoffen wie ein Loch. Außerdem war er manchmal tagelang wie vom Erdboden verschluckt.« Resigniert lässt Beate die Schultern hängen.

Meine beste Freundin entgegnet indessen einfühlsam: »Das tut mir leid für sie.«

»Ach, das muss ihnen nicht leidtun. Schließlich habe ich mir das ganz allein zuzuschreiben und auch wenn sein Tod ein wirklicher Schock für mich war, bin ich ein Stück weit erleichtert.« Sie atmet die laue Abendluft tief in ihre Lungen ein und wieder aus, ehe sie weiterspricht: »Wissen sie, das klingt jetzt in ihren Ohren bestimmt grauenvoll, aber ich habe mich schon lange nicht mehr so frei gefühlt, wie seit dem Tod von meinem Mann. Die Menschen können so viel Mitgefühl heucheln, wie sie wollen, aber ich weiß, dass sich der Hermann mit seinem Verhalten nicht sehr viele Freunde gemacht hat.«

»Das stimmt, aber das ist doch noch lange kein Grund, um jemanden zu töten«, erwidert Patrizia.

»Manchmal gerät man halt an die falsche Person. So ist das Leben.«

Die beiden Frauen philosophieren noch ein paar Minuten über den Sinn des Lebens, bis Fynn von seinem Ausflug auf die Toilette zurückkehrt: »Alles erledigt. Meinetwegen können wir los.«

Nachdem die drei von dannen gezogen sind, warte ich einen Moment ab, ehe ich unter dem BMW hervorkrieche, um zum offenen Badezimmerfenster zu schleichen. Dabei werfe ich immer wieder verstohlene Blicke über die Schulter, um sicherzugehen, dass mich keiner der anderen Gäste beobachtet. Die meisten befinden sich allerdings bereits beim Abendessen, weswegen ich mich vollkommen ungestört auf das schmale Fensterbrett hieven kann. Die Betonung liegt auf »kann«, denn meine Kondition gleicht der eines Pensionisten mit Sauerstoffflasche, weswegen mir das Manöver erst nach mehreren Versuchen gelingt, sodass neben meinem vor Aufregung pochenden Herzen jetzt auch noch meine Oberarmmuskulatur schmerzt.

So ein Scheißdreck. Wir sind überhaupt nicht gut vorbereitet. Ich hätte mich nie und nimmer auf diesen Blödsinn einlassen dürfen. Argh!

Mit hochrotem Kopf und einem gefährlich ansteigenden Aggressionspotenzial zwänge ich mich durch die Fensteröffnung und laufe dabei Gefahr, mir eine weitere Schnittwunde am Handgelenk zuzuziehen. Als ich wieder festen Boden unter meinen Füßen spüre, atme ich erleichtert auf, bis mir der unverkennbare Gestank der Exkremente meines Sohnes in die Nase dringt. Gemäß mei-

nen Erwartungen hat Fynn die Klobrille weder herunter-
geklappt noch seine dunklen Kotrückstände im Innenbe-
reich der Toilette beseitigt. Ich habe als Mutter versagt!

Während ich darum bemüht bin, den todbringenden
Gestank zu ignorieren, sehe ich mich hilflos im Badezimmer um. Was soll ich denn jetzt tun? Schließlich habe ich
nicht die geringste Ahnung, wie so eine charakteristische
To-do-Liste eines Einbrechers aussieht. Wo könnte ich einen etwaigen Entsperrungscode finden?

Mein Blick gleitet über die mit Medikamenten jedweder Art übersäte Ablagefläche über dem Waschbecken
auf die Duschkabine, in der ein lilafarbener Badeanzug
mit weißen Punkten hängt.

Gut, mit hoher Wahrscheinlichkeit werde ich das Ge-
suchte nicht im Badezimmer finden. Deshalb begebe ich
mich mit vor Aufregung kribbelndem Bauch in den im
Dämmerlicht liegenden Wohnraum des Bungalows und
leuchte das Halbdunkel mit der Taschenlampe meines
Smartphones aus.

What the Fuck? Das vorherrschende Chaos im Wohnzimmer lässt die Vermutung zu, dass hier bereits eingebrochen wurde, und zwar von wenig pedantischen Die-
ben.

Auf dem Esstisch liegt eine offene Tube Sonnencreme
mit Lichtschutzfaktor fünfzig und diverse Schminkuten-
silien, deren nahezu makelloser Zustand mir verrät, dass
diese erst kürzlich erworben wurden. Neben der Spüle
stehen fünf leere Weingläser mit deutlich erkennbaren
Alkoholrückständen und eine geöffnete Packung Scho-
koladenkekse auf dem Boden hat bereits die ersten
Ameisen angelockt.

So eine Scheiße! Wie soll man hier bitte etwas finden?
Ich meine, nicht einmal das Sofa ist benutzbar, weil es

mit bunten Kleidungsstücken übersät ist. Mit Sicherheit brauche ich Stunden, um überhaupt nur einem Hinweis auf einen Code auf die Spur zu kommen. Ich glaube, ich hyperventiliere gleich. Deshalb bemühe ich mich darum, mich wieder auf den Plan zu fokussieren, indem ich mir die Frage stelle, wo ich meine Entsperrungscodes aufzubewahren pflege …

In meinem Mobiltelefon. Damned Fucking Bullshit! Wenn Hermann diese auch in seinem Smartphone gespeichert hat, dann stehen wir vor einem immensen Problem und meine Gesetzesübertretung war vollkommen nutzlos. Scheiße, Scheiße, Scheiße!

In meiner Not durchwühle ich planlos die Laden im Wohnzimmer, während ich mich gedanklich mit meinem künftigen Aufenthalt im Gefängnis auseinandersetze. Vielleicht könnte ich mich von Krimikomödien auf Knastgeschichten umorientieren. *Häfng'schichten und Mordsachen* oder so.

Ein Blick auf die Wanduhr im Wohnzimmer verrät mir, dass in der Zwischenzeit dreißig Minuten vergangen sind und angesichts der Tatsache, dass ich bisher keinen Hinweis gefunden habe, keimt allmählich ein kleines bisschen Panik in mir auf. Deshalb atme ich tief durch und entschließe mich dazu, meine Suche im Schlafzimmer fortzusetzen.

Als ich das fein säuberlich gereinigte Kabinett betrete, das so gar nicht zum Erscheinungsbild der anderen Räumlichkeiten passen will, zögere ich nicht lange und durchstöbere zielstrebig die oberste Schublade eines Nachtkästchens. Kurz darauf bereue ich mein Vorgehen bereits, denn zwischen dem Berg an Reizunterwäsche finde ich einen für meinen Geschmack äußerst großen, aggressiv-gelben Vibrator, ein Paar Handschellen und einen Haarreifen mit Bunny-Ohren.

What the Fuck? Ich denke nicht, dass ich in Erfahrung bringen will, was das Ehepaar mit diesen Utensilien getrieben hat. Ob Hermann die kleine Alice war, die von Beate, dem weißen Kaninchen ins Wunderland geführt wurde? Würg, kotz, speib!

Angeekelt schließe ich die Schublade wieder und öffne rasch die darunterliegende, in der ich einen schwarzen Terminplaner im A5-Format entdecke. Aufgeregt nehme ich den Kalender an mich und lasse mein Hinterteil auf die Bettkante sinken, um neugierig in dem Organizer zu blättern. Dabei stoße ich nicht nur auf den Eigentümer des Buchkalenders – Hermann Sackmaier - der in krakeliger Handschrift auf der ersten Seite vermerkt wurde, sondern auch wiederholt auf Termine mit einem oder einer JS. Seltsam. Wieso hat dieser Hermann den Namen der Person, mit der er sich getroffen hat, nicht einfach ausgeschrieben? Zudem taucht bei den Terminen immer wieder derselbe Hotelname auf.

Ich ziehe scharf die Luft ein.

Oh mein Gott, Hermann hatte eine Affäre! Das würde erklären, warum er manchmal tagelang abgetaucht ist. So ein mieses Schwein. Da hat er so eine liebe Frau, wie diese Beate und dann weiß er sie gar nicht zu schätzen und betrügt sie. Wenn ich sie wäre, dann würde ich dieses miese Arschloch ... umbringen? So eine Scheiße! Diese Beate hat ein Mordmotiv! Das müssen wir unbedingt der Polizei melden! Womöglich entlaste ich Georg mit dieser neuen Erkenntnis!

Aufgekratzt klappe ich den Terminplaner wieder zu und erhebe mich von der Matratze, um zielstrebig in

Richtung Nassraum zu marschieren, bis mich ein Geräusch an der Eingangstür aufhorchen lässt.

So ein Kackmist! Hat Patzi nicht gesagt, dass sie mich vorwarnt, wenn Beate in ihre Unterkunft zurückkehrt? Shit, Shit, Shit!

Hastig und mit bis zum Anschlag pochendem Herzen husche ich zurück ins Schlafzimmer und sehe mich ein weiteres Mal an diesem verfluchten Abend verzweifelt nach einem Versteck um, bis mein Blick auf dem Bett hängenbleibt.

Boah, das kann doch nicht sein. Nicht schon wieder!

Mit rollenden Augen und einem resignierten Stöhnen robbe ich im Rückwärtsgang unter das Doppelbett und höre kurze Zeit später, wie die Tür geöffnet wird. Gerade rechtzeitig wird mir bewusst, dass ich das Licht meiner Taschenlampe noch nicht ausgemacht habe, was ich unverzüglich nachhole. Kurz darauf wird die Beleuchtung im Vorzimmer eingeschaltet und ich erkenne den pinkfarbenen Saum von Beates Sommerkleid. Fröhlich pfeifend begibt sich die Bewohnerin des Ferienhauses in den Wohnraum, wo sie eindeutig nach etwas sucht und dabei ziemlich beunruhigende Selbstgespräche führt.

»Na meine kleinen Engelchen, wo habt ihr meine Geldbörse denn diesmal versteckt?«

Die Frau ist verrückt. Natürlich kann ich das angesichts der jahrelangen unglücklichen Ehe mit diesem Arschloch nachvollziehen, aber ich hänge an meinem Leben und wer weiß, was dieser Geisteskranken einfällt, wenn sie mich unter ihrem Bett entdeckt.

Zitternd schiebe ich mich mit den Armen ein Stück weit nach hinten in den Schatten und wirble dabei derartig viel Staub auf, dass sich ein nahezu unüberwindbarer

Hustenreiz in meiner Kehle bemerkbar macht, den ich nur unter Tränen zu unterdrücken vermag.

Das Ausmaß meiner Misere vergrößert sich, als Beates Fahndung im Wohnraum von keinem Erfolg gekrönt ist, weswegen sich die Witwe kurzerhand ins Schlafzimmer begibt und den Lichtschalter betätigt.

Fuck! Fuck! Fuck! Wieso habe ich mich dazu breittreten lassen, in das Ferienhaus dieser Frau einzubrechen? Bin ich denn vollkommen von Sinnen? Es wird nicht mehr lange dauern, bis mich Beate aufspürt und nachdem ich keine Mörderin bin, bleiben mir lediglich die Optionen Tod oder Gefängnis. Gut, ich könnte natürlich noch behaupten, dass ich mich im Zimmer geirrt und mich unter dem Bett versteckt habe, weil ich dachte, jemand würde bei mir einbrechen. Ja, das könnte klappen.

Einen Songtext von Andrea Berg summend durchwühlt Beate die Laden im Kabinett, sodass ich befürchte, ihr würde der verschwundene Buchkalender ihres verstorbenen Ehegatten auffallen. Doch die Frau befindet sich gedanklich in einem Paralleluniversum.

»Wollt ihr mich denn schon wieder ärgern, ihr kleinen Engelchen«, dringt ihre süßliche Stimme in mein Versteck.

Scheiße! Ich fühle mich wie in einem Horrorfilm. Sollte Beate jeden Augenblick ein Messer zücken und sich zu mir hinunterbeugen, wäre ich kaum überrascht. Ja, womöglich ein kleines bisschen erschrocken und es könnte durchaus passieren, dass ich mir vor Angst in die Hosen pinkle, aber überrascht wäre ich nicht.

»Na kommt schon. Nun seid doch nicht so. Wo habt ihr denn meine Geldbörse versteckt, meine kleinen Engelchen?«

Die Frau ist eindeutig verrückt und meine beste Freundin die unzuverlässigste Person, die mir jemals untergekommen ist. Was verdammt nochmal hat Patzi davon abgehalten, mir eine Nachricht zukommen zu lassen? Wenn Beate ihren Mann tatsächlich einer Affäre wegen getötet hat, dann schwebe ich soeben in Lebensgefahr. Vor allem wenn sie den Buchkalender in meinen Händen entdeckt. Hilfe!

»Was sagt ihr?« Es folgt eine kurze Pause, in der Beate schweigt. »Oh, ach da ist die Geldbörse also. Ihr seid aber auch kleine Strolche. Versteckt da einfach so meine Brieftasche unter dem Bett.«

Ah, das ist mein Ende! Eigentlich habe ich mir meinen Tod wesentlich pathetischer vorgestellt. Die himmlischen Mächte hätten mir doch wenigstens noch Zeit für das Verfassen ein paar stimmungsvoller, letzter Worte schenken können. Aber nein, natürlich bekomme ich die nicht. Das Schlimmste an all dem ist allerdings die Tatsache, dass ich eines Mannes wegen sterben werde. Wer hätte das gedacht?

Eine von Beates kleinen Händen bohrt sich durch den Schatten unter dem Bett und tastet sich am Boden entlang, sodass ich vor Angst kaum einen klaren Gedanken fassen kann. Nur wenige Zentimeter von meiner Nasenspitze entfernt, hält Beate plötzlich inne.

»Oh ihr Schlingelchen. Jetzt habt ihr mich aber reingelegt. Da ist ja mein Geldbeutel. Wusste ich's doch, dass ich ihn auf das Nachtkästchen gelegt habe.« Sie kichert. »Was seid ihr doch für Schlawiner.«

Die Witwe greift nach ihrer Brieftasche, knipst das Licht aus und verlässt dann zu meiner großen Erleichterung ihr Ferienhäuschen.

Erst als ein paar Minuten verstrichen sind, wage ich es, vorsichtig aus meinem Versteck zu robben. So schnell wie nur irgend möglich haste ich ins Badezimmer und schlüpfe, den Kalender fest an meine Brust gepresst, durch das offene Fenster in die warme Abendluft. Draußen atme ich erleichtert auf.

Puh, das war knapp.

Kapitel 26

Hallo *Scarface*! Und warst du erfolgreich?«, werde ich von meinem Patenkind begrüßt, als ich die Eingangstür unseres Bungalows keuchend hinter mir schließe, um mich dann erleichtert in einen der Stühle, die um den Esstisch platziert wurden, sinken zu lassen. Im Gegensatz zu meinem Haustier, das regungslos an Anjas Seite auf dem mit Sand verschmutzten Fliesenboden des Wohnraumes liegt und mich gänzlich ignoriert, betrachtet mich die Tochter meiner besten Freundin skeptisch über den Rand ihrer Brille hinweg und wartet dabei geduldig auf eine Antwort.

»Ich schätze mal das kommt darauf an, was du unter erfolgreich verstehst. Ich habe keinerlei Hinweis auf einen Entsperrungscode gefunden, aber dafür das hier«, antworte ich und präsentiere dann mit vor Stolz geschwellter Brust den gestohlenen Buchkalender.

»Oh mein Gott! Tante Magdi, hast du den etwa mitgehen lassen?«

»Jep und glaube mir, ich habe diesen Fund teuer bezahlt.«

»Jetzt ist es gewiss. Ich verkehre mit Kriminellen«, stellt Anja paralysiert fest.

»Dem habe ich zu meinem Bedauern nichts entgegenzusetzen«, stimme ich ihr zu. »Aber bevor du mich verurteilst, schau dir mal lieber an, was ich entdeckt habe.«

Mit einer Handbewegung bedeute ich der Teenagerin, zu mir zu kommen, um mir über die Schulter schauen zu können. Anja zögert nicht lange und legt ihr Buch zur Seite, um sich von dem Sofa zu erheben und meiner Aufforderung nachzukommen. Im Gegensatz zu meinem Patenkind zeigt meine französische Bulldogge weder an mir noch an den Neuigkeiten besonderes Interesse und schläft seelenruhig weiter. Indessen schlage ich den Kalender auf und suche eine Seite mit einem der dubiosen JS-Termine, um die Sandkastenfreundin meines Sohnes mit dem Zeigefinger darauf aufmerksam zu machen.

»Da sieh mal. Ist das nicht seltsam? Die Initialen JS kommen immer wieder vor und ziehen sich über diverse Wochen«, erläutere ich meinen Hinweis und blättere dann weiter, um Anja die Termine zu zeigen, die für die folgenden Wochen in den Planer eingetragen wurden.

»Mmh, scheint ganz so, als wäre dieser Hermann regelmäßig mit einer Person mit den Initialen JS verabredet gewesen.«

»Genau das habe ich mir auch gedacht«, stimme ich der Teenagerin zu. »Stellt sich nur die Frage, wer diese geheimnisvolle JS ist?«

»Diese? Wieso diese? Denkst du etwa, dass es sich bei JS um eine Frau handelt?«

Ich zucke mit den Schultern: »Irgendwie deutet schon alles darauf hin. Wenn dieser Hermann lediglich mit einem guten Freund verabredet gewesen wäre, dann hätte er doch wohl kaum dessen Initialen für die Eintragung in den Kalender benutzt, sondern den vollständigen Namen oder etwa nicht? Das Notieren von Initialen macht in diesem Fall eigentlich nur dann Sinn, wenn man die

Identität seiner Verabredung vor einem möglichen Finder verschleiern will. Und warum sollte man Verabredungen mit guten Freunden oder Verwandten geheim halten?« Anja sieht mich ratlos aus ihren großen braunen Augen an und blinzelt dabei zweimal, ehe ich meine Frage selbst beantworte: »Soetwas macht man eigentlich nur dann, wenn man ein Verhältnis hat.«

»Du scheinst dich damit ja wirklich gut auszukennen, Tante Magdi.«

»Hey, ich schreibe immerhin Krimis. Also sind eifersuchtsbedingte Dramen meine Spezialität. Außerdem, sieh dir die Termine doch mal etwas genauer an!« Ein weiteres Mal deute ich mit dem Zeigefinger auf die in schlampiger Handschrift notierten Eintragungen. »Die Treffen fanden vorwiegend in Hotels statt. Ein weiteres erdrückendes Indiz für eine mögliche Affäre von Hermann.«

»Keine Ahnung, Tante Magdi, ich finde das noch nicht so erdrückend. Immerhin kann man sich doch auch mit Geschäftskollegen in einem Hotel treffen.«

Ich werfe meinem Patenkind einen zweifelnden Blick zu: »Und welchen Geschäften soll dieser Hermann nachgegangen sein?«

Hilflos zuckt Anja mit den Schultern: »Was weiß ich? Vielleicht hat er sich ja auch nur regelmäßig mit einem alten Freund auf ein Bier getroffen und die Initialen benutzt, weil er schreibfaul ist.«

»Möglich, aber doch sehr unwahrscheinlich.«

Mit einem lautstarken Bellen stimmt mir der plötzlich erwachte Leonardo zu. Bei genauerer Betrachtung stelle ich jedoch fest, dass er sich lediglich durch eine sich ihm annähernde Spinne gestört fühlt.

»Gib mir den Terminplaner einmal«, fordert mich Anja auf.

Ich tue wie mir geheißen und sehe meinem Patenkind eine Weile dabei zu, wie es nachdenklich in dem Kalender blättert. Schließlich bleibt Anjas Blick auf einer Seite hängen und sie zieht scharf die Luft ein.

»Oh mein Gott! Das musst du dir unbedingt mal ansehen, Tante Magdi.«

»Was denn?«, frage ich sie und beuge mich über den Kalender.

»Scheinbar ist diese JS auch in Italien«, erläutert Anja ihre Reaktion und zeigt mit dem Finger auf einen Termin mit JS im *Happy Smurf Village*. »Weißt du, was das bedeutet?«

»Natürlich weiß ich das. Hermann hat seine Geliebte auch in Italien getroffen.«

Mein Patenkind deutet mit dem Daumen nach oben und zwinkert mir dabei zu: »Genau und wenn seine Geliebte hier in Italien ist, dann hat sowohl seine Geliebte als auch seine Frau ein starkes Mordmotiv.«

Ich schüttle den Kopf: »Wie gelingt es Unsympathlern wie diesem Hermann bitteschön eine Frau und eine Geliebte zu haben? Haben wir Frauen denn keinerlei Würde?« Nach einer kurzen Unterbrechung füge ich hinzu: »Bitte versprich mir Anja, dass du es eines Tages besser machst.«

»Keine Sorge. Ich werde sowieso mein Leben lang Single bleiben. Schau dir mal all die Frauen an, die mit Männern gestraft sind. Die altern nicht nur optisch viel schneller, sondern sterben auch wesentlich früher und dabei müssen sie auch noch einen besonders leidvollen Weg gehen. Du hingegen siehst toll aus und hast auch ein echt schönes Leben ohne Mann.«

»Ich rufe dir nur ungern in Erinnerung, dass wir das alles nur machen, weil ich im Urlaub einen Mann kennengelernt habe.«

»Eben, die tragen immer zum Absturz des weiblichen Geschlechts bei.«

»Danke. Können wir wieder zur Sache zurückkehren?«

»Ich ...«, will Anja soeben zu einer Erwiderung ansetzen, als ich sie rüde unterbreche.

»Wir müssen unbedingt herausfinden, wer die Geliebte von diesem Hermann ist, beziehungsweise war. Obwohl wenn sie nekrophil wäre, dann ...«

»Jetzt wird es grausam, Tante Magdi«, stoppt mich Anja ab und fügt dann hinzu: »Aber möglicherweise kann ich dabei behilflich sein, etwas mehr über die Identität von Hermanns Geliebter herauszufinden. Ich glaube nämlich, dass ich den Entsperrungscode von dem Handy gefunden habe.«

»Was? Wieso hast du das denn nicht gleich gesagt?«

»Na weil du ...«

»Egal ... du ... äh ... Manno, ich bin so aufgeregt. Wie hast du das denn geschafft?«

»Das würde ich dir ja erklären, wenn du mich mal ausreden lässt. Als ihr euch auf eure verrückte Mission begeben habt, habe ich mir das Handy etwas genauer angesehen und dabei auch die Schutzhülle abgenommen, weil mir eingefallen ist, dass die Mama ihren Pincode auf die Rückseite ihres Smartphones geklebt hat.«

»Wieso überrascht mich das jetzt nicht?«

»Kein Kommentar. Sie ist immerhin meine Mutter und hin und wieder muss ich mich ihr gegenüber loyal zeigen. Deshalb bin ich auch nicht unbedingt stolz darauf, dass meine Mama eine Gemeinsamkeit mit dem

Mordopfer hat. Ich habe nämlich einen vierstelligen Code auf einem Etikett auf der Rückseite des Mobiltelefons entdeckt.«

»Und? Hast du im Handy irgendeinen brauchbaren Hinweis gefunden?«

»Noch habe ich gar nichts gefunden, weil ich das Smartphone mal aufladen musste«, antwortet mein Patenkind und wirft dann einen Blick auf das Handy, das über ein Kabel mit einer Steckdose an der Wand unter dem Fernsehbildschirm verbunden wurde. »Aber in der Zwischenzeit müsste der Akku genügend Kapazität besitzen, um ein kleines bisschen darin zu stöbern. Bist du bereit für die ultimativen Erkenntnisse?«

Entschlossen nicke ich und wenige Minuten später sehe ich Anja dabei zu, wie sie im arktisch temperierten Wohnbereich unseres Ferienhauses einen vierstelligen Pincode in das Smartphone des Mordopfers tippt. Zu unserer großen Freude lässt sich das Mobiltelefon tatsächlich entsperren und nach kurzer Zeit, in der die Daten des Handys geladen werden, klickt Anja geistesgegenwärtig die App des Nachrichtendienstes an. Sogleich stoßen wir auf einen Chat zwischen Hermann und Beate, die er liebevoll als »Meine Oide« eingespeichert hat. Anja öffnet den Kommunikationsverlauf des Ehepaares.

»What the Fuck?«, kann ich mir nicht verkneifen, als uns die Frau des Mordopfers vollkommen nackt mit laszivem Augenaufschlag auf einem Foto entgegenlächelt.

»Wäh«, stimmt mir mein Patenkind angewidert zu und hält das Smartphone möglichst weit auf Abstand. »Ich finde, wir dringen zu weit in die Privatsphäre von dieser Beate vor.«

Mir bleibt nichts anderes übrig, als ihr mit einem knappen Nicken zuzustimmen. »Einigen wir uns einfach darauf, dass dieser Chat keine wertvollen Informationen für uns enthält.«

»Ich erhebe keinen Einspruch«, erklärt sich Anja einverstanden und schließt den Kommunikationsverlauf dann rasch, um den nächsten mit einem gewissen »Futlapperl-Desperado« zu öffnen.

»Charmant«, werfe ich ein.

Mein Patenkind wirkt indessen verwirrt: »Was heißt ›Futlapperl‹ und wieso erwähnt er mexikanisches Bier?«

Kichernd antworte ich: »Mit ›Futlapperl‹ sind die äußeren Schamlippen der Frau gemeint und mit ›Desperado‹ ein Abenteurer. Für dich ist die verständlichere Bezeichnung vermutlich ›Schürzenjäger‹.«

»Ah ja«, gibt Anja fachmännisch von sich und scrollt dann geduldig nach oben, um Einblick in den Gesprächsaufhänger zu erhalten, der aus drei qualitativ minderwertigen Fotos besteht, die jeweils dasselbe Pärchen händchenhaltend vor einem Wiener Hotel zeigen. Aufgrund der Distanz des Fotografen zum Motiv sind die Gesichter kaum identifizierbar.

Die Tochter meiner besten Freundin liest den Text unter dem letzten Foto laut vor: »Fünfzigtausend Euro bis Donnerstag um zwanzig Uhr. Bar in einem Koffer. Übergabe Stadtpark, gegenüber vom Intercontinental. Wenn das Geld bis dahin nicht da ist, leite ich die Fotos an ihre Frau weiter.«

»Sieht ganz danach aus, als hätte dieser Hermann ein noch dunkleres Geheimnis als eine Affäre gehabt«, stelle ich mit vor Aufregung heißen Wangen fest.

»Ja, scheinbar ist er nicht nur ein homophobes Arschloch, sondern auch noch ein mieser Erpresser. Aber hör dir lieber mal die nächste Mitteilung an.« Sie liest weiter: »Ich wüsste nicht, was sie meiner Frau erzählen wollen.

Schließlich ist nichts dabei, wenn man sich mit einer Arbeitskollegin zum Mittagessen trifft. Insofern ersuche ich sie, mich nicht mehr weiter zu belästigen, da ich mich andernfalls gezwungen sehe, die Polizei einzuschalten. JS.« Mit leuchtenden Augen starrt mich die Teenagerin an. »Bingo. Da haben wir es. Schon wieder JS. Jetzt können wir zumindest mit Sicherheit sagen, dass dieser JS ein Mordmotiv hatte.«

»Und ein Mann ist«, füge ich niedergeschlagen hinzu. »Das bedeutet, dass Georg als mutmaßlicher Täter noch immer in Frage kommt. Wer weiß, ob das überhaupt sein richtiger Name ist. Womöglich heißt er Jan, Josef oder Jürgen.«

»Du solltest keine voreiligen Schlüsse ziehen, Tante Magdi«, bemüht sich Anja darum, mich zu beruhigen. »Immerhin scheint es sich bei dem Erpressungsopfer um einen reichen Mann zu handeln und dein Georg erweckt jetzt nicht unbedingt den Eindruck eines *Dagobert Ducks*.« Sie tippt das erste Foto an, um es zu vergrößern, doch leider ist lediglich ein schlanker, großer Mann mit Sonnenbrille und Kopfbedeckung zu erkennen, der sich mit einer Blondine trifft.

»So ein Scheiß! Auf den Fotos kann man kaum sehen, um wen es sich handelt«, platzt es aus mir heraus, woraufhin mir Anja mit einem Nicken zustimmt und dann weiter hinunter scrollt. Dabei stößt sie auf ein Amateurvideo, das durch die Glasscheibe eines Fensters gefilmt wurde. Es zeigt die Kehrseite eines nackten Mannes mit blondem, gekräuseltem Haar, der auf eine am Bett liegende barbusige Blondine zugeht und sich auf sie setzt, um ihre Brüste zu massieren. Im Hintergrund ist der tiefe Atem des Pornografen zu hören, der sich an den erotischen Szenen sichtlich erfreut, jedoch dummerweise in seinem Aufnahmeprozess von einem pinkelnden Vierbeiner gestört wird, weswegen er das Video fluchend unterbricht. In einer zweiten Aufnahme setzt der Spanner sein teuflisches Werk fort und filmt das Pärchen beim nahezu akrobatischen Sex.

»Wow, da könnte man ja beinahe neidisch werden«, kann ich nicht umhin festzuhalten und ernte einen mahnenden Blick von meinem Patenkind.

»Ist das echt alles, was du dazu zu sagen hast?«

Hilflos zucke ich mit den Schultern: »Was sollte ich denn noch dazu sagen?«

Genervt verdreht Anja die Augen: »Oida, Tante Magdi, du bist ja schon fast so schlimm wie die Mama. Schau dir den Typen doch genauer an! Kommt er dir nicht bekannt vor?«

»Ich will nicht genauer hinsehen. Da fühle ich mich wie eine Voyeuristin«, entgegne ich und strafe meine Aussage sogleich Lügen, indem ich der Aufforderung meines Patenkindes trotz meiner Bedenken nachkomme. Die Erkenntnis fällt mir schließlich wie Schuppen von den Augen: »Oh mein Gott! Das ist doch der Typ, der sich über dich und Fynn beschwert hat, weil ihr seinen E-Reader im Pool versenkt habt.« Nach einer kurzen Pause füge ich hinzu: »Und er hat einen ziemlichen Knackarsch.«

Anja verdreht die Augen: »Du und die Mama könnt echt nicht abstreiten, dass ihr beste Freundinnen seid.«

»Sorry.«

»Ist dir auch aufgefallen, wann und wo das Video gemacht wurde, oder hast du nur auf den Knackarsch von dem Trottel gestarrt?«

»Äh«

Mein Patenkind seufzt: »Schau mal, das Video wurde hier im *Happy Smurf Village* exakt einen Tag vor Hermanns Ermordung aufgenommen. Und der Text darunter ist auch ziemlich vielsagend: ›Ist es für ihre Frau auch in Ordnung, wenn sie dahinterkommt, dass sie nicht mit Freunden in der Steiermark sind? Wenn nicht, dann will ich bis morgen Abend die fünfzigtausend Euro in bar in einem Koffer. Übergabe am Strand um exakt null Uhr. Wenn sie nicht da sind, dann kann sich ihre Frau an ihrem ganz persönlichen Porno erfreuen.‹ Weißt du, was das bedeutet, Tante Magdi?«

»Das heißt, der Mann mit der Löwenmähne hatte nicht nur ein Motiv, sondern auch eine Gelegenheit.«

»Und er war auch an dem Tag, an dem Georg das Smartphone gefunden hat zum Bogenschießen im Wald. Erinnerst du dich noch?«

»So eine Scheiße! Das bedeutet, dass Georg die Wahrheit gesagt hat und kein Mörder ist. Also zumindest nicht jener von Hermann. Schließlich lässt sich nicht zur Gänze ausschließen, dass er einen anderen Menschen getötet hat. Manno! Ich habe ihm Unrecht getan und muss mich auf der Stelle bei ihm entschuldigen.«

Kapitel 27

Als ich mich zu Anjas großem Entsetzen in Windeseile von meinem Platz erhebe und ohne jede Erläuterung zielstrebig die Eingangstür ansteuere, eilt mir mein Patenkind mit Leonardo im Gefolge keuchend nach.

»Wo willst du denn auf einmal hin, Tante Magdi? Was sollen wir denn jetzt machen? Du kannst mich doch nicht mit ...«

»Ich muss los und mich bei Georg entschuldigen«, unterbreche ich die Tochter meiner besten Freundin unsanft, die mich daraufhin ungläubig anstarrt,

»Was? Jetzt? Das hat doch noch Zeit. Du bist ja nicht die Hauptprotagonistin einer romantischen Komödie und selbst da ist es mir schleierhaft, warum die immer vollkommen hirnverbrannt losstürmen, so als böte der nächste Tag nicht genügend Zeit, um sich zu entschuldigen. Was soll ich denn jetzt mit dem Handy und dem Terminplaner machen?«

»Das können wir uns auch noch überlegen, wenn ich wieder zurück bin«, antworte ich kurz angebunden und setze meinen Weg dabei unbarmherzig fort, um die Eingangstür zu öffnen. Erschrocken zucke ich zusammen, als ich unerwartet in das Antlitz meiner besten Freundin starre.

»Scheiße, hast du mich erschreckt!«, halte ich nach Luft japsend fest, woraufhin sich Patzi irritiert verteidigt: »Was? Wieso denn das? Ich hab doch extra das wasserfeste Make-Up aufgetragen. Hab ich von meiner übermäßigen Transpiration schon wieder Panda-Augen? Na warte, ich werde denen von der Kosmetikfirma einen saften Beschwerdebrief schicken, wenn ihre Produkte nicht das halten, was sie versprechen. Ich habe für diesen Mascara ein Vermögen ausgegeben.«

»Jetzt beruhige dich doch«, erwidere ich belustigt. »Mit deinem Make-Up ist alles in Ordnung. Ich habe nur noch nicht mit dir gerechnet, deshalb bin ich erschrocken. Aber das ist jetzt auch nicht besonders wichtig. Ich muss näm ...«

Ich komme nicht mehr dazu, weiterzusprechen, da mich meine beste Freundin unterbricht und dabei begeistert mit einem Flyer vor meinem Gesicht herumfuchtelt: »Das musst du dir unbedingt anschauen, Lena!«

»Wenn du nicht stillhältst, kann ich nichts sehen. Außerdem wollte ich gerade ...«

Erneut unterbricht mich Patrizia mit vor Enthusiasmus weit aufgerissenen Augen: »Morgen gibt's auf der Showbühne eine Karaokenacht. Das ist doch voll cool, findest du nicht?«

»Ich weiß nicht, Patzi. Können wir nicht später darüber reden? Ich muss echt ...«

»Ach komm schon, Lena, sei nicht so eine Spaßbremse. Das wird sicher ur lustig. Ich hab auch schon die ur lässige Idee für unsere Kostüme.« Sie wendet sich an meinen Sohn, der sich gekonnt mit einem Slush-Eis in der Hand an ihr vorbeistiehlt: »Stimmt's nicht Fynn?«

»Jep«, bestätigt dieser wie immer kurz angebunden die Aussage meiner besten Freundin und begrüßt den schwanzwedelnden Leonardo und seine Altersgenossin, die sich ebenfalls zu einer Wortmeldung genötigt sieht: »Werden die schwarz-weiß gestreift ausfallen, oder wie?«

Theatralisch fasst sich Patzi an die Brust: »Was? Wieso? Oh mein Gott Lena hat man dich etwa entdeckt?«

»Nein, obwohl mich das angesichts der Tatsache, dass du bei der Aussicht auf eine Gesangseinlage auf deine Pflichten vergisst, ehrlich überrascht. Hast du denn gar nicht daran gedacht, mir eine Nachricht zukommen zu lassen, als Beate zu ihrer Unterkunft zurückgekehrt ist, um nach ihrer Geldbörse zu suchen? Ich dachte, wir hatten vereinbart, dass ihr mich warnt, wenn sie nicht mehr bei euch sein sollte!?«

Patzi wirkt peinlich berührt: »Oh, sorry. Darauf hab wohl vergessen.«

»Sorry? Echt jetzt?«

»Ach komm, sei nicht so, es ist doch alles gut gegangen.«

»Aber auch nur, weil ich einfach Glück hatte und jetzt muss ich wirklich ...« Unter Aufbietung all meiner Kräfte versuche ich mich an Patzi vorbeizuschieben, aber meine beste Freundin bleibt standhaft: »Wusste ich es doch und das ist mit Gewissheit nicht nur Glück, sondern Karma.«

Fynn, der sich in der Zwischenzeit nahezu lautlos an mich herangepirscht hat, klopft mir auf die Schulter: »Außerdem haben wir wirklich alles versucht, um Beate davon abzuhalten, nach ihrer Geldbörse zu suchen. Wir hätten ihr sogar das gesamte Abendessen bezahlt. Die Patzi ist also eine wahre Heldin.«

»Aber geh, Fynn, jetzt übertreibst du maßlos«, bemüht sich Patrizia darum, die Erzählung meines Sohnes herunterzuspielen.

»Das ist wahrscheinlich das erste Mal in meinem Leben, dass ich dir zustimme, Mama«, kommentiert Anja Fynns Lobeshymne.

Patrizia ignoriert die beiden Teenager und richtet das Wort an mich: »Aber jetzt sag schon. Hast du ...«

»Ja, ich habe tatsächlich einen brauchbaren Hinweis in Beates Ferienhaus gefunden«, unterbreche ich meine beste Freundin rüde, in der Hoffnung dadurch schneller mein Ziel aufsuchen zu können, aber nichts da. An Patzi kommt niemand vorbei.

»Aber das meinte ich doch gar nicht. Ich wollte dich fragen, ob du jetzt Lust hast, am Karaokebewerb teilzunehmen?«

»Du, können wir das bitte ein andermal besprechen. Ich muss jetzt wirklich weg.«

»Ja, die Tante Magdi und ich haben nämlich das Handy entsperrt, also eigentlich ich und ...«, versucht mein Patenkind, sich einzubringen, wird dabei von seiner Mutter allerdings übergangen: »Lena, ich lass dich nicht gehen, solange ich keine Antwort von dir habe.« Mit beiden Händen versperrt sie mir den Weg.

»Patzi nichts für ungut, aber das ist wirklich nicht wichtig. Ich muss los und zwar gleich und nicht erst in einer Stunde.«

Patrizia zuckt mit den Schultern: »Ist doch ganz easy cheesy! Sag einfach nur ja! Ich weiß sogar schon, was wir singen können.«

»Du, ich bin mir wirklich nicht sicher, ob ich noch mehr auffallen will. Ich ...«

»Ach komm schon. Gib dir einen Ruck. Tu's für mich! Ich kann die Ablenkung jetzt echt gut gebrauchen. Dieser Bastard von einem Ehemann hat sich nämlich noch immer nicht gemeldet. Ich sag's dir: Männer sind allesamt voll die Schweine. Kein Wunder, dass die Beate so eine Wut auf ihren verstorbenen Gatten hat. Die hätte ich auch, wenn ich vermuten würde, dass Simon fremdgeht. Wer kann es ihr da verübeln, dass sie ihn umgebracht hat?«

»Deine Äußerung hat nur einen Haken, Mama. Beate hat ihren Mann nicht umgebracht. Zumindest glauben wir das nicht mehr.«

Patzi kneift die Augen zusammen: »Also war es doch Georg?« Nach einer kurzen Unterbrechung fügt sie hinzu: »Ist doch klar. Männer halt. Allesamt Schweine. Vielleicht sollte ich die Songauswahl für den Bewerb dann doch noch mal überdenken. Ob man da bei der Anmeldung noch Änderungen vornehmen kann?«

»Du hast uns schon angemeldet?«, frage ich meine beste Freundin mit unverhohlenem Entsetzen in der Stimme.

»Oh, Äh, ja, äh, ich wusste doch, dass ich dich dazu überreden kann. Wenn nicht ich, wer dann? Und nachdem dein Georg ein Killer ist, brauchst du jetzt sicher auch Ablenkung.«

»Aber das versuchen wir dir doch die ganze Zeit zu sagen, Mama. Georg ist kein Mörder.«

Ehe ich dazu in der Lage bin, Widerspruch zu leisten, werde ich von meiner aufgeregten Freundin zurück in den Wohnraum geschoben, wo sich meine Freunde versammeln, um Anjas Wiedergabe der Ereignisse zu lauschen, die ich da und dort mit einem Kommentar ergänze. Als mein Patenkind seine Schilderungen beendet, strahlt es seine Mutter stolz an: »Also Mausilein, du bist wirklich ein Genie. Dieses scharfe Denkvermögen hast du eindeutig von mir und nicht von deinem Vater.« Sie schüttelt verärgert den Kopf: »Der ist nämlich sogar zu blöd, die Konsequenzen seiner Handlungen abzuschätzen. Denkt er wirklich, dass ich ihm in die Arme falle, wenn wir aus Italien zurückkommen? Never ever. Der Bastard muss froh sein, wenn ich nicht die Scheidung einreiche.«

»Aber findest du das nicht ein kleines bisschen hart dafür, dass er sich einen Tag nicht gemeldet hat?«, gebe ich meiner Freundin zu denken und werfe danach einen hektischen Blick auf die Uhr. In der Zwischenzeit sind zwanzig Minuten vergangen, in denen ich bereits mit Georg hätte reden können.

Patzi, die Luft holt, um meine Frage zu beantworten, wird dabei jäh von einem Benachrichtigungston unterbrochen. Genervt nimmt sie ihr Smartphone zur Hand und liest die eingetroffene Mitteilung, um dann mürrisch von sich zu geben: »Pf, der Simon kann sich sein ›Ich hab dich lieb‹ sonst wohin stecken. Gestern hat er schließlich auch nicht an mich gedacht und jetzt hofft er, dass es mir und seinem Kind gut geht. Wenn ihn das wirklich interessieren würde, dann hätte er angerufen und nicht nur so eine beschissene Nachricht geschickt. Ich hab jetzt echt Besseres zu tun.«

»Achso? Was denn?«, fragt Anja ihre Erziehungsberechtigte provokant.

Patzi zuckt mit den Schultern: »Wir müssen doch einen Mörder fassen.«

»Ja, also was mich betrifft, bin ich bei der Sache mit dem Mörder fassen auf jeden Fall draußen. Georg ist nicht der Killer und damit geht mich das alles nichts mehr an«, beteuere ich und will mich schon auf den Weg machen, als mich mein Sohn mit schockiertem Ausdruck im Gesicht davon abhält.

»Was? Aber Mom, du kannst doch nicht jetzt aussteigen, wo es gerade spannend wird.«

»Ich kann das nicht nur, Fynn, ich werde das auch machen, weil ich von dem ganzen Wahnsinn wirklich genug habe. Nicht nur, dass ich beinahe einen Unschuldigen belastet hätte, habe ich mich auch noch strafbar gemacht und bin in ein Haus eingebrochen.«

»Wo du wirklich wertvolle Informationen gefunden hast«, wendet Patrizia pragmatisch ein.

»Das mag sein, aber zu welchem Preis?«

»Du manchmal heiligt der Zweck die Mittel, Lena.«

»Das würde mir nur wenig nützen, wenn man mich erwischt hätte. Deshalb gehe ich jetzt zu Georg, um mich bei ihm zu entschuldigen. Ihr erinnert euch noch? Das war der Kerl, für den wir das alles gemacht haben.«

»Aber was machen wir jetzt mit deinem Diebesgut, Mom?«

»Das übergeben wir der Polizei, die sich dann um alles Weitere kümmern wird«, schlage ich vor.

»Aber hast du denn keine Angst, dass du Probleme mit der Polizei bekommst, weil du den Kalender aus Beates Unterkunft geklaut hast? Fynn und ich könnten Beate auch einfach nochmal ablenken, damit du den Terminplaner zurücklegen kannst und danach überlegen wir uns einen Plan zur Überführung des Mörders.«

Ich tippe mir auf die Stirn: »Ihr spinnt doch. Das mach ich ganz sicher nicht. Mich zweimal unter einem Bett und einmal unter einem Auto zu verstecken reicht für drei Urlaube. Ich bin schließlich keine Berufssoldatin.«

»Jetzt sei doch nicht so wehleidig, Mom.«

Ich schnappe heftig nach Luft, ehe ich kontere: »Ich bin wehleidig? Echt jetzt? Du bekommst jedes Mal

Bauchweh, wenn es darum geht einen halben Gramm Gemüse zu essen.«

»Da siehst du, wie sehr ich unter veganem Essen leide.«

»Ich nenne das ausgleichende Gerechtigkeit dafür, dass wir dich ertragen müssen«, wendet Anja ein.

»Kinder, jetzt hört's doch auf. Wir haben doch wirklich Wichtigeres zu besprechen.«

»Jep, ich wollte eigentlich los, um mich bei ...«

»Also wie überführen wir den Mörder? Ich würde vorschlagen, wir machen ein kleines Brainstorming. Das funktioniert bei meinen Schülern auch immer hervorragend.«

»Grandiose Idee, Mama, wirklich«, mault Anja. Indessen hat mein Sohn einen Geistesblitz. Mit vor Begeisterung leuchtenden Augen wendet er sich an Patrizia: »Was ist, wenn wir uns ein Beispiel am Mordopfer nehmen und den Mörder einfach nochmal erpressen?«

»Das heißt, wir packen zu den ohnehin bereits zahlreichen Straftaten noch eine weitere und so ganz nebenbei gehen wir damit dann auch noch das Risiko ein, dass wir vom Killer genauso abgemurkst werden, wie Hermann«, echauffiert sich Anja mit provokant vorgerecktem Kinn.

Ehe meine beste Freundin den Vorschlag meines Sohnes bewertet, meldet sich ihr Smartphone erneut zu Wort. Geduldig nimmt Patrizia das Mobiltelefon zur Hand und liest eine weitere Mitteilung, die höchstwahrscheinlich von Simon stammt. Danach legt sie das Handy beherrscht zur Seite.

»Willst du dem Papa nicht mal zurückschreiben?«, wagt ihre Tochter es, sie zu fragen, woraufhin Patzi entschieden den Kopf schüttelt.

»Nein, ganz sicher nicht. Der kann warten, aber das hier kann nicht warten.« Um die Möglichkeit zusätzlicher Einwände abzuschneiden, spricht sie sogleich weiter: »Also Fynn. Ich finde deinen Vorschlag wirklich grandios. Wir sollten den Mörder erpressen und bei dem Geldaustausch entlocken wir ihm dann ein Geständnis, das wir heimlich mit dem Handy aufnehmen. Damit wäre der Mann eindeutig überführt und Lena hätte von der Polizei mit Sicherheit nichts mehr zu befürchten, weil wir ihnen den Mörder quasi auf einem Silbertablett servieren.«

»Echt jetzt?«, hakt Anja fassungslos nach. »Du bist bereit, uns alle zu gefährden, nur weil du gerade eine Ehekrise durchlebst und ein Abenteuer zur Zerstreuung suchst?«

»Geh bitte, jetzt sei doch nicht immer gleich so melodramatisch und lass dich einmal auf ein Wagnis ein, du Streberin«, gibt Fynn nach einem Schluck von seinem üblichen Eistee von sich.

»Es kann halt nicht jeder so hirnlos sein wie du.«

»Mausilein, ich bitte dich um Konzentration.«

Anja rollt mit den Augen: »Womit hab ich das verdient?«

»Das frage ich mich auch schon die ganze Zeit. Ich wollte doch nur Georg entlasten und nicht einen auf *James Bond* machen.«

»Also passt auf«, setzt Patzi zu einer Erläuterung ihres Plans an und nimmt dabei Hermanns Smartphone zur Hand. »Wir rufen den Knackarsch-Mann mit der Löwenmähne an und teilen ihm mit, dass wir das Handy des Mordopfers gefunden haben und damit zur Polizei gehen, wenn er uns bis morgen Abend nicht eine Million Euro bezahlt.«

»Mama, eine Million ist doch viel zu viel. Wer sagt, dass der Typ so viel Geld hat? Nicht einmal Hermann hat eine Million Euro erpresst.«

»Aber geh, darüber können wir uns später auch noch Gedanken machen.«

»Tote können sich keine Gedanken mehr machen, Mama.«

»Kannst du dich jetzt bitte mal konzentrieren. Also: wir erpressen den Mann und locken ihn morgen Abend erneut an den Strand. Am besten nach unserem Auftritt. Am Strand verstecken wir uns dann.«

»Wieder hinter einem nicht vorhandenen Gebüsch, oder gleich unter einem Auto?«, wende ich belustigt ein.

»Wir werden ein gutes Versteck finden, indem wir das morgen noch auskundschaften.«

»Genau so habe ich mir meinen Urlaub vorgestellt. Vollkommen verstrickt in kriminelle Aktivitäten.«

»Ach jetzt sei doch nicht so. Sieh es doch als kleines Abenteuer an, über das du dann in deinem nächsten Roman schreiben kannst. Stell dir mal vor, wie gut sich der verkaufen wird, wenn deine Leser in Erfahrung bringen, dass deine Schilderungen einer wahren Begebenheit entspringen.«

»Ach komm schon, Mom, du wärst echt die coolste Mutter ever, wenn du on Board bist.«

»Ja und auch die schrecklichste Mutter, weil ich dich einer unnötigen Gefahr aussetze.«

Patrizia wedelt mit der Hand: »Aber geh, die Kids nehmen wir doch nicht mit zu unserem nächtlichen Treffen am Strand.«

Fynn wirkt enttäuscht: »Aber warum denn nicht? Ich meine, ich hab immerhin ein Jahr am Karatetraining teilgenommen.«

»Ja und dich darüber beschwert, dass du zu Boden gestoßen wurdest, weswegen wir dich wieder vom Kurs abmelden mussten.«

»Aber das hat auch voll wehgetan«, schmollt mein Sohn.

»Also gut, seid ihr bereit?«, fragt Patzi erwartungsvoll.

»Wofür konkret sollen wir bereit sein?«

Meine beste Freundin zuckt mit den Schultern: »Na ja, für den Erpressungsanruf.«

»Äh, nein. Ich habe deinem Plan mit keinem Wort zugestimmt, Patzi. Ich bin immer noch der Ansicht, es sei das Beste, die Beweise der Polizei zu übergeben und daran hat sich in der Zwischenzeit nichts geändert.«

»Na geh, wer weiß, vielleicht könnten wir, wenn wir den Mörder überführen und wieder zurück in Wien sind, eine eigene Detektei eröffnen.«, schwelgt meine beste Freundin in rosigen Zukunftsaussichten. Ein weiteres Mal meldet sich das Mobiltelefon meiner Freundin zu Wort. Diesmal mit einem Anruf ihres Ehemannes. Weil Patrizia diesen nicht mehr ignorieren kann, nimmt sie das Telefonat entgegen, sodass es mir gelingt, mich mit meinem Haustier als Begleitung still und heimlich aus dem Staub zu machen, um mein Vorhaben endlich in die Tat umzusetzen.

Kapitel 28

So eine Scheiße! Ich war schon lange nicht mehr so nervös wie in diesem Augenblick. Was mache ich denn, wenn Georg nicht dazu bereit ist, mir zuzuhören? Bleibe ich dann wie die Protagonisten aus den zahlreichen Liebesfilmen, die ich im Laufe meines Lebens konsumiert habe, standhaft und bemühe mich weiterhin um die Gunst des Mannes meines Herzens oder gebe ich auf, um keine weitere Zurückweisung ertragen zu müssen?

Ich werfe einen ratlosen Blick auf Leonardo, dessen unschuldige Glubschaugen allerdings keinerlei Aufschluss über meine weitere Vorgehensweise geben. Dabei ist die Frage des Grades der Hartnäckigkeit keine leicht zu beantwortende. Der Versuch, mit seinem Objekt der Begierde in Kontakt zu bleiben, kann heutzutage nämlich sehr rasch zur Erfüllung des Straftatbestandes der beharrlichen Verfolgung führen. In diesem Zusammenhang ist die mangelnde Anzahl an Entschuldigungen von Verflossenen selbsterklärend.

Von meiner Ratlosigkeit genervt, halte ich an und schlüpfe in die Weste, die ich geistesgegenwärtig auf meine Mission mitgenommen habe. Als ich meinen Weg wieder fortsetzen will, hindert mich jedoch mein angeleinter Hund daran, der soeben vollkommen ungeniert und in Slow-Motion in das Gebüsch eines Nachbars uriniert. Um Leonardo von seinem unsittlichen Verhalten abzubringen, ziehe ich hastig an der Leine, womit ich mir einen bitterbösen Blick meines schamlosen Haustieres einhandele, das bei der nächstbesten Gelegenheit erneut stehenbleibt und betont langsam einen Hydranten bepinkelt.

Das macht er bestimmt mit voller Absicht. Im Gegensatz zu mir weiß er nämlich genau, was er tut! Ich hingegen habe nicht die geringste Ahnung, was ich zu Georg sagen soll, um ihn dazu zu bringen, mir mein rasches Urteil zu verzeihen. Womöglich wäre es sinnvoll gewesen, ihm etwas zu basteln oder zu backen.

Fuck, Fuck, Fuck! Ich habe mich absolut nicht ausreichend vorbereitet und aus diesem Grund werde ich versagen. Hätte ich mir doch bloß mehr Mühe gegeben! Ich meine, wenn Georg mich des Mordes bezichtigt hätte, dann hätte er mir zumindest einen Song schreiben müssen, um auf meine Vergebung hoffen zu können.

Eine tiefe Verunsicherung breitet sich in mir aus und die feuchte Abendluft, die dafür sorgt, dass sich meine glatten Haare allmählich zu einer Pudelfrisur kräuseln, verstärkt das mir innewohnende Gefühl der Unzulänglichkeit zusätzlich. Deshalb nutze ich die Pinkelpause meines Haustieres und nehme mein Smartphone zur Hand, um es als Spiegel zu benutzen. Als ich mit meinem Erscheinungsbild einigermaßen zufrieden bin, setze ich meinen Fußmarsch fort und gebe mich voll und ganz der Grübelei über Georgs mögliche Reaktionen hin, die nicht unbedingt dazu beiträgt, dass ich mich selbstsicherer fühle. Ich wünschte, es gäbe in meinem Kopf eine Art Knopf, der es mir erlaubt, das passende Genre auszuwählen und von Drama auf Komödie zu schalten.

Nach wenigen Minuten halte ich vor Georgs Bungalow an und nähere mich mit vorsichtigen Schritten der im Dunkel liegenden und von Kletterpflanzen umrahmten Eingangstür. Ehe ich anklopfe, atme ich tief durch. Danach warte ich geduldig und vor allem mit vor Nervosität vollkommen nass geschwitzten Händen ab. Es erscheint mir wie eine Ewigkeit, bis ich ein Geräusch an der Tür vernehme, die kurz darauf nach außen schwingt und den Blick auf die Frau von Georgs bestem Freund preisgibt. Sie hält ein Fläschchen in der Hand und hat sich eine Stoffwindel über die Schulter gelegt.

»Oh, äh. Hi«, stammle ich und vermag die Enttäuschung in meiner Stimme nicht zu verbergen.

Alina scheint es ähnlich zu ergehen. Sie wirkt über meinen unerwarteten Besuch kein bisschen erfreut. »Magdalena, schön dich zu sehen«, straft sie ihren Gesichtsausdruck Lügen. »Kann ich dir bei irgendetwas helfen?«

»Nun ja, ich wollte eigentlich mit Georg reden.«

»Das tut mir leid für dich, aber der ist mit Sebi an die Strandbar gegangen. Ich glaub, das braucht er nach den Ereignissen von gestern.«

»Das ist blöd«, gebe ich von mir und kaue dann an meinen Fingernägeln, während mich Alina abschätzend betrachtet. Nach kurzem Zögern wage ich es, eine Bitte an die stämmige Frau zu richten, deren Gesichtszüge eine Härte widerspiegeln, die mir Zeit meines Lebens gefehlt hat: »Kannst du Georg vielleicht etwas ausrichten?«

Alina verschränkt die Arme vor der Brust: »Es kommt darauf an, was?« Sie wirft einen gehetzten Blick hinter sich und fügt dann hinzu: »Weißt du, ich will ehrlich mit dir sein und ich hoffe, du nimmst mir das jetzt nicht übel, aber es wäre wahrscheinlich für alle Beteiligten besser, du würdest dich von Georg fernhalten. Du hast ihm echt schon genug Probleme bereitet und hey, unter normalen Umständen würde mich das auch nicht großartig stören. Dummerweise sind Sebi und ich aber hier, weil wir uns mal eine Auszeit vom Alltag gönnen wollten und das ist nicht möglich, wenn mein Mann immer wieder einspringen und den großen Tröster spielen muss. Dabei haben wir im Moment echt genug mit dem Kleinen um die Ohren und können es wirklich nicht gebrauchen, dass uns Georg täglich mit seinen Problemen volljammert.«

»Aber deshalb bin ich ja hier«, stottere ich und ärgere mich dabei über mich selbst. Warum lasse ich mich von dieser Frau bloß so einschüchtern? Okay, gut, sie hat mit Sicherheit um einiges mehr an Lebendgewicht als ich, aber ich befinde mich ja nicht in einem Ringkampf mit Alina.

»Du bist hier um Probleme zu machen?«, fragt mich Sebastians Frau mit provokant nach oben gezogener Augenbraue, was mich erneut ein paar Zentimeter schrumpfen lässt.

»Nein, natürlich nicht. Ich wollte mich eigentlich für all die Probleme entschuldigen, die ich Georg bereitet habe. Ich ... na ja ... ich glaube nicht mehr, dass er ein Mörder ist.«

Alina klatscht in die Hände: »Na das ist aber eine wahre Freude. Du glaubst nicht mehr, dass Georg ein bösartiger Killer ist. Das müssen wir feiern gehen.«

»Hey, von bösartig habe ich nie gesprochen, aber ich meine ...«, versuche ich mich zu rechtfertigen.

»Als würde das einen großen Unterschied machen. Du hast dennoch die halbe Nachbarschaft auf den Georgie gehetzt und dreimal darfst du raten, wer sich dann den ganzen Abend um ihn gekümmert hat?«

»Der Sebi?«

»Ja und schlau bist du auch noch. Genau, der Sebi. Und weißt du, ich versteh ja sogar irgendwie, dass du dir nicht sicher sein konntest, dass der Georgie kein Killer ist. Ich meine, keine Ahnung, wie ich reagieren würde, wenn ich plötzlich das Handy von einem Mordopfer im Besitz meines Mannes finden würde. Das ist ja alles nachvollziehbar, macht aber unseren Urlaub nicht unbedingt erträglicher. Keinen Plan, ob du es dir dann nicht morgen schon wieder anders überlegst und irgendein Ereignis dazu führt, dass du dich erneut vor Georg fürchtest. Ehrlich gesagt habe ich von dem ganzen Urlaubsdrama langsam genug. Also vielleicht wäre es möglich, wenn du dich einfach von dem Schorsch fernhältst.«

»Ich ... aber ... ich ... na ja, ich mag ihn.«

»Jep und er mag dich auch. Das ist allerdings auch das Problem: er würde dir vermutlich alles verzeihen, weil er dich mag und das führt unweigerlich von einem Drama zum nächsten. Ich kenn das noch von ihm und seiner Ex und wir hatten bereits einen Drama-Urlaub. Ich brauche keinen zweiten mehr. Tut mir leid. Du bist wirklich sympathisch und ich versteh dich, aber ...«

»Ich versteh schon. Ich ... na ja ... vielleicht kannst du ihm wenigstens ausrichten, dass es mir leidtut.«

»Vielleicht«, hält Alina kurz angebunden fest und als hätte ihr kleiner Sohn diesen Moment abgewartet, brüllt er nun aus Leibeskräften.

»Dann ... äh ... also dann halte ich dich nicht weiter auf. Ich schätze mal, dein Kleiner hat Hunger.«

»Das schätze ich auch. Ich wünsche dir noch eine schöne Zeit in Italien, Lena!«, verabschiedet sich Alina von mir und ich habe gerade noch genügend Zeit, um ein resigniertes »Danke« zu murmeln, ehe sich die junge

Mutter umdreht und die Tür hinter sich ins Schloss fallen lässt.

Mit hängendem Kopf und dem Gefühl eines geprügelten Hundes trete ich meinen Rückweg an.

»Das war's, Leo. Ich habe endlich einmal einen normalen Mann kennengelernt und es total verbockt. War ja klar. Wahrscheinlich kann ich mit Normalität einfach nicht umgehen und brauche den Psycho-Touch.«

Mein Vierbeiner betrachtet mich mit mitleidigem Blick, was mein Elend verstärkt, sodass ich Sebastian kaum registriere, als er mir mit einem freundlichen Lächeln auf den Lippen über den Weg läuft und mir zuwinkt: »Hey Lena! Alles klar bei dir!?«

Ich krächze bloß ein halbherziges und vor allem kaum hörbares »Hallo« und laufe wie betäubt weiter.

Manno, da wäre es ja besser gewesen, wenn sich Georg tatsächlich als Mörder erwiesen hätte.

Kapitel 29

Mit hängenden Schultern schlurfe ich durch die zu dieser späten Stunde verlassene Ferienanlage und verfluche mich selbst für die Entscheidungen, die ich getroffen habe. Wieso habe ich gleich so ängstlich auf den Handyfund reagiert? Hätte ich nicht einfach so tun können, als wäre nichts gewesen?

Ein dicker Kloß bildet sich in meinem Hals, als ich den Pool passiere und mich postwendend an Georgs und mein erstes Date erinnere.

War ja klar, dass ich es nicht verdient habe, mit einem normalen Mann zusammen zu sein. Was habe ich mir auch anderes erwartet? Womöglich sollte ich die Ratschläge meiner Mutter beherzigen und mich endlich therapieren lassen, um mein Beuteschema bei Männern zu bearbeiten. Bleibt nur zu hoffen, dass ich die normalen Männer nicht erst nach Beendigung der Therapie kennenlerne, denn ich fürchte, in meinem hoffnungslosen Fall wird das in diesem Leben dann nichts mehr mit einer durchschnittlichen Paarbeziehung. Manno, das bedeutet, dass ich mich zwischen einem Singledasein bis zu meinem Tod oder einer Beziehung zu einem Psychopathen, der mich dann bei unserer gemeinsamen Hochzeit tötet, entscheiden muss.

Angesichts dieser deprimierenden Zukunftsaussichten fällt es mir zusehends schwerer, die Tränen zu unterdrücken, die allmählich aus meinen Augen quellen. Und warum sollte ich das auch tun wollen? Es ist doch ohnehin niemand hier, der mir aufgrund meiner Sentimentalität Vorwürfe macht.

Wie ein Häufchen Elend schleppe ich mich Schritt für Schritt zurück zu unserer Ferienunterkunft und sehe meinem Haustier mit tränenverschleiertem Blick dabei zu, wie es in regelmäßigen Abständen anhält, um an einem Strauch oder einem Laternenmast zu schnüffeln. Indessen denke ich mit Grauen an die Reaktion meiner besten Freundin auf die unerfreulichen Neuigkeiten, sodass der Kloß in meinem Hals auf seine doppelte Größe anschwillt und mir beinahe die Luft zum Atmen raubt.

Restlos resigniert lasse ich mich auf den mittlerweile erkalteten Randstein sinken und beachte die Mücken, die in mir ein Festmahl gefunden haben, kaum. Stattdessen vergrabe ich mein Gesicht in meinen Händen und lasse meinen Tränen laut schluchzend freien Lauf. Leonardo, der mein Unheil wittert, kommt auf mich zugelaufen und stupst mich liebevoll mit seiner kalten Schnauze an, sodass ich aufsehe und bei seinem Anblick unwillkürlich lächle.

»Sieht ganz danach aus, als wären wir zwei jetzt alleine, Leo. Du musst also mit deinem Frauchen vorliebnehmen«, stelle ich fest und streichle dem Tier dann über den Kopf. Leo scheint meine Zuwendung zu genießen und lässt sich mit aus dem Maul hängender Zunge auf sein Hinterteil plumpsen. »Wie ist mir das bloß wieder gelungen?«, frage ich meinen tierischen Beziehungsberater, erhalte jedoch wie zu erwarten keine brauchbare Antwort, sodass ich nicht umhinkann, sie mir selbst zu geben. »Weil ich ein Weichei bin, Leo, das sage ich dir. Ich bin das totale Weichei und habe mich vermutlich ein weiteres Mal in meinem Leben viel zu leicht einschüchtern lassen. Warum lasse ich mich eigentlich so mir nichts dir nichts fortschicken? Schließlich bin ich eine erwachsene Frau. Wieso gelingt es mir nicht ein einziges verdammtes Mal in meinem Leben, für mich selbst einzustehen?« Ratlos starrt mich Leo an und leckt an meinen Fingerspitzen. »Weißt du, dass das schon in meiner Schulzeit so war?«, erkläre ich ihm, so als spräche ich mit einem Menschen. »Ich hatte immer schon Probleme damit, mich gegen vermeintlich dominante Personen zu behaupten. Wahrscheinlich weil es mir an jeglicher Durchsetzungskraft mangelt.«

Noch immer starrt mich Leonardo ratlos aus seinen riesigen Glubschaugen an. Vermutlich ist das seine eigene Art der Zustimmung. Schluchzend setze ich meine Erläuterungen fort: »Das wusste auch meine Sitznachbarin in der Schule, die vermutlich heute irgendeine knallharte Managerin ist und regelmäßig hunderte Mitarbeiter und Mitarbeiterinnen einen Tag vor Weihnachten fristlos entlässt. Dieser eine Schultag, an dem ich meine Hausübung vergessen habe, wird mir für den Rest meines Lebens in Erinnerung bleiben.«

Leonardo legt seinen Kopf leicht schräg, sodass ich mich zu einer Korrektur meiner Aussage genötigt sehe: »Okay, okay, du hast ja Recht. Ich habe nicht nur an diesem einen Tag meine Hausübung vergessen, aber das tut jetzt auch rein gar nichts zur Sache. Schließlich hätte diese blöde Kuh mich trotzdem nicht vor meinen Schulkollegen und meiner Lehrerin so niedermachen müssen. Ich hatte regelrecht Angst vor der Frau.«

Noch immer hält mein Haustier seinen Kopf geneigt, als wolle er mir mitteilen, dass er mir die Geschichte so nicht abnimmt.

»Okay, wir haben die Hausübung als Vorbereitung für eine gemeinsame Arbeit in der Schule gebraucht. Na und? Deshalb hätte mich die blöde Kuh auch nicht so anschnauzen müssen. Es war doch angesichts meiner schulischen Laufbahn ohnehin klar, dass ich auf die Hausübung vergessen werde. Das habe ich ja nicht absichtlich gemacht. Aber habe ich mich damals vor meiner Sitznachbarin verteidigt?« Leonardo starrt mich erwartungsvoll an. »Nein, habe ich nicht. Wahrscheinlich bin ich so tolerant und verständnisvoll geworden, weil meine Mutter eine Therapeutin ist und die meisten Therapeuten bekanntlich selbst einen Knall haben, weswegen sie andere stellvertretend für sich selbst therapieren. Warum sollte meine Mutter da eine Ausnahme bilden?«

Leonardo starrt mich noch immer ahnungslos an und erhebt sich dann, um die Wiese hinter mir zu beschnüffeln. Eine Weile sehe ich meinem Haustier dabei zu und entschließe mich dann dazu, mir die Tränen aus dem Gesicht zu wischen und mich aufzurappeln. Als ich den Rückweg mit meinem Vierbeiner fortsetzen will, stelle ich etwas peinlich berührt fest, dass dieser sich soeben um ein Kothäufchen in den gepflegten Rasen erleichtert.

»Leo!«, rufe ich entsetzt auf. »Pfui! Nein!«

Doch wie zu erwarten, stelle ich nicht einmal für meinen Hund ein Alphatier dar, weswegen ich nichts anderes tun kann, als ihm dabei zuzusehen, wie er die Wiese beschmutzt. Da der Rasen überall mit kleinen Tafeln beschildert ist, auf denen ein durchgestrichener Hund beim Kacken aufgemalt wurde, blicke ich mich verstohlen nach allen Seiten um, um sicherzugehen, dass mein

Hund von keinem *Happy-Smurf*-Securitypersonal auf frischer Tat ertappt wird. Als mein tierischer Begleiter sein schmutziges Geschäft verrichtet hat, krame ich in meiner Handtasche nach einem Beutel für den Hundehaufen, um den Kot einzusammeln. Nachdem ich mit meiner wenig erfreulichen Tätigkeit fertig bin, betrachte ich den Hundehaufen im Beutel nachdenklich.

Was ist, wenn ich den nicht wie vorgesehen in einem Mülleimer entsorge, sondern ihn stattdessen mitnehme, um ihn dieser Alina vor die Tür zu legen? Das wäre die ultimative Rache für meine erlittene Demütigung.

Ich bin bereits im Begriff den zugegeben äußerst kindischen Gedanken zu verwerfen und den Kot in einem Mülleimer zu entsorgen, als ich in unmittelbarer Nähe zwei aufgebrachte Stimmen vernehme, die meine Neugierde erwecken. Weil ich kaum etwas verstehen kann, aber dringend ein wenig Ablenkung benötige, folge ich den Stimmen so geräuschlos wie nur irgend möglich und halte dann abrupt vor einem der kleinen Gärten an, dessen hell erleuchtete Terrasse ein mir bekanntes Pärchen offenbart.

So eine Scheiße! Das ist der mutmaßliche Mörder und seine Geliebte. Und die beiden streiten wild gestikulierend. Zu meinem Glück nehmen sie ihr Umfeld dabei kaum wahr, denn ich stehe, wie mir schlagartig bewusst wird, gut sichtbar hinter einem der Sträucher, die den kleinen Garten des Ferienhauses umgrenzen. Deshalb gehe ich hastig in die Hocke, um nicht Gefahr zu laufen, beim Lauschen entdeckt zu werden. Leonardo ist von meinem ungewöhnlichen Verhalten zwar sichtlich verwirrt, aber tut es mir schließlich nach und setzt sich hechelnd auf sein Hinterteil.

»Wieso hast du das Handy nicht einfach im Meer versenkt, Julian?«, fragt die blonde Geliebte des Mörders ihren verheirateten Freund mit dem Knackarsch aufgebracht. »Was machen wir denn jetzt, wenn das alles auffliegt?« Sie zieht scharf die Luft ein und rauft sich dabei ihre perfekt gestylte blonde Mähne, um die ich sie nur beneiden kann. »So eine Scheiße! Wie verdammt nochmal kommt man auf die dämliche Idee, das Handy eines Mordopfers in einem Wald zu entsorgen, den täglich zig Menschen zum Bogenschießen aufsuchen?«

Hilflos zuckt der Mann mit der Löwenmähne mit den Schultern: »Was weiß denn ich, Michelle. Ich bin schließlich kein Profikiller.«

»Ja, leider, denn dann müssten wir jetzt bestimmt nicht befürchten, alles zu verlieren«, kontert seine Geliebte und setzt sich dabei mit ihrem lilafarbenen kurzen Kimono auf einen der Plastikstühle. »Wieso musstest du den Mann denn gleich umbringen? Hättest du ihm nicht einfach sein Geld geben können? Schließlich hast du doch genug davon.«

Der Mann mit der Löwenmähne lacht laut auf: »Deine Naivität kann ja manchmal wirklich süß sein, Mausizandi, aber glaubst du wirklich, er hätte es dabei bewenden lassen? Erfahrungsgemäß wollen Erpresser irgendwann wieder Geld und dann wieder und wieder. Insbesondere der Typ hätte niemals lockergelassen.«

»Tja, das alles wäre vermutlich nicht passiert, wenn du deine Frau schon vor drei Jahren verlassen hättest«, erwidert die Blondine mit provokant vorgerecktem Kinn und stemmt dabei eine Hand in ihre schmalen Hüften. Indessen verdreht ihr Lover genervt die Augen. »Ach bitte, nicht das schon wieder. Ich habe dir doch schon tausendmal erklärt, dass ich meine Frau nicht so einfach verlassen kann. Was glaubst du denn, wie unser Lebensstil nach einer Scheidung aussehen würde? Das ganze Geld, das ich habe, kommt von meiner Frau. Wenn ich mich von ihr scheiden lasse und das auch noch deinetwegen, dann nimmt sie mich aus, wie eine Weihnachtsgans und du kannst deine *Louis Vuitton*-Taschen und teuren Strandurlaube vergessen.«

»Weil diese Urlaube so luxuriös sind«, kontert die Geliebte des Mörders verächtlich und fügt dann zur Erläuterung ihrer Feststellung hinzu: »Wir sind in einem stinknormalen Ferienressort und müssen uns zu allem Übel auch noch selbst versorgen. Davon habe ich immer geträumt, weißt du.«

»Wir können natürlich auch gerne einen Luxusstrandurlaub in Frankreich buchen, aber es dürfte dann doch eher schwierig sein, das meiner Frau zu erklären, die denkt, ich sei mit ein paar Kumpels in unserer Ferienhütte in der Steiermark.«

»Lügen über Lügen und nichts als weitere Lügen. Wirst du das nicht irgendwann leid, Julian? Und als wäre das nicht genug, bist du jetzt auch noch zum Mörder geworden.« Ein weiteres Mal rauft sie sich die Haare. »Oh mein Gott, wie soll ich das bloß meinen Freundinnen erklären? Die verstehen das niemals.«

»Ist das dein Ernst. Sind deine Freundinnen wirklich das einzige, woran du im Moment denkst? Ich wurde gerade zum zweiten Mal erpresst und du hast nichts anderes im Kopf, als die Meinung deiner Freundinnen. Das ist echt so typisch du.«

Wieso spricht der Typ von einer zweiten Erpressung? Wer hat ihn denn erpresst? Doch nicht etwa Patzi? Na warte, wenn ich die in die Finger bekomme.

So als hätte ich meine Gedanken telepathisch übertragen, meldet sich mein Handy mit einem kaum merkbaren Summen zu Wort, von dem die beiden Streithähne Gott sei Dank nichts mitbekommen. Vorsichtig nehme ich das Mobiltelefon zur Hand und lese eine Mitteilung von meinem Kind.

Kannst du mir bitte einen Eistee mitnehmen?

Weil mir der Streit der beiden Verbrecher jedoch wesentlich interessanter erscheint als die Bitte meines Sohnes, ignoriere ich die Nachricht schlichtweg, um den Mörder und seine Geliebte weiter zu belauschen. Offensichtlich hat Julian in der Zwischenzeit etwas Empörendes gesagt, das seine Freundin zutiefst verärgert. Mit zusammengekniffenen Augen und drohend ausgestrecktem Zeigefinger zischt die Blondine: »Oh nein, du kommst mir jetzt sicher nicht mit Vorwürfen, hörst du. Du sicher nicht. Du hast doch alles verbockt. Außerdem hast du keine Ahnung wie schwer es ist, wenn um dich herum alle irgendwelche Anwälte, Ärzte oder Unternehmer heiraten und du selbst vergeblich darauf wartest, dass sich dein Liebster irgendwann einmal voll und ganz zu dir bekennt.«

»Es tut mir leid, dass ich dir das nicht bieten kann, aber es ist ja nicht so, als hättest du nicht von Anfang an gewusst, woran du bist.«

»Das ändert aber rein gar nichts an meiner Situation, verstehst du das denn nicht, Julian? Du hast jemanden umgebracht und jetzt wo ich alles weiß, ziehst du mich mit in deinen Sumpf aus Verbrechen. Wenn ich Pech habe, dann lande ich deinetwegen im Gefängnis.«

Eine weitere Mitteilung meines Sprösslings langt ein und lenkt mich von den wesentlichen Dingen ab:

Boah, der nervt. Fynn sollte sich lieber mal um Patrizia kümmern, die mir nichts dir nichts und ohne meine Zustimmung einen Mörder erpresst.

Rasch wende ich den Blick von meinem Smartphone ab und dem Geschehen im Garten zu. Ich beobachte, wie sich die Blondine erneut verzweifelt die Haare rauft.

»Oh mein Gott! Aus mir wird eine Knackibraut!«, stellt sie hektisch atmend fest. »Weißt du eigentlich, was die mit Frauen wie mir im Gefängnis machen? Ich ... ich glaube ich habe gerade eine Panikattacke.« Aufgelöst hält sie sich an den Armlehnen des Plastikstuhls fest, auf dem sie vorhin Platz genommen hat und erregt damit endlich das so dringend benötigte Mitgefühl ihres Lovers, der auf sie zukommt und sein Gesicht auf eine Höhe mit ihrem bringt, um sie schließlich zu umarmen und beruhigende Worte an sie zu richten: »Mausizandi, es wird alles gut. Das verspreche ich dir. Ich werde nicht zulassen, dass du im Gefängnis landest. Vertrau mir!«

Sie lacht resigniert auf. »Dir vertrauen? Das ich nicht lache. Ich habe ja gesehen, wohin es führt, wenn man dir vertraut. Deine Frau ist das beste Beispiel dafür. Die vertraut dir sicher auch.«

»Offensichtlich nicht so sehr, wie ich dachte, denn wer hätte mir sonst einen Detektiv auf den Hals hetzen sollen, wenn es nicht meine Frau war.«

»Also war dieser Hermann ein Detektiv!?«

Der Mann mit der Löwenmähne nickt: »Warum sonst hätte er auf die Idee kommen sollen, mich zu erpressen? Wir kennen einander schließlich nicht.«

Eine weitere Mitteilung von Fynn langt indessen ein:

Biiiittteeeee!!!

Weil ich nicht durch weitere Nachrichten gestört werden will, tippe ich hastig eine Antwort ab:

Kann grad nicht.

Danach wende ich mich wieder dem Geschehen zu.

»Zu schade, dass er nicht den legalen Weg gegangen ist und deine Frau aufgeklärt hat. Dann hättest du sie endlich verlassen müssen«, stellt die Freundin des Mörders mit einem lapidaren Schulterzucken fest.

»Falsch, Michelle, sie hätte mich verlassen und bei der Scheidung hätte ich keinen Cent gesehen. Hast du es denn noch immer nicht kapiert, Mausizandi? Wenn wir nicht so arm wie Kirchenmäuse sein wollen, dann kann ich mich nicht so einfach von meiner Frau trennen.«

Die Blondine verzieht ihre Lippen zu einem Schmollmund: »Das ist so unfair. Ich habe wirklich mehr vom Leben verdient als das. Hast du eigentlich die geringste Ahnung, wie es ist, arm zu sein, weil deine Mutter Alleinerzieherin ist und zwei Jobs hat, um die Familie über die Runden zu bringen. Andauernd musste ich die abgetragenen Kleidungsstücke meiner Schwester tragen und zu Weihnachten gab es für jeden von uns lediglich ein Päckchen. Mehr konnte sich unsere Mutter nicht leisten. All das, was ich jetzt habe, habe ich mir hart mit meinem Aussehen erarbeitet und das will ich nicht wieder aufgeben. Das wäre mein Untergang, Julian.«

»Ich weiß, mein Mausizandi. Deshalb tue ich auch alles, um deinen Lebensstil erhalten zu können. Mach dir nicht so viele Sorgen. Ich werde nie und nimmer zulassen, dass uns irgendjemand das alles zerstört.«

»Und was machen wir jetzt mit der Erpresserin? Ich meine, können wir ihr nicht einfach Geld anbieten?«

Energisch schüttelt Julian den Kopf: »Nein, niemals. Das wäre viel zu auffällig. Meiner Frau entgeht keine einzige Kontobewegung. Davon abgesehen, hat die Erpresserin gar nicht gesagt, was sie von uns will. Sie hat lediglich gesagt, dass sie weiß, was ich diesen Sommer getan habe. Aber was spielt das auch für eine Rolle? Wir müssen irgendwie an dieses verfluchte Handy vom Sackmaier gelangen und es endgültig entsorgen. Zusammen mit den Mitwissern.«

In diesem Augenblick langen zwei weitere Nachrichten von Fynn ein, deren Inhalt ich nicht mehr zu lesen vermag, weil mir vor lauter Schreck über die Aussage des Mörders mein Smartphone aus der Hand fällt.

Scheiße! Ist das laut.

Kapitel 30

ast du das gehört?«, fragt die Blondine ihren Geliebten und lauscht dabei mit gespitzten Ohren in die Dunkelheit der Nacht hinein. Indessen schüttelt ihr Freund energisch seinen Kopf. »Nein, was?«

»Da war doch etwas«, unterbricht ihn seine Zweitfrau rüde und erhebt sich dabei von ihrem Sitzplatz, um sich meinem Versteck zu nähern.

Scheiße! Es wird Zeit, dass ich die Flucht ergreife, aber irgendwie tun meine Beine so absolut nicht das, was ich ihnen sage.

»Mausizandi, ich glaub dich hat das alles so aufgeregt, dass du dir jetzt schon Geräusche einbildest. Da war rein gar nichts«, bemüht sich der Mörder darum, seine Freundin zu beruhigen. Diese gibt nicht viel auf die Meinung ihres verheirateten Lovers und hält weiterhin in ihren modischen Pantoletten auf mich zu, wobei sie ihren Zeigefinger dabei auf ihre Lippen legt, um ihrem Julian zu bedeuten, dass er still sein soll.

What the Fuck! Wieso laufe ich nicht weg? Was ist denn bloß los mit mir? Ich hocke einfach nur da und starre meinem nahenden Tod ins Gesicht. Dabei fühle ich mich wie eine Taucherin in einem geöffneten Haikäfig.

»Da ist doch etwas«, höre ich Blondie sagen, die ihre großen Augen zu engen Schlitzen zusammenzieht und ein paar Äste jenes Strauches zur Seite schiebt, hinter dem ich mich verstecke. Unsere Augen treffen aufeinander und für eine Millisekunde starren wir uns schweigend an, ehe die Freundin des Mörders Alarm schlägt.

»Wusste ich es doch!«, ruft sie triumphierend. Indessen erwache ich aus meiner Schockstarre und meine Beine gehorchen endlich wieder meinen Befehlen. In plötzlich aufkommender Panik werfe ich meinem Haustier einen alarmierten Blick zu und rapple mich dann aus der Hocke auf, um loszusprinten. Hinter mir höre ich die Blondine quengeln: »Julian, schnell! Sie läuft weg. Wir müssen ihr unbedingt hinterher!«

Scheiße! Scheiße! Scheiße! Warum bringe ich mich immer in derartige Situationen? Wieso konnte ich nicht einfach in unser Ferienhäuschen zurückkehren und mich da in Selbstmitleid suhlen? Diese beschissene Neugierde. Ich wusste, dass mich diese irgendwann in Schwierigkeiten bringt. Gut, das ist auch nicht besonders schwer vorauszusehen, wenn man diesbezüglich bereits mehr als einmal Probleme hatte. Im Grunde grenzt es an ein Wunder, dass ich erst heute in Lebensgefahr gerate. In Lebensgefahr! So ein Mist! Ich schwebe in Lebensgefahr!

Plötzlich hellwach schreie ich aus Leibeskräften um Hilfe und spüre dabei meine Lunge brennen. Dummerweise sind diesmal keine übereifrigen Sonderlinge zur Stelle, die mir zur Hilfe eilen. Stattdessen werde ich von den anderen Hotelgästen entweder komplett überhört oder absichtlich ignoriert, während die Schritte meines Verfolgers immer näher rücken.

Kein Wunder, dass der Typ so einen durchtrainierten Knackarsch hat. Wahrscheinlich läuft er täglich mehrere

Stunden. Wäre ich doch bloß öfters im Turnunterricht gewesen, dann hätte ich zumindest eine Chance gegen diesen Leichtathleten.

Zögerlich wage ich einen Blick über meine Schulter und stelle zu meinem Erstaunen fest, dass es nicht der Killer ist, der mich beinahe eingeholt hat, sondern seine blonde Freundin, die mich in den Pantoletten verfolgt, wie der *T-1000* aus »Terminator 2«. Fehlt nur noch, dass sich die Tussi in flüssiges Metall verwandelt.

»Bleib verflucht nochmal stehen, du blöde Schlampe!«, ruft mir die aufgebrachte Geliebte des Mörders hinterher, sodass ich nicht umhinkann, meinem hechelnden Hund einen vielsagenden Blick zuzuwerfen und ebenfalls keuchend festzuhalten: »Das finde ich ja wirklich lustig, dass sie mich als Schlampe bezeichnet. Immerhin bin ich nicht diejenige die ein Verhältnis mit einem verheirateten Mann hat.«

Leonardo bellt seine Zustimmung lautstark in die kühle Nachtluft, während mich meine Beine immer weiter und weiter tragen und sich in meiner Seite allmählich ein unangenehmes Stechen ausbreitet. Mein einziger Trost besteht darin, dass auch der Mörder offenkundig kein besonders ausdauernder Läufer ist. Das schließe ich daraus, dass er schnaufend hinter seiner Freundin herläuft: »Mausizandi, nicht so schnell. Du weißt, ich bin nicht so der Kardiosportler.«

»Wenn ich noch langsamer laufe, holen wir die blöde Erpresserschlampe überhaupt nicht mehr ein«, zischt die Blondine ihrem mörderischen Lover aufgebracht zu und veranlasst mich dazu, mein Tempo zu erhöhen, auch wenn ich dadurch in den Irrwegen der Ferienanlage komplett die Orientierung verliere. Verzweifelt biege ich in eine weitere verlassene Gasse des *Happy Smurf Village* ein, stelle doch alsbald mit Entsetzen fest, dass mir Blondie noch immer dicht auf den Fersen ist.

Scheiße! Was mache ich denn jetzt? Der Frau entkomme ich niemals!

Als hätte Leonardo meine Gedanken gelesen, bellt er ein weiteres Mal und wird damit unbeabsichtigt zu meinem Retter, weil er mir mit seiner tierischen Randbemerkung den Hundehaufen in Erinnerung ruft, der sich in der Plastiktüte in meiner Hand befindet. In einem riskanten Manöver schüttle ich den Kackhaufen aus der Plastiktüte auf den Gehweg hinter mir, stolpere dann ein paar Meter, ehe ich mich wieder gesammelt habe, und laufe mit Höchstgeschwindigkeit auf das kleine Waldstück zu, das sich zwischen der Ferienanlage und dem Strand erstreckt und ein hervorragendes Versteck abgibt.

Kurze Zeit später höre ich einen lautstarken Fluch: »Dieses Miststück!«

»Was ist denn los, Mausizandi?«

»Ich bin in den Kackhaufen von dem Köter der dämlichen Schlampe gestiegen und mit dem Knöchel umgeknickt. Ich kann kaum noch auftreten, so weh tut das.«

Mein Plan ist aufgegangen. Strike.

Dennoch wage ich es nicht, stehenzubleiben, um meinem Körper eine kurze Pause zu gönnen, sondern sprinte mit dem bellenden Leo an meiner Seite, der in all dem ein innovatives Hundespiel vermutet, ohne Unterlass und unter Aufbietung all meiner Kräfte weiter auf den rettenden Wald zu, dessen Grenze ich mit brennenden Lungen erreiche. Augenblicklich verlangsame ich meine Schritte und werfe einen vorsichtigen Blick über die Schulter, kann aber in der Dunkelheit kaum etwas erkennen, sondern lediglich entfernte Schritte ausmachen, die sich in gemächlicherem Tempo nähern, weshalb ich davon ausgehe, dass es sich bei meinem Verfolger um den Mörder handelt. Wenigstens ist es mir gelungen, den *T-1000* auszuschalten.

Restlos verschwitzt lehne ich mich an einen nahen Baumstamm und versuche, nach Luft ringend, meine Muskeln in den Beinen zu entspannen.

Ich kann nicht mehr laufen! So ein Mist! Ich kann einfach nicht mehr!

Deshalb sehe ich mich orientierungslos in dem Waldstück um und beschließe, querfeldein nach einem Versteck zu suchen. Während ich mich vorsichtig über den aufgeweichten Waldboden schleppe und dabei tunlichst darauf achte, auf keinen Ast zu treten, überlege ich mir, ob es sinnvoll wäre auf einen Baum zu klettern und dort den Rest der Nacht zu verbringen.

Nein, blöde Idee. Vermutlich würde ich mir schon beim Versuch, den Baum zu erklimmen, das Genick brechen.

»Wo bist du denn?«, höre ich die Stimme des Killers den dunklen Wald durchdringen und spüre, wie die Angst in meine Glieder kriecht und von meinem Geist Besitz ergreift.

So eine verfluchte Scheiße! Wenn ich weiterlaufe, verrate ich mich. Mir bleibt also nur eine Option: Ich muss mich verstecken. Schon wieder.

Mein Blick fällt auf einen dicken Baumstamm, dem ich mich schrittweise annähere, um mich schließlich so fest wie möglich an ihn zu pressen. Leonardo lässt sich indessen zu meinen Füßen nieder und starrt mich aus erwartungsvollen Glubschaugen an.

»Was machen wir denn mit dir?«, flüstere ich ihm zu und komme zu dem Schluss, die Leine meines Hundes loszulassen, damit dieser zurück zu unserem Ferienhaus laufen und die anderen warnen kann. Obwohl ich bezweifle, dass mein Kind vor Sorge vergeht, wenn Leonardo allein von meiner Mission zurückkehrt. Statt loszulaufen, starrt mich meine französische Bulldogge allerdings nur verständnislos an.

»Jetzt schau mich nicht so dämlich an«, flüstere ich Leo deshalb zu. »Lauf schon los! Schnell!« Noch immer scheint das Tier nicht zu begreifen, was ich mir von ihm erwarte. »Lauf zurück zu deinem Bruder. Der wird wissen, was zu tun ist. Hoffentlich«, bemühe ich mich um eine Erläuterung, aber mein Vierbeiner bleibt unbeugsam und zu allem Überdruss ertönt die Stimme des Mörders ein weiteres Mal, nur diesmal wesentlich näher als wenige Minuten zuvor.

»Komm schon. Wir können das ganze doch wirklich verkürzen und du gibst dich einfach zu erkennen. Ich tu dir auch nichts. Versprochen. Eine Leiche ist schließlich schon mehr als genug. Ich will wirklich keinen zweiten Menschen auf dem Gewissen haben. Ich bin mir sicher, dass wir uns irgendwie einigen können.«

Scheiße. Wieso mussten wir unbedingt nach Italien fahren? Das kommt alles nur von dieser dämlichen Flugangst. Hätte ich nicht so eine verdammte Höhenangst, dann hätten wir nach Griechenland fliegen können und uns das alles erspart. Jetzt war das wahrscheinlich mein letzter Urlaub. Schon komisch, dass ich meinem Tod mit der Entscheidung nicht zu fliegen, entfliehen wollte und jetzt kurz davor bin, ermordet zu werden.

Ich presse mich noch fester an den Baumstamm, so als könne ich mit diesem verschmelzen und dann plötzlich erwachen meine Kampfgeister.

Nein, so einfach gebe ich mich sicher nicht geschlagen. Schließlich habe ich bei Georg etwas gutzumachen und sollte mein Kind die Pubertät heil überstehen, dann werde ich vielleicht irgendwann einmal Oma. Natürlich erst, nachdem er studiert, einen guten Job gefunden und geheiratet hat. Und zwar in genau dieser Reihenfolge. Er muss mir ja nicht alles nachmachen.

Mein Blick fällt auf einen kleinen Ast neben meinem Fuß und mir kommt eine Idee. Ich hebe den Ast auf und schleudere ihn so weit wie möglich von mir weg, was den Mörder dazu veranlasst, in dem Bereich des Waldes nach mir zu suchen, in den ich soeben den Ast geschleudert habe. Mit klopfendem Herzen und vor Angst geschlossenen Augen lausche ich in die Dunkelheit hinein.

»Ts ts ts, komm schon, du könntest wirklich ein wenig mehr Kreativität an den Tag legen und dir etwas Besseres einfallen lassen als diesen alten Trick. Jetzt bin ich direkt enttäuscht«, höre ich den Killer feststellen, nachdem er im Umfeld des Astes nicht fündig geworden ist. »Ich dachte, ich hätte endlich mal eine würdige Gegnerin.«

Unter knackendem Geäst schlendert der Mörder gemächlich über den Waldboden und wirkt dabei absolut nicht beunruhigt, was mich umso mehr stresst.

»Wieviel Geld willst du denn? Ich bin mir sicher, wir finden eine Einigung, mit der alle Beteiligten zufrieden sind.«

Für wie dämlich hält der Typ mich eigentlich, oder ist er so einfältig? Wer weiß, womöglich hat er zu viele Thriller und Horrorfilme gesehen und unterschätzt seine Opfer deshalb. Zudem war Hermann auch nicht unbedingt das Paradebeispiel eines geistig hochqualifizierten Opfers.

»Hm, wo könntest du bloß sein?«, höre ich den Mörder fragen und als ich hinter dem Baumstamm hervorluge, erkenne ich nicht weit von mir entfernt die schlanke Silhouette eines Mannes.

Fuck, Fuck, Fuck! Der ist so verdammt nahe. Das überlebe ich niemals. Niemals!

Leonardo, der die Ruhe in Tiergestalt zu sein scheint, hat sich in der Zwischenzeit auf den Waldboden gelegt und seinen Kopf zwischen den Vorderpfoten positioniert. Und ich dachte immer, Tiere hätten einen guten Instinkt und würden Gefahren erahnen.

»Eins, zwei oder drei!«, ruft der Killer und springt dann hinter einen Baumstamm in meiner Nähe.

»Schade, daneben«, gibt der Mann enttäuscht von sich und veranlasst mich zu einem erleichterten Aufatmen. Der Mörder bleibt allerdings hartnäckig.

»Weißt du, ich war schon in der Schule sehr unnachgiebig. Aufgeben gibt es bei mir nicht. Gab es niemals und deshalb werde ich dich auch suchen, selbst wenn es die ganze Nacht in Anspruch nimmt. Meine Mühen haben sich immer wieder gelohnt.«

Er springt hinter einen weiteren Baum, aber auch diesmal ist es nicht der, hinter dem ich mich verborgen halte. Mit zusammengebissenen Zähnen und einem winzigen Hoffnungsschimmer, lebend aus dieser Misere zu entkommen, warte ich angespannt auf den nächsten Schritt des Mörders.

»Buh!«, höre ich die Stimme meines Verfolgers und im selben Augenblick taucht das Gesicht des Mörders in der Dunkelheit unmittelbar vor mir auf, sodass ich vor Schreck laut aufschreie und damit endlich den Beschützerinstinkt meines Haustieres wecke, der sich knurrend auf das Bein meines Angreifers stürzt und kräftig zubeißt.

»Du beschissener Köter!«, flucht Julian lautstark und versudht dabei, seinen tierischen Gegner abzuschütteln, der jedoch unnachgiebig bleibt. Auch wenn sich mein Vierbeiner heroisch aufopfert, damit ich die Flucht ergreifen kann oder gerade eben weil er das tut, gelingt es mir nicht, wegzulaufen. Stattdessen sehe ich mich verzweifelt auf dem Waldboden nach einer Waffe zur Verteidigung um und werde schließlich fündig. Mit zittrigen Händen bücke ich mich nach einem dicken Ast und umfasse diesen fest mit meiner rechten Hand. Dabei ignoriere ich den Schmerz in meinem verletzten Handgelenk und nehme eine Angriffshaltung ein. Dummerweise viel zu spät, denn ich kann gerade noch dabei zusehen, wie der Mörder meinem treuen Vierbeiner einen deftigen Tritt verpasst, sodass dieser winselnd zu Boden geht und danach keinen Ton mehr von sich gibt. Tränen steigen mir in die Augen und in meinem Hals bildet sich ein dicker Kloß, ehe mich die Wut über die Gewalt an Leonardo übermannt und ich mit schwingendem Ast auf den Killer losgehe.

»Du verfluchter Bastard. Was hat dir Leo denn getan?«, schreie ich lautstark und prügle dabei mit meiner provisorischen Waffe auf meinen Widersacher ein, der trotz der Bisswunde an seinem Bein geschickt ausweicht und den Ast letzten Endes ergreift, um ihn mir ohne großartige Mühen aus der Hand zu reißen. Verzweifelt ringe ich nach Luft, während mir die Tränen den Blick verschleiern.

»Wenn Leo eine ernsthafte Verletzung hat, dann ...«

»Was dann?«, fragt mich Hermanns Mörder provokant und macht einen Satz auf mich zu, woraufhin ich erschrocken einen Schritt nach hinten tue, über eine Baumwurzel stolpere und das Gleichgewicht verliere, sodass ich rücklings auf den Waldboden stürze und dabei einen Schmerzensschrei ausstoße. Mit erhobenem Ast und vollkommen ruhig beobachtet mich der Mörder bei dem verzweifelten Versuch, rückwärts zu kriechen.

»Du scheiß Monster, lass mich in Ruhe!«, brülle ich den Mann an, doch dieser wirkt wenig beeindruckt von meinen Worten. Schritt für Schritt rückt er näher und beugt sich dann kurzentschlossen zu mir hinunter, um mein Fußgelenk zu umfassen. Verzweifelt und voller Wut trete ich wild um mich und treffe dabei zu meiner Überraschung den Killer, der einen halben Meter nach hinten stürzt, seine Waffe dabei aber fest in seiner rechten Hand behält. Ich nutze die gewonnene Zeit, um mich auf den Bauch zu drehen und mich wieder aufzurappeln, wobei mir Letzteres zu meinem Schrecken nicht gelingt, weil mein Kontrahent schneller auf den Beinen ist und sich ein weiteres Mal auf mich stürzt. Verzweifelt bin ich darum bemüht meinen Angreifer abzuschütteln, und bäuchlings über das feuchte Erdreich davonzukriechen. Leider nützt mir der Widerstand nichts, denn der Mörder bekommt mich ohne großes Aufheben ein weiteres Mal am Fußgelenk zu fassen und zieht mich mit einer unbändigen Kraft zu sich heran, sodass sich meine Nasenspitze schmerzhaft in die Erde bohrt. Unter Aufbietung all meiner Kraftreserven versuche ich mich aufzurappeln und strample wild um mich, um dem festen Griff des Killers zu entgehen. Dabei kralle ich meine Fingernägel in die Rinde einer Baumwurzel und ziehe in die entgegengesetzte Richtung, aber all meine Mühen bleiben vergeblich. Wäre ich doch bloß häufiger ins Fitnessstudio gegangen.

»Weißt du was. Schön langsam langweilt mich dein wirklich mickriger Widerstand.«

Der Mann holt mit dem Ast zu einem Schlag aus, der mich hart am Kopf trifft und dann umhüllt mich Schwärze.

Kapitel 31

Ich ... Was ... Wo bin ich? Was passiert hier mit mir? Mein Kopf fühlt sich an, als wäre ein Elefant darauf herumgetrampelt oder als würden tausend Bienen in seinem Inneren eine wilde Party feiern und der Boden unter meinen Füßen schwankt so seltsam. Moment Mal! Boden? Ist da überhaupt ein Boden oder bilde ich mir das nur ein? Nein, da ist kein Boden. Da ist gar nichts. Ich gehe ja nicht einmal richtig. Ich ... Bin ich etwa tot! Diesmal wirklich. Ich erinnere mich nicht an das, was passiert ist. Obwohl genaugenommen erinnere ich mich schon an etwas. Da war ein Wald und ich bin verfolgt worden und dann habe ich versucht, mich zu verstecken und ... Oh Scheiße! Mein Hund. Mein lieber Leonardo. Ich erinnere mich an sein Winseln und dann war da nur noch Stille. Hoffentlich ist ihm nichts Schlimmes passiert. Ich muss sofort zu ihm und nach ihm sehen. Ich kann ihn doch nicht einfach ... aber Moment mal. Ich komme hier nicht weg. Wo verdammt nochmal bin ich und was passiert gerade mit mir? Ich verstehe gar nichts mehr. Der Boden unter mir bewegt sich, aber ich bewege mich nicht. Nein, vielmehr werde ich bewegt. Mein Oberkörper hängt kopfüber über dem Asphalt und ich spüre eine kräftige Hand auf meinem Rücken, die mich festhält. Mir wird speiübel und ich ... nein, ich kann nicht. Meine Augen fallen wieder zu.

Ich sehe mich selbst aus der Vogelperspektive. Ich laufe durch einen Wald, hinter mir ein großer bösartig knurrender Wolf. Keuchend flüchte ich vor dem Tier mit den rot glühenden Augen. Ich laufe und laufe und laufe so schnell, als wäre der Teufel hinter mir her und wer weiß, womöglich ist er das ja auch. Als der tiefe Schlund einer Schlucht vor mir auftaucht, kann ich gerade noch rechtzeitig stehenbleiben.

Manno, was soll ich denn jetzt tun? Der Wolf hat mich bald eingeholt und es gibt keinen Ort, an den ich fliehen kann.

Ich werfe einen Blick in den dunklen Abgrund und höre das Rauschen eines Wasserfalls. Ich könnte springen. Wer weiß, vielleicht überlebe ich das. Bestimmt springt mir der Wolf nicht hinterher.

Ich wage einen Schritt nach vorne, verliere das Gleichgewicht und falle ... Ich falle so tief und mache mich innerlich bereit für den Aufprall, da höre ich eine mir bekannte Stimme.

»Kann ich ihnen vielleicht helfen?«

Ich blinzle in die Dunkelheit hinein. Noch immer werde ich kopfüber getragen. Ich weiß nicht von wem. Den Namen habe ich vergessen. Hat der Mann überhaupt einen Namen?

»Nein, nein. Alles in Ordnung. Sie hat nur ein kleines bisschen zu viel getrunken.«

»Oh, wenn sie wollen, kann ich ihnen etwas bringen, dass ihr helfen könnte. Wissen sie, mein Mann, der hat auch hin und wieder zu tief ins Glaserl geschaut und na ja ...«

Die Frau wird rüde unterbrochen: »Ja, aber meine Freundin ist nicht ihr Mann. Ich weiß ihr Angebot zu schätzen, verstehen sie mich nicht falsch, aber ich würde es wirklich begrüßen, wenn sie sich um ihren eigenen Kram kümmern könnten.«

Ich öffne meine Lippen und will der Frau mitteilen, wer ich bin, aber aus meinem Mund kommen nur unverständlich genuschelte Worte. Ich weiß, es wäre gut für mich, wenn mich die Frau wiedererkennen würde. Dann könnte sie Hilfe holen und Hilfe kann ich dringend brauchen. Für mein armes Haustier. Hoffentlich geht es Leo gut. Besser als mir. Meine Augen fallen wieder zu.

Schon wieder bin ich im Wald. Doch dieses Mal werde ich nicht von einem Wolf gejagt, sondern von einem Schatten. Es ist ein besonders düsterer Schatten und in der Hand hält er eine Sense. Es ist der Tod höchstpersönlich, der mich jagt. Wow, ich muss wohl eine außerordentlich wertvolle Seele haben, wenn er dafür keinen seiner Handlanger abstellt. Ich bin der Liebling des Sensenmannes und bald schon wird er mich in seine Arme schließen. Aber ich will nicht in seine Arme geschlossen werden.

Ich laufe, laufe und laufe immer weiter. Meine Lunge brennt und meine Beine tun weh, werden immer schwerer. So schwer wie Blei. Ich laufe dennoch weiter, weil doch der Tod hinter mir her ist und er trägt das Gesicht von einem Mann, den ich kenne. Ein Mann mit einer dichten lockigen Mähne. Seltsam. Er sieht so freundlich aus. Gar nicht bedrohlich, auch wenn ich die Bedrohung fühle. Gleich hat er mich eingeholt. Ich verstecke mich hinter einem Baum und schließe meine Augen, um mit klopfendem Herzen auf mein Ende zu warten. Und da ist es. Es kommt nicht unverhofft und plötzlich. Nein, es ist vorhersehbar, wie das Ende eines schlechten Krimis. Eine Hand packt mich, zieht mich an sich. Ich stürze. Ich öffne meine Augen.

Ich werde über die Schwelle einer Türe getragen und unsanft auf einen Stuhl gesetzt. Vorhänge werden hastig zugezogen. Mein Kopf kippt nach vorne und mir läuft Speichel aus dem Mund über das Kinn.

Manno, muss das sein? Wie peinlich ist das denn? Das ist doch kein Benehmen. Darf ich nicht einmal ästhetisch sterben?

»Ist sie tot?«, höre ich eine mir bekannte Stimme und kurz darauf umhüllt mich eine süßliche Duftwolke. Durch meine Haarpracht hindurch, die mein Gesicht verbirgt, erkenne ich eine blonde Frau, die mich wenig einfühlsam anstupst.

»Nein, Mausizandi, sie ist nur bewusstlos, weiter nichts.«

Mausizandi? Mausizandi? Das habe ich doch schon gehört. Natürlich habe ich das gehört. Ich muss das schon gehört haben, denn woher sollte ich sonst die Stimme der Person kennen? Oh mein Gott! Ich habe ein Gespräch belauscht, das ich nicht hätte belauschen sollen und dann wurde ich entdeckt. Ich habe mein Handy verloren und mein Hund wurde verletzt. Bitte lieber Gott, sorg dafür, dass es Leonardo gut geht. Er hat mich doch nur verteidigt. Niemals hätte ich erahnt, dass mein Vierbeiner dazu fähig ist. Er ist der beste Hund, den sich ein Mensch wünschen kann und wenn ich das alles überstehe, dann bekommt er alles von mir. Einfach alles.

»Wunderbar. Jetzt schleppst du auch noch eine Bewusstlose an. Was machen wir denn mit ihr, wenn sie wieder aufwacht? Wir können sie doch unmöglich einfach so laufen lassen. Sie hat immerhin unsere Gesichter gesehen«, fragt die Blondine mit dem Namen ... Moment mal. Ich erinnere mich mit Sicherheit an den Namen. Genau, mit dem Namen Michaela. Michaela? Ja, es muss

Michaela gewesen sein oder doch Mila? Nein, Mila war die Hauptprotagonistin dieses Animes aus meiner Jugendzeit.

»Was willst du denn damit sagen, Michelle?« Bingo, es war Michelle. »Soll ich etwa noch jemanden töten!«, fragt der Mann seine Geliebte, während er sich daranmacht, meine Hände und Füße an einen Stuhl zu fesseln.

»Das habe ich nicht gesagt, Julian.«

Also gut, ich habe es offensichtlich mit Julian und Michelle zu tun. Julian ist der Mörder von … Ja, von wem denn. Ich weiß, dass ich es wusste. Wieso ist mein Gehirn so furchtbar langsam?

»Aber du hast es gedacht. Ich kenne dich immerhin schon gut genug, um das zu wissen.«

Michelle zuckt mit den Schultern. »Blöd bin ich schließlich nicht, Julian. Immerhin weiß sie, dass du den Sackmaier umgebracht hast. Insofern bleibt uns wohl nichts anderes übrig, als sie zu töten.«

Töten! Die wollen mich töten! Natürlich wollen sie mich töten. Was denn sonst?

Es fällt mir schwer, ein schmerzhaftes Stöhnen zu unterdrücken, als mein Entführer die letzte Fessel so fest um mein Handgelenk zurrt, dass sich das schmale Schuhband tief in mein Fleisch gräbt.

»Mausizandi, sie hat das Handy vom Sackmaier und solange wir das nicht finden, können wir gar nichts machen. Verstehst du das denn nicht? Da sind zig Indizien drauf, die eine Grundlage für mein Mordmotiv liefern. Wenn die Polizei das in die Hände bekommt, bin ich geliefert.«

»Dann müssen wir die blöde Schlampe eben zum Reden bringen.«

»Und was soll ich deiner Meinung nach tun? Sie foltern, bis sie uns sagt, wo wir das Handy finden?«

So eine Scheiße! Die wollen mich foltern! Ich muss unbedingt weg von hier. Aber wie?

»Ja, warum eigentlich nicht, Julian. Immerhin ist diese dämliche Kuh daran schuld, dass ich mir den Knöchel verletzt habe und jetzt wahrscheinlich mit Gipsfuß zum Brunch mit meinen Freundinnen muss. Insofern hält sich mein Mitleid mit der Erpresserschlampe in Grenzen.«

»Ich wusste gar nicht, dass du so erbarmungslos sein kannst, Michelle. Aber irgendwie macht mich das an«, höre ich den Killer sagen.

»Weißt du, Julian, ich würde einfach alles dafür tun, um nicht wieder arm sein zu müssen. Ich glaube du hast keinerlei Vorstellung davon, was meine Schwester und ich durchgemacht haben, wobei meine Schwester noch die Begünstigtere war, denn die hat die Sachen wenigstens neu bekommen. Ich musste mich mit ihren Dingen abfinden. Selbst zum Geburtstag habe ich ihr abgelegtes Spielzeug bekommen. Nie wieder, sage ich dir. Nie wieder und wenn ich der Schlampe dafür eigenhändig den Knöchel brechen muss.«

»Deine Motivation in Ehren, aber um die Schlampe werde ich mich kümmern. Ich will nicht, dass du dir die Hände schmutzig machst.«

»Und wie willst du sie zum Reden bringen?«

Er zuckt mit den Schultern. »Keine Ahnung. Whaterboarding ist eigentlich ein relativ leichtes Mittel, um jemandem zum Reden zu bringen und es hinterlässt auch keine Spuren auf einer Leiche.«

Vielleicht sollte ich den beiden einfach sagen, wo sich das Handy befindet. Ich bin ein Weichei und stehe die

Folter ohnehin nicht lange durch, da kann ich den Aufenthaltsort des Beweisstückes doch gleich verraten.

Nein, das kann ich nicht tun. Dann wäre nämlich nicht nur mein Kind, sondern auch meine beste Freundin und ihre Tochter in Gefahr. Nein, das ist keine Option. Ich muss die Schmerzen ertragen, wie eine echte Frau. Ich schaffe das. Ich weiß das. Ich bin genauso hart, wie James Bond in »Casino Royal«.

Moment mal! Hat der Typ etwa Leiche gesagt? Leiche? Damit meint er mich. Ich werde sterben. Nun ist es gewiss. Die lassen mich nicht am Leben. Niemals. Na warte, wenn Blondie und Clyde mich killen, dann suche ich die beiden mit Sicherheit als Rachegeist heim. Jep, das ist irgendwie ein tröstlicher Gedanke. Und ich werde ein richtig gruseliger Rachegeist.

»Du, wie wäre es eigentlich, wenn du ihr die Haut von den Fingerkuppen abziehst. Da wird sie sicher in null Komma nix reden. Oder du ziehst ihr jeden Fingernagel einzeln«, schlägt Michelle ihrem Lover seelenruhig vor.

Panik! Nein, das darf nicht passieren. Das stehe ich nicht durch. Ich öffne meinen Mund zu einem lautstarken Hilfeschrei und versuche verzweifelt, mich von meinen Fesseln zu befreien.

»So eine Scheiße! Die Schlampe will fliehen!«, ruft Michelle entsetzt und humpelt dabei auf mich zu. Ihr Freund ist jedoch deutlich schneller zur Stelle und presst mein Rückgrat unsanft auf die Lehne des Stuhls, um mir eine Hand auf den Mund zu legen und meine Schreie zu ersticken.

»Bring mir ein Klebeband aus dem Auto, Michelle!«, fordert er seine Komplizin auf, die allerdings nur tatenlos dasteht, weshalb er mit mehr Vehemenz hinzufügt:

»Schnell! Jetzt mach schon oder willst du, dass die Schlampe die ganze Nachbarschaft weckt?«

»Nein, natürlich nicht«, antwortet Blondie und zieht von dannen, um den Befehl ihres Geliebten auszuführen.

Indessen wendet sich der Mann an mich: »Du wirst schön brav hierbleiben, hörst du!«

Ich will etwas sagen, beteuern, dass ich mit der Erpressung nichts zu tun habe, was sogar der Wahrheit entspräche, aber ich habe nicht die geringste Chance.

»Was? Was sagst du?«, verhöhnt mich der Mörder. »Och, das ist ja süß, du bettelst um dein Leben. Tja, zu spät, würde ich sagen. Das hättest du dir überlegen sollen, bevor du mich erpresst, du mieses Stück Scheiße!«

Ich wünschte, ich wäre ein Stück Scheiße, dann würde ich ihm jetzt ins Gesicht springen.

»Nun sei doch nicht gleich so wütend«, stellt der Mann mit einem höhnischen Grinsen fest. »Oder glaubst du etwa, mir entgeht der aggressive Ausdruck in deinen Augen?« Mit der freien Hand stupst er mir auf die Nasenspitze. »Falsch gedacht. Ich merke alles, meine Liebe, alles!«

Die Blondine kehrt indessen mit einem Klebeband in der Hand zurück und will es an ihren Freund weiterreichen, der sie jedoch nur entgeistert anstarrt.

»Was soll ich damit? Du siehst doch, dass ich nur eine Hand frei hab. Schneid ein Stück runter und kleb es ihr über das vorlaute Maul.«

Michelle tut wie ihr geheißen. Danach sieht sie ihren Lover ratlos an. »Und was jetzt?«

Der Mörder gähnt und nimmt seine Freundin bei der Hand: »Jetzt, Mausizandi, halten wir einmal unseren Schönheitsschlaf. Ich bin müde und hatte genug Action für einen Abend.«

»Aber was ist mit der Erpresserschlampe?«, will Blondie wissen.

»Die soll fürs Erste schmoren. Vielleicht zeigt sie sich bis morgen in der Früh ein wenig kooperativer und verrät uns, wo sie das Handy vom Sackmaier versteckt.«

»Wunderbar. Das ist wieder einmal eine grandiose Idee von dir. Warum bis morgen warten, wenn wir sie gleich befragen können?«

»Taktik, Michelle, alles Taktik. Wir müssen sie erst zermürben, ehe wir sie zerquetschen.«

»Und wenn dein Plan nicht aufgeht, Julian? Was machen wir dann?«

»Dann wird sie den Tag ihrer Geburt bereuen. Das verspreche ich dir.«

Kapitel 32

Ich fühle mich wie zerkaut, halb verdaut und wieder erbrochen, als ich am nächsten Morgen meine Augen vorsichtig öffne und mit Entsetzen feststelle, dass ich die Ereignisse des Vorabends nicht nur geträumt habe. Ein dumpfes, aber unablässiges Pochen ist zum steten Begleiter meines Kopfes geworden, den ich lediglich unter Schmerzen anzuheben vermag. Mein verschwommener Blick gleitet hoffnungsvoll auf die Terrassentür, durch deren zugezogene Vorhänge gedämpftes Sonnenlicht dringt.

Das wird wohl das letzte Mal sein, dass ich die Sonne sehe. So eine Scheiße! Was habe ich mir da bloß eingebrockt? Ich war so dumm! Wäre ich doch bloß nicht so dumm gewesen.

Ich spüre, wie mir heiße Tränen über die Wangen rinnen. Auch wenn ich weiß, dass es vollkommen sinnlos ist, ziehe ich an den Schnürsenkeln um meine schmerzenden Handgelenke. Doch wie zu erwarten, sitzen meine Fesseln fest.

Meine tränenverschleierten Augen gleiten hinüber auf das Sofa und ich zucke unwillkürlich zusammen, als ich darauf den Mörder erkenne. Mit vor der Brust verschränkten Armen und lediglich in Boxershorts gehüllt sitzt er auf der Wohnzimmercouch und betrachtet mich nachdenklich. Vor ihm auf dem Tisch liegt ein Küchenmesser, dessen Anblick mir einen eiskalten Schauder über den Rücken treibt.

Ich werde also durch einen oder mehrere Messerstiche sterben. Und das, obwohl ich den Anblick von klaffenden Wunden nicht ertrage. Mit Grauen denke ich an die Schnittwunde auf meinem Handgelenk, die mich zum Erbrechen gebracht hat.

Gut, wenn ich Glück habe, führt dieser Ekel zu einer sofortigen Bewusstlosigkeit, sodass ich bei meinem Ableben geistig nicht mehr anwesend bin. Es hat für mich also auch Vorteile, durch ein Messer niedergestreckt zu werden.

»Guten Morgen, Sonnenschein, ich hoffe du hast gut geschlafen und hattest es bequem«, begrüßt mich Hermanns Mörder mit höhnischem Grinsen im Gesicht.

Wenigstens brauche ich Schlaf, was einen eindeutigen Beweis dafür liefert, dass ich der menschlichen Spezies angehöre, was man von ihm nicht unbedingt behaupten kann. Ich meine, war der Typ die ganze Nacht wach und hat hier darauf gewartet, bis ich die Augen öffne?

»Achso, ich vergaß, du kannst mir ja nicht antworten mit diesem unsäglichen Ding auf deinen Lippen.« Entschlossen greift er nach dem Messer, um sich dann von seinem Platz auf dem Sofa zu erheben und auf mich zuzukommen. Ehe er weiterspricht, mustert er mich eindringlich und kommt dabei meinem Gesicht so nahe, dass sich unsere Nasenspitzen beinahe berühren.

»Wenn ich dir das Klebeband jetzt abnehme, dann musst du mir aber versprechen, nicht noch einmal um Hilfe zu schreien. Was sollen sich denn die Nachbarn denken? Wir wollen ihre Aufmerksamkeit doch nicht unnötig erregen. Das würde dann nämlich bedeuten, dass ich dich gleich töten muss und wenn ich in Rage bin, kann das eine ziemliche Sauerei werden, weißt du.«

Noch mehr Tränen, die sich ihren Weg in die Freiheit bahnen. Manno, das ist sowas von peinlich. Ich will vor diesem Mann nicht weinen. Ja, schon klar, natürlich ist es absolut nachvollziehbar, zu heulen, wenn man mit einem Messer bedroht wird, aber ich will mir vor diesem Mörder keine Blöße geben. Das hat er gar nicht verdient, auch wenn er wirklich ziemlich gruselig ist.

»Also versprichst du mir, dass du nicht schreien wirst?«, fragt mich der Mann mit eindringlichem Blick, woraufhin ich eifrig nicke. »Na gut, dann wollen wir mal sehen, wie ehrlich du bist.«

Er lässt mir keinen Atemzug Zeit, und reißt mir das Klebeband unsanft von den Lippen, sodass ich mir einen Schmerzensschrei nicht verkneifen kann. Sofort presst mir der Mörder seine Hand auf den Mund. »Sch sch sch, was war denn das? Du hast doch nicht etwa geschrien? Kein Schreien, hörst du. Ich will überhaupt keinen Mucks von dir hören, sonst nehm ich meinen Freund hier zur Hand.« Er wedelt mit dem Messer vor meinen Augen herum. »Und ramme ihn dir mitten in dein hübsches Gesicht.«

Ich nicke eifrig, um dem Mörder zu verstehen zu geben, dass ich lieber nicht mit einem Messer im Gesicht sterben will, und er lässt dankenswerterweise von mir ab. »Ich sehe, wir verstehen einander und jetzt sag mir, Süße, warum hast du unser Gespräch belauscht? Wolltest du wissen, wie ich auf deinen wirklich miesen Einschüchterungsversuch reagiere?«

Heftig schüttle ich den Kopf: »Nein, nein ... Ich ... Ich weiß nicht wovon sie sprechen. Ich ...« Ich könnte auch behaupten, dass ich gar nicht seine Sprache spreche. Womöglich lässt er mich dann laufen, weil ich nichts von dem, was er gesagt hat, verstanden habe und ihn und seine Freundin damit nicht belasten könnte. »Non capisco«, füge ich deshalb hinzu.

Der Mörder neigt seinen majestätischen Kopf leicht zur Seite. »Ach komm schon, du beleidigst meine Intelligenz. Ein wenig mehr Ehrlichkeit und vor allem Verstand hätte ich mir von dir schon erhofft. Du willst doch nicht etwa, dass ich damit beginne, dir die Haut von den Fingerkuppen abzuziehen?«

»Non Capisco«, beteuere ich mit deutlich angestiegener Herzfrequenz und beginne dann lautstark zu schluchzen. »Non Capisco.«

Der Killer seufzt und greift nach einem Stuhl in seiner Nähe, um sich verkehrt herum auf diesem zu positionieren und seine Arme lässig über die Lehne zu legen. »Ich schlage vor, wir lassen das Theater. Ich weiß, dass du mich genau verstehst. Du hast mich im Wald ziemlich klar und deutlich als Monster bezeichnet und gesagt, dass ich dein Hündchen in Frieden lassen soll. Also gehen wir lieber zu den wichtigen Dingen über: Was hattest du gestern Nacht bei uns im Garten zu suchen?«

»Ich war nicht bei euch im Garten, sondern hinter einem Strauch außerhalb eures Gartens«, berichtige ich ihn und würde mich für meine Blödheit zwei Sekunden später am liebsten ohrfeigen.

»Also verstehst du mich ja doch. Halleluja! Nur schade für dich, aber ich habe zwei Kinder und bin sehr gut darin, Lügner zu entlarven.«

»Ich vermute, das liegt eher daran, dass sie selbst ein Meisterbetrüger sind«, kann ich mir einen Einwand nicht verkneifen.

»Oho, so schlecht im Lügen und dann auch noch so frech.«

Ich zucke recht unbeholfen mit den Schultern: »Es ist ja auch nicht besonders lobenswert, gut im Lügen zu sein. Insofern strebe ich in diesem Bereich auf keinen Fall eine Verbesserung an.«

Der Mann betrachtet eingehend sein Messer: »Wollen wir mal sehen, ob du noch immer so frech bist, wenn ich dich mit meinem Freund hier bekannt gemacht habe.«

Die Panik keimt erneut in mir auf und ich schluchze: »Aber ich schwöre ihnen, dass ich die Wahrheit sage. Ich habe echt keine Ahnung wovon sie sprechen.«

»Ja, nur ist die Wahrheit ein dehnbarer Begriff, nicht?« Er steht auf und setzt das Messer an einem meiner Finger an. Sein kalter Blick durchbohrt mich förmlich, als er mich fragt: »Wo ist das Handy, von dem aus du mich angerufen hast?«

»Ich weiß nicht von welchem Handy sie sprechen«, antworte ich mit weinerlicher Stimme. »Ich habe kein Handy außer meinem eigenen und selbst das habe ich verloren.«

»Wo ist das Handy?«, fragt er mich noch einmal und drückt dabei die Klinge des Messers etwas fester auf die Kuppe meines kleinen Fingers, sodass sich ein feines Rinnsal aus Blut bildet.

»Ich weiß es nicht. Es tut mir leid. Ich weiß es einfach nicht. Bitte glauben sie mir.«

»Siehst du, genau da liegt mein Problem. Das glaube ich dir nämlich nicht. Du weißt genau, wovon ich rede. Vielleicht sollte ich der Wahrheit mal ein bisschen auf die Sprünge helfen.«

Er drückt ein Stück weit fester zu und aus dem feinen Rinnsal wird eine tiefere, klaffendere und schmerzhaftere Wunde.

»Bitte nicht. Das müssen sie nicht tun. Ich schwöre, ich sag die Wahrheit. Ich weiß nichts«, winsle ich und spüre einen Schwall Übelkeit in mir aufkeimen.

Scheiße! Ich muss mich gleich übergeben!

»Oh dieses Winseln ist wahrhaft melodische Musik in meinen Ohren. Ich habe nur ein Problem mit dem Inhalt deiner Worte. Denn du hast mir schon wieder nicht die Wahrheit gesagt. Also sag mir, warum hast du Michelle und mich belauscht?«

Ich zucke hilflos mit den Schultern: »Ich weiß nicht. Das hatte keinen bestimmten Grund. Ich bin mit meinem Hund Gassi gegangen und zufällig hier vorbeigekommen. Da habe ich euch reden gehört und bin neugierig geworden. Aber sie müssen mir glauben, dass ich ...«

»Sch sch sch sch, nicht so übereifrig, Süße. Ich muss gar nichts glauben, wenn ich das nicht will.«

»Aber ich schwöre ich sage die Wahrheit.«

»Weißt du. Auf Schwüre habe ich noch nie viel gegeben. Mir bedeutet auch mein Ehegelübde kaum etwas. Warum sonst sollte ich meine Frau betrügen?«

»Keine Ahnung, vielleicht weil sie sie nicht an sie ranlässt, weil sie erkannt hat, was für ein Ekelpaket sie sind«, entgegne ich wutentbrannt, wobei mir erst nach meiner Antwort bewusstwird, dass ich die Worte laut ausgesprochen habe.

Shit! Das war's. Nie wieder Karaoke mit der besten Freundin. Nie wieder ein stinkendes Kinderzimmer und nie wieder ein Hund, der um Futter bettelt. Keine Streitgespräche mit meinem Sohn mehr und oh Gott, ich werde niemals meine Enkelkinder kennenlernen. Sofern irgendein Mädchen wahnsinnig genug ist, Fynn zu heiraten.

In diesem Moment der Hoffnungslosigkeit höre ich plötzlich eine mir bekannte Melodie durch die dünnen Glasscheiben der Terrassentür. Der Sound von Captain America. Mein Klingelton! Das ist mein Klingelton!

»Du hältst dich wohl für besonders witzig, oder?«, fragt mich der Killer, dem das Läuten meines Smartphones entgangen sein dürfte.

Ich nicke: »Jep.«

»Aber du wirst schon sehen, dass dir das Lachen noch vergehen wird. Denn so wenig ich an Schwüre glaube, so sehr glaube ich an die Macht der Schmerzen und Angst.«

Ich höre dem Mann kaum noch zu, sondern konzentriere mich stattdessen auf das Geschehen außerhalb des Bungalows und höre eine mir bekannte Stimme, die gedämpft ins Innere des Ferienhäuschens dringt.

»OMG! Das ist der Klingelton, den meine Mom bei meinen Anrufen eingestellt hat.«

Holy Shit! Mein Sohn ist hier und er hat mein Handy gehört.

»Du musst mich aber nicht als Gott bezeichnen. Georg tut es auch«, höre ich eine zweite mir bekannte Stimme und mein Herz macht unwillkürlich einen freudigen Sprung.

»Also wirst du mir nun endlich sagen, was ich wissen will, oder sträubst du dich weiterhin?«, versucht mich der Killer indessen zum Reden zu bringen.

»Äh ... ich ... na ja ...« Wenn es mir nur gelingen würde, den Killer von mir abzulenken, dann könnte ich um Hilfe schreien.

Denk nach, Lena, denk nach! Da draußen sind Fynn und Georg und sie suchen nach dir.

»Ja, ich sag ihnen, was sie wissen wollen«, platzt es aus mir heraus, als ein Plan in meinem Kopf Konturen annimmt.

»Na bitte, es geht doch. Wer weiß, vielleicht erweise ich dir die Gnade eines schnellen Todes, wenn du dich kooperativ zeigst.« Er beugt sich vor, um mir zuzuflüstern: »Wenn es nach mir ginge, würde ich dich ja laufen lassen, sobald ich das Handy endgültig verschwinden habe lassen, aber ich fürchte, das würde mir mein Mausizandi niemals verzeihen und du weißt ja nur zu gut, wie ihr Frauen so sein könnt, wenn ihr wütend werdet. Das will ich lieber nicht riskieren. Also schieß los: Wo ist das Handy? Dann können wir das alles schnell hinter uns bringen.«

»Äh... Hm ... Also ...«

»Komm schon, mich langweilen deine Spielchen allmählich«, drängt mich der Killer zu einer Aussage.

»Äh ... Also ... Es ist hier ganz in der Nähe. Ich ... Äh…«

Der Mann schwenkt das Messer vor meiner Nase bedeutungsschwanger hin und her. »Vielleicht sollte ich deinem Erinnerungsvermögen doch etwas auf die Sprünge helfen.«

»Äh ... Nein, also das ist nicht notwendig. Ich habe es gestern im Garten verloren, als ich euch belauscht habe. Es müsste da noch im Gebüsch liegen.«

Bitte lass Fynn und Georg noch da sein! Oh bitte lass sie noch da sein!

Der Mann mit der Löwenmähne wirkt nicht restlos überzeugt von meinen Worten und kneift deshalb seine Augen zu engen Schlitzen zusammen. »Das ging ja einfach. Und du bist dir auch sicher, dass du die Wahrheit sagst?«

Entschlossen nicke ich: »Ja, ich bin mir absolut sicher.«

»Na dann wollen wir den Wahrheitsgehalt deiner Worte einmal überprüfen«, stellt der Mörder fest und legt das Messer auf dem Esstisch ab, um auf die Terrassentür zuzugehen, den Vorhang einen winzigen Spalt breit zur Seite zu ziehen und die Tür zu öffnen. Als der Killer ins Freie schlüpft, atme ich einmal tief durch und schreie dann aus Leibeskräften: »Ich bin hier! Hier drinnen! Ihr müsst die Polizei rufen!«

»Verdammte Scheiße!«, flucht Hermanns Killer und beinahe zeitgleich höre ich Fynn rufen: »Mom? Bist du das?«

»Ja, ich bin hier drinnen! Ihr müsst die Polizei rufen!«

»Diese blöde Schlampe!«, schimpft Julian und ich beobachte durch den Vorhang, wie sein Schatten dicht gefolgt von einem zweiten das Weite sucht. Wenig später schlüpft mein Sohn vollkommen aufgelöst durch die offenstehende Terrassentür. Als er mich an den Stuhl gefesselt erblickt, stürmt er sogleich auf mich zu.

»Mom? Ist alles okay mit dir?«

»Es ging mir schon mal besser«, erkläre ich mit einem Augenzwinkern, während sich Fynn an den Schnürsenkeln zu schaffen macht. Er ist soeben dabei meine rechte Hand von den Fesseln zu befreien, als die zickige Gangsterbraut vollkommen schlaftrunken im Wohnraum des Ferienhauses erscheint und entsetzt aufschreit.

»Juliaaaaan! Juliaaaaan! Hilfeeeeeeee! Juliaaaaan!«

»Der wird dir nicht helfen können, fürchte ich«, erklärt Fynn.

»Na warte! Euch werde ich es zeigen. Ihr werdet mir mein Leben nicht versauen.«

In zwei großen Sätzen stürzt sich Michelle auf meinen Sohn, der trotz seiner Körpergröße und Kraft Mühe damit hat, dem überraschenden Angriff der Blondine standzuhalten. Mit ihren langen Nägeln aus Gel kratzt sie nach dem Gesicht meines Sohnes. Indessen bin ich hektisch darum bemüht die verbliebenen Fesseln zu lösen, was angesichts der Tatsache, dass ich das mit der linken Hand bewerkstelligen muss, kein leichtes Unterfangen darstellt. Hinzu kommt, dass es mir unter dem gegebenen Chaos äußerst schwerfällt, mich zu konzentrieren. Vor allem in dem Moment, in dem sich ein Fingernagel von Michelle in die Wange meines Sohnes gräbt und dieser ein schmerzhaftes Stöhnen von sich gibt.

Wie wild fummle ich an den Schnürsenkeln herum und dann endlich gelingt mir mein Akt der Befreiung. Mit barbarischem Kriegsgeschrei schwinge ich mich aus dem Stuhl und sehe mich in der Küche nach einem brauchbaren Verteidigungsgegenstand um.

Blondie ist es in der Zwischenzeit gelungen, meinen Sohn in die Enge zu treiben. Dabei kommt ihr Fingernagel seinem Auge gefährlich nahe. Schweißperlen bilden sich auf Fynns Stirn, während er den Arm seiner Angreiferin mit letzter Kraft auf Abstand hält.

So eine Scheiße! Wieso ist diese Frau derartig ausdauernd?

Mein verzweifelter Blick gleitet über einen dunkelblauen Wasserkrug, dessen Anblick vermuten lässt, dass er von keinem geringen Gewicht ist. Deshalb ergreife ich den Krug kurzerhand und hole mit einem großen Schwung aus, um ihn Michelle auf den Kopf zu knallen. Zu meinem Bedauern stürzt der *T-1000* leider nicht in eine Bewusstlosigkeit, sondern sich stattdessen auf mich.

»Du blöde Schlampe! Du bist an allem schuld! Ich kratze dir deine verdammten Augen aus, du Miststück.«

»Wenigstens muss ich deinen Anblick dann nicht mehr ertragen.«

Keuchend hält mein Sohn in gebeugter Haltung inne, während ich nun an seiner Stelle von den Fingernägeln meiner Kontrahentin bearbeitet werde, wie von einer wütenden Katze. Weil ich mir nicht mehr anders zu helfen weiß und Fynn aufgrund seines Erschöpfungszustandes keine großartige Hilfe darstellt, trete ich mit voller Wucht auf den verletzten Knöchel meiner Gegnerin.

»Ahhhhhh«, brüllt Michelle mit schmerzverzerrtem Gesicht und bückt sich dabei nach ihrem verletzten Fuß.

»Das war dafür, dass du mir die Haut von den Fingerkuppen abziehen wolltest, du Scheißkuh.«

»Mom!«, ermahnt mich mein Sohn entsetzt.

»Fynn, in Momenten wie diesen ist es durchaus angebracht besonders bösartige Flüche auszustoßen.«

»Na warte. Dafür wirst du büßen«, höre ich Michelle drohen. Kurz darauf spüre ich einen heftigen Aufprall und werde mit einer solchen Wucht zu Boden gestoßen, dass es mir die Luft aus den Lungen presst. Ehe ich einen Schrei auszustoßen vermag, legt die Geliebte des Mörders ihre Hände um meinen Hals und drückt so fest zu, dass ich keine Luft mehr bekomme. Fynn sammelt seine letzten Kräfte, schnappt sich den Wasserkrug, der den Sturz auf den Boden überlebt hat, und zieht ihn der Blondine über den Kopf. Diesmal geht die Taktik auf. Bewusstlos bricht meine Kontrahentin über mir zusammen und ich schnappe heftig nach Luft. Ehe ich mich mit der Hilfe meines Sohnes wieder aufrapple, rolle ich den schlaffen Körper meiner Peinigerin von mir herunter.

»Alles okay mit dir, Mom?«, fragt mich Fynn bereits zum zweiten Mal an diesem Morgen.

Ich nicke noch immer unter Schock: »Ja, alles in Ordnung. Und bei dir?«

»Auch alles okay.«

Ich streichle meinem Sohn sanft über den Kratzer in seinem Gesicht und so als habe er verstanden, was ich damit zum Ausdruck bringen will, hält er fest: »Ach, das ist gar nichts Mom.«

Kapitel 33

Hi! This is Fynn speaking. Fynn Beck. We are in the *Happy Smurf Village* in Italy…«

»Ich denke, die wissen, dass wir in Italien sind, Fynn, sonst würdest du wohl kaum die italienische Polizei informieren«, kann ich mir nicht verkneifen, während ich mit dem Fesseln von Blondie beschäftigt bin. Mein Sohn verdreht nur genervt die Augen und konzentriert sich dabei auf das Gespräch am Telefon: »Oh, äh, Fynn Beck. Yes, this is my name. I call you because this is an emergency here. My Mother was kidnapped, but I found her. And …«

Pause, in der offenkundig sein Gegenüber spricht. Indessen gibt die Freundin des Mörders ein erschöpftes Stöhnen von sich, was mich bereits das Schlimmste befürchten lässt. Zu meiner Erleichterung bleibt Michelle jedoch ohnmächtig, was das Fesseln deutlich einfacher gestaltet.

»Yes, an emergency. My mother was kidnapped by a killer, but i was able to save her.« Pause. »What? Oh, yes, we are in the *Happy Smurf Village*. Apartment Number Onehundredandsixteen.« Pause. »No, not Sixteen. Onehundredandsixteen.«

Als ich den letzten Knoten geknüpft habe, betrachte ich mein Werk mit Schadenfreude. »Das nenne ich mal

Karma, du blöde Bitch!«, stelle ich schließlich fest. »Gefesselt mit den Schuhbändern, mit denen ihr meine Hände und Füße an den Stuhl gebunden habt.«

Erschöpft lasse ich mein Hinterteil auf den penibel gereinigten Fliesenboden sinken und lehne mich an die weiß gestrichene Wand im Wohnraum. Als Fynn sich zu mir auf den Boden gesellt, frage ich ihn: »Und?«

»Sie sind so schnell wie möglich hier. Wir sollen Ruhe bewahren.«

»Ha ha, das ist aber auch leichter gesagt als getan, wenn draußen ein Mörder frei herumläuft.«

Fynn klopft mir beruhigend auf die Schulter: »Keine Sorge, Mom. Um den kümmert sich Georg. Du bist jetzt in Sicherheit.«

Ich betrachte meinen Sohn eine Weile lang schweigend und spüre, wie mich dabei eine Welle des Stolzes überschwemmt. Fynn scheint der andächtige Moment in meinem Inneren nicht zu entgehen, weswegen er mich fragt: »Was?«

»Ach nichts Besonderes. Ich habe nur gerade gedacht, wie stolz ich auf dich bin. Mal abgesehen davon, dass deine Aktion schon ziemlich gefährlich war und ich dich als deine Mutter einfach rügen muss.«

Fynn verdreht die Augen. »Komm schon, Mom. Muss das denn sein? Du musst doch zugeben, dass ich voll mutig war.«

»Ja, mutig und blöd.«

Er zuckt mit den Schultern. »Ich bin halt nicht perfekt. Aber mal ehrlich. Du brauchst dich nicht zu beschweren. Ich meine, wie bist du denn in diese Lage geraten?«

Nach einem Seufzen berichte ich Fynn von den Ereignissen des Vorabends und es ist wohl das erste Mal in seinen Jahren als Teenager, in denen er mir mit aufrichtigem Interesse zuhört. Als ich meine Erzählungen beende, hält mein Kind fest: »Alles klar. Das erklärt, warum Leo so aufgelöst vor der Terrassentür gesessen hat.«

Erleichtert vergewissere ich mich: »Das heißt, Leo geht es gut?«

»Mehr oder minder. Er humpelt ein kleines bisschen, deshalb habe ich ihm das Bein gekühlt und eingebunden, aber sonst ist alles in Ordnung. Obwohl ... hm ... ich weiß nicht, ob ich dir das sagen soll.«

»Was denn? Jetzt sag schon.«

»Also gut. Er hat immer wieder gewinselt, wenn dein Name gefallen ist.«

Ich klatsche freudig in die Hände: »Das heißt, er hat mich vermisst.«

»Ja, er hat dich vermisst. Können wir jetzt bitte wieder das Thema wechseln?«, gibt Fynn widerwillig zu.

»Nein, ich würde schon noch gerne wissen, wie sehr mich Leo vermisst hat? Hat er gefressen, hat er an meinem Bett Wache gehalten, in der Hoffnung, dass sein Frauchen wieder kommt? Hat er ...«

»Mom bitte.«

»Schon gut, schon gut. Du hast gewonnen. Themawechsel. Erzähl, wie ist es weitergegangen. nachdem du Leo gefunden hast?«

»Na ja, nachdem ich den Leo in der Früh vor der Tür sitzend vorgefunden habe, war mir klar, dass irgendetwas nicht stimmt. Deshalb habe ich nach dir gesehen.«

»Wow, du hast also wirklich aufs Fernsehen verzichtet, um nach deiner Mutter zu sehen.« Freudig überrascht lege ich den Arm um Fynns Schulter und drücke ihn fest an mich, was nicht unbedingt dem Willen eines Vierzehnjährigen entspricht.

»Mom, jetzt mach bitte nicht so ein Riesending draus, okay.«

»Verstehe. Alles cool«, entgegne ich und nehme dabei rasch den Arm von der Schulter meines Sohnes. »Und als du mich nicht in meinem Zimmer vorgefunden hast, bist du dann zu Georg gelaufen?«, schlage ich den weiteren Handlungsverlauf vor, doch Fynn zögert peinlich berührt mit seiner Antwort.

»Na ja, um ehrlich zu sein, bin ich gar nicht auf die Idee gekommen, Georg zu fragen. Das war die Anja. Ich habe Leo ein Kleidungsstück von dir beschnüffeln lassen, damit er uns zu dir führt, aber ich fürchte, ich habe seine Fähigkeiten als Spürhund überschätzt. Er hat mich nämlich bloß entgeistert angestarrt.«

Ich grinse, verkneife mir allerdings einen Kommentar und warte stattdessen ab, was mein Sohn außerdem zu sagen hat. Indessen schnarcht Blondie einmal laut auf und versetzt mir dabei so einen Schreck, dass ich aufschreie.

»Scheiße, Mom. Ich glaube, du hast soeben mein Trommelfell zerfetzt.«

»Du hast die Nacht auch nicht auf einen Stuhl gefesselt verbracht, in der Angst, man würde dich foltern und anschließend töten. Also komm mir jetzt nicht mit Vorwürfen.«

»Sorry. Aber nachdem du so grottig im Nähen bist, müsstest du doch bestens Knoten binden können. Insofern halten deine Fesseln mit Sicherheit Bombe.«

»Ich mag zwar total fertig von der vergangenen Nacht sein, aber ich bin immer noch kräftig genug, um dir eine Kopfnuss verpassen zu können, wenn du frech wirst.«

»Schon gut, schon gut. Ich sag eh schon nichts mehr.«

»Doch, du sollst mir sagen, was weiter passiert ist. Ich brauche Ablenkung«, fordere ich Fynn auf.

Mit seinem klassisch eingefrorenem Teen-Bore-Out-Face setzt er seine Schilderung der morgendlichen Ereignisse fort: »Nachdem meine Aktion mit dem Beschnüffeln nicht funktioniert hat, hat Anja vorgeschlagen, dass wir Georg mal nach dir fragen. Um ehrlich zu sein, waren wir alle fest davon überzeugt, dass er dir etwas angetan und dich womöglich in einen Keller gesperrt hat, wo du auf ewig sein bist oder so.«

»Fynn, in welchen Keller soll mich Georg denn gesperrt haben?«

Er zuckt mit den Schultern: »Wer weiß, vielleicht ist die ganze Anlage unterkellert und er ist der König der Unterwelt oder so. Hätte ja sein können. Jedenfalls sind wir zu viert mit dem Leo zu Georg und der hat sich im ersten Moment überhaupt nicht ausgekannt und verständnislos gefragt, warum wir dich suchen und dass du gar nicht hier warst.«

»Klaro, er wusste ja auch gar nicht, dass ich da war, weil ihm diese Alina sicher nix davon erzählt hat.«

»Jep, aber sein Freund Sebastian hat dich gesehen und der ist Gott sei Dank gerade vorbeigekommen. Und dann war irgendwie klar, dass dir am Heimweg etwas passiert sein muss. Deshalb sind wir losgezogen, um dich zu suchen. Ich glaub, Mom, ich habe dich mindestens fünfzigmal angerufen, während ich mit Georg durch die Anlage gezogen bin und wir haben permanent deinen Namen gerufen, so wie damals, als Leo davongelaufen ist, weißt du noch?«

»Das ist aber lieb, dass du mich mit einem Hund vergleichst, Kind.«

Fynn grinst: »Sei froh, dass wir keine Flugblätter aufgehängt haben.«

»Ha ha ha.« Diesmal will ich ihm wirklich eine Kopfnuss verpassen, als ich von Polizeisirenen unterbrochen werde.

»Ich glaub unser Freund und Helfer ist hier.«

»Das wird ja auch Zeit«, erklärt Fynn und erhebt sich dann geschickt vom Boden, um mir einen ungeduldigen Blick zuzuwerfen.

Manno, kann man sich denn nicht einmal nach einer Entführung ein kleines bisschen ausruhen?

»Warte. Ich habe eine wirklich harte Nacht hinter mir und brauche mehr Zeit zum Aufstehen als du.«

Fynn zwinkert mir zu und stellt dann grinsend fest: »Ja ja. Genau. Es liegt bestimmt nur an der letzten Nacht und nicht an deinen achtunddreißig Jahren.«

»Na warte nur! Wenn ich wieder fit bin, gibts eine Wasserschlacht«, erkläre ich und erhebe mich dabei ächzend vom Boden.

So eine Scheiße! Ich fühle mich wie eine Achtzigjährige, die für ihren Gang aufs Klo eine Gehhilfe benötigt.

Ich komme allerdings nicht mehr dazu, mir weitere Gedanken über mein künftiges Leben im Altersheim zu machen, da im nächsten Augenblick die Welt um mich herum im Chaos versinkt. Eine Einsatztruppe der Polizei bricht die Eingangstür zum Ferienhaus von Blondie und Clyde unter ohrenbetäubendem Lärm auf und bahnt sich in zugegeben äußerst stylischer Schutzkleidung und mit erhobenen Schusswaffen einen Weg durch die Eingeweide des Häuschens meiner Entführer. Als sie Fynn und mich erblicken, richten sie, ohne Fragen zu stellen, die Waffen auf mich und geben mir Anweisungen auf Italienisch. Weil ich kaum ein Wort verstehe, hebe ich mal pro forma die Hände in die Höhe und werfe meinem Sohn einen hilfesuchenden Blick zu.

Wunderbar. Ich habe das alles überlebt, damit ich dann in einem Kugelhagel sterbe. Das nenne ich mal Ironie des Schicksals.

»This is not the bad woman. Please. This is not the bad woman«, bemüht sich Fynn verzweifelt darum, die Situation aufzuklären.

Indessen wirft eine missmutige Beamtin mit burschikosem Haarschnitt einen vielsagenden Blick auf die am Boden liegende bewusstlose Blondine und schleudert meinem Sohn eine Frage entgegen, die dieser nicht zu beantworten vermag. Stattdessen erklärt er: »This is not my Mother. Please. Not my Mother.«

»Yes!«, mische ich mich vorsichtig ein und hoffe dabei inständig, dass die Einsatzkräfte der Polizei nicht das Feuer eröffnen. »I'm his Mother. I'm the victim. Not this woman on the Floor. She's the bad woman.«

Die Polizeibeamten in den kugelsicheren Westen sehen sich ratlos an, bis die übellaunige Frau, die scheinbar ihre Vorgesetzte ist, im Befehlston das Wort an die Truppe richtet. Nachdem sie ihren Satz beendet hat, zückt ein bulliger Mann Handschellen und kommt damit auf mich zu.

So eine Scheiße! Ich werde im italienischen Knast landen.

»Oh No. Please don't do this. This is the victim. Please«, bemüht sich mein Sohn darum, sich Gehör zu verschaffen, während sich ihm einer der Beamten langsam nähert und dabei immer wieder auf ihn einredet. Indessen kümmern sich zwei weitere Polizisten um Michelle und befreien die Gangsterbraut, die langsam wieder ihr Bewusstsein erlangt, von meinen gutsitzenden

Fesseln. Als sie sich aufsetzt und die Beamten sieht, beginnt sie aus voller Kehle zu schreien: »Ah, was wollt ihr von mir? Was ist passiert? Juliaaaan! Juliaaaan! Wo bist du verdammt nochmal, wenn man dich braucht? Juliaaaan!«

Die beiden Polizisten helfen der Frau auf die Beine, doch scheint Blondie gar nicht glücklich über ihre Rettung zu sein. Wild gestikulierend flucht sie: »Hey, was macht ihr da? Nicht meine Nägel. Passt gefälligst auf meine Nägel auf. Die kosten ein Vermögen.« Ihr Blick fällt auf mich und sie kneift ihre blauen Augen zusammen: »Du! Das ist alles deine verfluchte Schuld. Du verdammtes Miststück! Du hast alles zerstört.«

Mit einer Kraft, die man der schmächtigen Person kaum zugetraut hätte, reißt sie sich von den helfenden Einsatzkräften los und stürmt humpelnd auf mich und den Polizeibeamten zu, der mir soeben Handschellen angelegt hat. Mit einem mächtigen Satz stürzt sie sich auf mich und bringt dabei nicht nur mich, sondern auch sich selbst zu Fall.

»Ich kratz dir die Augen aus, du Schlampe«, schreit sie wutentbrannt und bearbeitet dabei mein Gesicht mit ihren Velociraptor-Krallen.

»This angry woman is not my mother. Please listen to me«, dringt die Stimme meines Sohnes zu mir durch, während sich Blondies Nägel tief in die Haut meiner Wangen graben und dafür sorgen, dass Fynn und ich ab heute im Partnerlook ausgehen können. Nur unter größten Mühen und vor allem bösartigsten Verwünschungen ihrer Vorgesetzten, gelingt es den Polizeibeamten, die Gangsterbraut von mir herunterzuzerren und zu beruhigen. Wobei Michelle nicht mehr versteht als ich.

Der Kriminalbeamte, der mir zuvor die Handschellen angelegt hat, hilft mir wieder auf die Beine und will mich soeben unter wilden Protesten meines Sohnes abführen, da taucht plötzlich ein mir bekanntes Gesicht im Türrahmen des Verbrecherpärchens auf.

»Oh Gott sei Dank. Sie sind hier«, stelle ich erleichtert fest, als ich Mariano Schiavone sehe, den Mann, der mich bereits zum Mordfall befragt hat. Er wird mir mit Sicherheit zuhören.

»Was geht hier vor? Cassandra ...« Er wendet sich an seine Kollegin und wechselt ins Italienische, sodass ich leider nichts von dem verstehe, was er von sich gibt. Aber Mariano und seine Kollegin scheinen miteinander zu diskutieren und sich dabei alles andere als einig zu sein. Die Auseinandersetzung gipfelt darin, dass Cassandra ihren Kollegen beschimpft und das Ferienhaus verlässt. Jedoch nicht, ohne dabei vor ihm auszuspucken.

»Das scheint eine sympathische Frau zu sein«, flüstere ich meinem Sohn zu, der die Aufmerksamkeit des hünenhaften Gesetzeshüters erregt.

»Stimmt es, dass du die Polizei gerufen hast?«

Fynn nickt. »Ja, die Frau dort und ihr Freund haben meine Mom hier festgehalten.« Er deutet auf Blondie, die sich entrüstet zeigt.

»Was? Du wagst es wirklich, mich zu beschuldigen. Ihr dringt hier ein, bedroht mich und meinen Freund in unserem Ferienhaus und dann beschuldigt ihr mich?«

Der Kriminalbeamte gibt Michelle mit erhobenem Zeigefinger zu verstehen, dass sie schweigen soll.

»Mal davon abgesehen, dass ihrer Geschichte jede Logik fehlt Signora ... Nun, vielleicht wollen sie mir ihren Namen verraten?«

»Ich sage gar nichts ohne meinen Anwalt«, Michelle
den Polizeibeamten an, der sich allerdings ungerührt
zeigt.

»Auch gut.«, erklärt er schulterzuckend und spricht
dann weiter. »Also mal von der fehlenden Logik abgesehen – niemand bricht in einen Bungalow ein, um die dort
wohnhaften Personen anzugreifen und dann die Polizei
zu alarmieren, ohne zuvor die Flucht ergriffen zu haben
– sind mir die Schrammen auf den Handgelenken von
Signora Beck, die zweifelsohne Spuren von Fesseln sind,
nicht entgangen.«

Wow, er erinnert sich an meinen Namen.

Mariano Schiavone richtet das Wort an die noch anwesenden und etwas ratlosen Polizeibeamten und kurz
darauf wird nicht nur die Gangsterbraut abgeführt, sondern ich werde auch von meinen Handschellen befreit.
Danach lässt man meinen Sohn und mich mit dem Gesetzeshüter allein. Mit freundlichem Lächeln bedeutet
der hünenhafte Kriminalbeamte mir und Fynn, auf den
freien Küchenstühlen Platz zu nehmen, und tut es uns
nach.

»So und jetzt noch mal alles von vorne. Was genau ist
passiert?«

Nachdem Fynn und ich den hünenhaften Polizeibeamten über die Ereignisse der letzten Tage in Kenntnis
gesetzt haben, begleiten wir Mariano nach draußen, wo
wir von meiner aufgelösten besten Freundin und ihrer
Tochter empfangen werden, die mich glücklich in die
Arme schließen.

»Oh Gott! Ich kann dir gar nicht sagen, wie erleichtert
ich bin, zu sehen, dass es dir gut geht«, erklärt Patzi,
nachdem sie mich so fest an ihren großen Busen gedrückt
hat, dass ich Angst davor hatte, zu ersticken. »Du musst

mir unbedingt alles haargenau erzählen. Wir wissen nur, dass dein Georg den Mörder über den gesamten Strand verfolgt hat. Und ich sags dir, der hat eine wirklich krasse Ausdauer. Gegen den möchte ich kein Wettrennen laufen. Im Meer hat ihn Georg schließlich erwischt.« Sie schlägt sich mit der flachen Hand auf den Kopf. »Das müsst ihr euch vorstellen. Wie dumm kann man sein, dass man versucht, über das Meer zu flüchten. Was wollte er denn da? Etwa die Adria überqueren?«

Patrizia spricht eine Weile weiter, doch höre ich meiner besten Freundin kaum zu, weil ich nicht weit von mir entfernt Georg entdecke, der soeben in ein Gespräch mit der unfreundlichen Polizistin und dem Rezeptionisten des *Happy Smurf Village* vertieft ist, der zwischen dem Gast und der Ermittlerin dolmetscht. Ich sehe dem gutaussehenden Vater eine Weile dabei zu, wie er wild gestikulierend erläutert, was passiert ist, da wendet er mir plötzlich das Gesicht zu. Ich lächle und winke verhalten. Als er meinen Gruß erwidert, macht mein Herz einen riesigen Sprung. Georg wechselt noch ein paar Worte mit der Kollegin von Mariano und entschuldigt sich schließlich bei seinen Gesprächspartnern, um auf mich zuzukommen.

So eine Scheiße! Da überstehe ich eine Entführung und meine Beinahe-Ermordung und dann bekomme ich schwitzige Hände, weil mir ein Mann entgegenkommt, der mir gefällt. Okay, gut. Er gefällt mir nicht nur. Eigentlich stehe ich total auf Georg.

»Ist alles in Ordnung mit euch beiden?«, erkundigt sich der Mann meines Herzens bei mir und Fynn.

Schulterzuckend und mit einem Augenzwinkern antworte ich ihm unter dem vielsagenden Blick Patrizias:

»Na ja, es ging mir schon mal besser. Aber bezüglich der wirklich dummen Aktion meines Halbwüchsigen...«

»Ich muss dich korrigieren, Mom, denn ich bin eindeutig größer als du.«

»Also gut, wegen der Aktion von Fynn muss ich dann doch noch ein Hühnchen mit dir rupfen.«

»Und ich Tor habe darauf gehofft, dass es mit meiner ritterlichen Aktion getan ist.«

»Dafür bekommst du einen großen, wirklich sehr großen Pluspunkt«, wende ich ein und füge etwas ernster hinzu: »Es tut mir so leid, dass ich dich verdächtigt habe.«

Georg wedelt begütigend mit der Hand: »Mach dir keinen Kopf. Angesichts der erdrückenden Beweislast hätte das wohl jeder getan.«

»Aber ich hätte dir vertrauen müssen. Stattdessen habe ich dir Unrecht getan.«

Vorsichtig legt er seine Zeigefinger auf meine Lippen: »Vergiss das alles. Wenn ich ehrlich bin, will ich doch nur eines.«

»So und was ist das?«, frage ich und spüre dabei mein Herz in meinem Brustkorb immer schneller schlagen.

Er greift mit seiner großen Hand auf meine geschundene Wange und streichelt sie sanft, ehe er mich mit den Worten »das hier« an sich zieht und küsst.

Kapitel 34

Ein paar Stunden und zwei Verhaftungen später stehe ich in einem blau-glitzernden Discofever-Outfit mit meiner besten Freundin und den beiden Teenagern hinter der Bühne des *Happy Smurf Village* und spüre, wie die Nervosität ob unseres nahenden Auftritts allmählich in mir hinaufkriecht und mir die Luft zum Atmen abschnürt. In der Zwischenzeit habe ich Mariano Schiavone gemeinsam mit Patzi, Anja, Fynn und Georg auf das Polizeirevier begleitet, um ihm die belastenden Beweisstücke, die meine Freunde und ich gefunden haben, zu übergeben und eine offizielle Aussage zu machen. Zu meinem Glück sieht der Polizeibeamte von einer Anzeige wegen Hausfriedensbruch und Unterschlagung von Beweisen ab. Im Gegensatz zu mir ist Patrizia der festen Überzeugung, dass er das nur deshalb tut, weil er auf mich steht. Wie auch immer. Für mich spielt das keine große Rolle, denn in erster Linie bin ich mehr als nur erleichtert darüber, dass Blondie und Clyde in Untersuchungshaft genommen wurden. Wobei mir Signore Schiavone versichert hat, dass vor allem der Mörder, also Julian Schur, für einen sehr langen Zeitraum nicht mehr aus dem Gefängnis kommen wird. Als seine Frau nämlich von den Ereignissen Wind bekommen hat, hat sie ihm kurzerhand den Geldhahn zugedreht, weswegen er keine finanziellen Mittel für einen guten Anwalt zur Verfügung hat. Dasselbe gilt für seine Freundin, Michelle Schaefer. Ich hoffe ja, dass man sie zu ein paar Jahren sozialer Arbeit verdonnert. Vielleicht zur Pflege von alten Menschen oder zur Arbeit in einem Obdachlosenheim.

»Und, bist du bereit?«, fragt mich meine beste Freundin mit leuchtenden Augen. Ich glaube, sie kann noch immer nicht ganz fassen, dass ich mich trotz ihrer wahnwitzigen Tat auf den Karaokebewerb der Ferienanlage eingelassen habe. Ich vermag gar nicht zu sagen, wie oft sie beteuert hat, dass ihr alles leidtut, als sie erfahren hat, dass mich Julian und Michelle für ihre Erpresserin gehalten haben. Um ehrlich zu sein, nerven mich die zahlreichen Entschuldigungen ein kleines bisschen. Dummerweise sorgt mein Patenkind in regelmäßigen Abständen dafür, dass ihre Mutter ihren geistigen Aussetzer nicht vergisst.

Ich deute mit dem Daumen nach oben. »Yes Baby. Wir werden das Ding rocken.« Danach werfe ich einen Blick auf Fynn, der in einem ebenso glitzernden Discofever-Outfit neben Anja steht und ihr ein Interview für eines ihrer Social-Media-Videos gibt, in dem er von meiner Rettung berichtet. Seiner Altersgenossin ist dabei deutlich anzusehen, dass sie genervt von seiner Prahlerei ist und es bereut, ihn überhaupt um ein Interview gebeten zu haben. Deshalb wird sie auch nicht müde, zu betonen, dass wir den Mörder ohne sie niemals identifiziert hätten. Ich unterlasse es dabei tunlichst, sie darauf aufmerksam zu machen, dass die Polizei wahrscheinlich wenig Mühe gehabt hätte, das Handy zu knacken. Wir alle wissen, dass wir reichlich Glück in dieser Angelegenheit hatten. Aber immerhin haben die Ereignisse unseres letzten Urlaubstages klar und deutlich bewiesen, dass es doch noch Ritter ohne Furcht und Tadel gibt, die eine Frau zu beschützen vermögen. Es wird sich allerdings erst in der nächsten Viertelstunde entscheiden, ob mein Ritter Georg auch tatsächlich der Mann meines Lebens ist. Er hat zwar auf dem Polizeirevier die ganze Zeit über an meiner Seite gesessen, mich im Arm gehalten und mir dabei immer wieder besorgte Blicke zugeworfen, von denen er dachte, sie würden mir entgehen, aber wenn er mich erst einmal in diesem optisch wenig anziehenden Outfit sieht, könnte er seine Meinung noch ändern.

Und so als hätte mich das Schicksal gehört, ertönt die mikrofonverstärkte Stimme der Moderatorin des Karaokebewerbs: »A big applause for Beate Sackmaier with ›Liebeskummer lohnt sich nicht‹.«

Jubel bricht aus und ich wage einen verstohlenen Blick auf die Bühne. Die illustre Witwe verbeugt sich in ihrem pinkfarbenen Kleid mit den schwarzen Punkten und dreht sich dann lächelnd um, um sich zu uns hinter die Bühne zu gesellen.

»So schlimm war es gar nicht«, erklärt sie uns mit verhaltenem Lächeln und tätschelt mir dann die Hand: »Ich finde es ja noch immer total super von ihnen, dass sie nach allem, was sie erlebt haben, ihren Sinn für Spaß nicht verloren haben und an dem Bewerb teilnehmen. Sehr schön.«

»Ja, na ja, ich hätte eh nicht unbedingt gewollt, aber was tut man nicht alles für seine Freundin.«

»Dabei hätte das doch gerade jetzt sicherlich jeder verstanden.« Sie klatscht kopfschüttelnd in die Hände: »Furchtbar ist das alles. Wirklich furchtbar. Ich kann nicht einmal behaupten, dass mein Mann es anders verdient gehabt hätte. Ich meine, da nutzt er doch glatt seinen Beruf als Privatdetektiv aus, um Klienten oder Zielpersonen zu erpressen und ich habe mich immer gewundert, woher das ganze Geld gekommen ist. Der Hermann hat vorgegeben arbeitslos zu sein.« Sie schüttelt entsetzt den Kopf. »Ich weiß, wie das klingt, aber irgendwie bin ich froh, dass ich endlich meine selige Ruh von ihm hab.« Sie zuckt mit den Schultern: »Und wer weiß. Vielleicht lasse ich mich gleich hier in Italien nieder. Mir wurde zugetragen, dass noch Personal für die Kinderbetreuungsgruppe benötigt wird und mir gefällts so gut hier.«

Natürlich weiß Beate Sackmaier nichts von dem Einbruch in ihr Ferienhäuschen. Signore Schiavone hat diese Gegebenheit für sich behalten, ebenso wie die Tatsache, dass wir ein wichtiges Beweismittel zurückgehalten haben.

»And now we travel back in time. Magdalena, Patrizia, Fynn and Anja will perform something as Abba!«, werden wir von der Moderatorin angekündigt und kurz darauf applaudiert die Menge.

»Oh! Dann halt ich sie nicht länger auf! Ich wünsche ihnen und ihrer Partnerin alles Gute!«, erklärt mir Beate und ist bereits im Begriff von dannen zu ziehen, bleibt dann aber abrupt stehen, um sich noch einmal umzuwenden und die beiden Teenager versonnen zu betrachten. »So brave Kinder, wirklich. Und der Hermann wär immer dafür gewesen, dass homosexuelle Pärchen keine Kinder adoptieren dürfen, dabei machen sie beide das wirklich grandios.«

Meine Freundin und ich werfen uns vielsagende Blicke zu: »Sollen wir sie aufklären?«

Ich schüttle energisch den Kopf und grinse: »Nein, ich glaub für einen Tag hatte sie genug Überraschungen.«

Patzi zuckt mit den Schultern: »Wie du meinst!«

Als wir die Bühne betreten, habe ich den Eindruck, in eine andere Dimension einzutauchen. Das grelle Scheinwerferlicht blendet mich so stark, dass ich zunächst nichts erkenne außer einer wogenden dunklen Menschenmasse. Erst nach und nach sehe ich mir bekannte Gesichter. Da ist Alina, deren Miene eindeutig anzusehen ist, dass sie mit dem Abend zwangsbeglückt wurde. Ihre schlechte Laune hat jedoch wenig Einfluss auf die Partystimmung ihres Gatten. Mit einem Krug Bier in der Hand ist er in ein angeregtes Gespräch mit Simon vertieft. Ja, genau. Der Mann meiner besten Freundin ist um die Mittagszeit überraschenderweise im *Happy Smurf Village* aufgetaucht, um seine Frau mit einer zusätzlichen Urlaubswoche zu überraschen und weil Anja nur wenig Begeisterung über diesen Sachverhalt gezeigt hat, habe ich mich dazu bereiterklärt, mit den beiden Teenagern den Heimweg anzutreten, damit das Ehepaar ein wenig Zweisamkeit genießen kann.

Mein Blick gleitet auf Christina, die auf dem Schoß ihres Vaters sitzt und ein Plakat in die Höhe hält, das mit viel Liebe und vor allem viel Glitzer bemalt wurde.

»Du schaffst das Lena! Wir lieben dich!«, steht in großen Lettern auf dem Plakat.

An Chrisis Seite sitzt Leo und wird mit reichlich Leckerlis versorgt. Leo, mein großartiger Leo, der mich gerettet hat! Ich bin so überglücklich darüber, am Leben zu sein, dass mein Vierbeiner ab dem heutigen Tag für seine Leistung, auch bei mir im Bett schlafen und auf dem Sofa sitzen darf. Ab jetzt gibt es keine Einschränkungen mehr für mein mutiges Haustier.

Ich sehe Georg in die Augen und als er mir ein liebevolles Lächeln schenkt, spüre ich, wie mir warm ums

Herz wird. Wenn der Urlaub keine gute Grundlage für einen weiteren Roman bildet, was dann? Die Geschichte hat einfach alles: Ein Verbrechen, Liebe, ein wenig Teeniedrama und einen mutigen Vierbeiner.

Die Musik setzt ein und ich singe: »Gimme Gimme Gimme...«

Nachwort

Einen Krimi zu schreiben war für mich eine echte Herausforderung. Vor allem, weil ich dazu neige, in der schieren Flut an Ideen für mögliche Mörder und Mordmotive zu ertrinken. Ich hoffe dennoch, dass mir ein unterhaltsamer und auch spannender Roman gelungen ist, der dem ein oder anderen Leser ein echtes Rätsel aufgegeben hat.

Eines kann ich jedenfalls schon mit Gewissheit sagen: Es wird nicht meine letzte Krimikomödie gewesen sein. Ich hatte nämlich jede Menge Spaß beim Schreiben.

Zum Abschluss möchte ich noch mein tiefes Mitgefühl für alle Eltern von Teenagern zum Ausdruck bringen. I feel you! Aber ich bin der festen Überzeugung, dass es eines Tages wieder besser wird. Bis dahin: Haltet durch, denn manchmal entpuppen sich die Pubertierenden als wahre Helden …

Mehr Lesestoff

Ein Begräbnis in der Vorweihnachtszeit. Schlimmer könnte es nicht kommen. Zumindest denkt sich das Luisa, bis sie nach der Beisetzung ihres verstorbenen Chefs mit ihren Kollegen noch ein letztes Mal im Stamm-Pub auf den Toten anstößt und mit einem Unbekannten im Bett landet. In einer Nacht- und Nebel-Aktion flüchtet Luisa aus der fremden Wohnung und ist sich sicher, den Mann nie wiederzusehen. Aber das Schicksal hat bereits andere Pläne mit der jungen Frau. Denn als Luisa nach einem Wochenende mit ihren Töchtern in die Anwaltskanzlei kommt, erwartet sie eine Überraschung: Ihr neuer Chef ist ausgerechnet der Mann, mit dem sie eine Nacht verbracht hat. Doch der scheint sich nicht an Luisa zu erinnern …

www.sabrinahafenscher.com
www.shop.tredition.com